MICHELLE ZINK

Magie und Schicksal

GOLDMANN

Lesen erleben

Buch

Seitdem Lia erfahren hat, dass durch sie der böse Dämon Samael seinen Weg in die Menschenwelt finden kann, kämpft sie verzweifelt gegen ihre Bestimmung. Helfen sollte ihr dabei ihre Schwester Alice, doch diese ist früh den Verlockungen der dunklen Seite erlegen und hat sich von Lia abgewandt. Aus den Schwestern sind tödliche Rivalinnen geworden.

Nun wird auch der magische Stein, der Lia vor dem Dämon Samael und den verlorenen Seelen beschützen soll, kälter und kälter, verliert immer mehr an Macht, und Lia weiß: Ihr bleibt nicht mehr viel Zeit. Denn niemand, auch Lias neuer Freund Dimitri nicht, der Tag und Nacht über sie wacht, ist auf Dauer der Macht des Dämons gewachsen.

Als ihre Schwester Alice in London auftaucht, schöpft Lia neue Hoffnung. Hat Alice ihre Meinung geändert? Doch Alice ist nicht etwa gekommen, um ihre Schwester zu unterstützen, sondern um ihre eigene Hochzeit mit Lias ehemaligem Verlobten James vorzubereiten. In ihrer Verzweiflung greift Lia zum letzten Mittel: Sie beschließt, das lebensgefährliche Ritual ohne Alice durchzuführen – auch wenn sie weiß, dass dies eine tödliche Gefahr für sie birgt …

Weitere Informationen zu Michelle Zink
sowie zu lieferbaren Titeln der Autorin
finden Sie am Ende des Buches.

Michelle Zink

Magie und Schicksal

Die Prophezeiung der Schwestern

Band 3

Roman

Aus dem amerikanischen Englisch von Alexandra Ernst

GOLDMANN

Die Originalausgabe erschien 2011
unter dem Titel »Circle of Fire«
bei Little, Brown and Company, New York.

Dieses Buch ist auch als E-Book erhältlich.

MIX
Papier aus verantwortungsvollen Quellen
FSC® C014496

Verlagsgruppe Random House FSC® N001967
Das FSC®-zertifizierte Papier *München Super* für dieses Buch
liefert Arctic Paper Mochenwangen GmbH.

1. Auflage
Taschenbuchausgabe Juni 2013
Wilhelm Goldmann Verlag, München,
in der Verlagsgruppe Random House GmbH

Lektorat: Carola Henke
Umschlaggestaltung: UNO Werbeagentur, München
Umschlagmotiv: plainpicture/Folio Images
und plainpicture/Martin Trippen und FinePic®, München
Motiv der Umschlaginnenseiten: plainpicture/Folio Images
Th · Herstellung: Str.
Druck und Bindung: GGP Media GmbH, Pößneck
Printed in Germany
ISBN 978-3-442-47945-0
www.goldmann-verlag.de

Besuchen Sie den Goldmann Verlag im Netz

Für meinen Vater,
Michael St. James:
Danke für all die
herrliche Dunkelheit.

1

Mit den schweren Kleidern auf dem Arm verlasse ich mein Zimmer. Es gibt keine Fenster, durch die Licht hätte fallen können, und so gehe ich vorsichtig durch den Korridor, dessen mit kostbaren Tapeten verkleidete Wände nur spärlich vom flackernden Licht der Gaslampen erhellt werden. Milthorpe Manor befindet sich seit Generationen im Besitz meiner Familie, aber es ist mir trotzdem lange nicht so vertraut wie Birchwood, das Landgut in New York, wo ich geboren wurde und aufwuchs.

Aber immerhin leben in diesem Haus nicht die Geister der Vergangenheit. Hier erinnert mich nichts an meinen jüngeren Bruder Henry, der mir so grausam genommen wurde. Ich muss keine Angst haben, meine Zwillingsschwester im dunklen Zimmer vorzufinden, dem ehemaligen Gemach meiner verstorbenen Mutter, wo sie flüsternd entsetzliche, verbotene Dinge beschwört. Ich muss nicht fürchten, sie zu jeder Stunde durch das Haus schleichen zu sehen.

Jedenfalls nicht in Fleisch und Blut.

Es war Tante Virginias Idee, dass ich mir bei Sonia und Luisa Rat hole, welches Kleid ich zum Maskenball heute Abend tragen soll. Meine Tante versucht zu helfen, aber sie kann nichts daran ändern, dass unsere Freundschaft eine Veränderung erfahren hat, die mich nur noch selten die Gesellschaft der beiden Mädchen suchen lässt. Eigentlich geht es nur um Sonia. Es ist schon Wochen her, seit sie und Luisa aus Altus nach London kamen, aber die Spannung, die sich gleich am Anfang zwischen uns breitmachte, ist nicht gewichen. Im Gegenteil: Mit jedem Tag, der vergeht, scheint sie anzuwachsen. Ich habe versucht, Sonia den Verrat, den sie auf unserer Reise nach Altus an mir beging, zu verzeihen. Ich versuche es immer noch. Aber jedes Mal, wenn ich in ihre eisblauen Augen schaue, muss ich daran denken.

Ich denke daran, wie ich ihr liebes Gesicht über mir sah, wie ihre warmen Hände mir das verhasste Medaillon auf die weiche Haut an der Unterseite meines Handgelenks drückten. Monatelang tauschten wir jede Vertraulichkeit aus, und dann versuchte mir die Freundin, die ich mehr liebte als jede andere, fiebrig die Worte der Seelen einzuflüstern, die mich als Tor benutzen wollen, um Samael in unsere Welt zu bringen.

Ich muss an all das denken und merke, wie sich mein Herz noch ein wenig mehr verhärtet.

Der Maskenball ist eine der beliebtesten Veranstaltungen der Gesellschaft. Sonia, Luisa und ich freuen uns seit

Wochen auf dieses Ereignis, aber während meine beiden Gefährtinnen keine Mühe hatten, ihre Kostüme zu erwählen, blieb ich unentschlossen.

Meine Maske bereitete mir keine Schwierigkeiten. Vor Längerem schon habe ich sie entworfen. Ich wusste sofort, wie sie aussehen sollte, obwohl ich noch nie an einem Maskenball teilgenommen hatte und in Modeangelegenheiten nicht besonders kreativ bin. Aber sie stand mir so deutlich vor Augen, als hätte ich sie in einem Schaufenster gesehen. Ich habe sie einer Näherin beschrieben, die sie auf ein Stück Papier aufzeichnete. Sie sah genauso aus, wie ich sie mir vorgestellt hatte.

Weil ich mich nicht für ein Kostüm entscheiden konnte, war es nicht möglich, mir eins nähen zu lassen. Stattdessen muss ich mich nun mit einem Kleid begnügen, das bereits in meinem Schrank hängt. Wie Tante Virginia vorgeschlagen hat, will ich Sonia und Luisa um Hilfe bei meiner Entscheidung bitten, aber was früher eine Angelegenheit innigster Freundschaft gewesen wäre, die ich aus tiefstem Herzen genossen hätte, ist nun eine Last, vor der mir graut. Denn ich muss dabei in Sonias Augen schauen.

Und ich muss dabei lügen. Und lügen. Und lügen.

Vor Luisas Tür angekommen, hebe ich die Hand, um zu klopfen, halte aber inne. Ich höre laute Stimmen von drinnen. Eine davon gehört Sonia. Als sie meinen Namen ausspricht, klingt sie entmutigt. Ich beuge mich vor und lausche unverfroren.

»Mehr kann ich nicht tun. Ich habe mich immer und

immer wieder entschuldigt. Ich habe mich klaglos den Ritualen der Schwesternschaft von Altus unterworfen. Lia will mir nicht vergeben, egal, was ich anstelle. Ich fange an zu glauben, dass sie mir niemals vergeben wird«, sagt Sonia.

Dem Rascheln von Röcken folgt das Zuschlagen einer Schranktür. Dann höre ich Luisas Antwort: *»Unsinn. Vielleicht solltest du ein bisschen Zeit mit ihr verbringen. Hast du sie gefragt, ob sie mit dir in Whitney Grove ausreiten möchte?«*

»Mehr als einmal, aber sie findet immer eine Ausrede. Wir waren seit unserer Rückkehr aus Altus nicht mehr dort. Seit … seitdem …«

Ich bin mir nicht sicher, ob Sonia wütend oder nur traurig ist, und einen Augenblick lang empfinde ich Schuldgefühle, wenn ich daran denke, wie oft sie mich gebeten hat, mit ihr nach Whitney Grove zu fahren. Ich habe sie abgewiesen und bin allein dort gewesen, um das Bogenschießen zu üben.

»Du musst ihr einfach noch mehr Zeit geben, das ist alles.« Luisas Stimme klingt sachlich. *»Sie trägt die Last des Medaillons – zusätzlich zu der Sorge um die Entschlüsselung der letzten Seite der Prophezeiung.«*

Ich schaue auf mein Handgelenk, das unter den Bahnen aus Seide und Spitze hervorlugt. Von dem schwarzen Samtband ist unter meinem Ärmelsaum nur ein schmaler Streifen zu sehen. Es ist Sonias Schuld, dass ich die Bürde des Medaillons allein ertragen muss. Ihre Schuld, dass ich

Angst haben muss, es würde seinen Weg zu dem Zeichen der Jormungand finden, der Schlange, die sich selbst in den Schwanz beißt, und dem Buchstaben C in der Mitte – zu dem Zeichen, das sich auf meinem anderen Handgelenk befindet.

Egal, wie viele Entschuldigungen Luisa für Sonia auch finden mag, dies ist und bleibt die Wahrheit.

Meine Unfähigkeit zu vergeben geht mit einer schmerzvollen Mischung aus Abneigung und Verzweiflung einher.

»Ich bin es langsam leid, an ihr gutes Herz zu appellieren. Wir sind Teil der Prophezeiung. Wir alle. Sie ist nicht die Einzige, die ihre Last tragen muss.« Die Empörung in Sonias Stimme facht meinen Zorn erneut an. Als ob *sie* das Recht hätte, *mich* zu tadeln! Als ob Vergebung so leicht zu erlangen sei!

Luisa seufzt so laut, dass ich es draußen auf dem Gang höre. *»Versuchen wir einfach, uns heute Abend zu amüsieren, ja? Helene wird übermorgen ankommen. Dies ist die letzte Gelegenheit, einen Abend zu dritt zu verbringen.«*

»An mir soll's nicht liegen«, murmelt Sonia. Blut schießt mir in die Wangen und ich versuche, meinen Zorn etwas zu besänftigen, ehe ich an die Holztür klopfe.

»Ich bin es«, rufe ich mit einem kaum merklichen Zittern in der Stimme.

Luisa öffnet mir die Tür. Ihre dunklen Haare glänzen im Lampenlicht und im Schein des Feuers im Kamin wie dunkler Burgunderwein.

»Da bist du ja!« Ihre Fröhlichkeit klingt gezwungen,

und ich weiß, dass sie sich bemüht, das eben geführte Gespräch zu verdrängen. Einen Moment lang glaube ich fast, in ihr eine Komplizin für Sonias Verrat zu sehen. Dann erinnere ich mich an Luisas Treue und gemahne mich daran, wie schmerzvoll es für sie sein muss, zwischen Sonia und mir zu stehen. Meine üble Laune verfliegt, und plötzlich merke ich, dass es mir gar nicht so schwerfällt zu lächeln.

»In der Tat, da bin ich. Und ich habe zwei Kleider mitgebracht, die ihr euch anschauen sollt.«

Luisa betrachtet die Gewänder in meinen Armen. »Ich sehe schon, warum du dich nicht entscheiden kannst. Sie sind beide wunderschön! Komm rein.« Sie tritt beiseite und lässt mich ein.

Sonias Blick fängt meinen ein, als Luisa die Tür hinter mir schließt. »Guten Morgen, Lia.«

»Guten Morgen.« Ich versuche, das Lächeln, das ich ihr über das reich mit Schnitzereien verzierte Himmelbett hinweg zuwerfe, in meinem Herzen zu fühlen. Die Zurückhaltung, die meine einstmals engste Freundin an den Tag legt, passt nicht zu ihr. Früher redeten wir über Gott und die Welt, früher, als es nur Sonia und mich gab, während Luisa mit Tante Virginia und Edmund, unserem Kutscher, in New York zurückblieb. Wenn ich an die vielen Tage denke, an denen Sonia und ich in Whitney Grove ausritten, über unsere Zukunft sprachen oder über die zugeknöpften Dämchen der englischen Gesellschaft lachten, dann versuche ich, mich an meine Liebe für sie zu erinnern. »Ihr müsst mir helfen, mein Kleid auszusuchen.«

Sie geht zum Bett, auf dem ich die beiden Kleider ausbreite. »Sie sind herrlich.«

Ich trete zurück und betrachte die beiden Kleider mit kritischem Blick. Eins ist blutrot – eine gewagte Wahl für jede junge Dame – und das andere aus dunkelgrüner Seide, die gleiche Farbe wie meine Augen. Ich muss unwillkürlich an Dimitri denken, wenn ich diese beiden Kleider anschaue und mir vorstelle, wie ich in ihnen aussehe.

Als ob sie Gedanken lesen könnte, sagt Luisa: »Dimitri wird dich mit den Augen verschlingen, Lia, egal, für welches der beiden Kleider du dich entscheidest.«

Meine Laune wird merklich besser, wenn ich an Dimitris Augen denke, die vor Verlangen dunkel werden. »Na ja, genau das ist ja der Sinn der Sache.«

Sonia beugt sich vor und befühlt den Stoff, und in der nächsten halben Stunde reden wir nur über Kleider und Masken, bis ich mich schließlich für das rote Seidenkleid entscheide. In dieser halben Stunde tun wir so, als ob alles wäre wie früher und keine Bedrohung, keine Prophezeiung und kein Samael zwischen uns stünde. Wir tun so, weil es nichts nützen würde, wenn wir das aussprechen würden, was wir alle wissen: dass nichts je wieder so sein wird wie früher.

Ich sitze, nur mit einem Unterkleid und Strümpfen bekleidet, vor meinem Schminktisch und mache mich für den Ball fertig.

Die Tatsache, dass ich mich seit meiner Rückkehr aus

Altus weigere, ein Korsett zu tragen, und mir auch nicht mehr von den Dienstmädchen beim Ankleiden helfen lasse, hat für einen kleinen Skandal unter den Bediensteten gesorgt. Ich hatte gar nicht die Absicht, den Fallstricken der Mode zu entsagen. Eine Zeit lang ließ ich mich von einem Dienstmädchen zu formellen Anlässen ankleiden, wie es sich für eine junge Dame der Gesellschaft ziemt. Ich stand still – und innerlich widerstrebend –, während sie mich in ein Korsett einschnürte und meine Füße in zierliche Schuhe zwängte, die mich sosehr drückten, dass ich sie beinahe quer durch das Zimmer geschleudert hätte.

Es hatte keinen Sinn.

Ich musste immerzu an die Seide von Altus denken, wie sie auf meiner nackten Haut flüsterte, und an die herrliche Freiheit von nackten Füßen oder flachen Sandalen.

Schließlich, nach einer besonders langen Nacht im Kreis der Druiden und Parapsychologen der Gesellschaft, kam ich nach Hause und verkündete, dass ich mich von diesem Tag an allein ankleiden würde. Die Proteste, die mir entgegenschlugen, waren nur halbherzig. Jedem war die Veränderung in mir aufgefallen. Nichts, was ich tat, konnte die Bediensteten noch überraschen; alle schienen sich damit abgefunden zu haben, einer exzentrischen Herrin zu dienen.

Ich nehme die Puderdose zur Hand und blicke in den Spiegel, während ich die feinen Partikel auf meiner Stirn, meinen Wangen und meinem Kinn verteile. In der jungen

Frau, die mich aus dem Spiegel anblickt, kann ich kaum mehr das Mädchen erkennen, das vor etlichen Monaten nach London kam. Das Mädchen, das ihr Zuhause zurückließ, ihre Schwester, den Mann, den sie liebte.

Und doch ist mir diese neue Person vertrauter als mein altes Ich. Die smaragdgrünen Augen funkeln wie einstmals die meiner Mutter, die kantigen Wangenknochen sind eine ständige Erinnerung an die Entbehrungen, die ich für die Prophezeiung auf mich genommen habe.

Kein Wunder, dass das Mädchen mit dem rundlichen Gesicht, das ich früher war, nur noch eine Erinnerung ist.

Der dumpfe Glanz von Tante Abigails Schlangenstein im Spiegel zieht meinen Blick auf sich. Ich greife danach und umfasse ihn mit meinen Fingern, frage mich, ob ich mir seine Wärme bloß einbilde.

Es ist mir zur Gewohnheit geworden, täglich die Temperatur des mächtigen Steins zu überprüfen, den ich von meiner Großtante Abigail bekommen habe, denn obwohl meine eigene Macht ständig wächst, habe ich kaum mehr als diesen Stein zu meinem Schutz vor den Seelen. Tante Abigail hat ihr Leben für meinen Schutz hergegeben und den Stein mit der ganzen Kraft, die ihr als Herrin von Altus noch zur Verfügung stand, aufgeladen. Wenn der Stein erkaltet, wenn seine Wärme Vergangenheit ist, wird auch sein Schutz vergehen.

Und er wird jeden Tag kälter.

Ich wende mich vom Spiegel ab. Es hat keinen Sinn, über Dinge nachzudenken, die ich nicht ändern kann. Stattdessen gehe ich in meinem Zimmer auf und ab und grübele über das Rätsel der letzten Seite der Prophezeiung nach. Das Blatt Papier, das ich in der heiligen Höhle in Chartres fand, habe ich vernichtet, habe es verbrannt, damit es nicht in die Hände von Samael oder der Seelen fallen kann. Trotzdem sind die Worte, die auf diesem Papier standen, in mein Gedächtnis gebrannt. Sie sind mir eine ständige Mahnung daran, dass immer noch eine Zukunft möglich ist, in der die Prophezeiung nicht mehr mein ganzes Sein bestimmt.

Fast unbewusst rezitiere ich die Zeilen in Gedanken, während ich gleichzeitig über ihre Bedeutung rätsele.

Aber aus Chaos und Wahnsinn wird sich Eine erheben,
Wird den uralten Zirkel führen und den Stein befreien,
verborgen in der Heiligkeit der Schwesternschaft,
sicher verwahrt vor den Augen des Untiers.
Eine wird kommen und erlösen,
wen die Prophezeiung bindet
seit Anbeginn der Zeiten, bis zum drohenden
Verhängnis.
Der Heilige Stein, befreit aus dem Tempel
Sliabh na Cailli',
Portal zu den Anderswelten.
Schwestern des Chaos,
kehrt zurück in den Bauch der Schlange,
am Ende von Nos Galon-Mai.
Dort, im Kreis des Feuers,

erleuchtet von dem Stein,
versammelt vier Schlüssel, mit dem Zeichen des Drachen,
Engel des Chaos, Mal und Medaillon.
Samael, das Untier, werde gebannt,
einzig durch die Schwesternschaft, am Tor des Wächters,
mit dem Ritus der Gefallenen.
Öffnet Eure Arme, Herrin des Chaos
Und bringt der Welt die Ewige Verwüstung
Oder schließt sie und
Verbannt seine Gier immerdar.

Einige Bedeutungen haben wir entschlüsseln können. Etwa, dass ich die Auserwählte bin, die den Stein finden muss, der von der Schwesternschaft – von meinen Vorfahren – versteckt wurde. Wenn ich diejenigen befreie, die durch die Prophezeiung gebunden sind, befreie ich sowohl mich selbst als auch die Schlüssel – Sonia, Luisa und Helene. Und mit ihnen zukünftige Generationen von Schwestern und die gesamte Menschheit, die ansonsten dem dunklen Chaos anheimfallen würde, das Samael mit sich bringen würde.

Alice, meine Schwester, unternimmt jede Anstrengung, um dies zu verhindern.

Aber es ist das Versteck des Steins, das Dimitri und mir das größte Rätsel aufgibt. Und ich brauche den Stein, um das Ritual in Avebury zu vollziehen. Wir vermuten, dass

»verborgen in der Heiligkeit der Schwesternschaft« auf ein Versteck an einem Ort hinweist, der von besonderer spiritueller Bedeutung ist. Vielleicht irren wir uns auch, aber schließlich war auch die letzte Seite der Prophezeiung in einer Krypta versteckt, in der sich in früheren Zeiten ein Heiligtum der Schwesternschaft befand. Also liegt die Vermutung nahe, dass es sich mit dem Stein ebenso verhalten könnte.

Die Uhr auf dem Kamin schlägt siebenmal, und ich trete zum Schrank, hole das scharlachrote Seidenkleid heraus, während meine Gedanken immer noch bei den Orten verweilen, die wir bereits ausschließen konnten. Neun sind noch übrig. Ich ziehe mir das Kleid über den Kopf, wobei ich mir Mühe gebe, meine Frisur nicht in Unordnung zu bringen, und kämpfe die Verzweiflung nieder angesichts der Gewissheit, dass wir nicht einmal die Orte, an denen wir bereits gesucht haben, vollständig von der Liste streichen können. Es muss ein Ort sein, der unseren Vorfahren wichtig war, einer, der in enger Verbindung zur Geschichte unseres Volkes oder zur Prophezeiung steht. Aber wir können unsere Vermutungen nur auf unser eigenes Wissen gründen. Jede Information, die im Laufe der Jahrhunderte möglicherweise verloren ging, könnte alles verändern.

Und dann gibt es noch etwas anderes, was uns die Entschlüsselung der letzten Seite bislang unmöglich machte.

Kehrt zurück in den Bauch der Schlange,
am Ende von Nos Galon-Mai.

Der »Bauch der Schlange« befindet sich zweifellos in Avebury, aber was die Zeitangabe betrifft, den Moment, in dem wir das Tor schließen müssen – das »Ende von Nos Galon-Mai« –, sind wir noch keinen Schritt weitergekommen. Ich hatte gehofft, in den vielen wissenschaftlichen Büchern meines Vaters einen Hinweis zu finden, aber wir haben jedes einzelne Werk im Haus durchgesehen und noch dazu etliche Buchläden auf den Kopf gestellt. Vergeblich.

Es klopft an meiner Tür und ich zucke zusammen.

»Ja?«, rufe ich, während ich nach meinen Schuhen Ausschau halte. Sie wurden extra für mich angefertigt und sind sowohl bequem als auch einigermaßen modisch geschnitten.

»Edmund wartet mit der Kutsche«, verkündet Tante Virginia durch die Tür. »Brauchst du Hilfe beim Ankleiden?«

»Nein. Ich komme gleich.«

Erleichtert merke ich, dass sie nicht darauf besteht, mir zu helfen. Inmitten einer Wolke aus raschelnder Seide sinke ich vor dem Bett auf die Knie und entdecke die Schuhe in der hintersten Ecke. Nach einem kurzen Moment, in dem ich mich nach der Nacktheit meiner Füße sehne, schlüpfe ich hinein.

Es könnte schlimmer sein. Und es gibt nun einmal Dinge, die selbst ich nicht ändern kann.

2

Auf dem Weg zum Maskenball sehe ich sie. Oder glaube es zumindest.

Die Kutsche rollt durch die Straßen von London. Sonia und Luisa sitzen mir gegenüber, die Masken in der Hand, so wie ich. Unsere ausladenden Seidenröcke füllen fast die gesamte Kabine aus. Sonias tiefblaues Gewand reibt knisternd gegen das pflaumenfarbene von Luisa. Ich schaue an mir herab und betrachte die blutrote Seide. Ich bin froh, dass ich mich für dieses Kleid entschieden habe. Noch vor einem Jahr hätte ich das grüne Kleid gewählt. Ich rede mir ein, dass nur das rote Kleid der Maske, die ich habe anfertigen lassen, gerecht wird, aber das ist nur die halbe Wahrheit.

Das Rot der Seide ist ein Spiegel des Bewusstseins meiner eigenen Macht, das mir eigen ist, seit ich in Chatres die gefährlichsten Mitstreiter Samaels in die Schranken gewiesen habe: seine Leibwache.

Gleichzeitig tadele ich mich, weil ich mich in der Gewissheit einer Macht sonne, von der ich nicht weiß, ob sie ausreicht, um mir eine Zukunft zu sichern.

Mit diesem Gedanken schaue ich zwischen den Vorhängen an dem Fenster hindurch nach draußen auf die geschäftige Straße. Dunkelheit senkt sich über die Stadt, sickert aus den Ritzen und Winkeln hinaus auf die Gassen und Alleen. Die Menschen fühlen wohl ihr Näherkommen, denn sie hasten durch die Straßen und beeilen sich, in die Häuser zu kommen. Es ist, als spürten sie die Gefahr im Nacken. Als ob sie wüssten, dass das Ende naht.

Ich schüttele diese düsteren Gedanken ab, als ich eine junge Frau unter einer Straßenlaterne an einer belebten Straßenecke sehe. Ihre Frisur ist kunstvoll, selbst nach den Maßstäben meiner Schwester, und ihr Gesicht ist schmaler, als ich es von Alice in Erinnerung habe. Allerdings habe ich sie ziemlich lange nicht von Angesicht zu Angesicht gesehen, und jeden Morgen, wenn ich in den Spiegel schaue, bin ich mir meiner eigenen Veränderung bewusst.

Ich beuge mich vor. Eine Hitze rast durch meine Adern, und ich hoffe, einen besseren Blick auf die Frau erhaschen zu können. Ich will schon ihren Namen rufen, als sie sich in Richtung der Kutsche wendet. Sie schaut nicht zu mir her, aber ich kann sie gut genug erkennen, um zu sehen, dass es nicht Alice ist.

Sie geht die Straße entlang und verschwindet in dem Rauch, der den Straßenlaternen entströmt und vom Wind durch die Stadt getrieben wird. Ich lehne mich wieder in meinem Sitz zurück und bin mir nicht sicher, ob das, was mein Herz zusammenpresst, Erleichterung oder Enttäuschung ist.

»Lia? Alles in Ordnung?«, fragt Luisa.

Ich bemühe mich um eine gelassene Stimme, wohl wissend, dass mein Puls rast. »Aber gewiss.«

Sie nickt und ich zwinge mich zu einem Lächeln. Dann schließe ich die Augen und atme tief durch.

Es war nur meine Einbildung, sage ich mir. Ich werde schon zu lange von Alice und den Seelen heimgesucht. Ich sehe sie bereits an jeder Straßenecke.

Plötzlich wünschte ich mir, Dimitri säße neben mir, und ich könnte seine muskulösen Schenkel neben mir spüren und seine Hand, die in den Falten meines Kleids mit meinen Fingern spielt. Aber noch während ich mir das wünsche, zwinge ich mich zur Mäßigung. Es ist unklug, sich so gänzlich auf andere zu verlassen.

Selbst wenn es um Dimitri geht.

Als Edmund die Kutsche vor der St. John's Kirche anhält, registriere ich – wieder einmal – mit Erstaunen, wie normal alle aussehen. Natürlich sind die Mitglieder der Gesellschaft in vielerlei Hinsicht tatsächlich normal, aber dennoch habe ich noch nie so viele von uns auf einmal gesehen. Ich erwarte fast, ein Glühen oder ein Summen wahrzunehmen, irgendetwas, das der großen Anzahl jener mit übernatürlichen Kräften Rechnung trägt.

Aber nein. Alles wirkt wie eine Zusammenkunft von wohlhabenden und reich gekleideten Londoner Bürgern.

»Wie um alles in der Welt hat es Elspeth geschafft, eine Kirche zu mieten?« Sonias Stimme erklingt nah an meinem Ohr. Alle drei haben wir uns vorgebeugt und verrenken uns die Hälse, um die Damen und Herren, die aus den Kutschen steigen und die Stufen zum Portal hinaufgehen, besser sehen zu können.

»Ich habe keine Ahnung, wie Elspeth es immer wieder schafft, das Unmögliche möglich zu machen!«, lacht Luisa. Es ist das unbekümmerte, fröhliche Lachen, das mich in Gedanken zu den Anfängen unserer Freundschaft zurückführt.

»Ich muss zugeben, dass ich mir über die Räumlichkeiten, in denen der Ball abgehalten wird, keine Gedanken gemacht habe«, sage ich. »Aber jetzt bin ich doch neugierig. Die Königin wäre vermutlich nicht erfreut, wenn sie wüsste, dass sich ein solcher Haufen Heiden in einer Londoner Kirche versammelt!«

Sonia zischt mir ein »Pst!« zu, ehe sie kichert und sagt: »Byron hat mir erzählt, dass in St. John's viele Konzerte und Bälle abgehalten werden.«

Ihre Worte strahlen eine derartige Gelassenheit aus, dass ich einen Moment brauche, um zu begreifen, was sie da gerade gesagt hat. Luisa ergeht es wohl ebenso, denn wir beide drehen uns nach einem Augenblick gemeinsam zu Sonia um.

»Byron!«

Sie errötet, und ich verspüre einen Anflug von Fassungslosigkeit, dass Sonia nach allem, was geschehen ist, noch immer bei der simplen Erwähnung eines Gentlemans rot wird.

»Ich sah ihn auf einer Veranstaltung der Gesellschaft, nachdem wir von Altus zurückgekehrt waren.« Ihr Blick huscht zu Luisa. »Er ist derjenige, der mir zuerst von dem Maskenball erzählt hat.«

Ein kalter Windstoß fegt in das Innere der Kutsche, als Edmund, der in seiner formellen Uniform sehr fesch aussieht, den Wagenschlag öffnet. »Meine Damen.«

Zitternd zieht sich Luisa ihren Umhang enger um die Schultern. »Gehen wir? Es scheint, als ob Dimitri nicht der einzige Herr ist, der unsere Ankunft sehnsüchtig erwartet.«

Es ist so leicht, sie mit einem Lächeln zu beschenken. Niemand außer Luisa wäre so großzügig, um Sonia und mir unsere Amouren zu gönnen, nachdem sie ihren eigenen Liebhaber auf Altus zurücklassen musste.

Der Gedanke an die Insel ist wie eine warme Brise in meinem Herzen. Wie Blitze zucken die Impressionen durch meinen Sinn: Der Duft der Orangen, die Brandung, die sich an den Felsen unterhalb des Heiligtums bricht, Seidengewänder auf nackter Haut.

Ich schüttele den Kopf und lenke meine Sinne auf die eine Person, die mir all das näherbringen kann, obwohl mich eine ganze Welt von Altus trennt.

Wir legen noch in der Kutsche unsere Masken an, ehe wir hinaus in die Kälte treten und eilig in Richtung des großen Saals hasten. Ich schiebe mich durch die Menge, die sich am Straßenrand versammelt hat, und habe mit einem Mal den Eindruck, mich in einer Art Kuriositätenkabinett zu befinden. Die kostümierten Gestalten ringsum kommen mir geschmacklos und grell vor, meine eigene Maske sitzt zu fest auf meinem Gesicht. Durch die Masken sind Gespräche kaum möglich, und ich bin erleichtert, als ein groß gewachsener, spindeldürrer Mann seine Verkleidung lüftet und sich als Byron zu erkennen gibt. Er verbeugt sich, nimmt Sonias Hand, und sie lächelt scheu, als er sie auf die Tanzfläche führt. Kurz darauf entschwindet Luisa mit einem blonden Herrn, der seine Augen nicht von ihr abwenden kann. Ich sehe, wie meine Freundinnen unter den bewundernden Blicken der Männer, die sie über die Tanzfläche wirbeln, erblühen, und kann es kaum fassen, dass wir uns vor gar nicht allzu langer Zeit als schüchterne Mädchen in New York kennenlernten.

Ich überlege gerade, ob ich mich auf den Weg machen soll, um mir eine Erfrischung zu holen, als ich einen Mann bemerke, der mitten in einer Menschenansammlung ein Stück weit entfernt steht. Ich weiß sofort, dass es Dimitri ist, obwohl wir einander nichts über unsere Masken verraten haben. Vielleicht sind es seine Schultern und seine ganze Haltung – als ob er jeden Augenblick angegriffen werden würde und sich (und mich) verteidigen müsste –, die mir die Gewissheit geben, dass er es ist.

Er dreht sich um und seine Augen fangen meinen Blick ein. Dann schreitet er durch die Menge auf mich zu, ohne seine Augen ein einziges Mal von mir abzuwenden.

Seine Maske ist herrlich, besetzt mit Onyx-Steinen inmitten von silbernem Flitter und tiefroten Federn.

Als ob er gewusst hätte, dass ich das blutrote Kleid wählen würde.

Als er bei mir angekommen ist, nimmt er meine Hand, aber er beugt sich nicht darüber, um sie zu küssen. Dimitri gibt nicht vor, die Regeln der Londoner Gesellschaft zu befolgen. Seine große Hand umfasst meine kleinere und er zieht mich an sich, bis ich die harten Muskeln seines Körpers spüre. Er schaut mir tief in die Augen und senkt dann seinen Mund auf meine Lippen. Sein Kuss ist leidenschaftlich und lang, und ohne nachzudenken hebe ich meine Hand und lege sie auf das dunkle Haar an seinem Nacken. Nur widerstrebend lösen wir uns voneinander. Einige der Gäste in unserer Nähe heben die Augenbrauen, ehe sie sich wieder ihren eigenen Angelegenheiten zuwenden.

Seine Stimme, die mir ins Ohr flüstert, ist nur für mich bestimmt: »Du siehst hinreißend aus.«

»Ich muss schon sehr bitten, Sir! Sie nehmen sich ja allerhand heraus!« Ich hebe das Kinn, schaue ihm in die Augen und klimpere mit den Wimpern, als wäre ich ein schüchternes Mädel vom Lande. Einen Moment später kann ich nicht mehr an mich halten; ich muss lachen. »Woher wusstest du, dass ich es bin?«

»Ich könnte dich dasselbe fragen.« Er grinst mich an. »Oder muss ich annehmen, dass du jedem Mann mit einer juwelenbesetzten Maske schöne Augen machst?«

»Niemals.« Meine Stimme wird ernst. »Ich habe nur Augen für dich.«

Dimitris Augen verdunkeln sich – ein Zeichen seines Verlangens, das ich in den vielen Stunden, die wir einander in den Armen liegend verbracht haben, kennenlernen durfte.

»Komm.« Er streckt die Hand aus. »Lass uns tanzen. Es wird zwar nicht so sein wie auf Altus, aber wenn wir die Augen schließen, können wir uns vorstellen, wir wären dort.«

Er zieht mich durch die Menge, wobei er allein durch seine Präsenz eine Gasse bahnt. Als wir uns der Tanzfläche nähern, sehe ich Sonia in Byrons Armen vorbeiwirbeln. Sie sieht glücklich aus, und in diesem Augenblick gönne ich ihr ihre Freude.

»Guten Abend, Miss Milthorpe. Ich hörte, Sie benötigen in einer sehr speziellen Angelegenheit die Hilfe eines Fachmanns.« Die Stimme, die direkt hinter mir erklingt, ist nicht laut, aber sie hat meine volle Aufmerksamkeit.

Ich zupfe Dimitri am Arm und bleibe stehen, wende mich zu dem Mann um, der inmitten der Tanzenden steht. Das weiße Haar und die Falten auf seinem Gesicht bezeugen sein hohes Alter. Seine Maske ist schwarz und grün und mit Pfauenfedern geschmückt, aber das mitternachtsblaue Gewand verrät ihn, denn er trägt es bei jeder Zusammenkunft der Gesellschaft.

»Arthur!« Ich lächele, als ich den bejahrten Druiden erblicke. »Wie haben Sie mich nur erkannt?«

»Ach, Miss Milthorpe. Meine Sinne sind zwar nicht mehr das, was sie einmal waren, aber ich bin dennoch ein Druide von Kopf bis Fuß. Selbst Ihre extravagante Maske kann nicht Ihr wahres Gesicht vor mir verbergen.«

»Sie sind wahrhaftig weise!« Ich wende mich zu Dimitri und gebe mir Mühe, mich ihm verständlich zu machen, ohne zu schreien. »Ich vermute, du kennst Mr Frobisher von der Gesellschaft?«

Dimitri nickt und streckt die Hand aus. »Wir sind uns bei verschiedenen Gelegenheiten begegnet. Ich konnte mich, da ich mich in den Räumen der Gesellschaft einquartiert habe, von seiner Gastfreundschaft überzeugen.«

Arthur schüttelt Dimitris Hand und seine Augen glänzen bewundernd. Er beugt sich vor und sagt leise: »Es ist jedes Mal eine Ehre, ein Mitglied der Bruderschaft zu Gast zu haben.«

Nachdem die Freundlichkeiten ausgetauscht sind, erinnere ich mich wieder an Arthurs erste Worte. »Sie erwähnten einen Fachmann?«

Er nickt, zieht etwas aus seiner Tasche und hält es mir hin. »Es wird gemunkelt, dass Sie nach bestimmten Informationen suchen. Dies ist die Adresse von Bekannten, die Ihnen möglicherweise helfen können.«

Ich nehme das Stück Papier, das sich glatt in meiner Hand anfühlt.

»Arthur, wer hat Ihnen gesagt, dass wir auf Informationen aus sind?« Die Sorge beschattet Dimitris Augen. »Unsere Nachforschungen hätten eigentlich streng vertraulich bleiben sollen.«

Arthur nickt und legt dann beruhigend seine Hand auf Dimitris Schulter. »Keine Angst, Bruder. Nachrichten verbreiten sich nur langsam und äußerst diskret in unseren Kreisen.« Er richtet sich wieder auf und deutet auf das Blatt Papier in meiner Hand. »Sie sollten die beiden aufsuchen. Sie erwarten Sie.« Dann wendet er sich um und verschwindet ohne ein weiteres Wort in der Menge. Ich würde den Zettel zu gerne gleich auseinanderfalten, um nachzusehen, wer es ist, der möglicherweise die Antwort auf unsere Fragen hat, aber Name und Adresse werden in diesem Trubel, während ich von allen Seiten angerempelt werde, nur schwer zu lesen sein. Dimitri schaut zu, wie ich den Zettel noch zweimal falte und ihn dann in den Seidenbeutel stecke, der an meinem Handgelenk baumelt, und sorgfältig die Schnur zuziehe, die den Beutel verschließt.

Der Zettel stiehlt die Leichtherzigkeit, die ich eben noch empfand. Er ist eine Mahnung, dass immer noch viel Arbeit vor mir liegt. Dass kein Maskenball, kein Vergnügen, kein dunkeläugiger Mann mir die Last der Prophezeiung nehmen kann. Das ist etwas, das nur ich allein tun kann.

Als ob er meine Niedergeschlagenheit spüren würde, nimmt Dimitri meine Hand. »Dazu ist morgen noch Zeit.« Seine Augen halten meine fest. »Komm. Tanzen wir.«

Ich lasse mich von ihm in die Mitte des Saals führen, geradewegs zur Tanzfläche. Für Sorgen bleibt kein Raum mehr, als wir uns zwischen den bunten Seidengewändern im Kreis drehen. Mit Juwelen und Federn besetzte Masken huschen wie ein Reigen aus prächtigen Vögeln vorbei. Dimitris starke Hand liegt auf meiner Taille, und ich gebe mich ganz der Bewegung hin, lasse mich treiben und bin froh, dass jemand anderer die Führung übernommen hat, und sei es auch nur für einen Tanz.

Die Musik steigert sich zu einem Crescendo und wechselt dann die Melodie. Diesmal bin ich diejenige, die Dimitri mit sich zieht, weg von der Tanzfläche.

»Ich möchte gerne etwas trinken«, spreche ich ihm ins Ohr, um mir Gehör zu verschaffen.

Er nickt und grinst. »Habe ich dich durstig gemacht, Mylady?«

Ich hebe die Augenbrauen. »Das kann man so sagen.«

Er wirft den Kopf zurück und lacht. Ich höre den Hall über die Musik und die Gespräche im Saal hinwegfliegen.

Wir schieben uns zwischen den Gästen hindurch in Richtung der Erfrischungen, als ich ein Profil entdecke, das mir vertraut ist. Ein Wangenknochen, zart und kantig zugleich, unter grünen Augen, die mir durch den Raum hinweg zufunkeln. Wie konnte ich sie überhaupt erkennen – aus dieser Entfernung und wo doch ihr Gesicht fast vollständig hinter einer Maske aus Goldflitter und lilafarbenen Edelsteinen verborgen ist?

Aber ich bin mir meiner Sache sicher und schiebe mich auf sie zu, ohne ein Wort der Erklärung zu Dimitri.

»Lia? Wohin gehst …?« Ich höre seine Stimme hinter mir,

aber meine Füße haben ein Eigenleben entwickelt und tragen mich ohne Umschweife zu der Frau, deren Haltung ich wohl überall erkennen würde.

Ich greife nach ihrem Arm. Mir kommt überhaupt nicht in den Sinn, dass ich mich irren könnte.

Sie scheint nicht im Mindesten überrascht zu sein. Sie blickt nicht einmal auf meine Hand, die ihren schmalen Oberarm umfasst hält. Nein. Sie wendet sich langsam zu mir um, als ob sie erwartet hätte, dass ich sie ausfindig machen würde.

Ich sehe mich in meiner Vermutung bestätigt, noch ehe sie sich ganz umgedreht hat. Ich erkenne die stolze Linie ihres Kinns. Das herausfordernde Blitzen in ihren Augen.

»Alice«, hauche ich. Kein Zweifel, sie ist es. Ich habe sie in den Anderswelten gesehen und in der wirklichen Welt. Ihr Geist hat mich in den vergangenen Monaten heimgesucht, während derer sie immer mächtiger wurde und schließlich gelernt hat, ungehindert zwischen den Welten zu wandern. Ich habe als Kind neben ihr geschlafen und nachts ihrem sanften Atem gelauscht. Trotz der Maske weiß ich genau, dass es Alice ist.

Ihr Lächeln ist träge und wissend. Meine Schwester hat schon immer die lässige Überlegenheit genossen, mehr zu wissen als andere. Und doch liegt in ihren Augen noch etwas anderes. Etwas Wachsames, Unergründliches.

»Guten Abend, Lia. Ich dachte schon, dass ich dich hier treffen würde.«

Ihre Augen bergen ein dunkles Geheimnis, und das

ängstigt mich mehr als die Tatsache, dass ich es nun hier in London mit der wahrhaftigen Alice zu tun bekomme – nicht länger mit dem Geistwesen – und dass sie mächtiger ist als je zuvor.

Ich blinzle und versuche noch immer, den Schock, sie von Angesicht zu Angesicht vor mir zu sehen, zu überwinden. »Was machst du hier? Ich meine … Ich … Warum bist du hier?«

Es gibt so vieles, was ich sagen sollte. Ich sollte sie anschreien, Erklärungen verlangen. Aber der Maskenball und mein Schock arbeiten Hand in Hand und ermöglichen mir, höflich zu bleiben, obwohl mir ein unterdrückter Schrei die Kehle zusammenpresst.

»Ich will Einkäufe machen. Vorbereitungen treffen.« Sie sagt es, als ob es die selbstverständlichste Sache der Welt wäre, aber ich habe das Gefühl, dass mich ein Wirbelwind in die Anderswelten getragen hat, an einen Ort, der genauso aussieht und genauso klingt wie meine eigene Welt, aber in Wahrheit eine verdrehte und verquere Version davon ist.

»Vorbereitungen? Wofür?« Ich komme mir vor wie ein Dorftrottel. Es ist offensichtlich, dass Alice mich an der Nase herumführt, und trotzdem kann ich sie nicht einfach stehen lassen. Sie hat mich fest im Griff, wie immer.

Selbst hier. Selbst jetzt noch.

Sie lächelt, und einen Moment lang glaube ich, dass sie keine Spielchen mit mir spielt. »Für meine Hochzeit, wofür sonst?«

Ich schlucke die düstere Vorahnung herunter, die in mir aufsteigt, während sie sich einem Herrn an ihrer Seite zuwendet. Ich hatte nur Augen für sie, sodass ich ihren maskierten Begleiter überhaupt nicht bemerkt habe.

Aber jetzt sehe ich ihn. Ich sehe ihn und fühle, wie mein Inneres hohl wird.

Er ist schon dabei, seine Maske abzulegen. Er tut es langsam, zögernd, sodass sein Gesicht Zentimeter für Zentimeter freigelegt wird, bis ich nicht länger hoffen kann, dass ich mich irre.

»Lia? Bist du es wirklich?« Der Schreck ist ihm vom Antlitz abzulesen, und seine Augen suchen in meinem Gesicht nach einer Antwort, die ich ihm schuldig bleiben muss.

»Du erinnerst dich doch noch an James Douglas, nicht wahr?« Alice nimmt seinen Arm, steckt mit einer eindeutigen Geste ihren Claim ab. »Wir werden im Frühling heiraten.«

In diesem Moment neigt sich der Saal zur Seite, und die Masken-Gesichter der Gäste verschwimmen zu etwas Fremdartigem und Beängstigendem.

3

Ich bin keine Frau, die leicht in Ohnmacht fällt. Ich habe schreckliche und gefährliche Dinge erlebt. Ich habe mein Leben und das der Menschen, die ich liebe, gegen die schlimmste Art von Bedrohung verteidigen müssen. Ich habe alles im Namen der Prophezeiung und für die Rettung der Welt aufgegeben.

Aber Alices Worte zwingen mich fast in die Knie.

Ich merke nicht, wie Dimitri zu uns tritt, aber er ist da, als ich unwillkürlich meinen Arm ausstrecke und irgendwo Halt suche, damit ich nicht umfalle.

»Oh!«, sagt Alice. »Ist dies dein Verehrer?«

Ich kann James nicht in die Augen schauen, aber als ich mich Dimitri zuwende, sehe ich, dass die Verwirrung seine Wangen rot färbt, während er von mir zu James blickt und wieder zurück. Ich kann auch ihn nicht anschauen. Und so richte ich meinen Blick auf Alice und muss gegen den unpassenden Drang zu lachen ankämpfen. Die Situation ist grotesk.

»Das ist Dimitri. Dimitri Markov.« Ich schlucke meine Scham herunter und spreche weiter. Das schulde ich Dimitri. Und James. »Und ja, er ist mein Verehrer.«

Alice streckt Dimitri ihre Hand entgegen. »Es ist mir ein Vergnügen, Sie kennenzulernen, Mr Markov. Ich bin Alice Milthorpe, Lias Schwester.«

Dimitri ist nicht überrascht, denn wer sonst würde mit einem Gesicht wie dem meinen herumlaufen? Aber er ignoriert ihre ausgestreckte Hand. Stattdessen beugt er sich so weit vor, dass die Umstehenden ihn nicht verstehen können.

»Ich habe keine Ahnung, was Sie hier tun, Miss Milthorpe, aber ich schlage vor, dass Sie sich von Lia fernhalten.« In seiner Stimme liegt der Hauch einer Drohung.

»Also hören Sie mal!«, mischt sich James ein. »Es gibt keinen Grund, unhöflich zu sein. Ich würde mir wünschen, dass wir uns alle wie zivilisierte Menschen benehmen – trotz der etwas merkwürdigen Situation. Und ich kann mir nicht vorstellen, was Sie dazu veranlasst, meine Verlobte zu beleidigen.« Seine Stimme ist zögernd, verwirrt. Und dann weiß ich es.

Er hat keine Ahnung, denke ich. *Alice hat ihm nichts über uns gesagt. Über die Prophezeiung. Über alles, was zwischen uns steht.*

Die Vorstellung, dass James mit meiner Schwester verlobt ist, ist schwer genug zu akzeptieren, aber dass er mit ihr verlobt ist, ohne sich der Gefahr bewusst zu sein, in die er sich damit begibt, ist ungeheuerlich.

Ich wende mich Alice zu und forsche in ihrem Antlitz nach der Boshaftigkeit, die ich dort zu sehen erwarte. Sie hat James verführt, hat ihn nach London gebracht, hat mir die Wahrheit über ihre Verlobung ins Gesicht geschleudert. Nur, um mich zu verletzen. Es gibt für sie nur einen Grund, sich dem Mann hinzugeben, den ich einstmals liebte, den ich heiraten wollte: Sie will ihn haben, weil er mir etwas bedeutete. Als ob sie mir nicht schon genug genommen hätte.

Aber als sie James anschaut, sehe ich nichts dergleichen. In ihren Augen liegt nur Sanftheit.

Doch dann denke ich an Henry. Ich denke an sein liebes Lächeln, an den Kleinjungen-Duft, und wieder wird mir klar, wozu Alice fähig ist.

Ich straffe die Schultern und nehme Dimitris Arm. »Ich möchte jetzt bitte gehen.«

Er nickt und legt seine Hand über meine.

Als wir uns abwenden, erklingt hinter uns James' Stimme. »Lia.«

Ich blicke mich um und sehe meine eigene Resignation in seinen Augen.

Er seufzt. »Ich freue mich, dass du wohlauf bist.«

Ich nicke nur. Und dann bringt mich Dimitri eilig aus dem Saal.

»Aber was will sie hier?«

Es ist dunkel in der Kutsche auf dem Heimweg nach Milthorpe Manor, und Sonias Stimme dringt durch die

Schatten zu mir. Dimitri bot sich an, uns nach Hause zu begleiten, aber es fällt mir schwer genug, mich den Fragen von Sonia und Luisa zu stellen. Ich bin mir nicht sicher, ob ich den Mut aufbringe, den unausgesprochenen Vorwürfen in Dimitris Augen standzuhalten. Nicht heute Nacht.

Ich bin dankbar, dass Luisa an meiner Stelle antwortet: »Ich bin sicher, dass Lia keine Ahnung hat, was Alice hier tut. Woher soll irgendjemand wissen, was Alice im Sinn hat? Haben wir das jemals gewusst?«

»Nein. Du hast recht«, sagt Sonia.

»Mit allem, was Alice tut, verfolgt sie ein Ziel«, sage ich. »Ich weiß bloß noch nicht, welches es dieses Mal ist.«

»Ich kann nicht glauben …«, beginnt Luisa, verstummt dann aber.

Im Dunkeln ungesehen, schüttele ich den Kopf und betrachte die nebligen Straßen und die schemenhaften Gestalten, die auf den Gehsteigen entlanglaufen. »Ich auch nicht.«

»Ich hätte Alice ja viel zugetraut – aber … James Douglas heiraten?« Luisa knirscht mit den Zähnen. »Wie kann sie nur? Wie kann *er* nur?«

»Ich habe ihn verlassen.« Meine Stimme ist nur ein Murmeln, und ich frage mich, ob ich überhaupt will, dass Sonia und Luisa mich verstehen. Ob ich will, dass sie die Wahrheit über mich und James erfahren. »Ich bin ohne ein Wort gegangen. Ich habe keinen seiner Briefe beantwortet. Er schuldet mir nichts.«

»Vielleicht nicht«, erwidert Sonia. »Aber von allen

Mädchen in New York, wie kann er da ausgerechnet Alice heiraten?«

Ich wende mich vom Fenster ab. Diesseits und jenseits der Glasscheibe ist nur Dunkelheit.

»Er weiß es nicht.«

Luisas Schock ist förmlich spürbar. »Wie kannst du so sicher sein?«

»Ich bin es einfach. Er hat keine Ahnung, was zwischen Alice und mir steht. Er weiß nicht, was für eine Art Leben ihn erwartet, wenn Alice die Oberhand behält.«

Sonia beugt sich so weit vor, bis ihr Gesicht von dem durch das Fenster fallenden Licht der Straßenlaternen beleuchtet wird. »Dann musst du es ihm sagen, Lia. Du musst es ihm sagen, musst ihn retten.«

Verzweiflung steigt wie eine Flutwelle in mir auf. »Was, wenn er mir nicht glaubt?«

Sonias Seidenkleid raschelt, als sie den Arm ausstreckt und meine Hand fasst. »Du musst dafür sorgen, dass er dir glaubt. Du musst einfach.«

Ich schaue hinunter auf unsere verschränkten Hände, bleich vor dem Blau von Sonias Kleid und dem Rot von meinem. Ich lehne den Kopf gegen die Rückenlehne des Sitzes und schließe meine Augen. Sehe Alice vor mir, wie sie da wie eine Königin in ihrem prächtigen Gewand aus smaragdgrüner Seide steht, ein lebhafter Kontrast zu dem blutroten Kleid, das ich trage.

Natürlich, denke ich. Natürlich.

In dem dunkelgrünen Kleid, mit James am Arm, ist Alice

die Lia, die ich hätte sein können. Vor meinem geistigen Auge sehe ich uns Seite an Seite inmitten des prächtigen Saals stehen, und selbst ich kann kaum erkennen, welches der beiden Mädchen meine Schwester ist und welches ich.

Nur mit meinem Nachthemd und dem Morgenmantel bekleidet, bleibe ich vor der Tür stehen. Die Kälte des Bodens dringt durch die Sohlen meiner Pantoffeln, und ich zögere, als ich von drinnen Stimmen höre.

Ich habe geduldig gewartet, bis alles im Haus ruhig war, ehe ich mich zu Tante Virginias Zimmer begab, aber es scheint, als hätte ich doch nicht lange genug gewartet. Aber in mein Zimmer zurückkehren will ich nicht. Ich brauche den Rat meiner Tante. Mehr noch: Ich sehne mich nach ihrem Verständnis, denn nur Tante Virginia kann das Entsetzen verstehen, das ich empfand, als ich neben Alice stand und sie mir ihre Verlobung mit James verkündete.

Ich klopfe so leise wie möglich an. Das gedämpfte Säuseln der Stimmen verstummt, und kurz darauf öffnet Tante Virginia mit einem überraschten Ausdruck auf dem Gesicht die Tür.

»Lia! Ich dachte, du wärst längst zu Bett gegangen!« Ihr gelöstes Haar fällt ihr fast bis zur Taille. Sie sieht so jung aus, und mir zuckt das Bild meiner Mutter durch den Sinn, das in Birchwood Manor über dem Kamin hängt. »Komm herein, Liebes.«

Sie tritt zurück, öffnet die Tür noch ein Stück weiter und ich trete ein, wobei ich unwillkürlich nach ihrem Gesprächspartner Ausschau halte. Ich weiß nicht, wen ich erwarte, aber ganz gewiss nicht Edmund, der gemütlich in einem Lehnsessel und mit einer dicken, dunkelroten Decke über den Beinen vor dem Kamin sitzt.

»Edmund! Was machen Sie denn hier?«

Tante Virginia lacht leise. »Edmund hat mir gerade von Alices Auftauchen auf dem Maskenball erzählt. Ich bin froh, dass du gekommen bist, Lia. Du wirst mir Näheres darüber berichten können.«

Sie wirft Edmund einen Blick zu, und ich habe das Gefühl, dass dies nicht das erste Mal ist, dass sich die beiden mitten in der Nacht zu einem vertraulichen Gespräch in Tante Virginias Zimmer zusammengefunden haben.

Tante Virginia und ich nehmen auf dem kleinen Sofa vor dem Kamin Platz. Wir schweigen eine Weile und hängen unseren Gedanken nach, bis Tante Virginia schließlich mit zärtlicher Stimme anfängt zu sprechen.

»Es tut mir wirklich leid, Lia. Ich weiß, wie viel dir James bedeutete.«

»Bedeutet«, verbessere ich sie und schaue in die Flammen, »nur weil ich gezwungen war, ihn freizugeben – und weil ich jetzt Dimitri habe –, heißt das noch lange nicht, dass mir egal ist, was mit James passiert.«

»Natürlich.« Sie nimmt meine Hand. »Und du hattest keine Ahnung von einer intimen Beziehung zu Alice? Hat er nichts davon in seinen Briefen erwähnt?«

Ich schüttele den Kopf. »Wir schreiben uns seit geraumer Zeit nicht mehr.«

»Ich begreife einfach nicht, wie er sich mit Alice verloben konnte. Als ich sie das letzte Mal sah – bevor ich nach London aufbrach –, war sie mir schon so weit entglitten, dass ich keinerlei Einfluss mehr auf sie nehmen konnte.«

»James Douglas ist ein guter Mann. Ein kluger Mann«, sagt Edmund. »Aber er ist ein Mann. Alice sieht aus wie Sie, Lia. Und James war sehr einsam, nachdem Sie New York verlassen hatten.« In seinen Augen liegt kein Vorwurf. Er listet lediglich die Tatsachen auf.

»Edmund meint, du glaubst nicht, dass James über die Prophezeiung Bescheid weiß«, sagt Tante Virginia. »Was bringt dich auf die Idee?«

Ich starre weiter in die Flammen und denke an James. An sein sanftes Lächeln, wenn er mich küsste. An seinen Eifer, mich vor jeder Art von Gefahr zu beschützen. An seine Güte, die sein ganzes Herz ausfüllt.

Ich wende mich Tante Virginia zu, bin meiner Sache ganz sicher. »James würde sich niemals auf so etwas einlassen. Nicht auf das, was Alice vorhat.«

Tante Virginia nickt. »Wenn das stimmt, kannst du nicht einfach mit ihm reden? Sag ihm alles und bitte ihn, sich von Alice fernzuhalten, zu seinem eigenen Besten.«

Ich beiße mir auf die Lippe und versuche mir vorzustellen, wie ich James von der Prophezeiung erzähle.

»Sie denken nicht, dass er Ihnen glaubt?«, sagt Edmund.

Ich blicke ihn an. »Würden Sie mir glauben?«

Er spricht langsam und wählt seine Worte sorgfältig. »Sie haben ihm schon einmal nicht vertraut, und es sieht nicht so aus, als ob Ihre Entscheidung etwas Gutes bewirkt hätte. Vielleicht ist es Zeit, dass Sie etwas anderes versuchen.«

Ich schaue auf meine Hände, auf das verhasste Zeichen auf einem Handgelenk und auf das Medaillon am anderen. »Vielleicht.«

Wieder sitzen wir schweigend da, bis Tante Virginia weiterspricht. »Und was machen wir mit Alice? Glaubst du, sie ist gekommen, weil wir der Komplettierung der Schlüssel näherkommen?«

»Selbst wenn sie davon wüsste, scheint es mir keine Rechtfertigung für eine so lange Reise. *Fast* alle Schlüssel beisammenzuhaben, ist kaum etwas, worüber sich Alice Sorgen machen würde. Es könnte Jahre dauern, bis wir den vierten Schlüssel gefunden haben, von dem Stein ganz zu schweigen.«

»Und dem Ritual«, ergänzt Tante Virginia. Sie meint damit die Worte der Beschwörung, die in Avebury abgehalten werden muss, um das Tor endgültig zu schließen – eine Beschwörung, von der anscheinend niemand je gehört hat. »Aber ich werde mich morgen mit Elspeth zum Tee treffen. Wir wollen ein paar alte Bücher über Zaubersprüche durchsehen. Vielleicht finden wir etwas.«

»Hoffentlich.« Ich stehe auf. Ich bin mit einem Mal todmüde; selten habe ich die Last der Aufgaben, die vor uns liegen, als so niederdrückend erlebt. »Arthur Frobisher gab mir die Adresse von jemandem, der vielleicht über das Versteck des Steins Bescheid weiß. Dimitri und ich werden die Person aufsuchen. Allerdings hätte ich mir gewünscht, dass uns Arthur auch einen Namen genannt hätte, nicht nur eine Adresse. Ich möchte schließlich wissen, mit wem ich mich einlasse.«

»Nun, jedenfalls werden Sie sich nicht allein auf die Sache ›einlassen‹«, erklärt Edmund. »Ich kann nicht zulassen, dass Sie sich mit irgendeinem Fremden treffen, ohne jemanden zu Ihrem Schutz dabeizuhaben. Besonders jetzt nicht.«

Ich erwähne nicht, dass ich in Chartres ganz allein mit dem Leibwächter Samaels fertig geworden bin. Ich lächle ihn nur dankbar an, wünsche den beiden eine Gute Nacht und wende mich zum Gehen.

»Lia?« Tante Virginias Stimme hält mich auf, als ich gerade durch die Tür treten will.

»Ja?«

»Was wirst du wegen Alice unternehmen? Sie wartet zweifellos darauf, dass du den ersten Zug machst.«

Ich überlege, bevor ich antworte.

»Ich weiß es noch nicht«, sage ich schließlich mit fester Stimme. »Ich werde mich nicht von Alice zu einer unbedachten Handlung hinreißen lassen. Ich werde gründlich über die Sache nachdenken.«

Tante Virginia nickt. »Vielleicht werden wir beide morgen Abend klüger sein.«

»Vielleicht.« Ich ziehe die Tür hinter mir zu, ohne den Gedanken auszusprechen, der mir in den Sinn kommt. *Hoffentlich. Wir müssen weiterkommen. Koste es, was es wolle. Uns läuft die Zeit davon.*

4

Die kalte Morgenluft raubt mir schier den Atem. Ich will gerade die Haustür schließen, da höre ich hinter mir Luisas Stimme. »Wo willst du denn so früh schon hin?«

Sie steht in der Eingangshalle, am Fuß der großen Treppe. Das mitternachtsblaue Kleid lässt ihre vollen Lippen noch roter erscheinen als sonst. In ihrer Stimme liegt ein anklagender Unterton.

»Ich habe etwas mit Dimitri zu erledigen.« Ich lächle sie an, wobei ich von Schuldgefühlen gepackt werde. »Es wird nicht lange dauern. Zum Tee werde ich wieder zurück sein, sodass wir Helenes Ankunft morgen besprechen können.«

»Hat es vielleicht irgendetwas mit der Prophezeiung zu tun?«

Ihre Missbilligung ist offensichtlich, und plötzlich werde ich zornig.

»Was spielt das für eine Rolle, Luisa? Wenn es dich und

Sonia betrifft, werde ich euch darüber informieren.« Ich weiß, wie sehr sie meine Worte verletzen, wie sehr sie mich selbst verletzen würden, wenn sie sie aussprechen würde.

Ein bitteres Lachen steigt aus ihrer Kehle. Es ist anders als das fröhliche Gelächter, das ich sonst von ihr zu hören bekomme. »Was für eine Rolle es spielt? Wie kannst du so etwas sagen, Lia? Es spielt eine Rolle, weil wir früher alles miteinander geteilt haben, was die Prophezeiung betraf. Früher hast du die Last, die auch wir tragen, ernst genommen, und hast versucht, unsere Ängste ebenso zu zerstreuen wie deine eigenen.«

Ihre Worte dringen bis tief in mein Herz. Ich weiß, dass sie recht hat, auch wenn ich es leugnen möchte.

»Lia? Stimmt etwas nicht?« Dimitri ruft von der Kutsche aus nach mir. Ich wende mich zu ihm, dankbar für die zusätzlichen Sekunden, in denen ich vielleicht eine Antwort auf Luisas Vorwurf finden kann. Mit einer kurzen Handbewegung bitte ich ihn zu warten.

Mich wieder Luisa zuwendend, gibt es nur eins, was ich sagen kann: »Es tut mir leid. Ich versuche wirklich, Sonia zu vergeben, damit wir alle wieder Freundinnen sein können. Es ist …« Ich blicke auf meine Stiefelspitzen, während ich um Worte ringe. »Es ist nicht so einfach, wie es vielleicht klingt.«

Luisa kommt durch die Eingangshalle auf mich zu. Ich denke, sie will mich trösten, will mich voller Freundschaft und Nachsicht umarmen, wie früher.

Aber Luisa ist mit ihrer Geduld am Ende. »Ich bin nicht

Sonia. Ich habe dich nicht verraten. Ich muss von dir keine Vergebung erflehen.« Ihre Stimme ist so eisig wie der Wind, der aus den Londoner Straßen ins Haus fegt. »Aber wenn du nicht aufpasst, wirst *du mich* bald um Vergebung bitten müssen.«

Sie macht kehrt und marschiert zurück ins Haus, lässt mich in der kalten Morgenluft stehen. Ihre Worte fallen schwer wie Steine auf mein Herz, und die Scham lässt mir – trotz der Kälte – die Hitze in die Wangen steigen.

Ich hebe mein Kinn, schließe die Tür und gehe die wenigen Schritte bis zur Kutsche.

Sie versteht mich nicht, denke ich. *Ich halte Informationen vor ihr geheim, weil ich sie schützen will. Weil ich sie nicht beunruhigen will.*

Aber noch während mir der Gedanke durch den Kopf schießt, weiß ich, dass es eine Lüge ist.

Dimitri und ich sitzen Seite an Seite, während Edmund die Kutsche durch die Stadt lenkt. Es dauert eine Weile, bis Dimitri das Wort ergreift.

»Ich bin seit Langem über deine frühere Verbindung mit James Douglas im Bilde, noch aus der Zeit, als ich dich im Auftrag der Grigori hier in New York überwachte.«

Ich nicke und schaue aus dem Fenster. »Ich weiß.«

»Es gibt nichts, dessen du dich schämen müsstest, nichts, was dir peinlich sein muss«, sagt er.

Empört wende ich mich um. »Das ist es nicht. Und es kränkt mich, dass du so etwas denkst. Soll ich mich schämen, weil ich vor dir bereits jemanden liebte? Soll es mir peinlich sein, dass ich keine zarte englische Blume bin, für die alle Männer fremde und rätselhafte Wesen sind?« Meine Worte beißen sich durch den Schatten der Kutsche.

Er nimmt meinen Ausbruch mit Gelassenheit hin, und es ärgert mich, dass er mich so gut kennt. »Natürlich nicht. Ich habe dich nie für eine … wie hast du es genannt?« Ein belustigtes Grinsen stiehlt sich in seine Mundwinkel. »Ich habe dich nie für eine englische Blume gehalten, für die alle Männer fremde und rätselhafte Wesen sind.«

Die Art, wie er es sagt, reizt mich zum Lachen. Ich versuche, es zu unterdrücken, aber vergeblich. Meine Lippen verziehen sich zu einem Lächeln, obwohl ich es ihnen streng untersagen will. Gleich darauf erbeben meine Schultern vor unterdrücktem Gelächter.

»Nein!«, sagt er und lässt seiner eigenen Heiterkeit freien Lauf. »So habe ich wirklich nie über dich gedacht!«

Mittlerweile lachen wir beide aus vollem Hals. Ich gebe ihm einen leichten Klaps auf den Arm. »Vielen Dank auch! Aber …« Ich muss so heftig lachen, dass ich kaum sprechen kann, »… aber das sagst du wahrscheinlich zu allen Mädchen.«

Wir lachen und lachen und ich muss mir den Bauch halten, bis unsere Heiterkeit schließlich versiegt.

»Lia.« Dimitri rückt näher. Sein Atem geht noch schwer von der Lachsalve. Er greift nach meiner Hand. »Ich wollte dir eigentlich nur sagen, dass mir die Sache mit gestern Abend leidtut. Und auch das, was zwischen deiner

Schwester und James entstanden ist. Das muss schwer für dich sein. Und ich möchte nicht, dass irgendetwas schwer für dich ist.«

Ich schaue ihm in die Augen. »Danke. Aber… Nun, es ist lange her, dass ich mir eine Zukunft an James' Seite ausgemalt habe.«

Er führt meine Hand zu seinen Lippen, öffnet sie und küsst meine Handfläche. Die Berührung jagt eine Feuerzunge durch meinen Bauch und meinen Rücken empor. »Ja, aber alte Gefühle sind nicht so leicht auszulöschen, könnte ich mir vorstellen. Ich könnte meine Gefühle für dich niemals verleugnen. Niemals, hörst du? Ich würde dir keinen Vorwurf machen, wenn von deinem früheren Gefühl für James noch etwas übrig wäre, selbst nach so langer Zeit und nach allem, was passiert ist.«

Unter dem Deckmantel seines Verständnisses höre ich sein Zögern. Ich entziehe ihm meine Hand und nehme sein Gesicht in beide Hände. Dann schaue ich ihm in die Augen. »Ich habe James geliebt. Früher. Aber diese Liebe war auf einen Teil von mir gegründet, der nicht mehr existiert. Selbst wenn ich der Prophezeiung ein Ende setze, bin ich nicht mehr derselbe Mensch. Ich kann niemals mehr zu der Lia zurückkehren, die ich einmal war. Zu viel hat sich verändert. Und diese Lia hier, die über die sanften Hügel von Altus wanderte und mit dir unter den blühenden Bäumen lag und dich küsste – diese Lia könnte mit James niemals glücklich werden.«

Fast überrascht spüre ich die Wahrheit in meinen Worten. Es ist mir ernst, trotz meiner immer noch vorhandenen Zuneigung für James.

Die Erleichterung in Dimitris Augen spricht Bände. Ich beuge mich vor und küsse ihn. Was als sanfte Erinnerung an meine Treue und Liebe zu ihm begann, verwandelt sich schnell in eine leidenschaftliche Umarmung. Das Schaukeln der Kutsche und das Dämmerlicht in ihrem Inneren lässt mich die Wirklichkeit vergessen und bringt mich an einen Ort, an dem es nichts gibt außer Dimitris Lippen auf meinen, seinem Körper, der sich an mich presst.

Ich weiß nicht, wie viel Zeit vergeht, bis wir merken, dass die Kutsche langsamer fährt, aber die veränderte Geschwindigkeit bringt uns wieder zurück in die Wirklichkeit. Wir lösen uns voneinander, streichen hastig unsere Kleidung und unsere Haare zurecht, genau in dem Moment, in dem Edmund die Kutsche anhält.

Dimitri schenkt mir einen letzten hastigen Kuss, ehe Edmund den Wagenschlag öffnet. Als ich aus der Kutsche steige, versuche ich die Ahnung zu unterdrücken, dass er genau weiß, was im Inneren der Kutsche vor sich ging.

»Wo sind wir, Edmund?«

Missbilligend lässt er seinen Blick über die schmutzige Gasse und die zerlumpten Kerle gleiten, die auf dem Gehsteig herumlungern. »In keiner guten Gegend. Aber dies hier«, und damit nickt er in Richtung eines schäbigen Steinhauses, »ist die Adresse, die auf dem Zettel steht, den Sie von Mr Frobisher bekommen haben.«

Die Fassade entlang nach oben blickend, könnte ich

schwören, dass sich das Haus ein klein wenig nach rechts neigt. Aber nach all dem, was ich erlebt habe, kann mich ein heruntergekommenes, windschiefes Häuschen und ein paar düster aussehende Gesellen nicht im Mindesten schrecken.

»Also gut. Dann schauen wir mal, was uns hier erwartet.«

Ich nehme Dimitris Arm, und gemeinsam folgen wir Edmund über das verdreckte Straßenpflaster, die bröckelnden Stufen hinauf zu einer Holztür, die in einem fröhlichen Rot gestrichen ist, das gänzlich fehl am Platz wirkt. Der Anstrich ist frisch und makellos.

Edmund wirkt alles andere als erfreut, trotz der einladenden Tür. »Mr Frobisher sollte keine anständige junge Dame in diesen Teil der Stadt schicken, schon gar nicht ohne einen Namen, auf den man sich berufen könnte«, murmelt er und klopft dann an die Tür.

Stille ist die Antwort, und er will gerade ein zweites Mal klopfen, als wir Schritte näher kommen hören. Ich werfe Dimitri einen nervösen Blick zu, während die Schritte immer lauter werden. Dann, mit einem Ruck, wird die Tür aufgezogen, und im Türrahmen steht eine elegante Dame, so hübsch und adrett gekleidet, als wäre sie auf dem Weg zu einer Teeparty. Sie betrachtet uns mit einem nachsichtigen Lächeln, ohne ein Wort zu sagen.

Ich brauche nur wenige Sekunden, dann erkenne ich sie. Unwillkürlich erwidere ich ihr Lächeln. »Madame Berrier? Sind Sie es wirklich?«

5

Ihr Lächeln wird noch herzlicher. »Aber natürlich. Haben Sie jemand anderen erwartet?«

Madame Berrier weicht zurück und lässt uns eintreten. In ihren Augen blitzt der Schalk. »Kommen Sie. Die Gentlemen auf der Straße werden Ihnen nichts tun, aber es wäre trotzdem klug, wenn wir die Angelegenheit, um deretwillen Sie hier sind, vertraulich behandeln würden, nicht wahr?«

»Ja. Ja, natürlich.« Ich bin immer noch verwirrt von der Tatsache, dass Madame Berrier, die ich in New York kennengelernt habe, plötzlich in London vor mir steht.

Sie schließt die Tür hinter uns und schiebt den Riegel vor. Edmund, der völlig unbeeindruckt wirkt, sagt nichts, und ich frage mich, ob er sich an Madame Berrier erinnert. Er war dabei, als ich sie in New York aufsuchte. Bei diesem Besuch eröffnete sie mir, dass ich der Engel des Chaos bin.

Mit einem Blick über die Schulter nickt Madame Berrier zu Dimitri. Ihre Augen funkeln anerkennend. »Und wer mag das wohl sein, hm?«

»Oh! Ich bitte um Verzeihung. Madame Berrier, dies ist Dimitri Markov. Dimitri, Madame Berrier. Sie hat mir sehr geholfen, meine Rolle in der Prophezeiung zu begreifen.« Ich wende mich wieder zu Madame Berrier. »Und Dimitri war mir ebenfalls äußerst behilflich.«

Sie lächelt kokett. »Da bin ich mir sicher, meine Liebe.«

Ihr anzüglicher Ton treibt mir die Hitze ins Gesicht, aber mir fällt keine schlagfertige Erwiderung ein. Madame Berrier geht uns voraus, weiter in den hinteren Bereich des Hauses.

»Bitte folgen Sie mir. Der Tee wird vermutlich schon fertig sein.« Ihre Stimme mit dem Akzent aus Französisch und einer Sprache, die ich immer noch nicht einordnen kann, wird leiser, je weiter sie sich von uns entfernt.

Edmund, Dimitri und ich beschleunigen unsere Schritte, um zu ihr aufzuschließen, und ich hoffe um Madame Berriers willen, dass der Rest des Hauses besser eingerichtet ist als die Diele. Der Raum ist kalt, von den Wänden schält sich die Tapete, und das einzige Licht fällt von den angrenzenden Räumen herein.

Aber ich hätte mir keine Sorgen machen müssen. Sich nach rechts wendend, öffnet Madame Berrier die Tür zu einem Salon, und ich habe plötzlich das merkwürdige Gefühl, in einem Märchen gelandet zu sein. Das Zimmer wird von mehreren, mit Perlenschnüren verzierten Lampen erhellt. Im Kamin flackert ein gemütliches Feuer. Die

Möbel sind abgenutzt, aber es wird ganz deutlich, dass Madame Berrier es sich in diesem Raum gemütlich gemacht hat.

»Du meine Güte, der Tee riecht fantastisch!« Sie geht zu einem kleinen Tisch mit Tassen und Tellern, der vor dem Sofa steht. »Du bist ein Schatz, weißt du das?«

Ihre letzte Bemerkung trifft mich unvorbereitet. Ich habe keine Ahnung, was sie bedeuten soll, und dem Ausdruck auf den Gesichtern meiner Begleiter nach zu urteilen, geht es Dimitri und Edmund ebenso. Wir schauen uns ratlos an, während sich Madame Berrier auf dem Sofa niederlässt. Sie stellt Tassen und Teller auf und gießt in aller Seelenruhe den Tee ein, der in einer Kanne auf einem Silbertablett steht, als ob sie nicht gerade eben einen Unsichtbaren mit »Schatz« angesprochen hätte.

Aber als ich genauer hinschaue, sehe ich in den Schatten, die sich am Rand des Zimmers versammelt haben, eine Gestalt sitzen, an zwei Seiten eingerahmt von Bücherregalen, die sich unter der Last der Folianten förmlich biegen. Die Gestalt selbst ist klein und sitzt leicht gebückt. Edmund und Dimitri schauen in die Richtung, in die mein Blick weist, und ihre Mienen werden wachsam, als sie erkennen, dass wir nicht allein sind.

Madame Berrier dreht den Kopf zu der gebeugten Gestalt. »Lass doch jetzt deine staubigen Bücher liegen und trink mit uns Tee, ja? Ich denke, dass Miss Milthorpe deinetwegen gekommen ist, obwohl ich mich natürlich über ihren Besuch ebenso freue.«

Die Gestalt nickt und wendet sich um. »Aye. Bitte verzeihen Sie meine Unhöflichkeit.«

Wenn das überhaupt möglich ist, versteifen sich Edmund und Dimitri noch mehr, als die Gestalt aus den Schatten tritt. Ich kann förmlich spüren, wie sie innerlich bereits in Verteidigungshaltung gehen. Ich muss mir auf die Zunge beißen, um sie nicht wieder daran zu erinnern, dass ich in Chartres sehr gut allein zurechtgekommen bin und nicht jedes Mal gerettet werden muss, wenn ein Fremder den Raum betritt.

Die Gestalt ist ein Mann. Gemächlich schlurft er heran. Erst als er in das Licht einer Lampe tritt, die auf einem der vielen kleinen Tische steht, kann man sein Gesicht erkennen.

»Willkommen, junge Dame. Viel Zeit und Tausende von Meilen liegen zwischen heute und unserer letzten Begegnung.«

Ich muss blinzeln und frage mich unwillkürlich, was für Überraschungen dieser Tag noch für mich bereithält.

»Mr Wigan?« Meine Stimme klingt schrill in meinen Ohren und ich tadele mich stumm für meine sinnlose Frage, denn natürlich ist es Mr Wigan.

Sein Lachen ist willkommene Musik in der Stille des Raums. »Ich bin's, in der Tat! Bin übers Meer gefahren, mit meiner lieben Sylvia.«

Er geht zum Sofa und lässt sich neben Madame Berrier nieder, die ihm eine Tasse mit dampfendem Tee reicht.

Dimitri und Edmund stehen steif, aber höflich da, nur

mich hat der Schock meiner Manieren beraubt. Mit unsicheren Schritten gehe ich zu einem Sessel und lasse mich unzeremoniell hineinplumpsen.

»Ich fürchte, wir haben unsere junge Freundin ein wenig überrascht, Liebster.« In Madame Berriers Stimme liegt Belustigung. »Dabei dachte ich, wir seien in New York reichlich indiskret gewesen.«

»Indiskret?«, stottere ich. *»Liebster?«*

Sie trinkt einen Schluck Tee und späht dann in die Tasse. »Alastair, Lieber, was für eine Sorte hast du heute für uns zubereitet?«

Ein Lächeln wandert über sein breites Gesicht. »Mandeltee, mein Herz. Mit einem Hauch Schokolade.«

Madame Berrier nickt lobend. »Ganz köstlich.« Sie fängt meinen Blick ein und erklärt: »Ich habe früher nie gerne Tee getrunken. Aber Alastair ist ein Meister der Zubereitung aller möglichen Sorten. Wir sind seit einer ganzen Weile … zusammen. Das war einer von vielen Gründen, warum mich die Menschen in dieser engstirnigen Kleinstadt New York geschnitten haben. Und einer von vielen Gründen, warum ich einen Tapetenwechsel brauchte.«

Sie schaut zu Edmund und Dimitri, als ob sie die Anwesenheit der beiden Männer fast vergessen hätte. »Aber bitte setzen Sie sich doch! Sie haben gewiss bemerkt, dass wir uns hier nicht um Konventionen scheren.«

Die beiden Männer lassen sich auf zwei Stühlen nieder. Ich wende mich zu Dimitri und deute auf den kleinen Mann, der zufrieden seinen Tee schlürft. »Das ist Mr

Wigan. Ich kenne ihn aus New York. Durch seine Hilfe haben wir herausgefunden, dass Luisa und Sonia zwei der Schlüssel sind.« Ich schaue zu Mr Wigan. »Und dies ist Dimitri Markov, Mr Wigan. Er ist … ein Freund.«

Madame Berrier wirft Mr Wigan einen mutwilligen Blick zu. »Ich wage zu behaupten, dass die beiden genau solche ›Freunde‹ sind wie wir beiden, Liebster.«

Meine Wangen werden heiß vor Verlegenheit, und ich vermeide es, in Edmunds Richtung zu schauen, obwohl er natürlich über die Art meiner Beziehung zu Dimitri bestens im Bilde ist. Immerhin sind wir alle gemeinsam nach Altus geritten.

»Ich freue mich sehr, Sie beide zu sehen«, sage ich hastig, nicht zuletzt, um das Thema zu wechseln. »Aber ich weiß wirklich nicht, warum Arthur uns hierher geschickt hat.«

Madame Berrier reicht jedem von uns eine Tasse Tee. Ich warte schweigend ab, als sie uns Sahne und Zucker anbietet, wohl wissend, dass sie sich erklären wird, wenn sie dazu bereit ist.

Aber es ist Mr Wigan, der zuerst das Wort ergreift. »Ich möchte ja niemanden in Aufregung versetzen, aber es ist gut möglich, dass ich genau derjenige bin, der Ihnen helfen kann. Genauer gesagt, verfüge ich über Wissen, das kein anderer Mensch außer mir hat.«

Seine Stimme klingt gekränkt, und mir wird klar, dass ich ihn in seinem Stolz verletzt habe. Ich stelle die Teetasse ab und schenke ihm ein Lächeln. »Aber gewiss tun Sie das, Mr Wigan. Wenn ich gewusst hätte, dass Sie in

London sind, hätte ich sie sofort aufgesucht, darauf vertrauend, dass Sie die Antworten finden, nach denen wir suchen.«

Bescheiden neigt er den Kopf. »Natürlich weiß ich nicht alles. Aber diese besondere Sache fällt sozusagen in mein Fachgebiet.«

»Das tut es, in der Tat«, nicke ich. »Was genau hat Arthur Ihnen gesagt? Und wie haben Sie ihn überhaupt kennengelernt?«

»Durch einen alten Bekannten.« Mr Wigan beißt in einen Keks und neigt sich vertraulich zu Madame Berrier. »Die sind köstlich, mein Augenstern. Ganz köstlich.«

Edmund rutscht unruhig auf seinem Stuhl hin und her.

»Mr Wigan?«

Er schaut zu mir hoch. Sein Blick beweist mir, dass er im Augenblick sehr weit weg ist.

»Wir waren gerade bei Arthur… Wie viel hat er Ihnen über unser Problem erzählt?«

»Oh ja! Ja! Aber sicher.« Er verputzt den Keks mit einem Biss, kaut und schluckt, ehe er weiterspricht. »Ich habe nicht persönlich mit Mr Frobisher gesprochen. Er hat Nachforschungen angestellt, sehr diskret, versteht sich. Aber niemand konnte ihm helfen. Jeder, den er gefragt hat, hat die Frage an jemand anderen weitergereicht, von dem er dachte, er wüsste mehr, bis sie schließlich an mich kam. Als ich hörte, um was für eine Art von Information es geht, wusste ich gleich, dass Sie hinter der Sache stecken, wo wir doch in New York schon darüber gesprochen haben.«

Madame Berrier lehnt sich leicht an ihn. »Du wolltest doch bestimmt sagen, dass *wir* es gleich wussten, nicht wahr, mein lieber Mann?«

Mr Wigan nickt heftig. »Aber natürlich, meine Rosenblüte, natürlich!«

»Also haben Sie die Informationen, nach denen wir suchen?« Dimitris Stimme kommt unerwartet für mich; ich hätte ihn fast vergessen, so fasziniert war ich von der Art, wie Madame Berrier und Mr Wigan miteinander turteln.

Mr Wigan schüttelt den Kopf. »Nein. Ich fürchte nicht.«

»Aber das verstehe ich nicht.« Ich rufe mir wieder Arthurs Worte ins Gedächtnis, der behauptete, er habe jemanden gefunden, der vermutlich die Antwort auf meine Fragen hätte. »Arthur sagte, Sie könnten uns helfen.«

Madame Berrier nickt. »Das können wir auch.«

»Aber… jetzt begreife ich gar nichts mehr.« Ich bin völlig verwirrt, als ob ich mich in einem fremden Land befände, in dem alle eine mir unbekannte Sprache sprechen und gleichzeitig so tun, als müsste ich jedes Wort verstehen.

Mr Wigan beugt sich vor. Sein Ton ist verschwörerisch, als ob er Angst hätte, dass uns jemand belauschen könnte. »Ich habe nicht gesagt, dass ich Ihnen nicht helfen kann. Nur, dass ich die Antwort selbst nicht habe.«

Madame Berrier erhebt sich und streicht sich ihren Rock glatt. »Die Antworten an einem anderen Ort zu suchen, hat uns in der Vergangenheit so manches Mal weitergeholfen, nicht wahr?«

Ich schaue zu ihr hoch und frage mich, was sie vorhat. »Ja, schon …«

»Dann kommen Sie. Ich vermute doch, dass Sie über eine Kutsche verfügen, oder?«

6

Das Haus ist genauso imposant und mindestens ebenso groß wie Birchwood Manor.

»Was für ein schönes Anwesen«, sagt Madame Berrier und betrachtet die mit dunkelgrünem Efeu bewachsene Fassade.

Wir haben die Stadt verlassen. Edmund folgte Mr Wigans Anweisungen, der nicht verraten wollte, wohin wir fahren. Dimitris wachsende Ungeduld ist nicht zu übersehen. Er will endlich wissen, wen wir hier treffen wollen. Wortlos steigt er die Stufen hinauf, die zur Haustür führen.

»Tja«, sagt Mr Wigan, »es sieht ganz so aus, als ob Ihr junger Mann ein rechter Heißsporn sei.«

Ich blicke ihn an, während ich gleichzeitig Dimitri folge. »Wir sind alle ungeduldig, Mr Wigan. Es steht viel auf dem Spiel und viele Opfer wurden schon gebracht.«

Er nickt bedächtig. »Aye. Was mit Ihrem Bruder passiert ist, tut mir sehr leid. Es ist immer schlimm, einen so jungen Menschen zu verlieren.«

Ich merke, wie sich Edmund neben mir bei der Erwähnung von Henry versteift.

Ich neige den Kopf. »Danke, Mr Wigan. Es war eine schwere Zeit.«

Immer wird mir die Kehle eng, wenn ich gezwungen bin, über Henrys Tod zu sprechen.

Madame Berrier berührt leicht meinen Arm, während wir hinter Dimitri die Treppe hinaufgehen. »Ihr Bruder ist nicht verloren, meine Liebe. Er hat nur seine Gestalt verändert und wartet auf Sie an einem besseren Ort.«

Ich nicke und wehre den Schmerz ab, der sich meiner Seele bemächtigen will. Henry ist wirklich an einem besseren Ort. Und er wird an einen noch schöneren gelangen, wenn er zusammen mit meinen Eltern in die letzte Welt übergeht. Um ihn habe ich keine Angst, und auch nicht um mein eigenes Leben. So einfach ist es nicht.

Nein.

Meine größte Angst ist, dass mich die Seelen überwältigen, während ich mit den Schwingen reise. Dass mich der eisige Abgrund umfangen wird und ich meinen Bruder nie wiedersehen werde. Dass mir der Tod verwehrt bleibt und ich stattdessen gezwungen werde, auf ewig in den Anderswelten zu verweilen, gefangen in der Hölle, die mir die Seelen bereiten werden.

Aber natürlich sage ich nichts dergleichen. Das wäre sinnlos.

Ich lächle Madame Berrier nur an. »Ich danke Ihnen. Mehr bleibt mir angesichts Ihres Mitgefühls nicht zu sagen.

Wir erreichen die Haustür und Dimitri wendet sich an Mr Wigan. »Ich würde gerne klopfen, aber da ich keine Ahnung habe, vor wessen Tür ich stehe, möchte ich doch besser Ihnen den Vortritt lassen.«

Anscheinend kann nur ich den Sarkasmus in seiner Stimme hören.

Mr Wigan tritt vor. »Recht haben Sie, mein Junge. Recht haben Sie.«

Mr Wigan umfasst den mächtigen Messingtürklopfer mit der Hand und lässt ihn mehrmals auf die Metallplatte fallen. Auf der anderen Seite hallt das Echo der Schläge durch das weitläufige Haus.

Schweigend stehen wir da, nachdem das Klopfen verhallt ist, und schauen uns um, betrachten den schlafenden Garten und die blattlosen Bäume. Im Sommer muss es hier wunderschön sein, aber jetzt ist alles kahl und leer – und ein bisschen beängstigend.

Die Tür knarrt leise, und ich merke, dass jemand auf der anderen Seite steht. Erst glaube ich, dass nur ich die Anwesenheit eines Menschen im Haus bemerkt habe, aber dann wendet sich Mr Wigan mit lauter Stimme an die Tür.

»Victor? Ich bin's, Alastair Wigan. Ich bin übers Meer gefahren, nur um dich zu sehen, mein alter Freund. Jetzt mach die Tür auf!«

Ich wundere mich über den lockenden Ton in seiner Stimme. Es klingt gerade so, als ob er mit einem störrischen Kind spräche. Aber es ist vergeblich. Die Tür bleibt geschlossen. »Ich bin's wirklich, Victor, und noch ein paar andere.« Er betrachtet unsere kleine Gesellschaft. »Ein paar Leute, die dich kennenlernen und in einer äußerst wichtigen Angelegenheit befragen wollen.«

Wieder knarrt die Holztür, aber ansonsten rührt sich nichts. Edmund und Dimitri wechseln einen Blick, als ob sie sich stumm über irgendetwas verständigen würden.

Mr Wigan seufzt und wendet sich zu mir. »Er hat ein kleines Problem, wissen Sie? Er geht nicht gern nach draußen, macht nicht einmal die Tür auf.« Er beugt sich zu mir und sagt vernehmlich in mein Ohr: »Er fürchtet sich.«

»Ich fürchte mich nicht!« Ich zucke zusammen, als plötzlich von der anderen Seite der Tür eine Stimme ertönt. »Ich habe dich bloß nicht erwartet.«

Madame Berrier presst die Lippen zusammen und schaut Mr Wigan an. »Alastair, mein Lieber, vielleicht sollte ich es versuchen. Die Stimme einer Frau kann Wunder bewirken.«

Mr Wigan scheint über den Vorschlag nachzudenken, als die Stimme auf der anderen Seite sich wieder meldet.

»Eine Frau? Willst du damit sagen, dass du eine Frau bei dir hast, Alastair? Eine richtige Dame?« Die Stimme klingt ungläubig, als ob Mr Wigan verkündet hätte, er hätte ein exotisches Tier an der Leine.

Mr Wigan tritt näher an die Tür. »Noch besser«, sagt er. »Es sind zwei.«

»Also hören Sie mal«, empört sich Edmund, »es schickt sich wohl kaum, die Damen als Pfand …«

Aber noch ehe er den Satz beenden kann, wird die Tür

aufgerissen, und wir starren in die blinzelnden Augen eines kleinen, zierlichen Mannes.

»Wenn du gesagt hättest, dass dich Damen begleiten, wäre ich nicht so unhöflich gewesen.«

»Wenn du die Tür geöffnet hättest, hättest du es selbst gesehen«, brummelt Mr Wigan.

Der Mann mit Namen Victor ignoriert ihn, verbeugt sich leicht vor Madame Berrier und mir und sagt: »Ich bitte Sie um Verzeihung, meine Damen. Bitte machen Sie mir das Vergnügen und leisten Sie mir zum Tee Gesellschaft. Wenn Alastair Sie zu mir gebracht hat, kann es sich nur um eine Angelegenheit von großer Wichtigkeit handeln.«

»Bitte vergeben Sie mir. Ich habe kaum Dienstboten, aber ich denke, ich kann uns auch selbst den Tee einschenken.«

Ich betrachte ihn, während er sich dem Tee widmet. Er ist schmal gebaut und hat helle Haare, dazu ein ungewöhnlich sanftes Wesen. Er reicht jedem von uns eine zierliche Porzellantasse, und wir schauen uns in der reich bestückten Bibliothek um, während wir unseren Tee trinken.

Victor deutet auf ein Tablett mit Keksen und kleinen Kuchen. »Bitte bedienen Sie sich. Ich kann mich noch gut erinnern, dass die Reise von London lang, ermüdend und – wenn ich ehrlich sein soll – ziemlich langweilig ist.«

Ich muss über seine Freimütigkeit lachen. Mir wird das Herz leicht, und ich merke, dass es sehr lange her ist, seit ich – außer in Dimitris Gegenwart – gelacht habe. Ich nehme mir einen hauchzarten Butterkeks vom Tablett.

»Danke für den Tee.« Ich lächle ihn an. Ich kann mich nicht entsinnen, wann ich zuletzt jemanden so schnell ins Herz geschlossen habe.

Er winkt ab. »Es ist mir ein Vergnügen, junge Dame. Das Mindeste, was ich tun kann, nach meinem unmöglichen Benehmen an der Tür. Bitte vergeben Sie mir.«

Ich schlucke die Kekskrümel herunter, bevor ich frage: »Bekommen Sie nicht gerne Besuch?«

Victor seufzt. Sein Lächeln ist traurig. »Im Gegenteil. Ich bekomme schrecklich gern Besuch.«

»Warum haben Sie dann die Tür nicht geöffnet?« Dimitris Stimme klingt unerwartet sanft.

»Nun, das ist ziemlich kompliziert. Wissen Sie, ich habe Schwierigkeiten mit … Ich kann nicht …« Er holt tief Atem und setzt von Neuem an. »Es ist schwierig zu …«

»Scheint so, als hätten Sie Angst«, erklärt Edmund sachlich.

Victor nickt. »Ja, Sie haben recht.«

»Angst wovor, wenn ich fragen darf?« Ich möchte nicht aufdringlich sein, aber ich habe noch nie jemanden getroffen, der Angst hat, den Fuß vor die Tür zu setzen.

Er zuckt mit den Schultern. »Vor Krankheiten, Kriminellen, Unfällen, scheuenden Pferden. Vor allem, glaube ich.«

»Aber wie bekommen Sie die Dinge, die Sie brauchen?«, fragt Madame Berrier und schaut sich in dem prächtigen Zimmer um.

Er hebt die Hände, die Handflächen nach oben gewandt,

als ob alles, was er nötig hat, aus der Zimmerdecke der Bibliothek auf ihn niederregnen würde. »Die Dienstboten sorgen für Essen und Feuerholz. Mein Schneider kommt zu mir ins Haus. Ich habe alles, was ich brauche, denke ich.« Aber er sagt es mit der Stimme eines Menschen, der etwas vermisst.

Madame Berrier setzt ihre Teetasse ab. »Außer Gesellschaft«, sagt sie freundlich.

Er lächelt sie dankbar an. »Außer Gesellschaft.«

Madame Berrier nimmt Mr Wigans Hand. »Dann werden wir Sie recht oft besuchen – es sei denn, Sie halten uns für aufdringlich.«

Victors Augen strahlen freudig auf. »Aber ganz und gar nicht! Ich würde mich freuen.« Er beugt sich vertraulich vor. »Allerdings muss ich Sie jetzt schon um Nachsicht bitten, wenn es etwas dauert, bis ich Sie einlasse.«

Sie lacht, den Kopf in den Nacken geworfen, und ich sehe die junge Frau, die sie einst war. Sie war wunderschön und sie war wild. Ich denke, wir hätten uns auch früher schon prächtig verstanden.

»Natürlich nicht«, sagt sie.

»So«, sagt Victor und stellt ebenfalls seine Tasse ab. »Sie machen mir mit diesem Besuch eine große Freude und waren außerdem so großzügig, mir meine … Marotte nicht übel zu nehmen. Was kann *ich* für *Sie* tun?«

»Diese jungen Leute versuchen, ein Rätsel zu lösen, weißt du?«, sagt Mr Wigan. »Es ist von großer Bedeutung, und obwohl ich über kein geringes Wissen in diesen Angelegenheiten verfüge, kann ich nirgends einen Hinweis in meinen Büchern finden.«

»Um was genau handelt es sich? Eine Karte? Ein Datum? Ein geheimnisvolles Relikt?« Er lacht und beschreibt mit seinem Arm einen weiten Bogen, als ob er die zahlreichen Bücherregale umfassen wollte, die entlang der Wände stehen. »Ich habe jede Menge Zeit. Zeit, die ich hier verbringe, mit dem Lesen all dieser Bücher. Ich bin auf vielen Gebieten belesen, aber besonders in alternativer Geschichte.«

Edmunds Stimme hallt durch den hohen Raum. »Alternative Geschichte?«

Dimitri wendet sich zu ihm. »Ich glaube, Victor bezieht sich auf Erklärungen und Deutungen von historischen Ereignissen und religiösen Vorkommnissen, die jenseits der Konvention liegen.«

Victor nickt. »Genau.«

»Dann sind Sie vermutlich genau der Richtige, um uns zu helfen.« Ich betrachte unsere kleine Gesellschaft und wundere mich über das Schicksal, das so unterschiedliche Menschen zusammengebracht hat, noch dazu unter unglaublichen Umständen. »Wir suchen nach der Bedeutung von zwei Begriffen: Nos Galon-Mai und Sliabh na Cailli'.« Ich schüttele den Kopf. »Ich weiß nicht einmal, ob ich es richtig ausspreche. Ich habe die Worte immer nur geschrieben gesehen. Aber es könnten Ortsangaben sein.«

Victor schüttelt den Kopf. »Der erste Begriff jedenfalls

nicht. Nos Galon-Mai ist das alte Wort für Beltane. Da bin ich mir sicher.«

Lächelnd wechseln Dimitri und ich einen Blick. Um das Tor zu schließen, müssen wir uns in der Morgendämmerung des ersten Mai in Avebury zusammenfinden: Alice, die Schlüssel, der Stein und ich. Das klingt logisch, besonders unter Berücksichtigung der Tatsache, dass alle Schlüssel um Mitternacht an Samhain geboren wurden, jenem Tag, der in genauer Opposition zu Beltane steht.

Die Prophezeiung begann an Samhain. Sie wird an Beltane enden.

Dass wir so rasch ein Rätsel der Prophezeiung lösen konnten, macht mich trunken vor Hoffnung, aber meine Freude versiegt gleich darauf, als Victor fortfährt.

»Das andere Wort – Sliabh na Cailli', nicht wahr? Das sagt mir gar nichts.« Victor murmelt es immer wieder leise vor sich hin, als ob das ihm helfen würde, seine Bedeutung zu entschlüsseln. »Sie sagen, Sie haben es geschrieben gesehen?

Ich nicke.

»Könnten Sie es bitte für mich aufschreiben?«, fragt er.

»Ja gewiss. Haben Sie Stift und Papier?«

Victor steht auf. »Kommen Sie mit.«

Ich erhebe mich ebenfalls und registriere gereizt, dass Edmund und Dimitri es mir gleichtun.

Ein schmales Lächeln spielt auf Victors Lippen. »Du meine Güte! Sie müssen aber wichtig sein. Lassen Ihre Wachhunde Sie jemals allein?«

Ich verdrehe die Augen. »Gelegentlich.«

Victor nimmt meine Hand und führt mich um den kleinen Tisch, auf dem das Teegedeck steht. »Gentlemen«, richtet er das Wort an Dimitri und Edmund. »Ich versichere Ihnen, dass ich Miss Milthorpe nicht ans Ende der Welt entführen muss, um sie mit Schreibzeug zu versorgen. Ich habe doch tatsächlich alles, was sie braucht, dort auf dem Schreibtisch am Fenster. Aber Sie dürfen uns natürlich gerne Gesellschaft leisten.«

Beide schauen zu dem Schreibtisch hin, der keine zehn Schritte entfernt steht. Ich hoffe, sie fühlen sich genauso lächerlich wie ich. Beide lassen sich wieder auf ihren Plätzen nieder, während ich Victor zu dem Schreibtisch folge. Dort schaltet er die Tischlampe ein, dessen weiches Licht durch den Buntglasschirm fällt. Als er die flache Schublade vorn am Schreibtisch aufzieht, sehe ich das perfekt geordnete Innenleben: Etliche identische Schreibfedern liegen in Reih und Glied, ebenso wie drei oder vier Tintenfässer und ein Stapel Papier. Er nimmt von jedem eins heraus, legt das Blatt Papier auf den Tisch und reicht mir die Feder.

»Es wäre hilfreich, wenn Sie sich genau an die korrekte Schreibweise halten würden. Manchmal erinnere ich mich daran, wo ich ein bestimmtes Wort gesehen habe, und wenn auch nur ein Buchstabe nicht stimmt, finde ich auch in meinem Gedächtnis keine Verbindung.

Ich nicke. Ich werde kein einziges Wort der Prophezeiung je vergessen. Sie ist ein Teil von mir.

Victor schraubt den Deckel des Tintenfasses ab und stellt es auf den Schreibtisch. Ich tauche die Feder in die dunkelblaue Tinte, beuge den Kopf und schreibe die Worte, die auf der letzten Seite des Buchs des Chaos geschrieben stehen. Die Worte, hinter denen sich das Versteck des Steins verbirgt.

Sliabh na Cailli'.

Dann richte ich mich auf, reiche Victor den Stift und sage: »Bitte sehr.«

Er greift an mir vorbei, nimmt das Blatt Papier vom Schreibtisch und hält es näher ans Licht. Seine Lippen bewegen sich, während sie stumm die Worte formen.

»Stand da noch etwas? Etwas im direkten Umfeld dieser Worte, das mir helfen könnte, sie zu identifizieren?«, fragt er.

Ich beiße mir auf die Lippe. »Es heißt ›befreit aus dem Tempel Sliabh na Cailli', Portal zu den Anderswelten‹.«

Ich verrate nur das Nötigste. Es ist mir zur Gewohnheit geworden, die Prophezeiung vor den Augen und Ohren anderer Menschen zu verbergen. Und andere vor den Fallstricken der Prophezeiung zu schützen.

Victor runzelt die Stirn. Seine Lippen bewegen sich immer noch, wie in einem stummen Gebet, immer wieder die Worte formend, die er nicht versteht. Ganz plötzlich legt er das Blatt Papier wieder auf den Schreibtisch und geht zu einem Regal, das sich bis zur Zimmerdecke erstreckt. Die Entschlossenheit auf seinem Antlitz gibt mir neuen Mut, und ich folge ihm, obwohl er mich nicht darum gebeten hat.

Er greift nach der Holzleiter und schiebt sie zu einem weiteren Regal. Ich schaue nach oben und sehe, dass die Leiter in einer Schiene läuft, die den ganzen Raum umfasst, sodass die Leiter zu jedem beliebigen Regal geschoben werden kann. Ich habe solche Vorrichtungen natürlich schon früher gesehen, allerdings noch nie in einer privaten Bibliothek. Ich bin beeindruckt.

»Wissen Sie, was es bedeutet?«, fragt Dimitri quer durch den Raum, aber Victor gibt keine Antwort. Er hat all seine Sinne auf die eine Sache gerichtet.

Plötzlich hält er die Leiter an und steigt hinauf. Ich frage mich, ob seine unzähligen Ängste ihn daran hindern werden, das Regalbrett zu erreichen, das er im Auge hat, aber nichts in seinen Bewegungen spricht von Unsicherheit; flink und sicher klettert er die Sprossen hinauf.

Kurz unter der Zimmerdecke hält er an und greift in ein Regalfach. Seine Finger streicheln über die Buchrücken. Endlich halten sie inne und verharren auf einem Buch, das – von meinem Standort aus betrachtet – genauso aussieht wie die anderen. Er aber scheint es zu erkennen und drückt es an seine Brust, während er die Leiter hinuntersteigt. Als er den Boden erreicht, atmet er tief ein und aus.

»Also«, sagt er und richtet sich zu seiner vollen Höhe auf. »Schauen wir mal nach. Wenn ich mich recht entsinne, werden wir die Antwort hier drin finden.«

7

Aber er irrt sich. Wir warten, während Victor das Buch durchblättert, erst schnell, dann immer langsamer, weil er die Worte genauer betrachtet. Und doch kann er diejenigen, die wir suchen, nicht finden. Nachdem er die gleiche Prozedur mit einigen anderen Büchern wiederholt hat, schlägt irgendwo im Haus eine Uhr, und wir erkennen widerstrebend, dass es Zeit ist, nach London zurückzukehren. Wir sind der Lösung des Rätsels nur unwesentlich nähergekommen.

Der Unglaube steht Victor ins Gesicht geschrieben, als wir uns verabschieden. Er ist es nicht gewohnt, dass seine Nachforschungen im Sande verlaufen, und er verspricht uns, seine Suche weiterzuführen und uns umgehend zu benachrichtigen, falls er etwas findet.

Schweigend fahren wir zurück nach London. Die Sonne hängt tief am Himmel, versteckt sich hinter den Wolken, die die Landschaft beschweren. Selbst Mr Wigans Begeisterung ist verflogen, und ich bin erleichtert, als wir ihn und

Madame Berrier vor ihrem Haus absetzen, dessen heruntergekommene Fassade noch mehr auf unsere Stimmung drückt.

»Es tut mir leid, Lia«, sagt Dimitri. Die Kutsche rumpelt durch die Straßen in Richtung Milthorpe Manor. »Ich weiß, welch große Hoffnungen du in diesen Nachmittag gelegt hast, besonders, nachdem es Madame Berrier und Mr Wigan waren, zu denen Arthur dich geschickt hat.«

Ich seufze. »Es wird gut werden.« Meine Worte klingen weniger überzeugend, als ich gehofft hatte, und ich schaue Dimitri ins Gesicht. »Es wird doch gut werden, oder nicht?«

Ich verabscheue mich dafür, dass ich tatsächlich Zweifel an dem guten Ausgang unserer Aufgabe hege. Dass ich fürchte, wir werden niemals die Antworten finden, die wir brauchen, um das Tor zu schließen. Dass Alice und die Seelen obsiegen und die Welt in Dunkelheit beherrschen werden.

»Lia.« Dimitri nimmt meine Hand. Die Antwort liegt in seinen Augen, aber er spricht sie trotzdem aus. »Du hast Lady Abigails Schlangenstein. Er wird dich während unserer Suche vor Unheil bewahren, und wir werden weitersuchen, bis wir die Antworten gefunden haben. Darauf gebe ich dir mein Wort.«

Ich bringe ein beruhigendes Lächeln zustande, während ich gleichzeitig seine Falschheit in meinem Herzen spüre. Ich sage ihm nicht, dass der Schlangenstein mit jedem Tag, der vergeht, kälter wird. Ich sage ihm nicht, dass die Gemeinschaft zwischen Sonia, Luisa und mir zerbrechlich geworden ist und wir uns womöglich ganz entzweien, ehe wir die Prophezeiung beenden können. Helenes Ankunft am morgigen Tag bedeutet eine weitere Belastung für den Zusammenhalt der Schlüssel und des Engels des Chaos.

Und ich verrate ihm auch nicht meine größte Angst: dass mein Widerstand jeden Tag schwächer wird. Dass ich mir selbst mehr zum Feind werde, als Alice es je sein könnte.

Dimitri kehrt in sein Quartier in den Räumlichkeiten der Gesellschaft zurück, und ich fahre nach Hause, wobei ich mir überlege, ob sich Luisa und Sonia zu dieser späten Stunde Sorgen um mich machen. Die Dunkelheit hat den letzten Rest Tageslicht ausgelöscht. Mein Versprechen, rechtzeitig zum Tee zu Hause zu sein, um mit meinen Gefährtinnen Helenes Ankunft zu besprechen, habe ich nicht halten können.

Aber ich hätte mir keine Gedanken machen müssen. Luisa und Sonia haben sich in ihre Zimmer zurückgezogen. Das Haus ist still, bis auf das Ticken der großen Standuhr in der Eingangshalle und die leisen, gedämpften Geräusche der Dienstboten in der Küche.

Die Abwesenheit meiner Freundinnen wirkt wie eine Anklage auf mich. Ich lasse mich auf dem Sofa neben dem Feuer nieder. Ich habe noch keine Lust, in mein Zimmer zu gehen und mich schlafen zu legen. Im Schlaf liegt keine Ruhe. Stattdessen widme ich mich – wieder einmal – den Rätseln der Prophezeiung, gehe sie in Gedanken noch einmal durch: der letzte Schlüssel, das Versteck des Steins, den genauen Wortlaut des Rituals, mit dem die Prophezeiung zu einem guten Ende gebracht werden kann – falls ich zuerst die Antworten auf alles andere finde. Wie ein sanfter Wind ziehen die Fragen durch mein Unterbewusstsein. Es ist nicht einmal unangenehm, und ich lasse mich von meinen Gedanken dorthin tragen, wohin sie mich führen, in der Gewissheit, dass manchmal die Antworten dort auftauchen, wo man sie am wenigsten erwartet.

Ein leises Klopfen, das vom Eingang her kommt, reißt mich aus meiner Träumerei. Ich stehe auf, blicke zur Eingangshalle und frage mich, ob ich mir das Geräusch nur eingebildet habe. Niemand sonst scheint etwas gehört zu haben. Ich will mich schon wieder hinsetzen, als ich es erneut höre. Diesmal gibt es keinen Zweifel: Es hat geklopft.

Und zwar an der Haustür.

Ich warte eine Weile, aber auch diesmal scheint niemand sonst das Klopfen gehört zu haben. Die Dienstboten machen sich immer noch im Haus zu schaffen, aber keiner geht zur Tür. Als ich schließlich selbst gehe, empfinde ich fast eine Art Erleichterung. Irgendwie weiß ich, dass dieser Besuch mir allein gilt.

Nach unten blickend, sehe ich mein eigenes Spiegelbild verzerrt in dem großen, bronzenen Türknauf. Ich lasse mich nicht zu einem Zögern hinreißen, sondern öffne die Tür mit einem Ruck. Aus irgendeinem Grund habe ich niemand anderen als Alice erwartet.

Die kalte Luft, die ins Haus dringt, nehme ich kaum wahr. Es vergehen ein paar Sekunden, ehe Alice spricht.

»Guten Abend, Lia.« Sie zögert. »Es tut mir leid, dass ich dich so spät noch störe. Ich hoffte, du würdest noch wach sein, sodass wir unter vier Augen miteinander sprechen können.«

Ich suche in ihrem Antlitz, kann aber weder Bosheit, noch Feindseligkeit erkennen. Außerdem bin ich, wenn ich mit den Schwingen reise oder von meinen Träumen heimgesucht werde, viel verwundbarer als mit einem guten halben Dutzend Dienstboten und Edmund im Rücken.

Ich trete zurück und öffne die Tür weit. »Komm herein.«

Mit zögernden Schritten geht sie ins Haus und schaut sich um, während ich die Tür schließe.

»Ich kann mich an dieses Haus kaum noch erinnern«, murmelt sie. »Ich glaube, wir waren als Kinder einmal mit Mutter und Vater hier, aber nichts davon ist mir vertraut.«

Ich nicke langsam. »So war es für mich auch, als ich hier ankam. Vermutlich waren wir noch zu klein.«

Sie zieht ihre Handschuhe aus. »Ja, du hast sicher recht.«

»Wo wohnst du hier in London?« Ich könnte mir auf die Zunge beißen. Die Frage ist zu vertraulich. Schließlich habe ich Alice nicht zum Tee eingeladen.

Aber sie scheint es nicht zu bemerken. »Wir haben uns im Savoy einquartiert. Ich wusste ja, dass ich hier nicht willkommen wäre.«

Wir stehen reglos da und betrachten einander, bis ich

mir lächerlich vorkomme. Zwischen uns stehen Welten, aber Alice ist immer noch meine Schwester.

»Gehen wir in den Salon«, schlage ich vor. Ich gehe durch die Eingangshalle, ohne nachzusehen, ob sie mir folgt, aber ich kann ihre Augen auf meinem Rücken spüren.

In dem warmen Raum, in dem ein Feuer im Kamin brennt, setze ich mich auf einen Sessel und überlasse Alice das Sofa, auf dem ich mich noch vor wenigen Minuten meinen Träumereien hingegeben habe. Sie blickt sich auch hier interessiert um; vielleicht vergleicht sie den Raum mit dem Salon in Birchwood.

»Was ist los, Alice?« Meine Worte klingen selbst für meine Ohren überraschend sanft. Sie sind fragend, ohne die Anklage zu artikulieren, die tief in meinem Herzen lauert. »Warum bist du hier?«

Sie holt tief Atem und betrachtet ihre Hände, ehe sie antwortet. »Du bist meine Schwester, Lia. Meine Zwillingsschwester. Ich habe oft gehofft, dass ich diese vergangenen Wochen mit dir hätte teilen können.«

Die Anspielung auf ihre Verlobung lässt den Ärger frei, den ich bislang unterdrückt habe. »Du kannst doch nicht ernsthaft erwarten, dass ich irgendeinen Anteil an den Hochzeitsfeierlichkeiten haben will. Immerhin bist du mit dem Mann verlobt, den ich einmal heiraten wollte.« Meine Stimme ist nun hart und bitter.

»Du bist wütend«, sagt sie.

Ein sprödes Lachen entschlüpft meiner Kehle. »Dachtest du, ich würde in einen Freudentaumel verfallen? Dir Glück wünschen?«

Sie schaut auf und fängt meinen Blick ein. »Ich dachte, du würdest es über dich bringen, dich für mich zu freuen, Lia, egal, was zwischen uns liegt.«

Bei diesen Worten springe ich auf und gehe steifbeinig zum Kamin. Meine Hände zittern.

»Mich freuen? Du dachtest, ich würde mich für dich freuen?« Ich finde keine Worte für die Fassungslosigkeit, die ich empfinde.

»Das dachte ich.« Ihre Stimme wird jetzt ebenfalls härter. »Du hast ihn verlassen, Lia. *Du hast ihn verlassen*. Was hast du erwartet? Dass er mit angehaltenem Atem auf deine Rückkehr warten würde?«

Ich drehe mich zu ihr um. Die Hitze meines Zorns brennt heißer als das Feuer in meinem Rücken. »Du hast mir niemanden gelassen, zu dem ich hätte zurückkehren können, Alice. Niemanden, bei dem ich hätte bleiben können.«

Ihre Augen blitzen, als nun auch sie sich erhebt. »Sei keine Närrin, Lia. Ich bin nicht allein verantwortlich für den Lauf der Dinge. Auch du hast Entscheidungen getroffen. Du hättest Henry nach der Liste fragen und sie mir aushändigen können, um ihn zu beschützen. Du hättest den Seelen helfen können, wie es deine Aufgabe als Tor ist. Wir beide haben unsere Wahl getroffen.« Ihre Stimme wird kalt. »Du bist nicht unschuldig.«

Mit drei langen Schritten bin ich bei ihr. Ich bebe vor Wut. »Wie kannst du es wagen. *Wie kannst du es wagen,*

Henrys Namen auszusprechen. Dazu hast du kein Recht, Alice. Du hast kein Recht, jemals wieder von ihm zu sprechen.«

Sie streift ihre Handschuhe über. Ihr Atem kommt so schnell und schwer, dass ich das Heben und Senken ihrer Brust erkennen kann. »Ich merke schon, es hat keinen Sinn. Ich hatte gehofft, dass wir die Prophezeiung einmal beiseitelassen können. Ich hatte gehofft, dass du mir deinen Segen geben würdest.«

»Meinen *Segen*? Du willst meinen Segen?« In meinem Lachen schwingt Hysterie mit. »Oh Alice, ich kann dir versichern, dass nichts stattfinden wird, wofür du meinen Segen bräuchtest.«

Sie legt den Kopf schräg. »Was meinst du damit, Lia?«

Ganz plötzlich ist die Hysterie vorbei. Meine Stimme wird ruhig und ich blicke ihr in die Augen. »Ich meine damit, dass es keine Hochzeit geben wird. Nicht mit James.«

Sie lächelt. »Du irrst dich, Lia. Es wird eine Hochzeit stattfinden und ich werde die Frau von James Douglas.«

»Tatsächlich?«, frage ich. »Und bist du sicher, dass er dich noch zur Frau nehmen will, wenn er erst einmal von deiner Rolle in der Prophezeiung erfährt?«

Sie erstarrt. »Woher willst du wissen, dass er nicht schon längst über alles im Bilde ist?«

Ich lächle sie an. »Weil James Douglas ein guter Mann ist, Alice. Ein Mann, der niemals jemanden mit einem so schwarzen Herzen heiraten könnte – wenn er wüsste, wie schwarz dieses Herz wirklich ist.«

Sie zuckt zusammen und wird blass, doch dann hat sie sich schnell wieder in der Gewalt. »Er wird dir nicht glauben.«

»Bist du sicher? Ganz sicher? Bist du sicher, dass James die Wahrheit nicht in meinen Augen lesen würde?«

Sie schluckt hart. »James liebt mich. Es stimmt, dass ich monatelang deinen Schatten in seinen Augen sah, aber das ist jetzt vorbei.« Trotzig hebt sie das Kinn. »Selbst wenn du es ihm sagen würdest, selbst wenn er dir glauben würde, würde James zu mir stehen, wie er zu dir gestanden hätte, wenn du damals nur den Mut gehabt hättest, ihm reinen Wein einzuschenken.«

Ihre Worte dringen wie Dolche in mein Herz. Sie hat recht. Ich habe meinen Anteil an dem, was passiert ist. Ich bin mitschuldig daran, dass James zwischen die Mühlsteine der Prophezeiung geraten ist. Hätte ich ihm vertraut und ihm alles gesagt, wäre er nicht von meiner Seite gewichen und wäre jetzt nicht der Verlobte meiner Schwester.

Aber dann hätte ich Dimitri nicht. Und auch das ist für mich unvorstellbar.

»Wir werden ja sehen, Alice.«

Sie streicht sich den Rock glatt. »Ja, wir werden sehen.«

Ich folge ihr hinaus in die Eingangshalle. Eine Hand auf dem Türknauf, wendet sie sich noch einmal um.

»Es war nie einfach, weißt du?«

»Was denn?«, frage ich, obwohl es mich eigentlich nicht interessiert. Ich will nur, dass sie geht.

Ein schmerzvoller Ausdruck zuckt über ihr Gesicht.

Dann senkt sich wieder der Schleier aus Feindseligkeit darüber. »Die Bewunderung in den Augen aller zu sehen, wenn sie über dich sprachen. Die Gewissheit, dass unser Vater, James, ja sogar unsere Mutter dich vorzogen. Ist es so schwer zu glauben, dass James deinen Verlust überwunden hat? Dass er mich wirklich und wahrhaftig liebt? Dass vielleicht – nur dieses eine Mal – nicht du am meisten geliebt wirst?«

Ich schüttele den Kopf. »Ich weiß nicht, wovon du redest, Alice. Seit unserer Geburt stand ich in deinem Schatten. James' Liebe war eines der wenigen Dinge, die ich für mich allein hatte.« Ich höre die Trauer in meiner Stimme. Alice war immer die Auserwählte.

Die schöne, lebensfrohe Alice.

Ihr Lächeln schenkt mir weder Wärme, noch Trost. »Du bist so stur, Lia. Und so unfähig, die Dinge so zu sehen, wie sie wirklich sind, wenn es dir nicht passt. Wie konnte ich nur glauben, dass sich etwas ändern würde? Das wird niemals passieren.«

»Nein. Du hast recht, Alice. Das wird niemals passieren. Nicht, wenn die Prophezeiung und meine Rolle darin berührt werden. Nicht, wenn das Schicksal jener, die ich liebe, betroffen ist.«

Das Lächeln auf ihren Lippen jagt mir einen Schauer über den Rücken. Es ist das Lächeln, das ich von unseren Begegnungen in den Anderswelten her kenne, dasjenige, das von der Vertrautheit zwischen Alice und den Seelen spricht, von der Hölle, in die sie die Menschheit zu stürzen gedenkt. »Ich bin überrascht, dass du glaubst, immer noch so selbstgerecht sein zu können, Lia. Erkennst du nicht die Wahrheit?«

Ich verschränke die Arme vor der Brust. »Und was für eine Wahrheit sollte das sein, Alice?«

Sie hebt die Augenbrauen, als ob die Antwort offensichtlich wäre. »Dass du nicht viel anders bist als ich. Dass du mir mit jedem Tag ein bisschen ähnlicher wirst.«

Sie zieht die Tür auf, schlüpft hindurch und schließt sie hinter sich wieder.

Ich stehe noch eine geraume Weile da, starre die Tür an und denke an meine Schwester, an James und an die Prophezeiung. An das undurchsichtige Netz, in dem wir alle gefangen sind.

Als ich mich schließlich wieder umdrehe und die Treppe zu meinem Zimmer hinaufgehe, versuche ich, nur noch an James zu denken und daran, was ich zu ihm sagen werde. Ich versuche, mich auf sein Schicksal zu konzentrieren und auf die Frage, wie ich ihn retten kann. Aber mir schwirren Alices letzte Worte im Kopf herum, drehen sich im Kreis und hallen in meinen Gedanken wider, bis ich mir nicht mehr sicher bin, ob es ihre sind oder meine eigenen.

Ich schlafe nicht gut. Meine Träume sind erfüllt von dunklen Gestalten und von einem Flüstern, das seinen Ursprung in meinen Gedanken zu haben scheint.

Ich lasse mich in einer Art Halbschlaf dahintreiben, während mein Bewusstsein sich immer noch mit der Frage nach dem Versteck des Steins beschäftigt. Ich sehe Victor vor mir, wie er mit seiner Leiter an den Bücherregalen entlangrollt, während Dimitri unter ihm steht und ein Buch durchblättert. Kurz bevor ich erwache, fühle ich, wie mir die Lösung unseres Problems entgleitet.

Und dann, als ich mich mit einem Ruck im Bett aufsetze, habe ich sie.

8

Tu mir den Gefallen und erkläre mir die Sache noch mal.«

Müde reibt sich Dimitri über das Gesicht und unterdrückt ein Gähnen. Die Kutsche saust in Windeseile durch das sanfte Licht des frühen Morgens.

Aufgeregt nehme ich seine Hand. »Aber verstehst du denn nicht? Wir haben die Sache ganz falsch angepackt!« Ich beiße mir auf die Unterlippe und zögere. »Das heißt, ich glaube, dass wir es falsch angepackt haben. Sicher werden wir es erst dann wissen, wenn wir mit Victor gesprochen haben.«

Dimitri seufzt. »Ja, das hast du schon gesagt, aber mir ist nicht ganz klar, was genau wir falsch angepackt haben. Zu dem Teil bist du noch nicht gekommen.«

»Wir haben Victor und Mr Wigan nach den Worten von der letzten Seite der Prophezeiung gefragt.«

Er nickt. »Genau. Und zwar deshalb, weil wir wissen wollen, was sie bedeuten. Aber das erklärt nicht, warum wir zu dieser unmöglichen Stunde an Victors Tür klopfen wollen.«

Ich strecke die Hand aus. »Hast du die Liste dabei?«

»Ja, natürlich. Darum hast du mich doch gebeten.« Er zieht ein gefaltetes Stück Papier aus der Westentasche und legt es in meine ausgestreckte Hand.

Ich falte den Zettel auseinander und überfliege die Liste mit Ortsnamen, von denen wir bereits viele ausgestrichen haben. Neun sind noch übrig.

»Auf der letzten Seite wird das Versteck des Steins in einer anderen Sprache beschrieben.« Meine Stimme ist nur ein Murmeln, kaum hörbar bei dem Klappern der Räder auf der steinigen Straße. Ich hoffe nur, dass Edmund die Kutsche bei diesem Tempo und diesem unebenen Untergrund nicht in den nächsten Graben lenkt. »Unsere Suche, die sich bislang einzig auf diesen Hinweis stützte – einen Hinweis, den wir nicht einmal verstehen – ist so wie die Suche nach der Nadel im Heuhaufen.«

»Das ist ziemlich offensichtlich, meine Liebe, und wohl auch der Grund, warum wir bislang erfolglos blieben.« Dimitri hat Mühe, seine Ungeduld im Zaum zu halten.

»Ja, aber genau deshalb behaupte ich, dass wir die Sache von der falschen Seite aus angepackt haben.« Ich schaue Dimitri an. »Wir hätten das einsetzen sollen, was wir bereits haben.«

»Und was ist das?«

Ich wedele mit dem Zettel vor seiner Nase herum. »Das hier. Es sind nur noch neun mögliche Verstecke übrig.«

Er runzelt die Augenbrauen. »Ja. Na und?«

»Wenn wir diese Liste Victor geben, kann er vielleicht Nachforschungen über die neun Orte anstellen und nach einem Hinweis suchen, ob irgendeiner davon mit dem Begriff Sliabh na Cailli' in Verbindung gebracht wird.« Ich verstumme, weil ich plötzlich den Eindruck habe, dass meine Idee vielleicht doch nicht so gut ist, wie sie mir vor zwei Stunden in der Einsamkeit meines Zimmers erschien. »Natürlich haben wir keine Garantie, aber es ist doch besser als nichts, oder?«

Dimitri schweigt ein paar Sekunden lang. Dann beugt er sich vor und küsst mich. »Es ist viel mehr als das. Und es ist so einfach, dass es schon brillant ist.«

Ich will mich von seiner Begeisterung anstecken lassen, will die Hoffnung, die ich beim Aufwachen empfand, als mir die Idee kam, Victor die Liste zu geben, zu neuem Leben erwecken. Aber plötzlich bin ich mir nicht mehr so sicher. Es scheint nur ein seidener Faden zu sein, an den wir unsere Hoffnung auf Antworten hängen, und bei all den Rätseln, die es noch zu lösen gilt, ist nur eins sicher: Beltane ist schon in zwei Monaten.

Uns läuft die Zeit davon.

»Lieber Himmel! Das sind zu viele! Das schaffen wir nie!«

Ich lehne mich in dem dick gepolsterten Sessel zurück, was zwar nicht besonders damenhaft ist, aber im Augenblick kümmert mich das nicht.

Nachdem es uns gelungen war, Victor zur Tür zu locken –

was geschlagene zwanzig Minuten dauerte –, hörte er sich unseren Vorschlag bei Tee und Toast an und zog, als wir ihm die Liste zeigten, sofort etliche Bücher aus den Regalen.

»Ach was!«, erwidert Victor. »Sie mögen ja für sich selbst sprechen, junge Dame. Ich dagegen werde, nachdem ich nun weiß, in welcher Richtung ich suchen muss, nicht ruhen noch rasten, bis ich alles über die Orte auf Ihrer Liste weiß und die Antwort gefunden habe, die sie suchen.«

Ich betrachte den riesigen Haufen Bücher, der vor uns auf dem Tisch aufgestapelt ist. »Aber das wird den ganzen Tag dauern!« Plötzlich fällt mir etwas ein und ich richte mich kerzengerade auf. »Edmund? Wie spät ist es?«

Er schaut zur Kaminuhr. »Fast neun. Warum?«

Wie der Blitz springe ich aus dem Sessel und schlage mir die Hand vor die Stirn. Erst jetzt wird mir klar, was ich getan habe. »Helene. Helene kommt heute Morgen an und ist vermutlich gerade jetzt in Milthorpe Manor eingetroffen.« Was mögen Sonia und Luisa nur von meinem unmöglichen Verhalten denken?

»Wer immer diese Helene ist, sie scheint von Bedeutung zu sein«, sagt Victor und steht ebenfalls auf. »Keine Sorge. Ich suche weiter und werde Ihnen in dem Augenblick, in dem ich fündig werde, eine Nachricht zukommen lassen.«

Wieder schaue ich zu dem Bücherstapel. »Sind Sie sicher? Es kommt mir nicht fair vor, Sie mit diesem Berg Arbeit allein zu lassen.«

Er lacht auf und klatscht in die Hände. »Mein liebes

Mädchen, ich habe doch sowieso nichts Besseres zu tun. Ich versichere Ihnen, dass Sie mir einen großen Gefallen tun!«

Ich lächle und beuge mich vor, küsse ihn auf die trockene Wange. »Oh danke, Victor. Sie sind ein wahrer Schatz!«

Er errötet, und ich frage mich, wie lange es her ist, dass ihn jemand berührt hat. »Unsinn! Es ist mir ein Vergnügen.« Er wendet sich der Tür zu. »Kommen Sie. Ich begleite Sie noch hinaus.«

Nach einer hastigen Verabschiedung sitzen Dimitri und ich wieder in der Kutsche, während Edmund die Pferde zurück nach London lenkt.

»Glaubst du, er findet etwas?«, frage ich Dimitri, während wir Victors Anwesen hinter uns lassen.

»Ich weiß nicht. Aber wir haben jetzt mehr Hoffnung als noch gestern.«

Die Kutsche fährt viel zu schnell. Ich denke an Helene und an die Empörung, die Sonia und Luisa vermutlich empfinden werden, weil ich nicht da war, um sie zu empfangen. Ich versuche, mir die Szene im Geiste vorzustellen, aber das beruhigt meine Nerven nicht im Mindesten. Im Gegenteil. Je näher wir Milthorpe Manor kommen, desto nervöser werde ich.

»Möchtest du, dass ich dich ins Haus begleite?«, fragt Dimitri und nimmt meine Hand.

Ich widerstehe dem Verlangen, sein Angebot anzunehmen, aber Sonia und Luisa werden schon ärgerlich genug sein, dass ich sie nicht in meine Pläne eingeweiht habe.

Wenn sie sehen, dass Dimitri mich begleitet hat, wird das wie Salz in ihren Wunden sein.

»Nein, es wird besser sein, wenn ich Helene allein begrüße. Du wirst sie sowieso bald kennenlernen, vermute ich. Sie wird in Milthorpe Manor wohnen.«

»Wie viel hat Philip ihr über die Prophezeiung erzählt? Über ihre Rolle darin?«, fragt er.

Seufzend schaue ich aus dem Fenster. Mit einem Mal kommt es mir in der Kutsche entsetzlich eng vor.

»Er hat ihr die Wahrheit gesagt, mit so einfachen Worten wie möglich«, sage ich leise. »Ob sie ihm geglaubt hat, ist eine andere Sache.«

»Sie muss seinen Worten wenigstens teilweise Glauben geschenkt haben. Warum hätte sie sonst nach London kommen sollen?«

»Weil sie von Albträumen geplagt wird, wie wir alle. Sie hat Philip erzählt, dass sie mitten in der Nacht auf Reisen geht, ohne es zu wollen. Sie fühlt die Seelen, die ihr auf den Fersen sind, obwohl sie bislang nicht wusste, wer oder was sie sind.« Ich weiche seinem Blick aus, obwohl ich ihn fühlen kann. Stattdessen schaue ich weiter aus dem Fenster. Ich will nicht, dass er die Angst in meinen Augen sieht. »Die Prophezeiung hat sie gezeichnet, wie uns alle.«

Dimitris Finger streichen über meine Wange. Sanft dreht er meinen Kopf, sodass ich ihn anblicken muss. »Gezeichnet ja, aber nicht besiegt. Und ich werde nicht zulassen, dass das jemals geschieht, Lia.«

Ebenso sanft wie die Berührung seiner Finger sind seine

Lippen auf meinen, und ich will mich in dem Kuss verlieren, will alles andere von mir schieben. Meine Sorgen und Albträume, meine dunkelsten Gedanken.

Aber es geht nicht. Es ist nicht so einfach, schon lange nicht mehr. Es liegt nicht in Dimitris Macht, mich zu retten. Meine Rettung kann nur durch mich selbst erfolgen, und dazu brauche ich die Hilfe meiner Schwester.

Der Gedanke ist so unvorstellbar, dass ich ihn weit von mir weise, denn wenn ich mich zu lange mit ihm beschäftige, wird mir die Unmöglichkeit bewusst, Alice auf meine Seite zu ziehen.

Und wenn ich an diese Unmöglichkeit denke, bleibt mir keine andere Wahl, als mich zu fragen, wie lange es noch dauern wird, bis ich in den Abgrund blicke, der jenseits einer Klippe liegt. Wie meine Mutter.

9

Ich betrete die Eingangshalle von Milthorpe Manor und höre gedämpfte Stimmen im Salon.

Ich hänge meinen Umhang an die Garderobe neben der Tür, glätte meinen Rock und zupfe mein Haar zurecht. Dann durchquere ich die Eingangshalle. Ich bin nervös, und ich wünschte, ich hätte Dimitris Angebot, mich nach Hause zu begleiten, doch angenommen. Oder dass wenigstens Edmund hier drinnen bei mir wäre, statt sich draußen um Kutsche und Pferde zu kümmern.

Die Stimmen werden deutlicher, je näher ich dem Salon komme. Vor der Tür erkenne ich Sonias weichen Ton und Luisas unbändiges, herzliches Lachen, doch darin mischt sich eine dritte Stimme, die ich noch nie gehört habe. Tiefer und kräftiger als die meiner Freundinnen, erzählt diese Stimme von einem fremden Leben in einem weit entfernten Land.

Ich weiß nicht, ob es die Aussicht auf eine erste Begegnung mit Helene ist oder die Angst, mich Sonias und Luisas Ärger stellen zu müssen, die mein Herz zum Rasen bringt, aber ich kann nicht ewig vor der Tür stehen bleiben. Ich muss mich beidem stellen. Ich nehme mir einen Moment Zeit, um mich zu sammeln. Dann trete ich in den Salon.

Ich versuche, selbstsicher aufzutreten, wobei ich Sonias und Luisas Blicken ausweiche. Ich wende mich direkt an das fremde Mädchen, das in dem Lehnsessel neben dem Kamin sitzt.

»Guten Tag. Ich muss mich für meine Verspätung entschuldigen. Ich hatte heute Morgen etwas zu erledigen, das länger dauerte, als erwartet.« Ihre dunklen Augen betrachten mich mit vagem Interesse. Ihr Haar, das auf ihrem Kopf zu einer Hochsteckfrisur aufgetürmt ist, ist so schwarz wie die Nacht über Altus. »Sie müssen Helene Castilla sein.« Sie blinzelt, als ich ihr die Hand reichen will, und ich ziehe sie zurück, weil ich mich daran erinnere, dass viele junge Damen einen Handschlag als zu maskulin betrachten. »Ich bin Lia Milthorpe, und ich freue mich sehr, Ihre Bekanntschaft zu machen. Hatten Sie eine gute Reise?«

Sie nickt langsam. »Die Reise war lang, aber nicht unangenehm. Mr Randall hat für meine Bequemlichkeit gesorgt.« Ihr Englisch ist von einem fremdartigen Akzent durchzogen. Äußerlich erinnert sie mich an Luisa, aber ihr Benehmen lässt die Offenheit und Herzlichkeit vermissen, die meiner Freundin eigen ist.

Ich folge ihrem Blick und wende mich um. Philip steht etwas abseits in einer Ecke des Raums.

»Philip!« Ich gehe zu ihm und küsse ihn auf die Wange. »Ich habe Sie gar nicht bemerkt. Wie war die Reise?«

Er lächelt, und mir fällt auf, dass die Falten um seine Augen tiefer sind als das letzte Mal, als wir uns sahen. Auch an ihm geht die Prophezeiung nicht spurlos vorbei.

»Auf der Überfahrt hatten wir leider eine raue See, aber Miss Castilla hat sich vorbildlich gehalten.« Er lächelt ihr zu, und ich frage mich, ob ich mir nur einbilde, dass ihr Blick, mit dem sie das Lächeln erwidert, weicher wird.

»Aber warum setzen Sie sich denn nicht?«, frage ich ihn. »Sie sind doch bestimmt erschöpft. Leisten Sie uns Gesellschaft. Haben Sie und Helene schon gegessen?«

Er schüttelt den Kopf. »Ich bleibe lieber stehen. Es ist ein Segen, sich frei bewegen zu können, nach der Enge des Schiffes.« Er schaut zu Sonia und Luisa. »Wir haben das Angebot nach einer Erfrischung abgelehnt, weil wir sogar zum Essen zu müde sind. Ich vermute, dass Miss Castilla sich gerne zurückziehen würde. Wir haben nur auf Sie gewartet.«

In seiner Stimme liegt kein Vorwurf, und doch spüre ich, wie mir die Schamesröte in die Wangen steigt, weil ich bei Victor die Zeit vergessen habe. »Natürlich.« Ich wende mich zu Luisa und Sonia. »Ist Helenes Gepäck schon in ihrem Zimmer?«

Luisa nickt mit verkniffenem Mund. »Die Dienstboten haben das gelbe Zimmer für sie bereit gemacht.«

Ihr offensichtliches Missfallen reizt meinen Unmut, denn obwohl mir klar ist, wie unfair es war, Sonia und Luisa von dem Besuch bei Victor auszuschließen, habe ich keine Lust, mich bei ihnen zu entschuldigen.

Ich zwinge mich zu einem Lächeln und versuche, mir meine Gefühle nicht anmerken zu lassen. »Würden du und Sonia Helene zu ihrem Zimmer bringen, während ich Philip zur Tür begleite?«

Sie nickt und steht auf, während ich mich zu Helene wende und ihr erneut meine Hand darbiete, in der Hoffnung, dass sie diesmal meine freundschaftlich gemeinte Geste akzeptieren wird. »Ich bin wirklich froh, dass Sie gekommen sind. Fühlen Sie sich bitte ganz wie zu Hause. Wenn Sie irgendetwas brauchen, wenden Sie sich bitte jederzeit an uns oder an die Dienstboten. Vielleicht möchten Sie uns zum Abendessen Gesellschaft leisten, wenn Sie sich ausgeruht haben. Dann können wir uns besser kennenlernen.«

Sie erhebt sich mit einem so schmalen Lächeln, dass es kaum sichtbar ist. »Danke.« Meine Hand lässt sie unbeachtet.

Und damit folgt sie Luisa und Sonia aus dem Salon. Ich bleibe allein mit Philip zurück. Ein Seufzen entschlüpft meinen Lippen.

Philip tritt zu mir. »Geht es Ihnen gut? Sie sehen müde aus.«

Ich weiche seinem prüfenden Blick aus und gehe zum Kamin. »Mir geht es soweit gut, danke. Ich vermute, wir alle leiden unter der Last der Prophezeiung.«

»Nach allem, was geschehen ist, ist es Ihr gutes Recht,

erschöpft zu sein. Kann ich Ihnen irgendwie helfen?«, fragt er.

Ich wende mich mit einem reumütigen Lächeln um. »Ich würde sagen: ›Finden Sie den letzten Schlüssel‹, wenn ich nicht wüsste, dass Sie bereits Tag und Nacht an dieser Aufgabe arbeiten.«

Er nickt langsam mit gerunzelten Augenbrauen. »Ich habe Nachricht aus einem kleinen Dorf über eine weitere junge Frau mit einem Zeichen auf dem Handgelenk. Ich habe einige Dinge hier in London zu erledigen, werde aber schon in wenigen Tagen in der Lage sein, der Sache auf den Grund zu gehen.«

Ich betrachte sein Gesicht. »Bilde ich es mir nur ein, oder sind Sie tatsächlich so wenig optimistisch wie es den Anschein hat?«

»Es liegt nicht an dem Mangel an Optimismus, sondern an dem Mangel an Informationen. Mir wurde gesagt, dass das Mädchen nicht mehr in besagtem Ort lebt. Augenscheinlich ist die Mutter bei der Geburt gestorben und der Vater hat sie wenige Jahre später fortgebracht.

Ratlos schüttele ich den Kopf. »Das verstehe ich nicht. Warum gehen Sie dorthin, wenn sie gar nicht mehr da ist?«

In seinem Schulterzucken liegt Resignation. »Sie ist der einzige Hinweis, den wir im Augenblick haben. Ich hege die Hoffnung, dass irgendjemand mir vielleicht sagen kann, wo sie jetzt ist. Wenn man bedenkt, wie wenig Glück wir in der Vergangenheit hatten, ist es unwahrscheinlich, dass sie der letzte Schlüssel ist. Aber nichtsdestotrotz werde ich dieser Spur bis zum Ende folgen.«

Ich betrachte meine Hände. Das Zeichen der Schlange lugt unter dem Ärmel meines Kleides hervor. Philips Worte kommen nicht überraschend für mich. Es ist nur logisch anzunehmen, dass die Spuren, die wir haben, ins Leere führen, denn wie viele Mädchen, die so ein merkwürdiges Mal auf dem Leib tragen, würden sich freiwillig melden? Ich habe den Eindruck, dass die Energie förmlich aus meinem Körper herausfließt und im Teppich unter meinen Füßen versickert. Was bleibt, ist eine übermächtige Müdigkeit.

»Ja«, sage ich leise. »Wir müssen jedem Hinweis folgen, wie wenig Hoffnung uns auch bleiben mag. Aber bitte ruhen Sie sich erst einmal von der anstrengenden Reise aus. Sie haben sich so unermüdlich für unsere Sache eingesetzt. Sie müssen selbst müde sein.«

Er lächelt und steuert auf die Tür zu. »Nicht mehr als Sie, meine Liebe. Nicht mehr als Sie.«

Ich hake mich bei ihm unter. »Kommen Sie, ich bringe Sie zur Tür, damit sie heimgehen und etwas schlafen können.«

In der Eingangshalle nimmt Philip seinen Mantel von der Garderobe.

»Danke, dass Sie Helene nach London gebracht haben, Philip. Wirklich, ich kann mir nicht vorstellen, was wir ohne Sie tun würden.« Ich hoffe, er kann die Zuneigung in meinen Augen erkennen.

Er erwidert mein Lächeln, die Hand bereits auf dem Türknauf. »Ihr Vater war mein Freund, Lia. Die Prophezeiung und Ihre Erlösung von der schweren Bürde sind mir zur Lebensaufgabe geworden. Ich bete nur, dass ich dieser Aufgabe auch gewachsen bin.«

Ich will etwas erwidern, will ihm versichern, dass, wenn jemand in der Lage sein sollte, den letzten Schlüssel zu finden, er es sein wird. Aber er ist gegangen, bevor ich noch etwas sagen kann.

Eigentlich wollte ich mich in meinem Zimmer noch etwas ausruhen, bevor es Zeit zum Abendessen ist, aber ich merke, wie ich ein Stück vor Sonias Tür stehen bleibe. Ich weiß, dass Sonia auf der anderen Seite dieser Tür ist, dass sie sich vielleicht hingelegt hat oder sich die Haare bürstet oder eins der Bücher aus der Bibliothek von Milthorpe Manor liest. Die geschlossene Tür macht mich traurig, denn es gab einmal eine Zeit, da wäre ich ohne Umschweife in ihr Zimmer gestürmt und hätte ihr von den Ereignissen des Tages berichtet.

Nein. Früher hätte mich Sonia überallhin begleitet. Es wäre nicht nötig gewesen, ihr irgendetwas zu erzählen, denn sie war meine Gefährtin, meine treue Freundin. Der Verlust dieser Freundschaft ist mir mit einem Mal unerträglich und ich trete auf die Tür zu und klopfe sacht an.

Sie öffnet ein paar Augenblicke später. Die Neugier auf ihrem Gesicht wandelt sich zu Staunen, als sie mich sieht. »Lia! Was machst du …? Komm rein.«

Ihre Überraschung, mich auf ihrer Türschwelle stehen zu sehen, verursacht mir Schuldgefühle. Ich kann mich nicht erinnern, wann ich das letzte Mal ihre Nähe gesucht habe.

Ich trete in ihr Zimmer und Sonia schließt die Tür hinter mir. »Komm und setz dich. Sarah hat gerade ein Feuer angezündet.«

Ich gehe zu ihrem Bett, nicht zu der Sitzgruppe vor dem Kamin. Dort, auf einem der Sessel, habe ich die wenigen Male Platz genommen, an denen ich Sonia in ihrem Zimmer aufgesucht habe, seit sie von Altus zurückgekehrt ist. Aber dieses Mal sinke ich auf die weiche Matratze und betrachte den üppigen Teppich unter meinen Füßen, wie früher, wenn wir es uns auf einem unserer Betten gemütlich machten, lachten und schwatzten und über die Zukunft nachsannen. In diesem Augenblick wünsche ich mir nichts sehnlicher, als dass es wieder so werden würde wie früher.

Vorsichtig lässt sich Sonia neben mir nieder, als ob sie Angst hätte, ich würde es mir anders überlegen und jeden Moment aufspringen und das Zimmer verlassen. »Ist irgendetwas nicht in Ordnung?«

Ich hole tief Atem und schaue ihr dann in die Augen. »Nun, es ist einiges nicht in Ordnung, und das nicht erst seit gestern.«

Sie nickt. »Ja, aber wir arbeiten daran, die Dinge wieder in Ordnung zu bringen, nicht wahr?«

»Ich wollte nur sagen, dass … nun, dass es mir leidtut.«

Die Worte auszusprechen, fällt mir schwerer, als erwartet.

Sie nimmt meine Hand. »Ich weiß.«

Ihre Stimme ist freundlich, aber dass sie mein Bedauern widerspruchslos hinnimmt, empört mich. Ich versuche, die Bitterkeit, die in mir aufsteigt, zu unterdrücken, aber sie ist wie ein lebendiges Wesen, das mich innerlich auffrisst.

Ich lächle, obwohl sich das Lächeln wie eine Maske auf meinem Antlitz anfühlt. »Ich versuche genau wie du, die Dinge wieder ins Lot zu bringen.«

Ihr Lächeln ist traurig. »Ja, aber es gibt einen Unterschied zwischen uns.«

»Und der wäre?«

Sie hebt die Hände, die Handflächen nach oben gewandt, in einer Geste der Ergebung. »Du suchst Antworten auf die Rätsel, die uns die Prophezeiung aufgibt, und gibst dir Mühe, mir zu vergeben, während ich mich in mein Schicksal ergebe.« Sie zuckt die Schultern. »Du beherrschst alles. Ich kann nichts weiter tun, als warten.«

Ich will ihre Worte abtun, die Wahrheit in ihnen verleugnen. Aber Sonia hat recht. Ich habe alle Macht an mich gerissen, seit ich Altus verlassen habe. Und während ich nicke, mich erhebe und Sonias Zimmer verlasse, frage ich mich, ob ich diese Macht haben wollte, weil ich Angst vor Verrat habe – oder weil ich Vergnügen an dem Gefühl gefunden habe.

Das Abendessen ist zunächst eine steife Angelegenheit. Tante Virginia bemüht sich, uns mit Anekdoten und dem neusten Klatsch zu unterhalten, der innerhalb der Gesellschaft kursiert, aber die Spannung zwischen den Anwesenden ist deutlich spürbar.

Ich fühle mich wie gelähmt. Meine Grübeleien über das Versteck des Steins, das Gespräch mit Sonia und meine bevorstehende Aussprache mit James sorgen dafür, dass ich still bleibe. Angesichts der wirbelnden Gedanken in meinem Kopf fehlen mir schlicht und einfach die Worte.

Endlich reiße ich mich zusammen und gebe mir Mühe, mich so zu benehmen, wie es einer guten Gastgeberin ansteht.

»Gefällt Ihnen Ihr Zimmer?«, frage ich Helene und hebe das Weinglas an meine Lippen.

Sie legt die Gabel ab und nickt. »Ja, danke.«

»Und konnten Sie sich ein wenig von der Reise erholen?«

»Ja.«

Ihre Miene ist verschlossen, und ich frage mich, ob sie absichtlich so kurz angebunden ist oder ob sie einfach nicht in der Lage ist, ein entspanntes Gespräch zu führen.

»Es war bestimmt nicht einfach, deine Heimat zu verlassen.« Sonias Stimme ist weich. Sie erinnert mich an das Mädchen, als das ich Sonia in New York kennengelernt habe.

»Es war … nötig«, sagt Helene. »Aber es stimmt: Es ist nicht leicht, all das, was einem vertraut ist, zurücklassen zu müssen.«

Ich sehe, wie ihre stoische Fassade einen kleinen Riss bekommt.

»Ich weiß genau, wie du dich fühlst«, sagt Sonia. Die Begrüßung, bei der ich nicht zugegen war, hat Helene, Sonia und Luisa schnell miteinander vertraut werden lassen, sodass Sonia sich erlauben kann, eine intimere Anrede zu wählen als ich.

»Mich hat meine Familie zu einer völlig Fremden nach New York geschickt«, fährt Sonia fort. »Ich war noch ein Kind, aber ich kann mich gut daran erinnern, wie hilflos ich mich anfangs in der neuen Umgebung gefühlt habe.« Sie lächelt Helene zu. »Ich habe mich daran gewöhnt und du wirst es sicher auch tun.«

Helene setzt sich kerzengerade hin. Wieder fällt der Vorhang über ihre Miene. »Ich glaube, du hast die Sache missverstanden. Ich will mich nicht in London eingewöhnen. Ich will nach Spanien zurückkehren, so schnell wie möglich.«

Mit einem fragenden Blick wendet sich Luisa an Helene. »Warum bist du dann überhaupt gekommen?«

Helene stellt ihr Weinglas ab. Ihr zarter Hals bewegt sich, während sie den Wein schluckt. »Weil ich diesem Irrsinn ein Ende machen will. Ich habe es satt, in meinen Träumen verfolgt zu werden, habe es satt, im strahlendsten Sonnenschein düsteren Gedanken nachzuhängen. Je älter ich wurde, desto schlimmer wurde es. Wenn meine Anwesenheit hier dazu beiträgt, mich von dieser Last zu befreien, dann muss es eben sein.«

Tante Virginia nickt verständnisvoll. Vielleicht denkt sie an meine Mutter und ihren Kampf gegen die Seelen – einen Kampf, den sie verlor. »Und waren Sie überrascht, als Philip vor Ihrer Tür stand?«, will sie wissen. »Als er Ihnen von der Prophezeiung erzählte?«

Helene starrt auf ihren Teller, aber ich bin mir ziemlich sicher, dass sie das Essen darauf nicht sieht. In ihrer Stimme liegt ein Erinnern. »Ich war schon immer anders. Es war nicht nur das Zeichen. Solange ich denken kann, habe ich die Stimmen jener auf der anderen Seite gehört. Sie sprachen zu mir, obwohl ich sie anflehte, damit aufzuhören. Und auch das war noch nicht alles. Selbst als Kind hatte ich schon diese Träume, in denen ich fliege. Ich wusste, dass man normalerweise keine Dinge aus Träumen mitbringt, aber ich tat es oft – einen Stein, eine Feder, einen Grashalm.« Sie zuckte die Schultern. »Sie lagen morgens in meinem Bett, und da wusste ich, dass meine Träume Wirklichkeit waren.«

Das flackernde Kerzenlicht und Helenes Stimme mit ihrem singenden Akzent lullen mich ein; ich falle in eine leichte Trance.

»Aber es dauerte nicht lang, da ängstigte ich mich vor ihnen. In meinen Träumen wurde ich gejagt; ich brachte nichts mehr mit, aber stattdessen hatte ich blutige Füße oder Prellungen, die ich mir bei der wilden Flucht vor etwas Düsterem und Schrecklichem zuzog.« Sie schweigt kurz. »Ich vertraute mich nur meinen Eltern an, die bereits ahnten, dass etwas nicht stimmte. Schließlich wussten sie von dem Mal und von den merkwürdigen Dingen, die mir seit frühester Kindheit an widerfahren waren.«

»Hatten sie Verständnis für deine Andersartigkeit?« Ich höre den Schmerz in Sonias Stimme; ihre eigenen Eltern waren nicht bereit gewesen, ihre übernatürlichen Gaben zu akzeptieren.

Helene nickt. »So gut sie eben für so etwas Verständnis aufbringen konnten. Aber es ist nicht genug.« Sie schaut uns an, eine nach der anderen. »Ich bin fast achtzehn. Und trotzdem darf ich mich nicht verlieben, darf mich nicht sorglos in der Gesellschaft anderer junger Frauen bewegen, muss ständig auf jedes Wort achten. Wer könnte eine solche Monstrosität akzeptieren? Und wie sollte ich sie auch nur annähernd erklären?«

Ich denke an James. Ich kann sie nur zu gut verstehen.

»Hier in London gibt es Menschen«, sagt Luisa sanft. »Menschen, die so sind wie wir. Du musst nicht einsam sein.«

Helenes Stimme hat ihre Unnahbarkeit verloren. »Es ist nett von dir, dass du versuchst, mich zu trösten. Dass du mir deine Freundschaft anbietest. Aber ein solches Leben will ich nicht. Ich will keine Außenseiterin sein. Ich will nicht im Abseits stehen. Ich will diese Sache nur zu Ende bringen, damit ich nach Spanien zurückkehren und ein normales Leben führen kann.«

Ich erinnere mich, dass auch ich ähnliche Wünsche hatte und glaubte, es wäre so einfach. Vor Dimitri. Vor meinem Erbe als Herrin von Altus.

Aber es spielt keine Rolle, ob unsere Träume und Wünsche einfach oder kompliziert sind, ob wir ein zurückgezogenes Leben als Ehefrau führen wollen oder als Anführerin einer Gemeinschaft im Rampenlicht stehen. Schlussendlich wollen wir alle dasselbe: leben. Leben zu unseren eigenen Bedingungen, ohne die Prophezeiung, die uns wie ein Mühlstein am Hals hängt.

10

Ich habe mich hübsch gemacht, obwohl ich mich schämen muss, es zuzugeben.

Nur Tante Virginia und Edmund wissen, was ich vorhabe. Ich wage es nicht, Dimitri einzuweihen und mir dann seine gezwungen ruhige Miene anzuschauen, hinter der sich die Sorge verbirgt.

»Soll ich Sie begleiten?«, fragt Edmund, als er mir vor dem Hotel Savoy den Wagenschlag aufhält.

Ich schüttele den Kopf. Wenn es sich um jemand anderen handeln würde, hätte er mich gar nicht gefragt, sondern würde mir um nichts in der Welt von der Seite weichen. Aber auch Edmund weiß, dass ich von James nichts zu befürchten habe.

Ich schaue an der imposanten Hausfassade entlang nach oben. »Sie können in der Lobby warten, wenn Sie möchten.«

Aus dem Augenwinkel sehe ich, wie er den Kopf schüttelt. »Ich bleibe hier bei der Kutsche, falls Sie mich brauchen.«

Ich wende mich mit einem Lächeln zu ihm. »Danke, Edmund. Es wird nicht lang dauern.«

Auf den Straßen herrscht bereits um diese Zeit reger Verkehr. Kutschen und Reiter hoch zu Ross kämpfen um jeden Zentimeter Platz, während sich Fußgänger zwischen ihnen hindurchzwängen. Doch all das nehme ich nur am Rande meines Bewusstseins wahr. Mein Magen verkrampft sich, je näher ich dem Eingang des Hotels komme. Je näher ich James komme.

Ich kenne seine Zimmernummer nicht, und es wäre auch nicht schicklich, ihn dort aufzusuchen, wie vertraut wir auch in der Vergangenheit miteinander waren. Ich gehe durch die reich ausgestattete Lobby zur Rezeption und wende mich zu einem würdevollen, eleganten Herrn, der mein Näherkommen mit einem Lächeln quittiert.

»Kann ich Ihnen helfen, Miss?«

Ich schlucke schwer. »Ja. Ich möchte mit James Douglas sprechen.«

Der Mann nickt gleichmütig. »Und wen darf ich melden?«, fragt er.

»Amalia Milthorpe.« Mein voller Vorname klingt fremd in meinen Ohren. Niemand hat mich mehr Amalia genannt, seit ich New York und die Wycliffe Schule für junge Damen verlassen habe.

Wieder nickt er. »Sehr wohl.«

Ich wende mich ab und suche mir einen Platz, wo ich auf James warten kann. Nervös blicke ich mich nach Alice um. Sie vermutet womöglich, dass ich vorhabe, mit James zu sprechen, aber meine Unterredung würde zusätzlich erschwert werden, falls sie sich in den Kopf setzt, daran teilzunehmen. Trotzdem weiß ich nicht, was mir mehr zu schaffen macht: die Aussicht, Alice zu begegnen, oder die Tatsache, dass ich gleich James gegenüberstehen werde. Wie seltsam, denke ich, dass sie beide hier in London sind. Dass sie mir so nahe sind und gemeinsam dieses Hotel bewohnen, wo sie Vorbereitungen für ihre Hochzeit treffen.

»Lia?«

Ich zucke beim Klang seiner Stimme zusammen. Ich erwarte fast, ihn an der Seite meiner Schwester zu sehen, aber als ich mich umdrehe, ist James allein.

Ich lächle. »Guten Morgen, James.«

Sein Gesicht ist anders, als ich es in Erinnerung habe. Er ist älter geworden. Es ist eine Veränderung zum Guten, und ein unwillkommener Funke der Erregung durchzuckt mich bei der Erkenntnis, dass er nicht länger ein unreifer Junge ist, sondern ein erwachsener Mann. Seine Augen, so blau wie der Himmel über Birchwood, stellen bereits die Fragen, die zu beantworten ich mich fürchte.

»Ich freue mich, dass du gekommen bist.« Er spricht von Freude, aber er lächelt nicht.

Ich nicke und blicke mich in der geschäftigen Lobby um. »Können wir …? Wärst du einverstanden, wenn wir ein Stück spazieren gingen? Hier kann man sich kaum in Ruhe unterhalten.«

Er zögert keine Sekunde. Er legt meine Hand auf seinen Arm und steuert auf die Tür zu. Und dann stehen wir draußen im Freien, Arm in Arm. Wie früher.

Wir sprechen nicht miteinander, während wir durch die lauten und hektischen Straßen gehen. Die Muskeln seines Arms liegen hart unter meiner Hand. Er führt mich mit einer Sicherheit, als ob er genau wüsste, wohin wir gehen. Ich kann die Kälte in der Luft kaum spüren, obwohl ich sehe, dass der Atem meinen Körper in einer kleinen Dampfwolke verlässt.

Kurz darauf erreichen wir einen kleinen Park, ein lauschiges Plätzchen hinter den Ästen und Zweigen von Bäumen und Buschwerk. Der Lärm der Stadt verblasst hinter uns, als wir durch das eiserne Tor in die weitläufige grüne Landschaft eintreten, und ich merke, wie etwas von der Nervosität von mir abfällt. Ich vermisse den Frieden von Altus, von Birchwood Manor, obwohl ich die meiste Zeit zu beschäftigt bin, um die Anspannung überhaupt zu bemerken, die sich in meine Schultern schleicht, wenn ich zu lange ohne Unterbrechung in London weile.

Wir gehen über den Kiesweg, der rechts und links von Bäumen eingefasst ist und daher kaum eingesehen werden kann. Ohne die Menschenmengen, das Rattern und Quietschen der Kutschen und Droschken und das Klappern der Pferdehufe auf dem Pflaster bin ich mir James' Gegenwart überdeutlich bewusst. Ich schiebe die Erinnerungen, die in mir aufsteigen, wenn ich seinen Körper so nahe bei mir spüre, beiseite.

»Du hast nicht geschrieben.« Seine Stimme durchbricht die Stille so plötzlich, dass es einen Moment dauert, bis mir klar wird, dass er tatsächlich gesprochen hat.

»Nein.« Dieses eine Wort reicht bei Weitem nicht aus, aber mehr kann ich nicht sagen.

Wir gehen weiter, folgen einer Kurve des Weges, bis wir vor uns Wasser glänzen sehen.

»Hast du … Hast du mich nicht geliebt?«, fragt er schließlich.

Ich bleibe stehen und fasse seinen Arm, sodass auch er stehen bleiben muss. Ich schaue ihm in die Augen. »Das war nicht der Grund, James. Du hast mein Wort.«

Er zuckt mit den Schultern. »Was dann? Wie konntest du mich einfach so verlassen, nur mit diesen wenigen nichtssagenden Worten? Du warst die ganze Zeit in London. Es ging dir gut. Warum hast du nicht geschrieben?«

So ist das nicht, denke ich. *Bei dir klingt das ganz falsch.*

Aber angesichts der wenigen Informationen, die er hat, muss es ihm genauso vorkommen.

Ich kann ihm nicht lange in die Augen schauen, und so ziehe ich ihn am Arm, bis wir weitergehen. »Mir ging es überhaupt nicht gut, James, obwohl mir klar ist, dass es dir so scheinen muss.«

Wir sind an einem kleinen Teich angekommen, in dem sich der graue Himmel spiegelt. Kleine Wellen klatschen rebellisch gegen das Ufer. Am Wasser ist es kälter, aber ich nehme die frostige Luft nur am Rande wahr, obwohl mein Körper anfängt zu zittern.

James schaut mich an, zieht seinen Mantel aus und legt ihn mir über die Schultern. »Ich hätte dich nicht hierher bringen sollen«, sagt er. »Es ist viel zu kalt.«

Die Vertrautheit seiner Berührung gibt mir einen Moment lang das Gefühl, dass ich in die Vergangenheit gereist bin. Dass wir am Ufer des Flusses hinter Birchwood Manor stehen und Henrys Lachen lauschen, der sich ganz in unserer Nähe mit Edmund unterhält.

»Es geht mir gut. Danke für den Mantel.« Ich wende mich der eisernen Bank zu, die am Rand des Teiches steht. »Wollen wir uns setzen?«

Wir lassen uns auf der Bank nieder. Dann hole ich tief Luft und sage: »Erinnerst du dich an das Buch? Das du nach Vaters Tod in der Bibliothek gefunden hast?«

Er runzelt die Augenbrauen und denkt nach. »Ich habe viele Bücher in der Bibliothek deines Vaters gefunden, während ich sie katalogisierte, Lia.«

Der Gedanke, dass sich James womöglich nicht an das Buch erinnert, ist mir nie gekommen. Für ihn war das Buch des Chaos einfach nur einer von vielen interessanten Funden. Er hat keine Ahnung, dass es mein Leben – und seins – von Grund auf veränderte.

»Das Buch, das du gleich nach der Beerdigung gefunden hast. Das Buch des Chaos. Es war auf Latein geschrieben.« Ich hoffe, dass es ihm wieder einfällt. Es wird schwer genug, James die Umstände der Prophezeiung glaubhaft zu machen, aber ohne dass er sich an das Buch erinnert, wird es nahezu unmöglich werden.

Er nickt langsam. »Ich glaube, ich weiß, welches Buch du meinst. Hatte es nicht nur eine einzige Seite?«

Ich seufze erleichtert auf. »Richtig. Du hast es für mich übersetzt. Weißt du noch?«

»Verschwommen«, sagt er. »Aber Lia, was hat das denn mit…«

Ich hebe die Hand, um ihn zum Schweigen zu bringen. »Es ist so unglaublich schwer zu verstehen, James. Wäre es dir möglich, mir einfach zuzuhören? Und versuche zu verstehen, versuche, deinen Geist für meine Worte zu öffnen.«

Er nickt.

»Kannst du dich noch an die Geschichte erinnern, die in dem Buch erzählt wird? Über die Schwestern und die Sieben Plagen?« Ohne auf eine Antwort zu warten, fahre ich fort, ringe um Worte für etwas, das so absurd ist, dass es einfach unglaublich erscheint. »Es ist nicht nur eine Geschichte, wie wir zunächst dachten. Es ist mehr eine… Legende. Nur, dass sie wahr ist.«

Er betrachtet mich ausdruckslos. »Erzähl weiter.«

Ich spreche schneller. »Vor Tausenden von Jahren gab es eine Armee aus Engeln, die ausgeschickt wurden, um über die Menschheit zu wachen. Aber sie… sie verliebten sich in Menschenfrauen und wurden aus dem Himmel verbannt.« Der Ausdruck auf seinem Gesicht ist unergründlich, und ich fahre fort, ehe ich die Nerven verliere. »Seitdem waren die Nachkommen dieser Frauen – alles Zwillingsschwestern – Teil einer Prophezeiung. Eine Prophezeiung, die eine von ihnen als Wächter bestimmt und die andere als Tor, genauso wie es in dem Buch geschrieben steht.«

»Eine ist der Wächter, die andere das Tor«, wiederholt er murmelnd, und ich frage mich, ob er sich an die Worte in dem Buch des Chaos erinnert.

»Ja. Meine Mutter und Tante Virginia sind Nachfahren dieser Frauen, James, genauso wie Alice und ich. Meine Mutter war zum Tor bestimmt, durch das die Gefolgsleute des Satans, die Verlorenen Seelen, in unsere Welt eindringen und auf seine Rückkehr warten. Als Wächter war es Tante Virginias Aufgabe, meine Mutter zu beaufsichtigen und dafür zu sorgen, dass sie den Seelen den Zutritt verweigert, oder wenigstens dafür, dass so wenige Seelen wie möglich eindringen können. Aber Tante Virginia konnte meine Mutter nicht daran hindern, ihre Aufgabe zu erfüllen.

Meine Mutter wollte es selbst nicht, aber sie konnte nicht dagegen ankämpfen, James. Es fraß sie bei lebendigem Leibe auf, bis sie glaubte, keine andere Chance mehr zu haben, als ihr Leben zu opfern. Aber das hieß lediglich, dass die Last der Prophezeiung auf Alice und mich überging.«

»Was hat das mit deinem Entschluss zu tun, mich zu verlassen, Lia?« Seine Stimme klingt sanft, aber ich glaube, bereits jetzt einen skeptischen Unterton wahrzunehmen.

»Alice ist der Wächter, James, und ich bin das Tor«, sage ich hastig. »Aber ich bin nicht irgendein Tor. Ich bin der

Engel, das eine Tor, das die Macht besitzt, Samael persönlich hindurchzulassen. Ich … ich versuche, mich zu widersetzen. Ich will einen Weg finden, um all dem ein Ende zu bereiten. Aber Alice verweigert sich ihrer Rolle als Wächter und hat sich auf die Seite der Seelen geschlagen.

Seit frühester Kindheit ist sie ihre Verbündete, und jetzt setzt sie alles daran, das Ende der Welt, wie wir sie kennen, heraufzubeschwören.« Ich nehme seine Hand. »Du darfst sie nicht heiraten, James. Du darfst es nicht. Du wirst an ihrer Seite sein, wenn die Welt in sich zusammenfällt, und obwohl du in Sicherheit sein wirst, weil du zu ihr gehörst, wird alles, was du liebst und wertschätzt, zu Staub zerfallen.«

Ich halte seinem Blick stand und schaue ihm tief in die Augen. Ich will, dass er mir glaubt, dass er die Wahrheit meiner Worte spürt. Ich will, dass er sie in meinen Augen erkennt.

Er erwidert meinen Blick, dann steht er auf und geht zum Ufer des Teichs. Die Stille zwischen uns dehnt sich aus. Sie ist zerbrechlich und ich wage nicht zu sprechen.

»Das wäre nicht nötig gewesen.« Seine Stimme, die er übers Wasser schickt, ist so leise, dass ich mich vorbeugen muss, um ihn zu verstehen.

»Was?«, frage ich. »Was wäre nicht nötig gewesen?«

»Diese Geschichte zu erfinden.« Er dreht sich um und beim Anblick seines gequälten Gesichts hätte ich am liebsten geweint. »Ich liebe dich immer noch, Lia. Ich habe dich immer geliebt. Werde dich immer lieben.« Er durchmisst den Abstand zwischen uns mit wenigen Schritten, fällt vor mir auf die Knie und nimmt meine Hände. »Willst du mir damit sagen, dass du mich auch noch liebst? Geht es darum?«

Ich betrachte sein Gesicht, seine Augen, suche nach irgendetwas, das mir entgangen sein könnte. Nach einem Funken des Glaubens an die Prophezeiung. An mich. Aber ich sehe nur die Bewunderung, die Liebe, die einstmals mein Leben bereicherte.

»Du glaubst mir nicht.«

Er blinzelt verwirrt. »Lia, das spielt keine Rolle, begreifst du denn nicht? Du brauchst dieses Märchen nicht. Ich habe immer nur dich gewollt.«

Fieberhaft denke ich nach, suche nach irgendetwas, das ihm die Augen öffnet, das ihm den Glauben aufzwingen wird.

»Ich weiß, es ist schwer zu begreifen«, sage ich, während ich meinen Ärmel hochrolle, und schaue ihm mit der ganzen Wahrhaftigkeit, die in mir ist, in die Augen. Ich strecke ihm meinen Arm entgegen. »Aber sieh her, James. Ich trage das Zeichen der Prophezeiung. Hast du es früher schon auf meinem Handgelenk gesehen?«

Widerstrebend betrachtet er das Mal auf meiner Haut, als ob er sich davor fürchten würde, irgendetwas zu sehen, das meiner Geschichte Wahrheit einhauchen könnte. Sein Blick ruht nur kurz darauf, ehe er mir wieder in die Augen schaut.

»Es ist mir noch nie aufgefallen, Lia. Aber das ist nicht wichtig. Es ändert rein gar nichts.«

Schlaff fällt meine Hand in meinen Schoß und ich wende mich ab von dem fiebrigen Blick, mit dem er mich betrachtet. Es ist nicht das Fieber der Liebe, sondern der Verleugnung.

»Das ist der Grund, warum ich dir nichts davon sagte, bevor ich New York verließ.« Meine Stimme ist schwer vor Bitterkeit. »Ich wusste damals schon, dass du mir nicht glauben würdest. Ich habe all die Monate eine tiefe Schuld deswegen empfunden, und doch hatte ich die ganze Zeit recht.«

Mit einem verletzten Blick schüttelt er den Kopf. Er sucht nach den richtigen Worten. »Ich werde dir glauben, Lia, wenn ich dich dadurch zurückgewinnen kann, wenn ich dir dadurch meine Liebe beweise. Dann werde ich alles glauben, was du willst.«

Mein Hals tut mir weh, als ich die Gewissheit schlucke, dass Alice recht hatte. James wird mir nicht glauben. Trotz seiner Worte kann ich nichts in seinem Gesicht erkennen, das mir Hoffnung geben würde. Nur den verzweifelten Willen, mir zu sagen, was ich hören will.

»Es ist nicht so einfach, James. Jetzt nicht mehr.«

»Das verstehe ich nicht.«

Ich entziehe ihm meine Hand und gehe an ihm vorbei zum Wasser, während in mir ein merkwürdiges Gefühl aufsteigt. Es ist ganz anders, als ich es erwartet habe. Es ist keine Trauer um den Verlust unserer Liebe oder Angst um James' Sicherheit.

Es ist Zorn über das Bedauern, das mich all die Monate, seit ich James verlassen habe, aufgefressen hat. Zorn über die Stunden, in denen ich meine Unfähigkeit verfluchte, ihm die Wahrheit zu sagen.

Ich drehe mich um und schüttele seinen Mantel von meinen Schultern. »Es tut mir leid, James. Es war ein Fehler zu kommen.« Ich reiche ihm den Mantel und meine Stimme klingt erstickt. »Aber es war schön, dich wiederzusehen. Ich wünsche dir alles Gute.«

Ich wende mich ab und eile den Kiesweg entlang. Seine Stimme folgt mir auf Schritt und Tritt.

»Lia! Lia!«

Ich will die Stimme ignorieren, will weggehen, ohne mich umzublicken. Aber er holt mich in Windeseile ein. Er greift nach meinem Arm, sodass ich stehen bleiben muss.

»Ich verstehe dich nicht. Ich liebe dich. Früher war das alles, was eine Bedeutung hatte. Wenn es nötig ist, dir zu glauben, damit ich wieder mit dir zusammen sein kann, dann werde ich glauben.«

Sein Gesicht ist aufrichtig, und ich frage mich, ob er ernsthaft vorhat, eine neuerliche Beziehung zwischen uns auf eine Falschheit zu gründen. Ich denke an Dimitri und seine Bereitschaft, meine dunkelsten und gefährlichsten Seiten zu akzeptieren.

»Es wäre eine Lüge«, sage ich.

Er beißt die Kiefer zusammen und schaut zur Seite. Er denkt nach. Dann wendet er sich wieder mir zu. »Das ist mir egal.«

Seine Worte geben mir meine Freiheit zurück, und plötzlich ist es gar nicht mehr schwer, loszulassen.

»Aber da gibt es ein Problem, James.« Ich lege meine Hand auf seine kalte Wange. »Mir nicht.«

Ich drehe mich um und gehe davon. Und diesmal folgt er mir nicht.

Als ich nach Milthorpe Manor zurückkehre, wartet ein Brief auf mich. Beim Anblick des Absenders reiße ich den Umschlag hastig auf, ohne überhaupt meinen Umhang abgenommen zu haben. Mein Herz schlägt wild, während ich die Worte auf dem dicken Papier lese, und nur Sekunden später bin ich schon wieder zur Tür hinaus und rufe nach Edmund.

Auf dem Weg durch die Straßen von London starre ich aus dem Kutschenfenster. Ich wage tatsächlich zu hoffen, dass wir uns schließlich doch dem Ende der Prophezeiung nähern. Noch bevor Edmund die Kutsche vor dem Gebäude der Gesellschaft zum Halten gebracht hat, habe ich schon den Wagenschlag geöffnet.

»Ich bin sofort wieder da!«, rufe ich ihm zu, während ich zur Haustüre eile und die Klingel betätige.

Der Butler lächelt, als er mich im Türrahmen stehen sieht. »Guten Morgen, Miss. Er ist in der Bibliothek.«

»Danke.« Ich erwidere sein Lächeln und schiebe mich an ihm vorbei.

Dimitri schaut auf, als ich die Bibliothek betrete. »Lia! Was ist los? Ist etwas geschehen?«

Er sitzt an einem Tisch neben dem Fenster, der vor Büchern überquillt. Ich eile auf ihn zu.

»Nun ja, wie man es nimmt.« Ich wedele mit dem Blatt Papier. »Möglicherweise haben wir endlich gute Neuigkeiten!«

Er nimmt mir den Brief aus der Hand und überfliegt ihn. Dann schaut er zu mir auf. »Aber das bedeutet …«

Ich nicke lächelnd. »Dass wir nach Irland fahren!«

Er erwidert mein Lächeln. Und plötzlich scheint mir nichts mehr unmöglich.

11

Ich habe niemandem etwas gesagt, und daher bin ich auf ihre Reaktion vorbereitet. Trotzdem bekomme ich heiße Wangen, als ich die Stufen hinabsteige und auf die wartenden Pferde zugehe.

Tante Virginia steht der Schock ins Gesicht geschrieben. Erst als ich direkt vor ihr stehe, findet sie ihre Sprache wieder. »Du trägst Hosen!«

Den Männerhut, unter dem mein Haar versteckt ist, oder die Tatsache, dass ich mir alle Mühe gegeben habe, überhaupt zu verbergen, dass ich eine Frau bin, erwähnt sie nicht. Augenscheinlich verblassen diese Details im Vergleich mit den Beinkleidern, die ich trage.

Ich schaue an mir herab und lächle sie dann an. »Es ist ungewohnt, mich solcherart gekleidet zu sehen, das weiß ich. Aber ich trage beim Reiten immer Hosen, und es ist einfach unmöglich, sich mit einem langen Rock schnell zu bewegen, sollte es nötig sein.« Ich gehe nicht näher darauf ein, warum ich mich beeilen muss. Ich sage ihr nicht, dass der Schlangenstein mit jedem Tag, der vergeht, kälter wird, und dass unser aller Leben davon abhängt, ob ich den Stein finde und das Tor schließen kann. Sie weiß all das nur zu gut.

Sie zögert. Dann nickt sie langsam. »Das Schicksal der Welt liegt in deinen Händen, Nichte.« Sie beugt sich vor und umarmt mich. »Ich halte dich für durchaus fähig, in jeder Situation die passende Bekleidung zu wählen, also auch in dieser.«

Mit einem tiefen Seufzer sinke ich in ihre Arme, nur für einen Moment. Tante Virginia hat mir stets wie eine Mutter mit Rat und Tat zur Seite gestanden. Ich werde sie vermissen, jetzt mehr als je zuvor. Aber jemand muss bleiben und sich um die Mädchen kümmern, wenn Dimitri und ich die uralten Grabanlagen von Loughcrew in Irland aufsuchen. Dass Victor in einem alten Buch eine Verbindung zwischen Loughcrew und dem von uns gesuchten Begriff gefunden hat, mag ein Zufall sein, aber mangels Alternativen wäre es närrisch, diesen Hinweis zu ignorieren.

Ich löse mich aus der Umarmung und schaue Tante Virginia in die Augen. »Ich bin bald zurück.« Ich senke meine Stimme und werfe Sonia, Luisa und Helene, die neben den Pferden warten, einen Blick zu. »Bitte kümmere dich um sie und achte auf alles, was dir ungewöhnlich vorkommt.«

Sie nickt, und ich weiß, dass wir beide an Sonias Verrat denken. Ich küsse ihre Wange und wende mich dann den anderen zu.

Sonia und Luisa stehen dicht beieinander, Helene ein

wenig abseits. Ich gehe zögernd auf sie zu und muss an das Gespräch mit Luisa denken, an dem Tag, an dem ich Madame Berrier und Alistair Wigan aufsuchte. Das Missfallen liegt immer noch in ihren Augen, und für einen kurzen Moment überlege ich, ob es eine gute Entscheidung war, die Schlüssel in London zurückzulassen.

Aber diese Zweifel dauern nicht lange. In einer Gruppe zu reisen, würde viel zu lange dauern, und Zeit ist ein Luxus, den wir nicht haben. Es wäre außerdem nicht ratsam, Helene das mögliche Versteck des Steins zu verraten, wo wir uns gerade erst kennengelernt haben. Es war schwierig genug, die Verbindung zwischen den Gräbern von Loughcrew und der Prophezeiung zu entdecken. Ich werde den Vorteil, den uns diese neue Erkenntnis gebracht hat, nicht leichtfertig aufs Spiel setzen.

Und dann ist da noch etwas anderes. Ein Gedanke, den ich beiseiteschiebe, damit er in der fruchtbaren Erde meines andauernden Misstrauens keine Wurzeln schlagen kann.

Genauso, wie ich es für klug erachte, Helene wichtige Informationen vorzuenthalten, bis ich sie besser einschätzen kann, halte ich es ebenfalls für das Beste, Sonia und Luisa nicht einzuweihen. Das mag falsch sein, aber ich will einfach kein Risiko eingehen.

Ich bleibe vor ihnen stehen und schaue auf meine Stiefelspitzen. Als ich wieder aufblicke, benehme ich mich wie ein Feigling und wende mich zuerst Helene zu. »Es tut mir leid, dass wir keine Gelegenheit hatten, mehr Zeit miteinander zu verbringen, aber Sie sind hier in guten Händen. Ich hoffe, dass Sie eine angenehme Zeit haben werden. Wenn alles gut geht, werden wir einem glücklichen Ende der Prophezeiung einen großen Schritt näher gekommen sein, wenn ich zurückkehre.«

Sie nickt. Ihr Gesicht bleibt genauso ausdruckslos wie immer. »Ich gehe davon aus, dass Sie tun, was Sie tun müssen. Machen Sie sich um mich keine Sorgen.«

Ich lächle und wende mich dann an Luisa. »Ich … ich reise nur ungern ohne dich. Ich werde dich vermissen. Kommst du zurecht, während ich weg bin?«

Ihr Mund, vormals eine schmale Linie, wird weich. Sie wendet kurz den Blick ab und schaut dann wieder zu mir. »Wir werden hier die Stellung halten, Lia. Tu, was du tun musst.«

Die Resignation in ihrer Stimme bringt mich an den Rand der Tränen. Luisa war stets eine schier unversiegbare Quelle guter Laune. Es scheint, als hätte uns die Prophezeiung auch das genommen. Oder aber ich bin dafür verantwortlich.

Ich nicke und muss schlucken, weil mir die Kehle eng wird. Unbehaglich stehen wir einander gegenüber. Dann nehme ich ihre Hand, drücke sie kurz und wende mich zu Sonia.

Ich weiß nicht, wie lange wir schweigend so dastehen. Es ist Sonia, die das Schweigen schließlich bricht. Der Zorn in ihrer Stimme trifft mich unvorbereitet. »Du tust sicher das Richtige, Lia. Geh und beende diese Sache.« Damit dreht sie sich um und geht weg, die Arme gegen die Kälte vor der Brust verschränkt.

Ich stehe wie angewurzelt da, bis Dimitri meine Hand nimmt und mich zu den Pferden führt. »Sie ist gekränkt und wütend, Lia. Das geht vorbei, irgendwann.«

Seine Worte können die Traurigkeit, die ich empfinde, nicht mildern. Trotzdem folge ich ihm widerspruchslos.

Edmund reicht mir die Zügel von Sargent, meinem Pferd, und ich streiche ihm sanft über die weichen Nüstern.

»Mir gefällt es gar nicht, dass Sie allein reisen wollen«, brummt Edmund.

Ich lächle. »So gerne ich Sie bei mir hätte, Edmund, hier werden Sie nötiger gebraucht. Ich kann nicht von Tante Virginia verlangen, dass sie sich allein um die Mädchen kümmert. Nicht jetzt, wo Alice in der Nähe ist.«

Er nickt zu dem Beutel auf meinem Rücken. »Wie ich sehe, haben Sie Ihren Bogen und Ihren Dolch dabei.«

Ich nicke und er richtet das Wort an Dimitri. »Sie werden auf sie aufpassen, nicht wahr?«

Dimtris Gesicht ist ernst. Er legt Edmund die Hand auf die Schulter. »Ich werde sie mit meinem Leben beschützen, Edmund, wie immer.«

Edmund blickt zu Boden. Seine Schultern heben und senken sich, als er tief aufseufzt. »Also gut. Dann sollten Sie jetzt wohl aufbrechen.«

Dimitri steigt in den Sattel. Mit einem letzten Klaps auf Sargents Hals setze ich einen Fuß in den Steigbügel und schwinge mich auf den Rücken meines Pferdes.

Dimitri nimmt die Zügel auf und blickt zu mir. »Bist du bereit?«

Ich nicke und wir geben den Pferden die Sporen. Ich schaue nicht zurück, als wir uns vom Haus entfernen. Mir geht Dimitris Frage nicht aus dem Kopf, so schlicht und einfach sie auch war. Bin ich bereit?

Bereit wofür? Für die Reise nach Irland oder für alles, was noch kommen mag?

Meine Laune bessert sich merklich, während wir durch die Stadt reiten. Erregung macht sich breit, wo vorher nur die Sorge über die bevorstehende Reise war. Es dauert eine Weile, bis mir klar wird, was genau ich empfinde, und als ich es merke, muss ich lächeln.

Freiheit, denke ich. Ich fühle mich frei.

Der engen Röcke und Korsetts ledig, fühle ich mich so ungebunden und entspannt wie lange nicht mehr. Die Hosen sind längst nicht so bequem wie die Seidengewänder auf Altus, aber sie sind besser als alles, was eine wohlerzogene junge Dame in London tragen darf. In etwa acht Wochen ist Sommer, und obwohl in der Luft immer noch eine gewisse Schärfe liegt, ist sie eher belebend als unangenehm kalt. In den Wäldern wird es sicher noch kühler werden, aber selbst diese Aussicht kann meine Freude nicht dämpfen. Nach einer Weile verlassen Dimitri und ich die breiten Hauptstraßen der Stadt und biegen auf immer schmalere, weniger belebte Wege ein.

Die Vorbereitungen für die Reise nach Irland waren

nichts im Vergleich zu denen für den Ritt nach Altus. Dimitri und ich haben uns ausführlich mit Edmund besprochen, und bereits nach wenigen Tagen hatten wir unser Gepäck samt Proviant beisammen. Alles, was wir brauchen, befindet sich in den Satteltaschen unserer Pferde.

Der Morgen vergeht in stiller Gedankenverlorenheit. Zwischendurch wechseln Dimitri und ich das eine oder andere Wort, über die Leute, denen wir begegnen, über die Kutschen und Pferde, die Gebäude, an denen wir vorbeikommen. Als sich die Sonne ihrem Zenit nähert, haben wir die Stadt hinter uns gelassen. Die staubigen und geschäftigen Straßen sind gewundenen Wegen gewichen, die durch kleine Vororte führen. Und die Luft, die dick war vor Rauch und Gestank, ist nun sauber und frisch.

»Hast du Hunger?«, fragt mich Dimitri von der Seite her.

Erst als er seine Frage ausgesprochen hat, merke ich, wie hungrig ich bin. Mein Magen verkrampft sich förmlich. Ich nicke.

Er deutet auf die Straße voraus. »Da vorn ist ein Gehöft. Wir sollten anhalten und fragen, ob wir dort etwas zu essen kaufen können.«

Es macht Sinn, unsere Vorräte erst dann anzubrechen, wenn uns nichts anderes mehr übrig bleibt. Die Reise nach Loughcrew wird fast zwei Wochen dauern, und die Zeit wird kommen, wenn weit und breit keine menschliche Siedlung mehr erreichbar ist, wo wir uns versorgen könnten.

Wir führen die Pferde zu dem strohgedeckten Bauernhaus, wo Dimitri von einer hübschen jungen Bäuerin für ein paar Münzen Brot und Käse ersteht. Sie weist uns den Weg hinters Haus, wo wir uns aus dem Brunnen Wasser holen können, so viel wir wollen. Wir löschen unseren Durst und geben dann den Pferden aus dem Eimer zu trinken. Dimitri geht an der Scheune entlang und hält nach einem Platz Ausschau, wo wir unsere Mahlzeit einnehmen können.

»Hier«, sagt er und winkt mich zur Rückseite der Scheune. »Da ist ein leerer Stall mit ein bisschen Stroh. Darauf kann man leidlich sitzen, denke ich.«

Ich lächle, amüsiert und gerührt zugleich, dass er sich auch hier noch um meine Bequemlichkeit sorgt.

Im Stall ist es düster und die Ecken und Winkel liegen im Schatten. Ich setze mich auf den Boden und lehne mich mit dem Rücken gegen einen der Strohballen, statt ihn als Sitz zu nutzen. Nach den Stunden im Sattel tut es unendlich gut, sich anlehnen zu können, selbst wenn das Stroh hart und kratzig ist. Ich schäme mich meiner wenig damenhaften Haltung nicht, denn Dimitri hat nichts dagegen.

Er seufzt, legt sich auf die Seite und stützt sich auf einen Ellbogen auf. »Das ist einfach himmlisch. Ich könnte tagelang hierbleiben, nur mit dir und den Pferden.«

Ich beiße von dem Käse ab und genieße den scharfen Geschmack auf meiner Zunge. »Mit mir und den Pferden? Ich allein würde dir also nicht genügen?«

Er wirft ein kleines Stück Brot in die Luft und fängt

es mit seinem Mund wieder auf. Dann schaut er mich an. »Du bist natürlich ganz wundervoll, aber weißt du … manchmal gibt es doch nichts, was sich mit einem guten Pferd vergleichen ließe.«

»Ach tatsächlich?« Ein Lächeln umspielt meine Mundwinkel. Ich werfe mit einem Stück Käserinde nach ihm. »Das werde ich mir merken, wenn wir heute Abend ein Lager aufschlagen. Vielleicht kann dir dein Ross Blackjack statt meiner im Zelt Gesellschaft leisten.«

Er steckt sich ein weiteres Stück Brot in den Mund. »Warum nicht? Ich gebe dir auch gerne meine Decke ab, wenn dich draußen im Freien friert.«

Ich lache laut. »Ich werde es in Erwägung ziehen.«

In seinen Augen blitzt der Schalk. Dann wird seine Miene wieder ernst. »Du hast keine Ahnung, wie gerne ich dich lachen höre.«

Ich schaue ihm in die Augen, Brot und Käse sind vergessen. Die Sonne wirft Lichtspeere durch das undichte Dach und beleuchtet kleine Staubwirbel, die in der Luft ringsum tanzen.

»Dann werde ich von nun an öfters lachen, wenn es dir so gut gefällt.«

Er lockt mit dem Finger. »Komm her.«

Ich bleibe, wo ich bin, und neige kokett den Kopf. »Aber mein werter Herr, ich bin noch vollauf mit meiner Mahlzeit beschäftigt.«

Er sagt nichts mehr, aber das Verlangen in seinem Blick spricht Bände. Ich rutsche neben ihm zu Boden.

»Lia, Lia…« Er streicht mit seiner Fingerspitze über meine Stirn.

Er rückt nicht näher, aber sein Blick sorgt dafür, dass ich mich an ihn schmiege und schließlich meine Lippen auf seinen Mund presse. Ich lasse sie eine Weile einfach dort liegen. Der Atem schwebt zwischen uns wie ein Flüstern.

Ein Stöhnen entschlüpft seiner Kehle, und ich beuge mich vor, küsse ihn mit aller Leidenschaft, die sich in den vergangenen Wochen aufgestaut hat. Wochen, in denen wir uns in Salons und Bibliotheken bewegt haben, ständig unter den Augen der Dienstboten in den Räumen der Gesellschaft oder in Milthorpe Manor.

Er drückt mich zurück auf den mit Stroh bedeckten Boden. Ich kann kaum atmen, während seine Hände über meinem Körper verharren, ihn nicht berühren, aber so nah sind, dass ich schwören könnte, ich würde seine Finger auf meiner Haut fühlen.

Ich strecke meine Arme nach oben und umschlinge seinen Hals, ziehe ihn zu mir, bis sein Körper dicht an meinem liegt.

»Hast du das geplant, Dimitri Markov? Damit wir endlich mal wieder allein sein können?« Meine Stimme murmelt in sein Ohr, und ich fühle, wie sich die zarten Härchen an seinem Nacken aufstellen. Er küsst meinen Hals und streicht mit den Lippen bis zu der Stelle, wo meine nackte Haut unter dem Stoff meines Hemdes verschwindet. »Ich würde alles tun«, sagt er, »nur um dich einen Moment lang für mich zu haben.«

Seine Lippen gleiten wieder meinen Hals hinauf, bis ich glaube, vor Entzücken vergehen zu müssen. Ich weiß, dass wir aufbrechen müssten, aber im Augenblick schiebe ich alle anderen Gedanken beiseite. In diesem Augenblick gibt es nichts anderes auf der Welt. Keine Prophezeiung. Keinen Stein. Keine Seelen.

Nur uns. Dimitri und ich in unserer eigenen Welt.

Ich gebe mich ihm hin und verscheuche die Stimme in meinem Inneren, die mir warnend einflüstert: *Genieße den Moment. Deine Zeit mit ihm wird nicht von Dauer sein.*

12

Worüber denkst du so angestrengt nach?« Beim Klang von Dimitris Stimme neben mir zucke ich zusammen. Er spricht leise, aber seine Worte hallen in der dunklen Nacht wider.

Ich schaue auf und lege eine Hand auf meine Brust, um meinen rasenden Herzschlag unter meinen Fingern zu spüren. »Wie machst du das bloß?«

»Was?« Er setzt sich auf den umgefallenen Baumstamm neben dem Feuer.

»Das«, sage ich. »Dich so lautlos anzuschleichen.«

Er zuckt mit den Schultern. »Ich wollte dich nicht erschrecken. Und übrigens hast du meine Frage noch nicht beantwortet. Hast du Geheimnisse vor mir?«

Ich lache leise, und doch dringt meine Stimme fast ungebührlich laut in die tiefe Nacht. »Ich habe keine Geheimnisse vor dir. Ich habe nur über die Grabanlage nachgedacht und mich gefragt, ob der Stein wirklich dort ist.«

Er seufzt. »Nun, das werden wir erst wissen, wenn wir vor Ort sind und uns die Sache selbst angeschaut haben, aber Victors Hinweis ist das Einzige, was wir im Moment haben.«

»Loughcrew«, murmele ich und schicke das Wort in die Dunkelheit wie ein Gebet. »Tor zu den Anderswelten.«

»Ja.« Dimitris Stimme ist leise, und ich höre die Hoffnung, die in ihr schwingt.

Victors systematische Nachforschungen haben ans Tageslicht gefördert, was Dimitri und ich in wochenlangem ziellosem Herumstochern nicht geschafft hatten: Mithilfe der Liste möglicher Verstecke hat Victor entdeckt, dass Loughcrew früher das »Tor zu den Anderswelten« genannt wurde. Wir können nicht sicher sein, dass es sich um unsere Anderswelten handelt oder vielleicht nur um eine abstrakte, mythische Vorstellung, aber der Hinweis ist zu gut, um unbeachtet zu bleiben.

Aber wie sooft habe ich Zweifel. Ich scheue mich davor, meine Angst laut auszusprechen. Es kommt mir so vor, als ob ich meinen Befürchtungen erst dann eine Berechtigung einräume. Aber das ist Unsinn. Wir müssen der Wahrheit ins Auge sehen, auch wenn sie uns nicht gefällt.

»Was machen wir, wenn es doch nicht der richtige Ort ist?«, frage ich.

Er schweigt einen Moment lang, und ich weiß, dass er nach einer Antwort sucht, die zumindest noch einen Hoffnungsfunken am Leben erhält.

Am Ende obsiegt die Ehrlichkeit. »Ich weiß es nicht.

Aber wir sollten uns mit dieser Frage erst dann beschäftigen, wenn es so weit ist. Eins allerdings ist sicher.«

Ich schaue ihn an. »Und was ist das?«

»Jeder Schritt, den wir bislang gemacht haben, hatte einen Sinn. Auch jene, die uns scheinbar in die Irre geführt haben.« Er richtet seine Worte an die Flammen im Feuer. »Egal, ob wir den Stein in Loughcrew finden oder nicht, wir werden auf unserem Weg, die Prophezeiung zu beenden, einen Schritt weiter kommen.«

Im Lager ist es still, als ich mich in die Decken wickele. Dimitris Schatten, verzerrt von der Zeltplane und dem flackernden Feuerlicht, ist mir ein Trost, obwohl ich ihn lieber an meiner Seite hätte. Wir haben eine Zeit lang darüber diskutiert. Dimitri bestand darauf, in der Nacht Wache zu halten, während ich erklärte, dass er die Reise unmöglich ohne Schlaf überstehen könne. Wir einigten uns auf einen Kompromiss. Dimitri wird nachts Wache stehen und dann im ersten Morgengrauen eine Weile schlafen, ehe wir aufbrechen. Das bedeutet, dass wir morgens später losreiten können, aber selbst ein Mann wie Dimitri muss sich ausruhen.

Mein Körper ist steif von dem stundenlangen Sitzen im Sattel, und ich weiß, dass es noch einige Tage dauern wird, bis ich mich wieder an das ausgedehnte Reiten gewöhnt habe. Seit unserer Reise nach Altus sind mehrere Wochen vergangen, und obwohl ich gelegentlich in Whitney Grove ausgeritten bin, kann man diese leichten Ausflüge nicht mit einem wochenlangen Ritt quer durchs Land vergleichen.

Ich taste nach dem Schlangenstein um meinen Hals, prüfe seine Temperatur. Es ist mir zur Gewohnheit geworden, die verbleibende Kraft des Steins abzuschätzen, eine Gewohnheit, die mich ängstigt und mir den Schlaf raubt. Ich umfasse ihn täglich, obwohl es immer schwieriger wird zu sagen, ob der Stein heute kälter ist, als er gestern war oder vorgestern. Er ist auf jeden Fall merklich abgekühlt, seit er auf Altus wie glühende Kohle auf meiner Brust gelegen hat. Aber die Veränderung von einem Tag zum anderen ist kaum spürbar. Und doch lasse ich nicht davon ab, ihn zu halten, als ob mich das ständige Bewusstsein seiner schwindenden Kraft auf den Moment vorbereiten könnte, in dem sie gänzlich aus ihm gewichen ist.

Ich lasse den Stein los und greife mit der rechten Hand nach dem Medaillon an meinem linken Handgelenk. Der Schlangenstein gemahnt mich daran, dass ich eine Schwester bin, dass das Licht der Schwestern auf Altus und all jener, die vor ihnen und mir gelebt haben, durch meine Adern fließt.

Aber ignorieren kann ich das Medaillon nicht, denn es gehört zu mir, zu meinem Leben, meinem Schicksal. Es flüstert dem Teil von mir zu, der verborgen ist, den ich weggesperrt habe, aus Angst, dass niemand, der dieses Teils ansichtig wurde, der erkennt, wie ich wirklich bin, das Schicksal der Welt in meine Hände legen würde.

Noch während ich schlafe, ist mir klar, dass ich träume. Ich stehe in einem Kreis. Zwischen meinen Fingern fühle ich die Wärme von anderen Händen. Die Gestalten rechts und links von mir sind verhüllt und die Kapuzen ihrer Gewänder so weit ins Gesicht gezogen, dass die Züge darunter nur erahnt werden können.

Fremdartige Worte dringen aus meinem Mund. Angst und Erregung durchzucken meinen Körper, und mein eigenes Gewand flattert um meine Beine, als ein heißer Wind aus der Mitte des Kreises herbeifegt. Ich bin gezwungen, den Gesang zu unterbrechen, weil etwas die Grundfesten meines Seins erschüttert. Etwas tief in meinem Inneren erwacht und will sich von mir lösen. Aufschreiend lasse ich die Hände der Gestalten neben mir los, während gleichzeitig jemand aus weiter Ferne ruft: »Bewahre den Kreis!«

Aber ich kann nicht. Überwältigt von meiner eigenen Angst, meinem eigenen Schmerz zerstöre ich den Kreis. Ich taumele in die Mitte und sehe, wie sich die Hände, die ich losgelassen habe, umfassen. Die Gestalten rücken näher zusammen. Der Kreis schließt sich wieder.

Als ob ich niemals ein Teil davon gewesen wäre.

Das Ziehen und Zerren in meinem Inneren geht weiter, als würde mich jemand entzweireißen. Ich falle zu Boden, und der schwarze Himmel, an dem die alterslosen Sterne funkeln, wölbt sich über mir. Einen Moment lang spüre ich nichts mehr, doch dann umklammert etwas mein Handgelenk. Ich drehe den Kopf zur Seite und hebe die Hand, um das Zeichen zu betrachten.

Die Schlange.

Sie windet und schlängelt sich, taucht tiefer in meine Haut ein, bis es sich anfühlt, als ob sie das Fleisch an meinem Handgelenk wegfrisst.

Ich schreie auf, will, dass es aufhört, aber es geht weiter, immer weiter. Es brennt und brennt und brennt.

»Lia! Wach auf, Lia!«

Ich öffne die Augen und sehe Dimitri über mir stehen.

»Du hast im Schlaf geschrien.« Er schiebt mir das Haar aus der Stirn.

Die Finger meiner rechten Hand umklammern meine linke Hand wie ein Schraubstock. Ich lasse meine Hand los und hebe sie hoch, um das Zeichen in dem dämmrigen Licht zu betrachten, das im Inneren des Zelts herrscht. Es ist weder tiefer noch dunkler geworden. Ich glaube, noch immer das Brennen aus meinem Traum zu spüren, aber es ist wohl Einbildung.

Ich hole tief Atem und versuche, mein rasendes Herz zu beruhigen. Zu Dimitri gewandt, sage ich: »Es … es tut mir leid.«

»Es tut dir leid?« Ein Schatten legt sich über sein Gesicht. »Lia, du musst dich nicht entschuldigen. Niemals, hörst du?«

Wieder sehe ich den Kreis aus meinem Traum vor mir, die verhüllten Gestalten, höre meine eigene Stimme die Worte in einer fremden Sprache sprechen. »Ich hatte einen Albtraum.«

Sein Gesicht wird weich, und er lässt sich neben mir nieder, streckt sich aus und nimmt mich in den Arm, sodass mein Kopf an seiner Brust ruht.

»Erzähl mir davon«, sagt er. »Erzähl mir von deinem Albtraum.«

Die Stille zwischen uns liegt mir schwer auf dem Herzen, und ich denke an einen anderen Tag, an eine andere Gelegenheit, als ich gezwungen war, meine Ängste auszusprechen. Meine Angst vor den wilden und unberechenbaren Dingen, die hinter den hohen Mauern meines Bewusstseins wachsen und gedeihen. Alice hat recht. Wir beide haben Entscheidungen getroffen, die uns dorthin geführt haben, wo wir jetzt sind. James hat mir mehr als einmal die Gelegenheit gegeben, ihm alles zu sagen.

Aber ich habe ihm nicht vertraut. Ich habe seiner Liebe nicht vertraut.

Dimitri scheint mein Zögern zu verstehen. Leise murmelt er in mein Ohr: »Lia, ich liebe dich. Wir sprechen nicht oft davon, aber du sollst es wissen. Du kannst mir deine Ängste anvertrauen und ich werde dir die Last von den Schultern nehmen.«

Ich hole tief Luft, atme seinen Duft ein. Es ist der Duft von Altus. Der Duft der schönsten aller Anderswelten. Der Duft meiner Vergangenheit und meiner Zukunft. Er gibt mir Kraft, dem Mann neben mir in die Augen zu schauen und ihm alles zu erzählen.

Ich schildere ihm meine Albträume. Erzähle ihm von ihrer zunehmenden Häufigkeit. Von meiner Unfähigkeit,

Sonia zu vergeben oder auch nur einen Hauch meiner früheren Liebe für sie zu empfinden. Von der stetig abnehmenden Wärme des Schlangensteins. Ich erzähle ihm von Alices Besuch in Milthorpe Manor. Von ihrer Behauptung, dass wir nicht so verschieden seien.

Und dann spreche ich meine größte Angst aus: Ich glaube, dass Alice recht hat und dass es nur eine Frage der Zeit ist, bevor mich die Prophezeiung allen Menschen, die ich liebe, zum Feind gemacht hat.

13

Hast du gut geschlafen?«

Dimitris Stimme ist träge vor Müdigkeit. Er küsst mich auf den Kopf.

»So gut wie es unter diesen Umständen möglich ist«, antworte ich, grabe mich tiefer in die Decken und genieße den Augenblick der Ruhe, ehe wir zusammenpacken und wieder in den Sattel steigen müssen.

Er sagt nichts, sondern zieht mich verständnisvoll an sich.

Ich bin immer noch überrascht, wie Dimitri meine Offenbarungen aufgenommen hat. Ich weiß nicht genau, was ich erwartete. Dass er mich verachten würde? Dass er mich nicht mehr so lieben würde wie vorher?

Keine Ahnung. Aber in den vier Tagen, die seit jener Nacht vergangen sind – jener Nacht, in der ich ihm alles anvertraute –, habe ich vergeblich nach irgendwelchen Zeichen des Misstrauens oder der Abneigung gesucht. Selbst in den Momenten, in denen er mit seinen Gedanken woanders war, habe ich in seinen Augen nichts als uneingeschränkte Zuneigung gelesen.

Ich empfinde Erleichterung und Traurigkeit zugleich, als mir klar wird, dass es bei James anders gewesen wäre. Aber für Bedauern habe ich keinen Sinn. James hätte mir damals ebenso wenig geglaubt wie heute.

Ich kann nichts weiter tun, als ihn zu retten.

Und um ihn zu retten – und die Welt, wie ich sie kenne –, muss ich die Pläne von Alice und den Seelen durchkreuzen.

Dimitri und ich brechen schweigend das Lager ab und schlingen ein hastiges Frühstück herunter, ehe wir unsere Reise fortsetzen. Unsere Mahlzeiten unterwegs sind unvergleichlich kärglicher als diejenigen, die wir auf dem Weg nach Altus zu uns genommen haben. Wir sind nur zu zweit und reisen außerdem nur mit leichtem Gepäck, und so ernähren wir uns hauptsächlich von Brot, Käse und Äpfeln – Vorräte, die wir aus London mitgebracht haben – und dem einen oder anderen kleinen Tier, das ich mit Pfeil und Bogen erlegen kann.

Nach fünf Tagen haben wir die Hälfte der Wegstrecke zum Meer hinter uns gebracht. Von dort aus wollen wir nach Irland übersetzen. Die Landschaft verändert sich täglich, während wir den Süden Englands immer weiter hinter uns lassen. Weiche Hügel und Ackerland machen kargen und spärlich bewachsenen Sumpfgegenden Platz. Sie sind wie ein Spiegel meiner immer düsterer werdenden Stimmung, und ich merke, wie ich die trostlose Landschaft anschaue und dabei an meine Schwester denke. Es stimmt, dass unsere Beziehung nie einfach war – gespickt mit Liebe, Angst, Ehrfurcht und sogar Hass. Aber wenn ich jetzt an Alice denke, überkommt mich ein beunruhigendes Gefühl. Es ist zu vage, um es benennen zu können, aber es wird ständig stärker. Als wir schließlich unser Lager aufschlagen und das Abendessen zu uns nehmen, bin ich mir ganz sicher, dass etwas nicht stimmt.

Alices Wohlergehen sollte mich nicht kümmern, aber es scheint mir, als ob alles, was Alice widerfährt, auch mir selbst passiert. Wir sind so eng miteinander verbunden wie immer, ob wir wollen oder nicht. Unser beider Schicksal ist untrennbar mit der Prophezeiung verwoben, die uns wie Geiseln in ihrer Gewalt hat. Die Sorge nagt an mir, während ich mich zum Schlafengehen bereit mache und Dimitri einen Gutenachtkuss gebe. Ich schlafe schnell ein, und es wundert mich gar nicht, als mein Geist sich in den Nachthimmel der Anderswelten erhebt und ich mit den Schwingen reise.

Ich kann mich kaum noch daran erinnern, wie es war, als mir das Reisen mit den Schwingen noch nicht vertraut war. Ich fühle eine dunkle Ahnung, als ich merke, dass ich von meiner Schwester gerufen werde. Der vernünftige Teil von mir sagt mir, dass ich den Ruf ignorieren und mich schleunigst in meinen schlafenden Körper zurückziehen sollte. Aber noch während ich das denke, weiß ich, dass ich dieser Stimme nicht gehorchen werde. Mein ungutes Gefühl, das ich den ganzen Abend lang nicht losgeworden bin, verlangt nach einer Erklärung. Ich fliege über das Land, über dunkle Felder, die Midlands und Südengland zurück in Richtung London.

Ich sehe die Stadt, lange bevor ich dort bin. Der Rauch, der selbst von der nächtlichen Dunkelheit nicht verschluckt wird, kauert wie ein riesiges Ungeheuer über London. Aber Alice aufzuspüren erfordert meinen Instinkt. Meine Seele fühlt sich von ihrer angezogen, und ich sehe, dass ich mich dem Hotel nähere, wo ich James vor zwei Wochen aufgesucht habe. Die imposante Fassade des Gebäudes ragt erleuchtet in den Nachthimmel empor, aber ich schwebe mühelos durch den Stein und fühle schließlich den dicken, weichen Teppich unter meinen Füßen. Alices Nähe ist wie ein Gedanke, der im Hintergrund an meinem Bewusstsein zupft, und ich schwebe durch die Tür in ein prächtiges Schlafzimmer.

Ein Feuer flackert im Kamin und wirft tanzendes, orangefarbenes Licht durch den Raum. Ich kann die Hitze der Flammen mit meinem Geistkörper nicht spüren, aber ich fühle ihre Energie, und ich ahne, dass es im Raum warm ist. Ich blicke mich suchend um. Es dauert einen Moment, bis ich meine Schwester entdecke. Schließlich sehe ich sie im Schatten des Baldachins auf dem großen Himmelbett liegen. Selbst von der Tür aus, wo ich stehe, kann ich erkennen, dass ihre Schultern zittern und ihr ganzer Körper von Schluchzen geschüttelt wird.

Dieser Anblick erschreckt mich zutiefst, denn ich kann mich nicht erinnern, Alice jemals weinen gesehen zu haben.

Nicht damals, als unsere Mutter sich von der Klippe über dem See nahe Birchwood gestürzt hat. Nicht an dem Tag, an dem der Leichnam unseres Vaters gefunden wurde, das Gesicht erstarrt zu einem stummen Schrei. Nicht einmal, als wir Henrys kleinen, zerschmetterten Körper in der kalten Erde von Birchwood Manor zur letzten Ruhe betteten.

Ich fühle mich ihr nahe, dieser erschütterten Alice, dieser menschlichen Version meiner unmenschlich erscheinenden Schwester. Gleichzeitig erkenne ich entsetzt, dass ich kurz davor bin, in die wirkliche Welt einzutreten. Es ist tatsächlich möglich, den Schleier zwischen den Welten zu durchqueren, sodass man bei dem Reisen auf den Schwingen von anderen gesehen werden kann. Alice hat bewiesen, dass es machbar ist, obwohl sie damit das uralte Gesetz der Grigori brach. Ich könnte es ebenfalls tun, wenn ich wollte. Ich bin mittlerweile mächtig genug.

Aber es ist eine Last, die ich nicht auf meinen Schultern wissen will. Wenn sie sich nicht selbst das Leben genommen hätte, hätte sich meine Mutter vor den Grigori für die Magie verantworten müssen, die sie verbotenerweise angewendet hatte. Alice hat, unter Anleitung der Seelen, ihre dunklen Mächte zur Perfektion gebracht und noch mehr Schande auf den Namen unserer Familie geladen. Sollte ich die Prophezeiung überleben und Herrin von Altus werden, werde ich es schwer haben, das Vertrauen der Schwesternschaft zu gewinnen. Es wäre närrisch von mir, zu allem Überfluss auch noch selbst die Gesetze der Grigori zu brechen. Außerdem bin ich zwar neugierig, habe aber keine Lust auf eine Auseinandersetzung mit Alice. Dadurch kann ich nichts gewinnen. Ich will nur den Grund für meine Unruhe erfahren; gleichzeitig bin ich froh, dass ich gerufen wurde und nicht aus eigenem Antrieb mit den Schwingen reise.

Ich trete vorsichtig näher und bleibe ein paar Schritte vom Bett entfernt stehen. Sie hat sich auf der Seite zusammengerollt und das Gesicht in der Armbeuge vergraben. Das Bild ruft eine Erinnerung wach: Alice mit sechs Jahren, nach der Beerdigung unserer Mutter, wie sie auf dem Bett liegt, in exakt der gleichen Haltung wie jetzt, nur ohne die Tränen.

Ich beuge mich nieder und betrachte sie genauer, spitze die Ohren, als ich inmitten ihrer Schluchzer Worte zu hören glaube. Anfangs denke ich, ich hätte es mir eingebildet, aber einen Moment später höre ich es wieder. Verstehen kann ich immer noch nichts. Ich muss an mich halten, um sie nicht zu bitten, doch lauter zu sprechen.

Ihr glänzendes kastanienbraunes Haar ist ihr über das Gesicht gefallen. Meine Hände rühren sich ohne meinen Willen, in dem blinden Verlangen, ihr die Strähnen aus der Stirn zu streichen. In letzter Sekunde halte ich inne.

Und dann, ganz plötzlich, werden ihre Worte deutlich, und ich verstehe, was sie sagt.

»Er liebt mich nicht. Er hat mich nie geliebt.«

Meine ausgestreckte Hand verharrt wenige Zentimeter vor ihrem Gesicht, während sie weint und schluchzt und sich durch ihre eigenen Worte neue Qualen auferlegt.

»Ich werde … niemals gut genug sein.« Ihre Stimme bricht. Verzweiflung sickert aus jedem Wort. »Es wird immer nur dich für ihn geben.«

Verblüfft merke ich, wie mir die Tränen in die Augen steigen. Ich blinzele und denke voller Schuldgefühle an Henry. Wenn ich die Verantwortung für mein Handeln übernehmen muss, muss Alice das ebenso tun.

Ihr Weinen wird schwächer, und dann schiebt sie den Arm von ihrem Gesicht, gestattet mir den Blick auf ihr tränennasses Antlitz. Sie scheint mich direkt anzuschauen, obwohl ich in dem schwachen Licht nicht einmal das Grün ihrer Augen erkennen kann. Sie liegen im Schatten und sind so schwarz wie Ebenholz.

Ich betrachte sie aufmerksam, sehe, wie sich ihre Lippen bewegen. Ich beuge mich noch näher, um ihre geflüsterten Worte zu verstehen. Und als ich begreife, was sie sagt, zucke ich zurück, als hätte mich eine Schlange gebissen.

»Es ist alles deine Schuld. Er wird niemals eine andere lieben, am allerwenigsten mich.«

Ich schlucke meine Angst hinunter; selbst jetzt, wo sie krank vor Verzweiflung vor mir liegt, fürchte ich sie. Ich rede mir ein, dass sie mich nicht sehen kann, aber dann spricht sie wieder und ihr Blick verschränkt sich in meinem. Ich fühle mich mit einem Mal wie in einem seltsamen und gefährlichen Traum gefangen.

»Ich sehe dich.« Ihre Stimme ist leise und singend und erinnert mich an das kleine Mädchen, von dem ich das

Medaillon bekommen habe. »Ich weiß, dass du dich an meinem Leid ergötzt, Lia, aber sei dir über eins im Klaren: Wenn ich James nicht haben kann, dann habe ich wahrhaftig nichts mehr zu verlieren.«

14

Die Küste ist anders, als ich sie mir vorgestellt habe, aber ich bemerke es kaum, so müde bin ich. Neun Tage auf dem Rücken meines Pferdes, dazu acht kalte, traumschwangere Nächte haben mich an den Rand der völligen Erschöpfung gebracht. Als wir die Pferde den Männern übergeben, die wir vor Antritt unserer Reise angeheuert haben, freue ich mich auf die Abwechslung, die uns die Überfahrt nach Irland verspricht. Ich küsse Sargent auf die Nase, tätschle seine Flanke und nehme dann Dimitris ausgestreckte Hand.

»Wir sind am Kai mit unserem Führer verabredet«, sagt er und führt mich an den Haufen mit Unrat, faulenden Fischköpfen und stinkenden Gräten und an den schmutzstarrenden Straßenkindern vorbei, die den Hafen bevölkern.

Der Gestank ist überwältigend, aber ich tue unbeeindruckt. Nicht jeder ist so glücklich, ein Leben in Luxus in einem Haus wie Milthorpe Manor zu führen. Trotzdem –

die grobschlächtigen Männer beäugen mich mit hungrigen Blicken, und innerlich fürchte ich um unsere Sicherheit. Ich packe den Riemen, an dem mein Beutel hängt, fester, und spüre die tröstliche Nähe meiner Waffen.

Im Gehen schaue ich zu Dimitri auf. »Aber wie sollen wir unseren Führer erkennen?« Ich senke meine Stimme. »Wie können wir sicher sein, dass es keiner der Seelen ist? Es wäre ein Leichtes, uns in der Maske eines Führers aufzulauern.«

Dimitri lächelt mich schelmisch an. »Das wirst du schon sehen.«

Ich seufze, als ein Junge von etwa sechs Jahren mit ausgestreckter Hand auf uns zukommt. »Hamse was übrig für mich, Miss?«

Seine Wangen sind eingefallen und seine Kleidung hängt in Fetzen um seinen Körper, aber seine Augen strahlen. Ich greife in meine Tasche und gebe ihm ein Stück Pökelfleisch, das vom Mittagessen übrig geblieben ist. Seine Hand ist nicht schmutzig und schwielig, wie ich erwartet habe, sondern weich und trocken.

»Ich dank auch schön, Miss!«

Ich schaue ihm nach, wie er sich trollt, und denke dabei an Henry. So privilegiert sein Leben auch gewesen war, das Schicksal hatte ihn allein schon dadurch gezeichnet, dass er als mein Bruder geboren wurde. Mein Herz wird schwer. Henrys Tod ist ein Schmerz, der niemals vergehen wird.

»Du vermisst ihn.« Dimitris Stimme lenkt meine Gedanken von Henry ab.

Ich schaue ihn an. »Woher weißt du, woran ich denke?«

Er drückt meine Hand und sagt leise: »Ich weiß es einfach.«

Ich weiche der Zartheit in seinem Blick aus und schaue stattdessen suchend den Anleger entlang, vor dem wir jetzt stehen. Er ist alt und brüchig, das Holz ausgebleicht und zersplittert von so manchem Sturm. Wir gehen ihn bis zu seinem Ende. Dahinter ist nichts als Wasser.

»Bist du sicher, dass wir …«

Dimitri seufzt. »Wir werden unseren Führer erkennen, Lia. Das verspreche ich dir.«

Ich unterdrücke einen Anflug von Ärger, obwohl ich nicht weiß, ob er daher rührt, dass Dimitri mich nicht hat ausreden lassen oder dass er wusste, was ich fragen wollte.

Wir bleiben vor einer Einbuchtung des Anlegers stehen, und als ich mich vorbeuge, sehe ich ein kleines Segelboot dort festgemacht. Der Skipper ist über den Bug gebeugt, wie es scheint in höchster Konzentration. Als er uns hört, richtet er sich auf. Und da endlich begreife ich.

»Gareth!« Ein Lächeln breitet sich auf meinem Gesicht aus. Es fühlt sich merkwürdig fremd an, denn während der letzten neun Tage hatte ich nicht viel zu lachen. »Was machst du denn hier?«

Sein Haar glänzt sogar in dem trüben grauen Licht golden, und er ist genauso sonnengebräunt wie auf unserem Weg nach Chartres. Ich frage mich wieder, wie er derart braun werden kann, wo es die Sonne über dem wolkenverhangenen englischen Himmel so schwer hat, den Boden mit ihren Strahlen zu verwöhnen.

Sein Lächeln ist noch wärmer und herzlicher als meines. »Bruder Markov hat verlauten lassen, dass eine hochrangige Schwester eine vertrauenswürdige Eskorte braucht. Keine Schwester kommt dir an Bedeutung gleich, Mylady, und kein Bruder ist so vertrauenswürdig wie ich.« Er unterstreicht seine Behauptung mit einem Augenzwinkern und ich muss laut lachen.

Dimitri verschränkt die Arme vor der Brust und räuspert sich vernehmlich.

Gareth streckt die Hand aus. »Anwesende natürlich ausgeschlossen.«

Dimitris Gesicht bleibt verschlossen, und ich frage mich schon, ob der Funke Eifersucht, der auf unserer Reise nach Chartres die Stimmung getrübt hat, wieder entflammt ist. Aber eine Sekunde später grinst er und nimmt Gareths ausgestreckte Hand.

»Schön, dich zu sehen, Bruder. Danke, dass du gekommen bist.«

»Das hätte ich um nichts in der Welt verpassen wollen.« Gareth packt einen Balken des Anlegers mit einer Hand, um das Boot im Gleichgewicht zu halten, und streckt die andere nach uns aus. »Jetzt kommt an Bord. Es ist ein langer Weg nach Irland. Wir sollten das Tageslicht ausnutzen.«

Reglos starre ich auf seine Hand. Das Segelboot ist lediglich mit einer leichten Takelage ausgerüstet und ein paar Planken als Sitze. Es ist nicht groß und das Wasser ist dunkel und schlammig. Gewässer machen mich immer unruhig, aber diesmal ist es schlimmer. Diese Situation erinnert mich an die Überfahrt nach Altus, an die ich nicht denken kann, ohne die Angst wieder zu spüren, als der Kelpie mich in die dunkle Tiefe zog, nachdem ich seine schimmernde Haut berührt hatte.

Gareth schaut mich ruhig an. »Komm, Mylady. Du bist doch viel zu tapfer, um dich von den Seelen und ihren Handlangern ängstigen zu lassen. Außerdem«, fügt er hinzu, »muss die Herrin von Altus stets ihre Furcht überwinden.«

Ich nehme seine Hand und steige ins Boot. »Noch bin ich nicht die Herrin von Altus«, murmele ich.

»Ja, ja«, sagt Gareth und führt mich zu einem Sitz. »Das hast du schon erwähnt.«

Dimitri springt hinter uns an Bord und nach wenigen Augenblicken hat Gareth die Leinen gelöst. Wir gleiten vom Anleger weg, während Dimitri und Gareth sich an den Segeln zu schaffen machen. Ich frage mich, ob es irgendetwas gibt, was Dimitri nicht kann.

Ich beobachte das Wasser und halte mich dabei so weit wie möglich davon fern. Ich denke an das kristallklare Meer, so glatt wie ein Spiegel, in dem Altus liegt. Dieser Ozean hier ist ganz anders. Die trübe und von Seetang übersäte Wasseroberfläche lässt sich von Blicken nicht durchdringen, und hin und wieder schlägt ein Stück Treibgut an den Rumpf des Bootes. Ich will gar nicht wissen, was sich unter der Oberfläche befindet.

Es ist schon nach Mittag, als wir den Hafen hinter uns lassen. Dimitri und Gareth setzen sich schließlich hin und wir nehmen ein ausgedehntes Mahl ein, während sie Neuigkeiten aus Altus austauschen. Gareth weiß zu berichten, dass Ursula um Unterstützung für ihre Kandidatur als Herrin von Altus wirbt, in der Hoffnung, dass ich versage. Als entfernte Verwandte von mir ist sie nach mir die Nächste, die die Führung der Schwesternschaft für sich beanspruchen kann, sollte ich nicht in der Lage sein, den Platz einzunehmen, der seit Tante Abigails Tod verwaist ist. Es ist kein Geheimnis, dass Ursula nach der Macht strebt, die von Rechts wegen mir gehört. Und sie will, dass ihre Tochter Astrid ihre Erbin wird.

Mit gerunzelter Stirn lausche ich den Neuigkeiten von der Insel, die ich so lieb gewonnen habe. Es versetzt mich in große Unruhe, dass Ursula nach der Macht strebt, während ich mein Leben und das meiner Freunde riskiere, um die Prophezeiung zu beenden, die uns alle in ihrem Würgegriff hält.

Aber andererseits ist diese Vorstellung genau der Ansporn, den ich brauche.

Ich kann es mir nicht leisten, mich meiner Angst vor Samaels Monstern, vor den Seelen oder vor meiner eigenen dunklen Seite zu beugen. Es steht zu viel auf dem Spiel, und obwohl ich mit dem Schicksal hadere, das mir diese Verantwortung auferlegt hat, so weiß ich doch, dass ich diese Verantwortung annehmen werde.

Den Rest des Tages beobachte ich Dimitri und Gareth bei ihrer Arbeit und lausche interessiert ihren Erklärungen über Segel und Tauwerk. Ich könnte mir vorstellen, irgendwann selbst segeln zu lernen, und ich sehe mich schon mit Dimitri durch das glasklare Wasser vor Altus segeln.

Nachdem wir unser Mahl beendet haben, ist das Boot auf Kurs und wird von einem stetigen Wind angetrieben. Es ist kühl auf dem Wasser, und ich lehne mich an Dimitri, um mich zu wärmen. Dabei betrachte ich den langsam dunkler werdenden Himmel. Das Boot verliert seinen Reiz für mich, und ich fange an, mich nach den Bequemlichkeiten meines Heims in London zu sehnen.

Ich verrenke mir den Hals, um Dimitri anschauen zu können. »Weißt du, was schön wäre?«

»Hmm?« Seine Stimme klingt träge.

»Ein Perlhuhnbraten. Ein großer Perlhuhnbraten mit knuspriger Haut und so saftigem Fleisch, dass es sich von selbst vom Knochen löst.«

Ich fühle ein Lachen in seiner Brust und schaue ihn an. »Was ist daran so lustig? Hast du nicht auch Lust auf etwas anderes als Pökelfleisch und Brot?«

»Doch, doch.« In seiner Stimme klingt immer noch das Lächeln. »Ich habe dich nur noch nie von Essen schwärmen hören.«

Ich versetze ihm einen spielerischen Klaps auf den Arm. »Ich habe Hunger!«

»Ich kann dich verstehen«, lässt sich Gareth von der anderen Seite des Bootes vernehmen. »Ich hätte Lust auf den Apfelauflauf von Altus, frisch aus dem Ofen und so heiß, dass man sich den Mund verbrennt.«

Ich schaue zu Dimitri. »Was ist mit dir? Was hättest du gerne?«

Seine Stimme wird ernst. »Ich brauche nichts. Ich habe alles, was ich will, in meinen Armen.«

Ich lächle ihn an. Etwas Unausgesprochenes und doch Bedeutsames breitet sich zwischen uns aus. Dann macht er den Mund auf und sagt: »Obwohl sich gebratenes Perlhuhn und Apfelauflauf ziemlich gut anhören.«

Jetzt bin ich es, die lachen muss. Dann lehne ich mich wieder an ihn und genieße das Gefühl seines muskulösen Körpers an meinem. Und während wir in der Abenddämmerung in Richtung Irland segeln, habe ich nicht das Gefühl, müde zu sein. Ich bin nur zufrieden, und in dem Augenblick, ehe mich die Dunkelheit des Schlafes übermannt, habe ich noch Zeit, mich über die Merkwürdigkeit zu wundern, dass ich ausgerechnet mitten auf dem Meer Frieden finde, in der Gesellschaft von zwei Männern, von denen der eine ein Freund ist und der andere viel mehr.

Nach unserer Ankunft in Irland erwarte ich, dass wir den Führer wechseln müssen, und ich freue mich umso mehr, dass uns Gareth bis zu den Grabanlagen von Loughcrew begleiten wird. Er steuert das Boot zu einem kleinen Anleger, und wir kämpfen uns durch die belebte Hafenstraße zu einem kleinen Platz, wo Sargent, Blackjack und Gareths

Pferd auf uns warten. Der rothaarige junge Mann, der die Zügel hält, lächelt mich scheu und respektvoll an, und ich frage mich, ob auch er ein Bruder von Altus ist. Ich wundere mich nicht, wie unsere Pferde hierher kommen; ich habe mich an die unzähligen Mysterien der Schwesternschaft und der Grigori gewöhnt, und ich freue mich einfach nur, dass sie da sind.

Wir reiten vom Hafen aus in die Innenstadt von Dublin und dann auf der anderen Seite wieder aus der Stadt hinaus. Vor uns liegt der schier endlose, saftig grüne Teppich der irischen Landschaft.

Dimitri und Gareth halten es für das Sicherste, die Hauptstraßen zu meiden, und so führt uns unser Weg über üppige Wiesen und sanfte Hügel. Obwohl es kalt ist, ist der Ritt angenehm. Die wilde, offene Schönheit des Landes vertreibt ein wenig die düsteren Gedanken aus meinem Herzen.

Ich wende mich zu Gareth. »Wie lange wird es dauern, bis wir die Grabanlagen erreichen?«

»Etwa einen Tag, vorausgesetzt wir kommen weiterhin so gut voran.«

Ich nicke, in Gedanken versunken.

»Glaubst du, dass du bald eine Entscheidung treffen wirst?«, fragt Gareth mich kurz darauf. »Ob du Herrin von Altus werden willst, meine ich.«

Ich schaue zu ihm hinüber und wähle meine Worte sorgfältig, um ihm nichts von der Prophezeiung zu verraten, was er nicht ohnehin schon weiß. »Es wäre dumm, sich darüber Gedanken zu machen, wenn noch so viel Wichtiges zu erledigen ist.«

Dimitris Schweigen wiegt schwer und ich weiche seinem Blick aus. Wir beide wissen, dass meine Entscheidung nicht nur meine zukünftige Rolle in der Schwesternschaft betrifft. Ich habe Dimitris Angebot, mit ihm zusammen zu sein, wenn wir die Prophezeiung überleben sollten, noch nicht offiziell angenommen. Anfangs war es wegen James und meiner Verwirrung über meine eigenen Gefühle. Jetzt ist es aus Unsicherheit über meine Zukunft und aus einer abergläubischen Angst heraus, mir nicht allzu viele Hoffnungen machen zu wollen.

Gareth runzelt die Stirn. »Die Wege der Schwesternschaft und der Grigori sind selbst mir manchmal ein Rätsel. Obwohl mir oft wichtige Aufgaben zugewiesen werden, erfährt man so gut wie nichts. Und doch …«

Er zögert. »Und doch?«, ermuntere ich ihn zum Weitersprechen.

»Nun, ich habe den Eindruck, wenn das, was du erledigen musst, erledigt ist, wirst du ziemlich schnell eine Entscheidung treffen müssen, nicht wahr?«

Ich nicke langsam. »Du hast recht.«

»Also dann, bei allem gebührenden Respekt, solltest du vielleicht deine Entscheidung doch schon jetzt fällen, damit du die Aufgabe annehmen oder ablehnen kannst, wenn die Zeit gekommen ist.«

Ich überwinde mich zu einem Lächeln. »Das ist ein kluger Rat, Gareth. Ich werde darüber nachdenken.

Und das tue ich. Den ganzen Tag lang. Verflogen ist der Friede der herrlichen Landschaft. Gareth hat recht. Es wäre verrückt, sich vor der Wahrheit zu verstecken. Das habe ich in der Vergangenheit zu oft getan – habe mich vor der Wirklichkeit abgewandt, der Wahrheit über Alice, Sonia und meine eigene Familie. Das hat mir nichts als Ärger eingebracht. Und so dauert es nicht lange, bis ich zumindest einen Entschluss fasse.

Wenn es zum Äußersten kommt, gibt es nur zwei Wege für mich: Entweder es gelingt mir, die Prophezeiung zu beenden, und dann werde ich eine Entscheidung treffen, die den Verlauf meines Lebens von Grund auf ändert – oder ich werde bei dem Versuch untergehen.

15

Ich fühle die Gräber, noch bevor ich sie sehen kann. Es ist, als ob mein Körper förmlich von ihnen angezogen wird. Der Drang dorthin ist derartig stark, dass ich mir sicher bin, den Weg auch ohne Gareth finden zu können. Ich bin so sicher wie nie zuvor, dass ich den Stein dort finden werde, denn warum sollte ich sonst derart stark auf diesen Ort reagieren? Einen Ort, an dem ich noch nie war? Ich versuche, an dieser Überzeugung festzuhalten, während wir auf einen schmalen Pfad stoßen, der in einen kleinen Wald führt.

»Das wird der Weg zum Haus sein. Ich weiß nicht, wie es euch geht, aber ich kann es kaum noch erwarten, wieder in einem anständigen Bett zu liegen.«

Ich lächle trotz meiner Erschöpfung. »Ich würde mich über ein Bad freuen.«

»Ich nehme beides, und noch dazu eine ausgiebige Mahlzeit«, ergänzt Dimitri.

Der Pfad ist schmal, und so schlängeln wir uns zwischen

den Bäumen hindurch. Eine Weile verliere ich den Sinn für Raum und Zeit und erschrecke beinah, als wir schließlich eine Lichtung erreichen, in deren Mitte ein Haus steht. Die graue Steinfassade verschmilzt fast mit dem eisenfarbenen Winterhimmel. Ich muss lächeln angesichts der gemütlich wirkenden Rauchsäule, die aus dem Kamin steigt.

Ich blicke zu Gareth und Dimitri. »Eine warme Stube!«, sage ich grinsend.

Sie wirken ebenso erfreut wie ich. Gemeinsam führen wir die Pferde zum Zaun vor dem Haus.

»Wir binden sie erst einmal hier an«, sagt Gareth. »Begrüßen wir zunächst unseren Gastgeber.«

Ich steige ab, binde Sargent an den Zaunpfosten und streichle seinen Hals. »Danke«, flüstere ich und folge den Männern, die bereits auf das Haus zugehen.

»Wie heißt der Verwalter?«, frage ich Dimitri flüsternd, während wir vor der Tür stehen und warten, dass auf unser Klopfen hin geöffnet wird.

»Fergus. Fergus O'Leary.«

Ich nicke und wiederhole den Namen leise. Dabei spüre ich, wie sich mein Magen plötzlich nervös verkrampft. Ich habe mich daran gewöhnt, mein eigener Herr zu sein. In Milthorpe Manor kann ich schalten und walten, wie ich will. Auch gegenüber Dimitri und den anderen Leuten, mit denen ich mich abgebe, kann ich sein, wie ich bin. Es wird ungewohnt sein, im Haus von Fremden Quartier zu beziehen, während wir nach dem Stein suchen.

Gareth hebt die Hand und will gerade noch einmal klopfen, als die Tür geöffnet wird. Ich habe einen alten Mann erwartet, und muss ein paar Mal blinzeln beim Anblick des Mädchens, das im Türrahmen steht. Dann fällt es mir wieder ein: Dimitri hat erwähnt, dass der Verwalter eine Tochter hat.

»Guten Tag.« Sie hat diesen typischen, weichen irischen Akzent. Sie nickt leicht. »Sie müssen Mr Markov und Gesellschaft sein.«

Dimitri nickt und wirft mir einen schnellen Blick zu. Wir haben vereinbart, dass wir uns nur bei den Vornamen nennen. Dimitri hat alle Abmachungen bezüglich unserer Reise in seinem Namen getroffen. Es ist gewiss das Beste, so wenig wie möglich preiszugeben – sei es über den Zweck unserer Reise oder über meine Identität.

»Dies sind meine Begleiter, Lia und Gareth.« Dimitri nickt uns beiden zu. »Gareth wird nur eine Nacht bleiben.«

Enttäuscht schaue ich Gareth an. Ich sollte mich eigentlich nicht wundern, denn Gareth weiß nichts über den Grund unseres Aufenthalts in Loughcrew. Wie zuvor, als wir die fehlende Seite des Buchs suchten, darf Gareth nur das Nötigste erfahren. So wollte es Tante Abigail und so wird es gemacht.

»Bitte kommen Sie herein.« Das Mädchen tritt zurück und gestattet uns, ins Haus einzutreten. Dann schließt sie hinter uns die Tür. »Ich bin Brigid O'Leary. Mein Vater erwartet Sie im Salon.«

Sie dreht sich um und wir folgen ihr durch einen Korridor. An den Wänden flackern Kerzen und werfen tanzende Lichter in Brigids Haar. Zuerst dachte ich, es sei blond wie Sonias, aber jetzt erkenne ich, dass es einen warmen Kupferton hat.

Der Korridor ist schmal und spärlich beleuchtet. Neugierig spähe ich in die Zimmer, an denen wir vorbeikommen. Die Möbel sind nicht annähernd so kostbar wie in Milthorpe Manor, aber sie wirken gemütlich und gerne benutzt. Mir gefällt das Haus schon jetzt.

»Da sind wir.« Brigid führt uns nach rechts in ein kleines Zimmer. Ein grauhaariger Herr sitzt an einem Lesetisch, ein großes Buch aufgeschlagen vor sich, den Kopf über ein Blatt Papier gebeugt, auf das er konzentriert etwas schreibt. »Verzeih, Vater, aber unsere Gäste sind da.«

Er schaut mit leerem Blick auf. Ich kenne den Ausdruck. So hat mein Vater immer ausgesehen, wenn er sich stundenlang in der Bibliothek vergraben hatte. Es ist der Ausdruck von jemandem, der nur zögernd und widerwillig aus einer anderen Welt zurückkehrt.

»Was hast du gesagt, Tochter?« Er blickt uns verwirrt an, und ich frage mich schon, ob Brigid vergessen hat, ihm von unserer bevorstehenden Ankunft zu berichten.

Ihre Stimme ist sanft. »Unsere Gäste, Vater. Sie sind angekommen. Weißt du noch? Mr Markov hat uns eine Nachricht geschickt, dass er sich bei uns einquartieren möchte, während er die Grabanlage untersucht.«

Dimitri und ich haben uns als Wissenschaftler ausgegeben, die einen umfassenden Bericht über die historische

Bedeutung der Grabanlage verfassen. So können wir uns frei bewegen und Fragen stellen, die uns hoffentlich zu dem Stein führen, ohne allzu viel Verdacht zu erregen.

»Mr Markov?« Er betrachtet uns einen Moment lang mit fragendem Blick, ehe die Erinnerung in seinen Augen aufblitzt. »Ah, ja! Mr Markov. Wir haben Sie erwartet.« Er steht auf und benimmt sich ganz so, als hätte er uns nicht eben noch völlig verständnislos angestarrt.

Er geht geradewegs auf Dimitri zu, den Arm ausgestreckt, und schüttelt ernsthaft seine Hand, ehe er Gareth auf die gleiche Art begrüßt. Aber als er seine Augen auf mich richtet, ist es, als ob ein Vorhang fällt. Ich kann mir nicht helfen: Es scheint mir, als ob Misstrauen in seinem Blick liegt. »Schau mal, Brigid, ein junges Fräulein! Bestimmt kann dir Mr Markovs Begleiterin Gesellschaft leisten.«

Zwei feuerrote Flecken prangen mit einem Mal auf Brigids ansonsten porzellanfarbenen Wangen und sie zieht den Kopf ein. »Aber Vater! Mr Markov und seine Kollegen haben bestimmt viel Arbeit vor sich und keine Zeit, um Müßiggang zu treiben.«

»Ihre Tochter hat recht«, sagt Dimitri. »Wir müssen Fristen einhalten. Das bedeutet, dass wir unsere Forschungsarbeit so rasch wie möglich abschließen und dann wieder abreisen werden. Aber«, und hierbei zwinkert er Brigid freundlich zu, »ich bin sicher, dass wir noch Zeit für das eine oder andere nette Gespräch haben werden.«

Sie nickt ohne rechte Begeisterung.

Mr O'Leary verschränkt die Arme hinter dem Rücken. »Da hörst du's! Es wird doch schön sein, zur Abwechslung mal die Gesellschaft einer jungen Frau zu haben, Brigid.«

Aber noch während er die Worte ausspricht, wächst in mir die Gewissheit, dass er das alles ganz und gar nicht schön findet, und mir ist plötzlich, als sei ich durch ein Kaninchenloch ins Wunderland gefallen. Vielleicht liegt es an meiner Müdigkeit, aber irgendwie scheint mir, als ob alles, was die O'Learys sagen, einen doppelten Boden hat, sogar jeder Blick, den sie einander zuwerfen, wenn sie glauben, dass wir nicht hinschauen. Ich tadele mich im Stillen, dass ich wohl langsam hysterisch werde, aber trotzdem bin ich erleichtert, als Mr O'Leary in die Hände klatscht und sagt: »Also schön. Ich werde mich um Ihre Pferde kümmern, während Brigid Ihnen die Zimmer zeigt. Sie sind doch zu Pferd hergekommen, nicht wahr?«

Gareth nickt. »Die Pferde sind draußen am Zaun angebunden. Ich komme mit und helfe Ihnen.«

»Nichts da. Erfrischen Sie sich erst mal und ruhen Sie sich aus. Es ist alles in guten Händen.«

Er wendet sich zum Gehen, aber Dimitri hat noch ein Anliegen.

»Mr O'Leary?«

»Ja?«

»Soweit ich weiß, haben Sie fünf Zimmer zu vermieten.« Dimitri greift in seine Tasche.

Mr O'Leary nickt. »Ja, aber Sie sind ja nur zu dritt, nicht wahr? Bis morgen, wenn er da wieder abreist.« Er deutet auf Gareth. »Aber wir können gerne noch zusätzliche Zimmer vorbereiten, wenn Sie das möchten.«

Dimitri streckt dem Verwalter die Hand hin. »Ich brauche keine weiteren Zimmer, Mr O'Leary, aber meine Arbeit ist von großer Bedeutung und muss im Stillen geschehen. Ich möchte, dass wir für die Dauer unserer Anwesenheit hier Ihre einzigen Gäste bleiben. Ich werde natürlich für die leeren Zimmer bezahlen.«

Mr O'Leary zögert und betrachtet Dimitris Hand mit einer Art Abscheu, obwohl er doch gewiss nicht viele Gäste zu dieser frühen Jahreszeit erwarten kann. Ich frage mich, ob wir ihn beleidigt haben, aber einen Moment später nimmt er Dimitri das Geld aus der Hand. Wortlos dreht er sich um und geht nach draußen.

Dimitri und ich wechseln im trüben Licht des Salons einen Blick. Ich weiß, dass wir beide das Gleiche denken: Niemand ist über den Verdacht erhaben, für die Seelen zu arbeiten. Nicht einmal Mr O'Leary und seine Tochter.

»Kann ich Ihnen noch irgendetwas bringen?« Brigid hat eine große Kupferwanne in die Mitte meines Zimmers gestellt und mit warmem Wasser gefüllt. Der Dampf steigt in kleinen Schwaden nach oben und verschwindet wie Äther in dem Dämmerlicht des Raums.

»Nein, vielen Dank. Das Bad ist gewiss ganz herrlich!«

Brigid nickt. »Das Abendessen wird um sechs Uhr serviert, wenn Ihnen das recht ist.«

Mir fällt auf, dass ihre Ärmel – die wie das ganze Kleid

zu lang für Brigid sind – an den Aufschlägen nass geworden sind, und ich werde von einem schlechten Gewissen geplagt, weil ich die O'Learys mit so viel Misstrauen betrachtet habe, während sich Brigid doch so rührend um mich kümmert.

Ich lächle sie an. »Das passt hervorragend. Vielen Dank für alles.«

Eine Weile stehen wir da, während sich das Schweigen zwischen uns ungemütlich ausdehnt. Ich habe den Eindruck, dass Brigid noch etwas sagen will, denn sie zupft nervös an einer Haarsträhne.

»Sie kommen also aus London?«

»Das stimmt.« Mehr sage ich nicht. Was sie nicht weiß, macht sie nicht heiß.

Sie schlägt die Augen nieder und kaut auf ihrer Unterlippe, als ob sie sich ihre nächsten Worte gut überlegen müsste. »Und bleiben Sie lange?«

Das ist bloß Neugier, rede ich mir ein. Sie ist mutterseelenallein mitten im Nirgendwo, und niemand außer ihrem alten Vater leistet ihr Gesellschaft.

Trotzdem kühle ich meine Stimme merklich ab, in der Hoffnung, sie nicht noch zu weiteren Fragen zu ermutigen. »So lange wie nötig, um unsere Arbeit zu beenden.«

Sie nickt noch einmal und wendet sich dann zum Gehen. »Genießen Sie Ihr Bad.«

Ich stehe reglos da und versuche, mein ungutes Gefühl, das sich seit unserer Ankunft in Loughcrew in meinem Inneren eingenistet hat, im Keim zu ersticken. Aber irgendetwas lässt mich nicht los, und ich grübele und grübele, was es wohl sein mag.

Kurz darauf, als ich meinen Kopf gegen die Badewanne lehne und das Wasser auf meiner Haut kühl wird, fällt es mir ein.

Dimitri und ich stammen nicht aus London. Und keiner von uns beiden war lange genug dort, um einen Londoner Akzent anzunehmen. Im Gegenteil: Mein Zungenschlag verrät mich immer noch als Amerikanerin, was mir so manches Mal einen scheelen Blick einbringt. Gareth ist ein Vagabund, der im Auftrag der Brüder und Schwestern von Altus schon halb Europa bereist hat. Er hat noch viel weniger einen ausgeprägten Akzent als ich. Wir alle sind in grobes Tuch gekleidet, haben in voller Absicht vermieden, anhand unserer Kleider als wohlhabende Leute erkannt zu werden.

Und wenn Dimitri nicht so unvorsichtig war, zu verraten, woher wir kommen, hat Brigid keinen Grund zu vermuten, dass wir aus London sind. Was bedeutet, dass sie entweder zufällig richtig geraten hat, oder aber sie weiß mehr über uns, als sie sollte.

16

Während des Abendessens herrscht eine ungemütliche Stimmung. Ob aus Misstrauen oder weil wir mit unseren Gastgebern noch nicht vertraut sind, jedenfalls speisen wir schweigend. Lediglich Gareth unternimmt den einen oder anderen Versuch, ein Gespräch in Gang zu bringen. Brigid hat sich umgezogen – wiederum ein viel zu langes Kleid, dessen Ärmel des Öfteren nur knapp einem Bad in den diversen Schüsseln und Tellern entgehen, die sie aufträgt. Ich bemitleide sie ob ihrer Einsamkeit; sie könnte die Gesellschaft und den Rat einer modebewussten Frau wahrhaftig gut gebrauchen.

Trotz der Stille greifen wir herzhaft zu. Brigid hat – mithilfe einer alten Frau aus dem Dorf – eine wundervolle Mahlzeit zubereitet. Das Essen ist einfach, aber es gibt reichlich, und ich esse so viel, dass ich mich eigentlich schämen müsste. Nach dem Dessert trinken wir noch ein Glas Dunkelbier, als Mr O'Leary endlich den Grund für unser Kommen anspricht.

»Ich vermute, Sie brauchen einen Führer.« Ich bin überzeugt davon, dass Hoffnung in seiner Stimme liegt.

Ich hatte noch keine Gelegenheit, Dimitri über mein Gespräch mit Brigid zu informieren, und so ergreife ich das Wort, ehe er antworten kann. »Um die Wahrheit zu sagen, würden wir es vorziehen, allein zu arbeiten. Aber trotzdem vielen Dank für Ihr Angebot.«

Dimitri wirft mir einen kurzen Blick zu, aber ich lasse mich nicht beirren.

Mr O'Leary nickt langsam. »Dann haben Sie vermutlich eine Karte von der Anlage.«

»Die haben wir, in der Tat«, sagt Dimitri. »Aber wir werden Sie sicherlich das eine oder andere Mal um Rat fragen müssen.«

Brigid, die rechts von ihrem Vater sitzt, sagt: »Vater weiß sehr viel über die Gräber. Wenn Sie irgendetwas Bestimmtes suchen, kann er Ihnen bestimmt helfen.«

Mr O'Learys Lachen ist wie ein kalter Wind in dem von Kerzen erleuchteten Esszimmer. »Tochter, du hast wohl vergessen, dass Mr Markov und seine Begleiter nur an der historischen Bedeutung der Anlage interessiert sind. Und das einzuschätzen, ist nicht schwer für einen Mann der Wissenschaft.« Der Sarkasmus in seiner Stimme ist nicht zu überhören, und er wendet sich direkt an Dimitri. »Das stimmt doch, Mr Markov, oder nicht?«

Dimitri hält seinem Blick stand. »Sie haben völlig recht.«

In dem Moment der Stille, der nun folgt, starren die

beiden Männer einander nur an. Ich frage mich schon, ob es zu einer Handgreiflichkeit kommen wird, so feindselig stehen sie einander gegenüber. Aber gleich darauf schiebt Mr O'Leary seinen Stuhl vom Tisch zurück.

»Der Tag war lang und anstrengend, für Sie mehr als für uns. Ich hoffe, Sie haben es bequem. Brigid serviert um sieben Uhr das Frühstück.«

Er verlässt den Raum und Brigid erhebt sich mit einem unbehaglichen Lächeln. »Mein Vater ist Gesellschaft nicht gewöhnt. Wir haben nur selten Gäste, und er vergisst manchmal, wie er sich in Gegenwart anderer Menschen benehmen muss. Bitte vergeben Sie ihm.«

Dimitri lehnt sich zurück. Jetzt, da Mr O'Leary nicht mehr da ist, entspannt er sich sichtlich. »Machen Sie sich keine Sorgen.«

Brigid nickt. »Kann ich noch irgendetwas für Sie tun? Ansonsten würde ich mich jetzt zurückziehen.«

»Ich kann nur für mich selbst sprechen«, sagt Gareth. »Aber mehr als die Matratze, die mich oben erwartet, kann ich mir für heute Nacht nicht wünschen.«

»Es ist alles in bester Ordnung, vielen Dank.« Ich bemühe mich um ein Lächeln, will das unbehagliche Gefühl mit dem Argument beiseite wischen, dass wir alle müde und nervös sind.

»Dann wünsche ich Ihnen Gute Nacht.«

Wir bleiben noch eine volle Minute, nachdem sie den Raum verlassen hat, in Schweigen versunken am Tisch sitzen.

Dann beugt sich Gareth vor und flüstert vernehmlich. »Was sollte *das* denn?«

Dimitri schüttelt den Kopf. »Nicht hier.« Er steht auf und bedeutet uns, ihm zu folgen. »Wir müssen uns in einem unserer Zimmer unterhalten, aber leise!«

Wir gehen die Treppe hinauf, an den Zimmern vorbei, in denen er und Gareth untergebracht sind. Vor der Tür zu meiner Kammer bleibt er stehen und öffnet sie. Fragend hebt er die Augenbrauen, und ich nicke ihm zu, erteile ihm und Gareth die Erlaubnis, mein Zimmer zu betreten, obwohl er für sich diese Frage nicht zu stellen braucht. Dimitri ist jederzeit in meinem Zimmer willkommen, und das weiß er auch.

Dimitri schließt die Zimmertür hinter uns. Im Kamin prasselt ein Feuer und wir steuern auf die kleine Sitzgruppe zu, die davor steht. Gareth lässt sich in einem der Sessel mit fadenscheinigem Bezug nieder, während ich mich auf das Sofa setze und die Beine hochlege. Dimitri streckt sich rücklings vor dem Feuer auf dem Teppich aus und seufzt behaglich, während er sich auf die Unterarme aufstützt.

»Nun gut«, sagt er leise. »Was für einen Verdacht hast du?«

Ich hole tief Atem. »Ich bin mir nicht sicher. Aber Brigid fragte, ob wir aus London kämen, und zwar nicht auf eine Art und Weise, als bräuchte sie eine Antwort.«

»Ich habe da wohl etwas falsch verstanden«, sagt Gareth leicht amüsiert. »Ich dachte, das sei der Sinn einer Frage: eine Antwort zu bekommen.«

Ich schaue ihn an und zähme meine Ungeduld. »Nein. Manchmal stellt man eine Frage, um etwas bestätigt zu bekommen, was man bereits weiß.«

»Du glaubst also, Brigid weiß, dass wir aus London kommen«, stellt Dimitri fest.

»So kam es mir jedenfalls vor.« Ich schaue von einem zum anderen. »Seid ihr sicher, dass ihr London nicht erwähnt habt?«

»Absolut«, sagt Dimitri im Brustton der Überzeugung. »Ich habe mir die größte Mühe gegeben, unsere Identität und Herkunft im Dunkeln zu lassen, und habe nur die Geschichte preisgegeben, auf die wir uns geeinigt haben. Nach dem, was auf dem Weg nach Chartres passiert ist, gehe ich kein Risiko ein, wenn deine Sicherheit auf dem Spiel steht, Lia.« In seiner Stimme schwingt etwas Tiefes und Warmes mit, und ich spüre, wie mir die Hitze in die Wangen steigt.

»Gareth?«

Er zuckt mit den Schultern. »Ich weiß zu wenig über eure Aufgabe, um irgendetwas verraten zu können, und ich hatte weder die Gelegenheit noch den Anlass, London erwähnen zu können. An eurer Sprache kann man erkennen, dass ihr beide gebildete Leute seid, und vielleicht kommen viele Gelehrte aus London, um die Grabanlage zu erforschen. Ist es nicht möglich, dass sie einfach nur eine Vermutung angestellt hat?«

»Sicher.« Ich blicke ins Feuer, als ob ich dort die Antwort finden könnte. »Möglich ist alles. Ich …« Ich schaue auf und blicke Gareth direkt an. »Ich habe nur den Eindruck, dass sie mehr wissen, als sie preisgeben.«

»Ich muss Lia zustimmen.« Dimitris Stimme ist leise. »Vielleicht irren wir uns, aber wir sollten unserem Instinkt vertrauen. Wir werden sie im Auge behalten, während wir hier sind, und alles, was wir entdecken, für uns behalten.«

»Soll ich hierbleiben?«, fragt Gareth. »Ich kann zumindest auf euch aufpassen.«

Mit einem Blick überlässt Dimitri die Entscheidung mir. Er kennt meinen Wunsch, alles so zu tun, wie Tante Abigail es getan hätte, zumindest so lange, bis ich erfahren genug bin, um meinen eigenen Weg zu gehen.

Ja, die Verlockung ist groß. Seit Sonias Verrat gibt es nicht mehr viele Menschen, denen ich bedingungslos vertraue.

Aber Tante Abigail hätte nicht gewollt, dass Gareth mehr erfährt. Als sie ihn zu einem unserer Führer nach Chartres ernannte, hat sie ihm nur das Nötigste anvertraut, genauso wie den anderen Führern. Es wäre vermessen zu glauben, dass ich mit meiner geringen Erfahrung und meinen spärlichen Kenntnissen es besser weiß als sie.

Ich lächle Gareth an und strecke die Hand nach ihm aus. Er schaut sie überrascht an und wirft dann einen Blick zu Dimitri. Als Dimitri es ihm mit einem leichten Nicken gestattet, nimmt Gareth meine Hand.

»Lieber Gareth, wenn es jemanden gäbe, mit dem ich meine Geheimnisse teilen würde, dann wärst du es. Es geschieht zu deiner eigenen Sicherheit – und zu meiner –

dass ich das nicht kann. Aber ich wünschte von Herzen, es wäre anders.«

Er nickt. »Ich stehe dir immer zu Diensten, Mylady.« Er drückt meine Hand. »Und du musst mich nicht daran erinnern, dass du die Ernennung zur Herrin von Altus noch nicht akzeptiert hast. Die Menschen von Altus – deine Schwestern und Brüder – brauchen dich. Keine wahre Herrin kann sich dem Wunsch ihres Volkes widersetzen und es gibt keine wahrhaftigere Herrin als dich.«

Ich schlucke den Kloß herunter, der sich in meiner Kehle festgesetzt hat. Gareth steht auf und erspart mir die Notwendigkeit einer Erwiderung. »Ihr seid bestimmt müde. Ich jedenfalls gehe schlafen. Gute Nacht.«

»Gute Nacht, Bruder.« In Dimitris Stimme liegen Zuneigung und Respekt.

Nachdem Gareth gegangen ist, sitzen Dimitri und ich eine Weile schweigend da. Außer dem Knistern und Knacken des Holzes im Kamin ist nichts zu hören. Als ich zu ihm hinschaue, sehe ich, dass Dimitri mich mit dunklen Augen betrachtet, dessen Ausdruck ich nicht genau bestimmen kann. Das weiße Hemd spannt sich über seiner Brust, die gelöste Krawatte an seinem Kragen entblößt ein Stück nackte Haut. Wenn ich das Hemd aufschnüren würde, könnte ich es von seinen Schultern schieben und seine Brust und seinen Bauch küssen.

»Warum schaust du mich so an?« Seine Augen nehmen mich gefangen und ich kann das Verlangen in meiner Stimme nicht verhehlen.

Die Leidenschaft in seinem Blick ist ein Spiegelbild meiner eigenen. »Darf ich mich nicht an deinem Anblick weiden, Mylady?«

Ich schaue weg. »Nenn mich nicht so, Dimitri. Nicht hier und nicht jetzt. Ich möchte nicht die Herrin von Altus sein. Noch nicht.«

Er klopft neben sich auf den Teppich. »Komm her.« Seine Stimme klingt wie das Gurren einer Taube.

Ich stehe auf, gehe zu ihm und lasse mich neben ihm auf den Boden sinken.

»Näher.« Er spricht so leise, dass ich ihn kaum verstehen kann.

Ich schiebe mich auf ihn zu und halte inne, als mein Gesicht nur wenige Zentimeter vor seinem schwebt.

»Noch näher«, sagt er.

Ich lächle und rücke noch weiter vor, bis ich die Wärme, die von seinem Mund ausstrahlt, auf meinen Lippen fühlen kann. »Gut so?«

Sein Lächeln ist schelmisch. »Es wird gehen.« Er nimmt mich in seine Arme und schaut mir tief in die Augen. »Selbst wenn du den dir gebührenden Platz einnimmst, wirst du niemals einfach nur die Herrin von Altus für mich sein.«

Er legt seinen Mund auf meinen. Seine Lippen sind weich. Zärtlich streifen sie über meine Haut bis zu meinem Nacken. Ich lege den Kopf zurück und habe Mühe, ein Aufstöhnen zu unterdrücken.

»Was dann?«, frage ich flüsternd. »Was bin ich dann?«

Seine Stimme streift meine Haut, so zärtlich wie seine Lippen. »Die Frage ist leicht zu beantworten. Du bist meine Liebe. Mein Herz.« Seine Lippen fahren fort mit ihrer Wanderung, gelangen an die zarte Stelle in der Mitte meines Schlüsselbeins. »Wie stark du auch im Angesicht der Welt sein musst, bei mir kannst du dich von allem entledigen und dich geben, wie du bist. Ich werde dein Vertrauen niemals missbrauchen.«

Mein Körper steht in Flammen, brennt von innen heraus, angefeuert von seinen Lippen und den sanften, geflüsterten Worten. Ich schiebe mich nach unten, sodass ich halb auf ihm, halb auf dem Teppich liege. Ich drücke ihn zu Boden. Mein Haar ist ein dunkler Vorhang um unsere Gesichter. Das Licht der Flammen im Kamin dringt nur schwach durch die glänzenden Strähnen.

»Ich glaube, in deiner Gegenwart, würde ich mich nur zu gerne von allem entledigen, Dimitri Markov.« Diesmal liegt mein Mund auf seinem und bleibt dort. Voll und prall fühle ich seine Lippen auf meinen.

Als ich ein Stück von ihm abrücke, streicht er mit seinem Finger über meine Lippen. »Ich kann warten, Lia. Ich werde niemals aufhören zu warten.«

17

Ich schlafe schlecht und werde von ganz unterschiedlichen Träumen geplagt. In einem Augenblick bin ich wieder in dem feuerbeschienenen Kreis und das Mal auf meinem Handgelenk brennt und brennt. Im nächsten liege ich in Dimitris Armen, meine Haut nackt und warm an seiner. Als ich am folgenden Morgen die Tür zu meinem Schlafzimmer hinter mir schließe, bin ich dankbar, dass es hier keinen Spiegel gibt. Ich bin mir sicher, dass ich mir heute Morgen ganz und gar nicht gefallen hätte.

Ich gehe die Treppe hinunter in die Diele. Das Gewicht des Dolches meiner Mutter, der in einem kleinen Beutel an meinem Gürtel hängt, gibt mir ein Gefühl der Sicherheit. Vielleicht war es übertrieben, ihn heute Morgen einzustecken, aber es ist mir lieber, dass ich ihn bei mir habe und ihn nicht brauche, als umgekehrt.

Ich gehe zu dem Salon, in dem wir gestern empfangen wurden, und bin überrascht, als ich nur Dimitri sehe. Er hat seinen Kopf über ein Buch gebeugt. Der Stuhl, auf dem er sitzt, wirkt durch seine imposante Gestalt zierlich, und wieder durchzuckt mich das Verlangen, wenn ich daran denke, dass ich noch vor Kurzem in seinen starken Armen gelegen habe.

»Guten Morgen«, sage ich leise, um ihn nicht zu erschrecken.

Er schaut mit wachen Augen auf. »Guten Morgen, mein Liebling. Hast du gut geschlafen?«

Die zärtliche Anrede trifft mich unvorbereitet, und eine warme Welle des Entzückens durchfährt mich, als ich mir bewusst mache, dass ich seine Liebe bin. Und er ist meine.

Ich trete auf ihn zu und lasse mich von ihm in die Arme nehmen. »Nein. Der Schlaf ist derzeit nicht mein Freund, fürchte ich.«

Er hebt mein Kinn zu seinem Gesicht empor und betrachtet mich aufmerksam, als ob ich ein Buch wäre, in dem er zu lesen versucht. »Ich verstehe«, sagt er. »Ich hätte genauer hinschauen sollen, bevor ich fragte. Es ist nicht zu übersehen, dass du keine angenehme Nacht hinter dir hast.«

Ich schiebe ihn sanft von mir. »Na, vielen Dank auch! Soll ich mich jetzt etwa geschmeichelt fühlen?«

Er küsst meine Nasenspitze. »Es war nicht als Kränkung gemeint. Für mich bist du bei Tag oder Nacht und in jeder Verfassung das Schönste auf der Welt. Ich mache mir nur Sorgen um dich. Du siehst abgespannt und erschöpft aus und wir haben noch viel Arbeit vor uns.«

Ich lächle, gerührt von seiner Fürsorge. »Es ist nichts, was frische Luft und ein gutes Essen nicht im Nu wieder kurieren könnten.« Ich schaue mich um. »Wo sind die anderen?«

»Mr O'Leary und seine Tochter kümmern sich um den Haushalt.« Dimitri zögert und reibt sich über die Bartstoppeln auf seinem Kinn. »Und Gareth ist fort, fürchte ich.«

»Fort?« Ich blicke ihn fragend an. »Was meinst du damit?«

Er beugt sich vor und nimmt ein gefaltetes Blatt Papier vom Tisch. »Er mag keine Abschiede, sagt er. Er ist heute früh abgereist und hat das für dich dagelassen.«

Er reicht mir den Zettel, und ich wende mich zum Feuer, falte ihn auseinander und überfliege seine geschwungene Schrift.

Meine liebe Herrin,
bitte verzeih, dass ich Dir nicht Lebewohl sage, aber ich habe Abschiede nie gemocht. Und in diesem Fall fällt er mir besonders schwer. Ich wünschte, Du würdest mich Dir bei Deiner Aufgabe helfen lassen, denn es ist offensichtlich, dass Dir die Last schwer auf dem Herzen liegt. Sei versichert, dass Du zu jeder Zeit auf mich zählen kannst. Wenn Du irgendwann einen treuen Freund oder einen Beschützer brauchst, brauchst Du nur nach mir zu schicken. Ich stehe Dir immer zu Diensten.

Was für einen Weg Du auch wählen wirst, für mich wirst Du immer die rechtmäßige Herrin von Altus sein.

Dein treuer Diener
Gareth

Ich falte den Zettel wieder zusammen und empfinde Gareths Aufbruch als schmerzlichen Verlust, obwohl ich ja wusste, dass er uns heute verlassen wollte. So viele Menschen haben mich verlassen, so viele Abschiede wurden mir aufgezwungen, ohne dass ich Gelegenheit hatte, die Dinge zu sagen, die ich hätte sagen mögen.

Ich glaube, ich hätte einfach gerne einmal Auf Wiedersehen gesagt.

»Ich bin sicher, er wollte euch beiden einen traurigen Augenblick ersparen.« Dimitri steht hinter mir. »Es ist nicht zu übersehen, dass du ihm viel bedeutest.«

»Und er mir.« Ich richte die Worte an das Feuer im Kamin und hole tief Atem, ehe ich mich wieder Dimitri zuwende. »Was hältst du davon, wenn wir uns jetzt ins Esszimmer begeben, frühstücken und uns dann an unser Tagwerk begeben? Wir haben jede Menge zu tun.«

»Ich möchte dir nur ungern widersprechen.« Er lächelt und nimmt meine Hand. »Aber es bleibt mir nichts anderes übrig. Komm mit. Ich habe eine Überraschung für dich.«

Wir galoppieren über die üppigen Felder, die sich vor uns ausbreiten. Ringsum steigen sanfte Hügel auf. Der Himmel ist von einem außergewöhnlichen Blau, und wenn ich nach oben schaue und mich an seiner Klarheit erfreue, ist mir, als ob die Welt zur Seite kippt, bis ich in dem blauen Himmelsozean zu ertrinken drohe.

Die Grabhügel, merkwürdig anzusehen mit ihren felsigen Auswüchsen, bewachen uns aus der Ferne. Sie ragen auf, sodass die Landschaft aussieht wie mit ihnen gespickt. Wir lenken die Pferde dorthin, und mit jedem Schritt, den wir näher kommen, empfinde ich die gleiche seltsame Vertrautheit wie in Chartres. Als wir an dem größten Grabhügel anhalten, vibrieren meine Nerven vor Wachheit. Ich fühle mich mit dieser wilden und ursprünglichen Landschaft verbunden, mit ihr und den unterirdischen Grabhöhlen, aber gleichzeitig ist mein Herz von einer Melancholie erfüllt, die ich nicht erklären kann.

Ich steige aus dem Sattel und betrachte die Umgebung. Dann wende ich mich Dimitri mit einem Lächeln zu. »Das ist ja wirklich eine nette Überraschung, aber die Grabhügel sind wohl kaum deine Erfindung. Schließlich stehen sie schon Jahrtausende hier.«

Er zieht ein Bündel aus seiner Satteltasche und steuert auf einen sonnigen Platz zu, ganz in der Nähe eines der grasbewachsenen Hügel, unter dem sich ein Grab befindet.

»Du bist ja eine echte Komikerin heute Morgen, Lia.« Er nickt anerkennend. »Das gefällt mir. Aber die Höhlen sind doch nicht deine Überraschung, du dummes Mädchen.«

Mit dem Arm beschreibe ich einen Bogen und betrachte noch einmal die großartige Landschaft. »Nun, das zu übertreffen, scheint mir unmöglich. Aber ich bin bereit, mich vom Gegenteil überzeugen zu lassen.«

Er schüttelt ein kleines Bündel aus, und ich sehe, dass es eine beige-grün karierte Wolldecke ist. »Nun, es schmerzt mich, es zugeben zu müssen, aber du hast vermutlich recht. Meine Überraschung wird im Vergleich mit diesem herrlichen Morgen an diesem herrlichen Ort schier verblassen.«

Ich gehe zu ihm, stelle mich auf die Zehenspitzen und küsse ihn. »Unsinn! Du hast mich hierher geschleppt, noch dazu ohne Frühstück! Ich verlange meine Überraschung.«

Er seufzt in gespielter Resignation. »Also schön. Ich werde mir Mühe geben, deine Erwartungen nicht zu enttäuschen.«

Er greift in eine Ledertasche und zieht etliche in Tücher gewickelte Päckchen heraus. Ich knie mich auf die Decke, während er gekochte Eier auswickelt, frisches Brot, Käse, Äpfel und ein kleinen Tontopf mit Honig.

Er betrachtet die Gegenstände, rückt den Honigtopf ein wenig nach links und die Eier ein Stück nach rechts. Dann sagt er: »Jetzt lass uns essen.«

Ich strecke die Arme vor und nehme sein Gesicht in meine Hände. »Es ist fantastisch«, sage ich und küsse ihn. »Vielen Dank.«

Er schaut mir in die Augen, lächelt und nimmt sich dann etwas Brot. »Ich war nicht versessen darauf, die Erfahrung des gestrigen Abendessens zu wiederholen und eine Mahlzeit in diesem bedrückenden Salon einzunehmen. Besonders nicht an unserem ersten Tag hier in Loughcrew.

Ich seufze und nehme das Brot, das er mir reicht. Dann greife ich nach dem Honigtopf. »Eine kluge Entscheidung.« Ich träufle Honig auf das Brot und beiße hinein. Es ist anders als alles Brot, was ich bislang gegessen habe – trocken und krümelig und voller Butter. »Also gut. Wo fangen wir an?«

»Ich würde vorschlagen, dass wir uns erst einmal mit der Umgebung vertraut machen. Es ist schwierig, sich zurechtzufinden, wenn man sich nur auf die Karte verlässt.«

Ich nicke und schneide mir ein Stück Käse ab. »Ja, und es wäre hilfreich, wenn wir herausfänden, ob es mit irgendeiner der Höhlen eine besondere Bewandtnis hat. Wenn der Stein hier ist, wird er gewiss an einem Ort aufbewahrt, der sich irgendwie von den anderen unterscheidet. Wie die fehlende Seite der Prophezeiung, die in der Krypta von Chartres versteckt war.«

»Das ist auch meine Vermutung, obwohl ich bislang nichts gefunden habe. Allerdings blieb mir für Nachforschungen auch nicht viel Zeit, ehe wir aufgebrochen sind. Ich habe Victor gefragt, aber er hat mich wissen lassen, dass dieser Ort – wie viele andere seiner Art in England und Irland – lange Zeit dem Verfall preisgegeben wurde.«

Er beißt in einen Apfel. »Und daher sind sie wohl auch lange nicht mehr erforscht worden.«

Ich seufze und unterdrücke den Ärger, der in mir aufzusteigen droht. Dafür ist es nun wirklich viel zu früh. »Nun gut, dann fangen wir am besten gleich mit der Suche an.«

Dimitri nickt und springt auf die Füße. »Sehr richtig.«

Wir wickeln die Reste unseres Frühstücks ein und stecken alles wieder in Dimitris Satteltaschen. Dann steigen wir auf unsere Pferde. Die Anlage ist groß, und es dauert den ganzen Morgen bis in den frühen Nachmittag hinein, bis wir sie ganz abgeritten sind. Wir betreten keins der Gräber. Noch nicht. Den heutigen Tag wollen wir zur Orientierung nutzen. Von Zeit zu Zeit zügeln wir die Pferde und ich beschreibe Dimitri die Struktur und das Aussehen der Hügel und Höhlen, damit er die Angaben notieren kann. Wir werden sie später noch brauchen. Keiner von uns weiß, ob die äußere Erscheinung der Hügel irgendeine Bedeutung hat, aber alles, was ein Grab vom anderen unterscheidet, könnte sich als hilfreich erweisen.

Als wir zum Haus des Verwalters zurückkehren, nimmt das Licht schon einen bläulich grauen Schimmer an, der den Anbruch des Abends verkündet. Obwohl wir heute noch nichts entdeckt haben, sind wir einen wichtigen Schritt weitergekommen in unserer Suche nach dem Stein.

Und er ist hier irgendwo. Ich kann es fühlen.

18

An diesem Abend werden wir beim Essen von Mr O'Leary und Brigid mit Fragen gelöchert. Ich betaste den Dolch durch den Stoff meines Beutels hindurch, während sie sich wieder und wieder nach unseren Erlebnissen in der Grabanlage erkundigen. Und das trotz Dimitris anfänglicher Versicherung, dass wir die Gegend lediglich vom Rücken der Pferde aus erkundet haben. Erst nach dem Dessert lässt Mr O'Leary von uns ab, und ich weiß nicht, ob der Ausdruck in seinen Augen Erleichterung oder Enttäuschung ist.

Ich bin froh, als Dimitri und ich uns schließlich vom Tisch erheben und in unsere Zimmer zurückziehen können, ohne unhöflich zu sein. Gemeinsam wünschen wir den O'Learys eine gute Nacht und steigen die Treppe hinauf. Vor meinem Zimmer küssen wir uns rasch, aber nichtsdestotrotz leidenschaftlich, und dann geht Dimitri zu seinem eigenen Zimmer.

Es ist herrlich, die Hosen und das Hemd ausziehen zu können. Sie sind zwar viel bequemer als ein langer Rock und ein Korsett, aber nichtsdestotrotz fühlt sich das zarte Nachthemd himmlisch auf meiner Haut an.

Ich ziehe mir die Wolldecken bis unters Kinn und bin froh, dass im Kamin ein Feuer brennt. Ich vermute, dass Brigid so fürsorglich war, denn außer der Küchenhilfe, die beim Zubereiten der Mahlzeiten Hand anlegt, habe ich noch keine andere Frau im Haus gesehen. Ich mache mir nicht mehr die Mühe, die Wärme des Schlangensteins zu prüfen. Vor ein paar Tagen habe ich diese Angewohnheit aufgegeben. Es ist nicht zu leugnen, dass er ständig an Wärme verliert. Ich leiste mir diesen kleinen Selbstbetrug und gleite sanft in den Abgrund des Schlafes.

Ich könnte schwören, dass ich in einer der Höhlen in Loughcrew stehe, obwohl ich es nicht beweisen kann. Ich weiß es einfach, so wie man Dinge in Träumen weiß.

Anfangs bin ich allein und gehe durch den kühlen, feuchten Gang. Als Lichtquelle dient mir eine Fackel. Ich suche nach etwas – oder nach jemandem –, aber ich weiß nicht, nach was oder wem. Es ist wie der Schatten eines Gedankens. Ich gehe weiter und weiter, während ich mit den Augen die Felswände und den Boden absuche, immer tiefer hinein in den Bauch der Höhle.

Da höre ich ein Flüstern. Es ist nicht das gedämpfte Murmeln, das ich vernahm, wenn Alice im dunklen Zimmer ihre Zaubersprüche sprach, sondern einfach ein leises

Gespräch. Mit jedem Schritt, den ich mache, wird es lauter, und als ich um eine Biegung komme, sehe ich sie.

Die Mädchen gehen Seite an Seite. Sie haben sich an den Händen gefasst. Eine davon erkenne ich sofort.

Blitzartig zuckt die Erinnerung an jenen Nachmittag in New York in mir auf, als mir das Mädchen das Medaillon zum ersten Mal überreicht hat.

Später sah ich sie auf dem Weg vor dem großen Haus in Birchwood, wo sie es mir ein zweites Mal gab, nur kurz nachdem ich es in den Fluss geworfen hatte.

Und dann sah ich sie noch einmal in dem Traum, den ich hatte, kurz bevor ich Altus verließ: wie sich ihr engelsgleiches Antlitz in Alices Gesicht verwandelte.

In Gedanken nenne ich sie meine Traum-Alice, trotz des goldenen Haars, das sich deutlich von den kastanienbraunen Locken meiner Schwester unterscheidet.

Das Mädchen an ihrer Seite ist genauso groß wie sie, aber ihr Haar ist rötlich braun und gelockt. Sie dreht sich um und schaut mich an, verschränkt ihren Blick mit meinem. Selbst im schwachen Fackelschein kann ich sehen, dass ihre Augen genauso grün sind wie meine. Abgesehen von den braunen Haaren ist sie das Spiegelbild des blonden Mädchens, das in den dunkelsten Momenten, die ich im Würgegriff der Prophezeiung erlebt habe, eine so wichtige Rolle gespielt hat. Aber das Gesicht dieses Mädchens ist weicher, unschuldig.

»Kommst du mit uns? Bitte!« Ihre Stimme zittert; Angst breitet sich auf ihren zarten Zügen aus.

Ich nicke, obwohl mein Herz schneller schlägt. Ich weiß, dass das andere Mädchen das Kind aus meinen schlimmsten Albträumen ist, und der Gedanke, ihr tiefer in diese Höhle zu folgen, gefällt mir gar nicht.

Gleich darauf dreht sich das blonde Mädchen zu mir um. Ihr Lächeln ist geheimnisvoll. »Ja, komm mit, Lia. Ich werde es euch beiden zeigen.« Ihre Stimme klingt so, wie ich sie in Erinnerung habe – übertrieben kindlich und irgendwie gekünstelt naiv.

Ich habe keine Gelegenheit zu fragen, was sie meint, denn sie dreht sich weg und zieht das andere Mädchen an der Hand mit sich. Ich folge ihnen. Die Luft wird feuchter. Ein metallischer Geruch steigt aus der Tiefe auf.

»Wir sind fast da«, verkündet die Traum-Alice.

Das andere Mädchen, das sie unbarmherzig hinter sich herzieht, verrenkt sich den Hals, um mich anzuschauen. Der Schrecken in ihren Augen lässt mir das Herz in die Hose rutschen. Sie stolpert und versucht, ihr Gleichgewicht wiederzuerlangen. Sie macht noch ein paar Schritte und bleibt dann wie angewurzelt stehen. Und dann höre ich es auch: das Geräusch von Wasser. Es tröpfelt, offenbar in kleinen Rinnsalen, gegen den Stein der Höhle.

Die Traum-Alice bleibt nicht stehen. Sie zerrt lediglich fester an der Hand des anderen Mädchens. »Na komm schon, keine Angst. Es ist doch nur Wasser.«

Ich will nicht weiter mitgehen. Zweimal schon bin ich beinahe ertrunken. Ich habe Angst vor Wasser. Nur vor meiner Schwester habe ich noch mehr Angst.

Trotzdem gehe ich weiter. Ich schaue zu, wie das verängstigte Mädchen tiefer und tiefer in die Höhle gezerrt wird. Ihre Furcht ist es, die mich an sie bindet. Ich kann sie nicht verlassen, nicht einmal im Traum.

In der Höhle wird es plötzlich sehr dunkel. Ich kann die Mädchen nicht mehr sehen, denn die Fackel beleuchtet nur wenige Zentimeter des Weges vor meinen Füßen. Dahinter ist alles schwarz – bis wir um eine weitere Biegung kommen und plötzlich in einem scheinbar riesigen Raum stehen.

Doch der Schein trügt. Der Raum wirkt nur groß, weil man die Höhlendecke nicht sehen kann. In Wahrheit ist er sogar recht klein, durchzogen von einem unheimlichen roten Glühen, das einen Abgrund wenige Schritte vor uns erleuchtet. Tropfen fallen aus der gähnenden Leere über uns, rinnen über die Höhlenwände oder landen klatschend irgendwo in dem Abgrund. Ich trete näher. Tief unten, so tief, dass man genau hinschauen muss, liegt ein Teich. Die Wasseroberfläche schimmert pechschwarz.

Instinktiv weiche ich vor dem schroff abfallenden, felsigen Ufer des Teichs zurück. Es schüttelt mich vor Angst, und ich habe Mühe, die Fackel festzuhalten, sosehr zittert meine Hand. Am liebsten hätte ich mich an die Höhlenwand geklammert und mich daran entlang zurück zum Ausgang geschoben.

Aber ich bin wie erstarrt. Ich kann nicht weg, denn ich weiß, dass gleich etwas passieren wird.

Und ich bin hier, weil ich das sehen muss. In einem solchen Traum hat man keine andere Wahl.

»Komm näher«, sagt die Traum-Alice. »Schau hin.«

Ich möchte mich weigern, aber die Augen des anderen Mädchens sind flehend, als ob meine Nähe sie retten könnte. Aber ich weiß es besser.

Trotzdem muss ich es versuchen, und so rücke ich vorsichtig nach vorn und strecke dem verängstigten Mädchen die Hand hin. Ich will sie von dem wässrigen Abgrund, an dessen Rand sie steht, wegziehen.

Aber so weit kommt es nicht. Ich bin schon ganz nah, meine Hand berührt fast schon ihre kleine, zitternde Gestalt, als Alice ihre Hand loslässt. Einen Augenblick glaube ich, dass man ihr die Freiheit schenkt.

Dann tritt die Traum-Alice einen Schritt vor und streckt beide Hände aus. Der Stoß ist so sanft, so zärtlich, dass ich kaum merke, wie das braunhaarige Mädchen in dem Abgrund verschwindet.

Ich mache einen Satz vorwärts, meine eigene Furcht nicht beachtend. Sie fällt immer noch, als ich über den Rand der Klippe nach unten blicke. Es ist kein Schrei zu hören, kein Laut, während sie fällt. Inmitten einer unheimlichen Stille rudert sie mit den Armen. Ihr Gesicht ist friedlich. Auch dann noch, als es sich in mein eigenes verwandelt.

Mr O'Leary versorgt uns mit einer neuen Karte. Er erklärt uns, dass die Karte, die wir mit uns führen, hoffnungslos veraltet ist. Es scheint, dass sich Mr O'Learys Aufgabe als Verwalter auch darauf erstreckt, das Kartenmaterial nach jeder neuen Entdeckung zu aktualisieren und an alle weiterzugeben, die zu Forschungszwecken hierher kommen. Er erfüllt diese Aufgabe seit einigen Jahren – seit Wissenschaftler und Gelehrte die Grabanlage wiederentdeckt haben – mit großer Sorgfalt, und obwohl er nicht glücklich darüber zu sein scheint, uns helfen zu müssen, fühlt er sich offensichtlich dazu verpflichtet. Wir unsererseits nehmen seine Hilfe genauso ungern an, aber es wäre andererseits unklug, es nicht zu tun.

Nach reiflicher Überlegung fangen wir mit dem größten Höhlengrab an. Ich glaube zwar, dass der Stein vermutlich an einem nicht ganz so auffälligen Ort versteckt liegt, um nicht die Aufmerksamkeit des zufälligen Besuchers auf ihn zu lenken, aber Dimitri meint, dass er am ehesten an einer bedeutenden Stelle von Loughcrew zu finden ist, und das würde für eine der größeren Höhlen sprechen. Ich gebe nach. Wir werden sie vermutlich ohnehin alle untersuchen müssen, zumindest solange, bis wir den Stein gefunden haben oder zu der Überzeugung gelangt sind, dass er überhaupt nicht hier ist.

Zu Pferde nähern wir uns der ersten großen Höhle, die sich innerhalb dieser Gruppe ein wenig links befindet. Ich habe mich immer noch nicht an diese grasbewachsenen Hügel gewöhnt, die in einer unerklärlichen Anordnung aus der Landschaft ragen. Es scheint mir unvorstellbar, dass sich darunter reich verzierte und komplizierte Ganggräber befinden. Doch als Dimitri und ich die Pferde angebunden haben und schließlich in das kühle Innere des Hügels treten, werde ich eines Besseren belehrt.

Dass wir gar nicht genau wissen, wonach wir suchen, behindert unsere Suche und beschleunigt sie zugleich. Anfangs gehen wir langsam und systematisch vor, spähen auch in den hintersten Winkel, ob wir irgendetwas Ungewöhnliches entdecken, aber je weiter wir in die erste Höhle hineingehen, desto mehr beschleunigen wir unsere Schritte. Es gibt einfach zu viel zu sehen – wobei wir immer wieder über Felsbrocken klettern müssen, die den Weg blockieren, oder uns ducken müssen, weil die Decke so niedrig hängt – und alles sieht irgendwie gleich aus.

In die Felswände des Ganggrabes, die manchmal von großen Steinen verstellt sind, sind fremdartige Muster eingraviert: Spiralen, Löcher und Zickzacklinien. Ein Großteil des Innenraums ist dergestalt verziert. Ich frage mich, was das bedeutet. Gleichzeitig kann ich nur hoffen, dass das Versteck des Steins nicht in irgendeinem dieser komplizierten Muster erklärt wird. Ich kann ja nicht einmal Latein. Wir wären hoffnungslos verloren, wenn wir zuerst die Bedeutung dieser uralten Gravuren entziffern müssten.

»Der Weg endet hier.« Dimitri, der vor mir hergeht, bleibt stehen, und ich wäre beinahe aufgelaufen. »Wir sollten zurückgehen.«

Ich seufze und weiß selbst nicht genau, ob aus Erleichterung oder Entmutigung. »Einverstanden.«

»Nicht aufgeben, Lia. Das war doch erst ein Grab. Es gibt noch viele weitere, in denen wir suchen können.«

»Genau«, grummele ich und wende mich wieder dem Ausgang zu. »Was ist, wenn sie alle so aussehen wie dieses?

Wie sollen wir diesem Rätsel jemals auf die Spur kommen?«

»Ich weiß es nicht.« Seine Stimme hallt von den Wänden der Höhle wider. »Aber wir lassen uns etwas einfallen.«

Seine Antwort kann mich nicht aufmuntern, aber ich sage nichts, bis wir wieder draußen unter dem grauen Frühlingshimmel stehen. Ich schaue mich um, betrachte die kleineren Hügel rechts und links von uns und den größeren ein Stück weiter weg.

»Welches Grab nehmen wir uns jetzt vor?«

Ich kann sehen, wie es hinter Dimitris Stirn arbeitet, als ob unsere Chance, die richtige Höhle zu finden, steigen würde, je mehr er darüber nachdenken würde, obwohl es doch offensichtlich ist, dass wir nach der berühmten Stecknadel im Heuhaufen suchen.

»Nehmen wir uns erst die kleineren Hügel hier in der Nähe vor und dann den großen da drüben.« Er deutet nach rechts und ich folge seinem Blick.

In Erwartung, dort den gleichen Anblick zu erleben wie in jeder anderen Richtung auch – Gras, Steine und Hügel –, registriere ich überrascht eine Bewegung, einen Farbfleck. Ich kneife die Augen zusammen und sehe es in der Nähe der kleineren Höhle gelb aufblitzen.

»Schau mal! Da ist jemand!«

Dimitri schaut in die Richtung, in die mein ausgestreckter Finger weist. »Ich sehe nichts.«

Ich schaue noch einmal hin, will Dimitri meine Entdeckung zeigen. Aber da ist nichts.

»Es ist weg. Vielleicht habe ich es mir auch nur eingebildet.«

Er schüttelt den Kopf. »Das glaube ich nicht. Du bist kein Mensch, mit dem die Fantasie durchgeht. Wenn du sagst, dass du etwas gesehen hast, dann hast du auch etwas gesehen. Lass uns mal nachschauen!«

Der Weg zu dem kleinen Hügel ist nicht weit. Wir könnten die Pferde lassen, wo sie sind, und zu Fuß gehen, aber die fremdartige Landschaft beunruhigt mich. Und obwohl wir augenscheinlich allein sind, behalte ich meine Gewohnheit bei, immer und überall zur Flucht bereit zu sein.

Es ist schier unmöglich, dieses kleine Grab genau zu untersuchen. Die Höhlendecke ist extrem niedrig und der Gang fast nicht mehr vorhanden. Wir versuchen, uns irgendwie hineinzuquetschen und gleichzeitig nichts zu zerstören, aber wir müssen schon bald aufgeben. Wir beschließen, erst einmal zu Mittag zu essen.

»Und was jetzt?« Gegen meinen Willen schleicht sich Mutlosigkeit in meine Stimme.

Wir sitzen im Gras vor der Höhle. Ich gebe mir alle Mühe, die Vorräte, die Brigid für uns eingepackt hat, zu genießen, aber mein Ärger über die bisherige Ergebnislosigkeit unserer Suche schlägt mir auf den Appetit.

Dimitri seufzt. »Machen wir für heute Schluss und reiten zurück zum Haus. So ungern ich es auch zugebe, wir sind nicht gut ausgerüstet. Ich traue Mr O'Leary zwar nicht über den Weg, aber ich denke, wir sollten ihn dennoch als Führer verpflichten.

Der Gedanke, die nächsten Tage mit Mr O'Leary in der Dunkelheit der Grabanlage zu verbringen, jagt mir einen Schauer über den Rücken, aber Dimitri hat vermutlich recht.

»Wahrscheinlich kann es nichts schaden, wenn er uns für den Anfang begleitet. Vielleicht können wir einiges von ihm lernen und dann unsere Suche allein fortsetzen.«

Dimitri nickt. »Das ist auch meine Meinung. Außerdem«, setzt er hinzu und streckt sich, »würde ich mich vor dem Abendessen gerne etwas ausruhen. Ich schlafe hier nicht besonders gut.«

Mit einem Ruck drehe ich mich zu ihm um. Obwohl wir schon mehr als eine gefährliche Situation zusammen durchgestanden haben, kann ich mich nicht erinnern, dass er jemals über Schlaflosigkeit geklagt hat.

»Warum nicht?«

»Irgendwie bin ich … unruhig. Ich weiß nicht, ob es an der Nähe des Steins liegt, an der uralten Verbindung dieses Ortes zur Bruderschaft oder an dem merkwürdigen Verhalten von Mr O'Leary und seiner Tochter. Jedenfalls fällt es mir schwer, mich zu entspannen.

Ich nicke. »Mir geht es ähnlich.«

Er nimmt meine Hand. »Hast du immer noch Albträume?«

»Manchmal.« Mehr als manchmal, aber ich will ihn nicht beunruhigen oder ihm noch mehr Anlass geben, nachts nicht schlafen zu können.

Er hebt meine Hand an die Lippen und küsst mich sanft

auf die Fingerknöchel. »Du kannst jederzeit zu mir kommen, wenn du dich fürchtest.«

Seine Zärtlichkeit entlockt mir ein Lächeln. »Danke. Im Augenblick geht es noch.«

Er steht auf und zieht mich auf die Füße. »Komm. Wir fragen Mr O'Leary, ob er uns morgen begleiten will.«

Der graue Himmel, unter dem wir den Heimweg antreten, ist uns mittlerweile vertraut. Ich frage mich, was schlimmer ist: noch wochenlang – vielleicht vergeblich – allein nach dem Stein zu suchen oder unser Leben jemandem wie Mr O'Leary anzuvertrauen.

19

Das ist ein schönes Armband«, sagt Brigid, als ich nach meinem Weinglas greife.

Mein Blick fällt auf das Medaillon und ich ziehe unwillkürlich den Ärmel über mein Handgelenk. Es war nachlässig von mir, nicht darauf zu achten, dass das Samtband unter dem Saum liegt.

»Danke«, sage ich wegwerfend, »aber das ist nur ein Band.«

»Ein Band?« Sie nimmt die Schüssel mit den Kartoffeln. In meinen Ohren klingt ihre Stimme merkwürdig gepresst. »Was für ein interessantes Schmuckstück.«

»Tja, nun, ich habe mir noch nie etwas aus Gold und Flitterkram gemacht.« Ich schiebe mir einen Löffel mit dem Eintopf in den Mund und versuche, das Thema zu wechseln. »Hmm! Das ist sehr gut!«

Brigid beäugt mich kühl. »Danke. Das ist ein traditionelles irisches Gericht. Es freut mich, dass es Ihnen schmeckt.«

»Und wie lief es heute in den Hügelgräbern?«, fragt Mr O'Leary. Seine Stimme klingt betont gelangweilt.

»Nun, wo Sie es schon ansprechen«, sagt Dimitri und trinkt etwas Wein, »wir wollten Sie fragen, ob Sie uns wohl morgen begleiten könnten. Ihre Einschätzung scheint sich zu bewahrheiten: Loughcrew ist eine weitläufige Anlage. Wir könnten tatsächlich einen erfahrenen Führer gebrauchen. Es wäre bloß für einen Tag. Danach kommen wir bestimmt allein zurecht.«

Mr O'Leary schaut Dimitri geradewegs in die Augen: »Sie haben wohl nicht gefunden, was sie suchen.«

Dimitri verengt misstrauisch die Augen. »Wir suchen nichts Bestimmtes, aber wir hätten gern einen Überblick über die Anlage, für unseren Bericht, und es ist schwer zu bestimmen, was bedeutsam ist und was nicht, wenn alles gleich aussieht. Ich vermute, dass es für einen Mann von Ihrer Kenntnis ein Leichtes wäre, diese Einschätzung vorzunehmen.«

Die Schmeichelei in Dimitris Worten wirkt schon fast marktschreierisch, und ich bin überrascht, als Mr O'Leary unser Angebot mit einem knappen Nicken annimmt. Allerdings ist es durchaus möglich, dass er uns lediglich im Auge behalten will.

»Es wäre mir ein Vergnügen, Sie in der Grabanlage herumzuführen«, sagt er. »Wie Sie so richtig bemerkten: Das Gelände ist weitläufig, und wir werden einen ganzen Tag brauchen. Wir brechen bei Sonnenaufgang auf.«

Der Himmel, zart orange und blässlich rosa, wölbt sich über uns, während wir über die Felder reiten. Mr O'Leary sitzt im Sattel eines betagten grauen Wallachs und führt unsere kleine Gruppe an, und obwohl ich mir immer noch wünsche, dass Dimitri und ich die Mittel besäßen, die Höhlen alleine zu erkunden, sind wir heute viel besser ausgerüstet als gestern. Mr O'Leary hat drei Fackeln eingepackt, ein großes Proviantpaket, das Brigid vorbereitet hatte, und ein Duplikat der Karte, die er Dimitri überlassen hatte, auf der etliche Stellen eingekreist waren. Wenigstens werden wir in den Höhlen etwas sehen können, wir werden auch nicht verhungern müssen und wir bekommen endlich eine Vorstellung davon, wo wir uns befinden.

Wir fangen mit derselben Höhle an, die Dimitri und ich gestern erforscht haben. Dimitri will protestieren, aber Mr O'Leary lässt ihn nicht zu Wort kommen.

»Haben Sie das Hügelgrab durch den Vordereingang betreten?« Immer noch auf dem Rücken seines Pferdes führt er uns auf die andere Seite des Hügels.

»Nun … ja.« Dimitri runzelt verwirrt die Stirn. »Wie denn sonst?«

Mr O'Leary zügelt sein Pferd und springt zu Boden. »Nun, das ist naheliegend, aber es gibt noch einen anderen Eingang.« Er schaut zu uns hoch. »Was ist? Kommen Sie oder nicht?«

Dimitri und ich steigen ab und binden unsere Pferde neben Mr Learys Grauem an. Als wir aufschauen, ist er schon halb den Hügel hinaufgeklettert.

»Mr O'Leary?« Mit der Hand schirme ich meine Augen vor der höher steigenden Sonne ab. »Was machen Sie denn da?«

Er seufzt und wirft einen ungeduldigen Blick in unsere Richtung. »Es wäre klug, die Fragerei sein zu lassen. Sie haben mich gebeten, Sie zu führen.« Mit einer leichten Verneigung deutet er auf den Hügel. »Und jetzt bitte ich Sie, mir zu folgen.«

Dimitri steigt zuerst auf den morastigen, grasbewachsenen Hügel. Er findet sein Gleichgewicht und streckt die Hand aus, um mir hochzuhelfen, aber ich bin schon auf dem Weg. Er lächelt und die Bewunderung in seinem Blick lässt mein Herz höher schlagen.

Ich halte mit den beiden Männern Schritt. Gemeinsam ersteigen wir den Hügel. Er ist nicht steil, aber lose Steine, Schlamm und von Gras überwucherte Erhebungen und Senken erschweren das Vorwärtskommen. Ich achte sorgfältig darauf, wohin ich trete. Mr O'Leary ist als Erster oben. Er steht still da und starrt nach unten, als ob sich zu seinen Füßen etwas ganz und gar Faszinierendes befinden würde. Als Dimitri und ich zu ihm treten, erkennen wir den Grund.

Da ist ein Loch im Hügel. Genauso wie Mr O'Leary nach unten starrend, frage ich: »Was ist das?«

»Ein Loch, was sonst?« Mr O'Learys Stimme klingt gelangweilt, als ob es ganz alltäglich sei, oben auf einem uralten Grabhügel zu stehen, in dem sich ein ziemlich ausgedehntes Loch befindet.

»Das sehe ich auch.« In meiner Stimme liegt ein gereizter Unterton. »Aber wozu ist es da? Und woher stammt es?«

Er schüttelt den Kopf. »Es ist eine Schande, ja wahrhaftig. Einer der Gentlemen, die seinerzeit diesen Ort entdeckten, hat die Decke dieses Hügels abgetragen. Er meinte, er suche nach einer Grabstätte.«

»Und hat er sie gefunden?«, fragt Dimitri.

Wieder schüttelt Mr O'Leary den Kopf. »Nein. Und er hat auch die Steine nicht wieder an ihren Platz gelegt. Wenn wir uns von hier aus in die Höhle hinablassen, landen wir in einem Bereich, der nicht sichtbar ist, wenn man das Grab durch den Haupteingang betritt.

Ich schaue hinunter in die Höhle. »Aber werden wir die Steine nicht in Unordnung bringen?«

»Es gibt niemanden, der sich in dieser Grabanlage vorsichtiger und behutsamer bewegt als ich. Wir nehmen uns in Acht, sehen uns um und gehen wieder, ohne dass irgendein Schaden entsteht. Ich werde die Fackeln halten, damit Sie hinunterspringen können. Wenn sie unten sind, werfe ich die Fackeln hinunter.«

Der Boden des Hügelgrabs ist felsig, und ich bin nicht sicher, ob ich den Abstieg unbeschadet überstehe. Und mir ist gar nicht wohl dabei, mich in eine dunkle Höhle hinabzulassen, ohne eine Fackel, während Mr O'Leary draußen im Freien bleibt. Meine Paranoia gewinnt die Oberhand, und ich stelle mir vor, wie Mr O'Leary uns in der Höhle zurücklässt, uns vielleicht sogar mit Erde und Felsbrocken verschüttet.

Aber noch während ich das denke, weiß ich, dass ich meiner Furcht nicht nachgeben werde.

»Ich gehe vor.« Ohne Dimitri anzublicken, fange ich an zu klettern. Er ist so verblüfft, dass es einige Sekunden dauert, bis er versucht, mich aufzuhalten.

»Was machst du denn da?! Lass mich wenigstens vorgehen. Ich kann dich auffangen, wenn du abstürzt!«

»Es ist alles in Ordnung«, rufe ich zu ihm empor. »Ich bin schon halb unten.«

»Sei vorsichtig!« Die Sorge in seiner Stimme ist nicht zu überhören, und ich muss lächeln, als ich mich den letzten halben Meter auf den Höhlenboden fallen lasse. Ich bin sehr zufrieden mit mir, ganz besonders, weil ich solche Angst hatte. Die Stimme meines Vaters klingt mir noch in den Ohren, so klar und deutlich, als würde er neben mir stehen. *Lass dich niemals von deiner Angst beherrschen, Lia. Niemals.*

Dimitri macht sich an den Abstieg und ist kurze Zeit später neben mir. Bei ihm sieht die Sache – im Vergleich zu meiner Kraxelei – ganz einfach aus. Meine Befürchtungen, Mr O'Leary könnte uns in eine Falle gelockt haben, bewahrheiten sich nicht. Er wirft die Fackeln zu uns herab und macht sich daran, sich zu uns zu gesellen. Er klettert mit beinahe der gleichen Geschicklichkeit hinunter wie Dimitri, und ich muss unwillkürlich seine Wendigkeit und seine flinken Bewegungen bewundern, als er neben uns zu Boden springt wie ein junger Mann.

»Los geht's.«

Er reicht jedem von uns eine Fackel, die er daraufhin anzündet, und wir folgen ihm durch den felsigen Gang. Eine Exkursion mit Mr O'Leary lässt sich überhaupt nicht mit unserem gestrigen ziellosen Herumirren vergleichen. Er beleuchtet mit der Fackel die Wände und zeigt uns die vielen eingeritzten Bilder und Symbole, wobei er uns gleichzeitig mit den unterschiedlichen Theorien über ihre Bedeutung vertraut macht. Wir erfahren, dass einige Forscher glauben, die Markierungen seien eine Art Kalender, andere wiederum bringen sie mit dem Sonnenaufgang in Verbindung. Aber niemand weiß etwas Genaues. Meine Seele wird ganz still und stumm aus Respekt vor diesem heiligen Ort.

Es ist interessant, Mr O'Learys Ausführungen zu folgen, aber nachdem wir einmal die ganze Höhle durchmessen und wieder zu dem Loch in der Decke zurückgekehrt sind, durch das wir eingestiegen sind, sind wir – was unsere eigentliche Suche angeht – nicht schlauer als zuvor. Natürlich wäre es uns nicht recht, den Stein ausgerechnet dann zu finden, wenn Mr O'Leary dabei ist, aber ich bin trotzdem enttäuscht, dass uns diese detaillierte Reise durch die Vergangenheit keine neuen Erkenntnisse über die Prophezeiung und das Versteck des Steins eröffnet hat.

Der Rest des Tages verläuft ganz ähnlich. Mr O'Leary führt uns durch eine andere große Höhle und drei weitere, ohne dass wir irgendeinen Hinweis auf den Stein finden. Überall sind diese spiralförmigen Gravierungen zu sehen, aber nichts deutet auf die Anwesenheit eines heiligen Steins hin.

Schweigend verlassen wir die letzte kleine Höhle. Ich frage mich, was wir jetzt machen sollen. Wir haben beschlossen, es für heute dabei zu belassen und zum Haus zurückzureiten. Ich habe keine Ahnung, wie wir morgen verfahren sollen. Von einer Grabhöhle zur nächsten zu wandern, bringt uns ganz offensichtlich nicht weiter.

Dimitri wirft einen letzten Blick auf die Karte und will sie gerade in seine Jacke stecken. Ganz plötzlich erstarrt er und späht aufmerksam über die Felder.

»Was ist das?«

Ich folge seinem Blick. Es ist derselbe gelbe Schemen, den ich gestern sah, aber jetzt kann ich erkennen, dass es eine Frau ist, deren gelber Mantel im Wind flattert. Sie huscht in der Nähe einer der größeren Höhlen durch das hohe Gras.

»Bei Gott«, murmelt Mr O'Leary und stapft zu seinem Pferd. »Ich habe ihr wieder und wieder gesagt, dass sie sich von der Grabanlage fernhalten soll.«

»Was machen Sie denn da?« Ich haste zu Mr O'Leary, der gerade sein Gewehr aus der Satteltasche gezogen hat.

Er runzelt die Stirn, als ob er nicht begreifen könnte, warum es mich kümmert, wenn er auf die Frau anlegt. »Das ist die verrückte Maeve McLoughlin. Sie strolcht hier bei Tag und bei Nacht herum, obwohl ich ihr mehrmals klargemacht habe, dass es sich um Privateigentum handelt.«

»Ich glaube trotzdem nicht, dass ein Gewehr vonnöten ist.« Dimitri hält den Blick des älteren Mannes mit seinen Augen fest. »Bitte legen Sie es weg.«

Mr O'Leary verzieht mürrisch das Gesicht, während er überlegt, ob er Dimitris Aufforderung Folge leisten soll.

Als ich wieder in die Richtung der besagten Grabhöhle schaue, sehe ich erleichtert, dass die Frau namens Maeve verschwunden ist. Wenigstens ist es uns gelungen, Mr O'Leary so lange abzulenken, dass sie sich in Sicherheit bringen konnte.

Er folgt meinem Blick, sieht ebenfalls, dass sie weg ist, und schiebt sein Gewehr wütend wieder in die Satteltasche. Währenddessen grummelt er: »Ich wollte sie ja nicht erschießen. Wollte sie bloß ein bisschen erschrecken, um sie zu verscheuchen. Das ist immerhin meine Aufgabe.«

Wir besteigen die Pferde und reiten zurück, wobei wir Mr O'Leary für seine Führung danken. Als wir die Pferde in die kleine Scheune hinter dem Haus bringen, fragt Dimitri unseren Gastgeber: »Gibt es hier in der Nähe eine Stadt mit einer Bibliothek?«

Ich schaue ihn verblüfft an. Worauf will er hinaus?

Mr O'Leary bringt sein Pferd in eine der Boxen, und antwortet Dimitri, ohne aufzublicken. »In Oldcastle gibt es eine kleine Sammlung von Büchern, zumeist über die Geschichte der Region. Man kann es kaum eine Bibliothek nennen, aber innerhalb eines Tagesrittes werden Sie nichts anderes finden.« Er wendet sich um und betrachtet Dimitri mit schlecht verhohlener Neugier. »Aber wir haben selbst recht gutes Material über die Grabanlage, wenn es das ist, was Sie suchen.«

Dimitri versorgt Blackjack und antwortet gleichmütig:

»Ach, es geht mir eher um einen allgemeineren Überblick über die geschichtlichen Zusammenhänge dieser Gegend. Wenn Sie uns die Richtung weisen könnten, würden Lia und ich morgen gerne nach Oldcastle reiten. Außerdem könnte ich mir vorstellen, dass Lia ein paar Einkäufe machen möchte.« Er lächelt mich an.

Ich schlucke meine Widerworte herunter, weil mir klar ist, dass er nur eine geeignete Ausrede braucht, damit unser Ausflug bei Mr O'Leary kein Misstrauen auslöst. Trotzdem muss ich mich zu einem Lächeln zwingen.

»Ganz richtig. Ich brauche tatsächlich ein paar Sachen, ehe wir wieder an die Rückreise denken können.«

Mr O'Leary nickt langsam. »Und wann wird das sein? Wann Sie wieder abreisen, meine ich.«

Dimitri nimmt meine Hand und drückt sie, als ob er mir eine geheime Botschaft mitteilen will. »Schon bald, könnte ich mir vorstellen.«

20

Es ist die Karte, die mich stutzig gemacht hat«, erklärt Dimitri mir am nächsten Tag auf unserem Ritt nach Oldcastle.

»Welche Karte?«

Ich sterbe fast vor Neugier, nachdem wir gestern wieder einen ungemütlichen Abend mit Brigid und Mr O'Leary verbracht haben und keine Gelegenheit hatten, miteinander zu reden. Mittlerweile habe ich Angst, dass sogar die Wände des Hauses Ohren haben, und so haben Dimitri und ich auf eine vertrauliche Aussprache in meinem Zimmer verzichtet.

»Beide«, antwortet Dimitri. Er lenkt Blackjack nach rechts auf einen schmalen Weg, der zu einer Ansammlung von Häusern führt. »Und zwar im Vergleich miteinander.«

Ich kaue auf meiner Unterlippe und versuche zu begreifen, was er mir sagen will. »Sind sie nicht identisch?«

Er hebt die Augenbrauen. »Fast. Bis auf einen kleinen Unterschied.«

»Und welchen?«

»Die Karte, die wir aus London mitgebracht haben, verzeichnet eine weitere Höhle. Eine, die auf der Karte von Mr O'Leary nicht existiert.«

Wir haben es nicht eilig, nach Oldcastle zu kommen, und so lassen wir die Pferde im Schritt in die Stadt gehen. Das gemächliche Klappern ihrer Hufe auf der festgetretenen Erde wäre ein beruhigender Klang, wenn sich nicht ein ungutes Gefühl in mir breitmachen würde.

»Ist es diejenige, die wir ohne Mr O'Leary untersucht haben?«, frage ich.

Dimitri schüttelt den Kopf. »Ich habe an unserem ersten Tag seine Karte benutzt, weil ich annahm, sie sei aktueller und genauer als unsere. Ich habe sie erst am Abend unseres ersten Expeditionstages miteinander verglichen.«

»Aber warum hast du nichts gesagt?« Ich bin verärgert, weil er mir seine Beobachtung vorenthalten hat.«

»Ich dachte, es sei einfach ein Fehler, aber als wir gestern diese Frau neben dem Grab gesehen haben …«

»Maeve.«

Er nickt. »Ja, Maeve. Nun, sie hielt sich in der Nähe des Hügels auf, der auf Mr O'Learys Karte fehlt. Sein Benehmen kam mir sehr übertrieben vor für einen einfachen Fall von Hausfriedensbruch, meinst du nicht auch?«

Das Bild wird langsam klarer, und ich habe den Eindruck, dass uns bald der Durchbruch gelingen wird. »Was hat das alles denn mit der Bibliothek in Oldcastle zu tun?«

Ein älterer Herr und ein Junge, beide hoch zu Ross,

kommen uns entgegen. Dimitri nickt ihnen grüßend zu und wartet mit wachsamem Blick, bis sie vorbeigeritten sind.

»Vielleicht nichts. Aber ich hoffe, dass wir hier Informationen über die Höhle finden, die nicht auf Mr O'Learys Karte verzeichnet ist. Ich habe das deutliche Gefühl, dass er etwas zu verbergen hat, und ich beabsichtige herauszufinden, was das ist.«

Obwohl ich fast jede Ansammlung von Büchern als Bibliothek ansehe, selbst die in meinen eigenen vier Wänden, fällt es mir schwer, diesen Begriff auch auf das Archiv in Oldcastle anzuwenden. Anfangs glauben wir, im falschen Gebäude zu sein, weil unsere Frage bei dem ältlichen Angestellten nur ein ratloses Gesicht hervorruft. Erst als Dimitri sagt, wir würden gerne die »Aufzeichnungen« sehen, führt er uns in ein Zimmer im hinteren Bereich des Hauses.

Unterwegs kommen wir an einigen raubeinigen Männern vorbei, die auf dem Gang warten. Einer hat sogar eine Ziege dabei. Worauf sie warten, kann ich nicht sagen, jedenfalls folgt uns keiner von ihnen in Richtung der »Bibliothek«. Ich halte den Kopf gesenkt, während wir an ihnen vorbeigehen, und hoffe, dass sie mich nicht als Frau erkennen. Ich habe das Haar unter meinem Hut versteckt, wie immer, wenn ich reite.

Ohne ein Wort lässt uns der Angestellte in dem Zimmer zurück, in dem Bücher und lose Blätter bis zur Decke aufgestapelt liegen. Es scheint keine richtige Ordnung zu gehen, aber nach einer Weile finden wir heraus, dass es wenigstens drei Hauptkategorien gibt: Geburten, Todesfälle und Eheschließungen ist eine von ihnen, Gerichtsverfahren die zweite und Landkäufe sowie Bodengutachten die dritte.

Wir fangen mit der dritten Kategorie an und teilen die Unterlagen zwischen uns auf. Vor jedem von uns liegt ein großer Haufen Papiere. Die Aufzeichnungen reichen etwa hundert Jahre zurück und wir überfliegen sie auf der Suche nach einer Erwähnung von Loughcrew. Das Land rings um Oldcastle ist noch kaum erschlossen und so haben wir beide Stapel schon am frühen Nachmittag durchgearbeitet.

»Ich glaube, die Heiratsurkunden können wir uns sparen«, sagt Dimitri und streckt die Arme über den Kopf. »Am besten machen wir mit den Gerichtsverfahren weiter.«

Die Stunden, in denen ich die winzigen, kaum lesbaren Handschriften zu entziffern versucht habe, haben ihre Spuren hinterlassen. Ich muss ein Gähnen unterdrücken. »Aber warum glaubst du, dass wir in den Gerichtsunterlagen einen Hinweis auf diese geheimnisvolle Höhle finden werden?«

Er rückt quietschend seinen Stuhl zurecht. »Vielleicht finden wir nichts, aber vielleicht gab es auch einen Streit über die Besitzrechte oder eine Verfügung, was die Forschungsarbeiten angeht oder irgendetwas dieser Art. Viel Auswahl haben wir nicht. Ich bin der Meinung, dass wir zumindest erst einmal hier ausgiebig suchen, ehe wir das

Arbeitszimmer von Mr O'Leary unter die Lupe nehmen. Meinst du nicht auch?«

Ich seufze. »Du hast wohl recht. Also gut.« Ich deute auf den Stapel Papiere rechts von Dimitri. »Gib mir die Hälfte.«

Ich sage nicht, was ich wirklich denke: dass mir eine geheime Durchsuchung von Mr O'Learys Arbeitszimmer immer verlockender vorkommt. Obwohl ich davon überzeugt bin, dass er und Brigid etwas verbergen, würde ich gerne eine direkte Konfrontation mit den beiden vermeiden, bis wir mehr wissen. Wenn sie für die Seelen arbeiten, wie ich langsam befürchte, wäre es mir am liebsten, wir würden finden, wonach wir suchen, und dann umgehend nach London zurückreisen.

Sich durch die Gerichtsakten zu arbeiten, ist viel schwieriger als durch die Landverkäufe. Abgesehen davon, dass ich nicht die Hälfte von dem verstehe, um was es bei den Streitigkeiten geht, sind die Unterlagen teils so schlampig und mit so vielen Fehlern geschrieben, dass man einige Worte überhaupt nicht lesen kann. Soweit ich erkennen kann, drehen sich die meisten der Konflikte um gestohlenes Vieh, um Ladendiebstahl, um Prügeleien zwischen Betrunkenen und nicht bezahlte Schulden.

Aber nirgends wird Loughcrew erwähnt, und als Dimitri und ich unsere Stapel beiseitelegen, ist es schon spät. Der ältere Angestellte, der uns in diesen Raum geführt hat, hat uns bereits zweimal zum Gehen aufgefordert, weil er Feierabend machen will.

Auf Dimitris Gesicht liegt Enttäuschung. Ich bemühe mich um einen fröhlichen Ton, weil ich mir meine eigene trübe Stimmung nicht anmerken lassen will. »Na, einen Versuch war es wert.«

»Da bin ich mir nicht sicher«, murmelt er und reicht mir seinen Arm. »Aber eins weiß ich genau: Ich schulde dir eine anständige Mahlzeit, nachdem ich dich zu diesem langweiligen und ermüdenden Nachmittag gezwungen habe. Wir sollten fragen, ob es hier in der Nähe ein Gasthaus gibt, wo wir etwas essen können.«

Ich weiß, dass auch er seinen Unmut überspielt, weil er mich nicht entmutigen will, und ich drücke seinen Arm, während wir aus der Tür hinaus auf die Straße treten.

»Hm, schauen wir mal …« Dimitri blickt die Straße entlang und sucht nach einen Wirtshausschild, während wir langsam an den kleinen Geschäften und Kneipen vorbeigehen, die die Hauptstraße säumen.

Er schaut nach rechts und ich nach links, und da sehe ich jemanden um die Ecke huschen. Die Gestalt wäre mir nicht aufgefallen, wenn nicht ein gelber Mantel im Wind geflattert hätte. Dieses Gelb leuchtet wie die Sonne inmitten der braunen und grauen Bekleidung der Bewohner von Oldcastle. Unwillkürlich rutscht mein Arm von Dimitris Ellbogen.

Und dann renne ich los.

Die Straße ist rutschig, aber das kümmert mich nicht. Eben noch hat sich Verzweiflung in mein Gemüt geschlichen. Die Prophezeiung gibt uns nicht unbegrenzt Zeit.

Der Schlangenstein wird mit jedem Tag kälter und meine Schwester mächtiger. Wenn es auch nur eine geringe Chance gibt, dass Maeve McLoughlin die Antworten hat, die wir suchen, so ist es eine Chance, die wir nicht ungenutzt verstreichen lassen dürfen.

»Halt! Anhalten! Sie da in dem gelben Mantel! Bleiben Sie stehen!«, schreie ich im Laufen. Ich schiebe mich zwischen den Passanten hindurch, höflich und rücksichtsvoll, wenn möglich, grob und mit den Ellbogen, wo es nötig ist.

Es ist hier offensichtlich nicht ungewöhnlich, dass jemand einen anderen durch die Straßen jagt, denn niemand schenkt mir große Beachtung, außer einem Arbeiter, der mir nachruft: »Na, wo hamse denn Ihre Maniern?!«

Ich sause um eine Ecke und bete und hoffe, dass die Frau namens Maeve noch nicht in irgendeinem Loch verschwunden ist. Ich versuche, mein Gleichgewicht zu halten und taste nach der Hauswand, während ich erleichtert ihren gelben Mantel in der Menge vor mir aufblitzen sehe.

»Maeve McLoughlin!«, schreie ich, so laut ich kann. »Warten Sie! Ich tue Ihnen nichts! Versprochen!«

Beim Klang ihres Namens schaut sie sich um und ich erhasche einen Blick auf ein schmutziges Gesicht und ängstliche Augen. Die Passanten ringsum haben meine Rufe ebenfalls gehört und kommentieren sie auf ihre Weise.

»… verrückte Maeve …«

»Du weißt ja, wie sie ist …«

»… diese ganze McLoughlin-Sippe …«

Und dann ertönt hinter mir Dimitris Stimme. »Lia! Was hast du denn vor?«

Ich renne noch schneller. Ich habe jetzt keine Zeit für Fragen. Dimitri wird mir einfach folgen müssen. Reden können wir später noch, wenn ich Maeve McLoughlin erwischt habe.

Der Abstand zwischen uns verringert sich, während sie auf die Kreuzung vor uns zuläuft, und ich zwinge meine Beine, noch schneller zu rennen, obwohl meine Lungen schon vor Erschöpfung brennen. Als sie die Querstraße erreicht, bin ich kurz hinter ihr. Ich werfe mich nach vorn und packe ihren gelben Mantel, gerade als sie auf die Straße tritt.

Wir gehen beide zu Boden. Mir fliegt der Hut vom Kopf und mein Haar ergießt sich in dicken Locken über meine Schultern. Ich ziehe die Frau ein Stück zurück, gerade noch rechtzeitig, ehe sie von einem Pferdekarren überfahren wird.

Ich drehe sie auf den Rücken. Mein Atem rasselt in meiner Brust. Ich höre hastige Schritte hinter mir. Dimitri.

»Was in der Schwestern Namen machst du …« Er verstummt, als er sieht, wen ich da gepackt habe. Maeve versucht, sich meinem Griff zu entwinden und wieder wegzulaufen.

Sie sagt nichts. Nicht gleich. Sie schaut mir nur in die Augen, in denen die blanke Furcht steht, begleitet von unzähligen Fragen, von denen ich unwillkürlich weiß, dass sie sie schon seit Jahren in ihrem Herzen trägt.

»Bitte, laufen Sie nicht weg.« Meine Stimme ist so sanft und begütigend, als spräche ich zu einem kleinen Kind, was nicht so einfach ist, weil ich immer noch nach Luft schnappen muss. »Wir wollen Ihnen nichts tun. Wir wollen Ihnen nur ein paar Fragen stellen. Kann ich Sie jetzt loslassen? Werden Sie mit uns reden?«

Eine lange Weile starrt sie in meine Augen, während die Leute gleichmütig um uns herum gehen und sich gar nicht um uns kümmern.

Schließlich fällt Maeves Blick auf mein Handgelenk und das kleine Stück des Zeichens, das am Rand meines Ärmelsaums sichtbar ist. Ich will den Ärmel hinunterziehen und das Zeichen wieder verstecken. Aber als ich ihrem Blick begegne, sehe ich Verstehen in ihren Augen. Dann nickt sie.

»Also gut«, sagt sie.

21

In einem kleinen Gasthaus am Rand der Stadt bestellen wir eine Mahlzeit für uns und für Maeve, die so aussieht, als könnte sie etwas Anständiges zu essen vertragen. Schweigend verspeist sie zwei Schalen heiße Suppe. Erst als wir uns nach der Mahlzeit Tee einschenken, wird sie gesprächig.

»Ich bin nicht verrückt.« Ihre Augen sind klar, und ich frage mich allmählich, ob Mr O'Leary Maeve uns gegenüber absichtlich in einem falschen Licht dargestellt hat, um uns in die Irre zu führen.

Dimitri reagiert nicht gleich auf ihre Äußerung, sondern nickt stattdessen erst in Richtung der leeren Suppenschale vor ihr. »Möchten Sie noch etwas Suppe?«

Maeve schaut auf die Schale, als ob sie das Angebot in Erwägung ziehen würde, doch dann schüttelt sie den Kopf. »Nein, danke. Aber es ist ein schönes Gefühl, satt zu sein.« Sie nickt ihm zu. »Danke.«

Dimitri nickt ebenfalls und lächelt. »Gern geschehen.«

Einen Augenblick sitzen wir noch schweigend da, ehe ich mir ein Herz fasse und die Frage stelle, die mir die ganze Zeit im Kopf herumspukt, auch wenn sie unhöflich ist. »Warum behaupten alle, Sie seien verrückt? Wenn Sie es doch nicht sind, meine ich.«

Sie scheint nicht gekränkt zu sein. »Weil ich Tag und Nacht herumwandere. Weil ich die Höhlen liebe. Und weil …« Sie verstummt und schaut an sich herab, an dem schmutzigen Mantel, den zerschlissenen Hosen, die fast so aussehen wie meine, nur abgetragener. »Nun, weil ich mich nicht wie eine anständige Dame kleide, vermute ich.«

Ich lächle und fühle eine Art Seelenverwandtschaft zwischen uns. »Ich weiß genau, was Sie meinen.«

Ihr Lächeln ist halbherzig, aber auch ich sehe einen Funken Kameradschaft in ihren Augen.

»Warum laufen Sie in der Grabanlage herum, wenn Mr O'Leary es Ihnen doch verboten hat?«, will ich wissen. »Bitte verstehen Sie mich nicht falsch: Ich will Ihnen nichts vorwerfen!« Wieder hoffe ich, dass ich sie nicht beleidigt habe. »Aber Sie könnten verletzt werden.«

Sie verzieht angewidert das Gesicht. »Pah! Der alte Fergus würde mich nicht erschießen!« Dann scheint sie über ihre Worte nachzudenken. »Jedenfalls hoffe ich das.«

»Trotzdem«, wendet Dimitri ein. »Was ist so wichtig, dass Sie deswegen riskieren würden, verletzt zu werden?«

Mit ihrer Hand, die überraschend klein ist, umfasst sie den Henkel der Teetasse. »Es ist nicht wichtig«, murmelt sie, »aber besonders.«

»Was ist besonders?«, frage ich behutsam, weil ich sie nicht verschrecken will. »Die Höhlen?«

Sie nickt, wie zu sich selbst. »Die Höhlen, ja sicher, aber nicht alle.« Ihre Stimme klingt leise und ein wenig singend, als wolle sie ihre Zuhörer einschläfern. Ich fange an zu begreifen, warum die unwissenden Dorfbewohner sie für verrückt halten. Ich bin ganz anderer Meinung. »Es ist die eine Höhle. Eine von ihnen ist etwas Besonderes.«

Dimitri schaut zu mir, und wir beide wissen: Es ist die Höhle, die nicht auf Mr O'Learys Karte verzeichnet ist.

Ich wende mich wieder Maeve zu. »Und warum, Maeve? Warum ist diese Höhle etwas Besonderes?«

Sie betastet den Löffel, der neben ihrer Tasse auf dem Tisch liegt. Ich muss an mich halten, um nicht die Geduld zu verlieren. Ich spüre, dass wir kurz vor einem wichtigen Durchbruch stehen, vor einer Art Ordnung, die uns einen klaren Blick verschaffen wird, aber ich habe Angst, dass ich es vermasseln könnte, wenn ich sie zu sehr bedränge.

Endlich, ohne die Augen von dem Löffel abzuwenden, sagt sie: »Ich kann nicht darüber sprechen.«

»Warum?«, fragt Dimitri freundlich, aber drängend. »Ist es ein Geheimnis?«

Ein kurzes, trockenes Lachen dringt aus ihrer Kehle, und ein paar Leute an den Nebentischen schauen misstrauisch und mit grimmigen Gesichtern zu uns herüber. »Ein Geheimnis, oh ja, das könnte man sagen.«

Ich hole tief Atem. »Verraten Sie uns das Geheimnis?«

Mein Herz setzt einen Schlag aus, als sie mich anschaut. Dann verengen sich ihre Augen. Ihr Blick ist wissend. »Fragen Sie doch Fergus O'Leary.«

Dimitri lässt sie nicht aus den Augen. »Wir fragen aber Sie.«

Ihre Augen huschen zu meinem Handgelenk und dann wieder zu meinem Gesicht. »Es waren schon früher welche da, die danach gesucht haben.« Etwas Dunkleres als Angst legt sich über ihr Antlitz. »Gehören Sie zu Ihnen?«

Ich weiß nicht, wen sie meint. Nicht genau. Ich bin mir nicht einmal sicher, ob sie klar denkt. Aber ich weiß, was ich sehe. Ich weiß, dass sie diejenigen, die vor uns da waren, fürchtet.

Ich schüttele den Kopf. »Nein. Nein, wir gehören nicht zu ihnen.«

Sie lehnte sich auf dem Stuhl zurück und betrachtet Dimitri und mich genau. »Wir müssen heute Abend gehen. Ich warte schon eine Weile, aber es ist bisher nicht geschehen. Aber bald. Bald ist es so weit.«

»Es ist eiskalt! Sagen Sie mir bitte noch einmal, warum wir die ganze Nacht lang hier hocken müssen!«

Anfangs war die Aussicht, die Nacht in der Höhle zu verbringen, irgendwie reizvoll gewesen, aber nachdem wir stundenlang in der Dunkelheit gekauert hatten, mit nichts als einer kleinen Fackel, hat sich die Kälte in meine Glieder geschlichen und meine Begeisterung vertrieben.

»Wegen der Morgendämmerung. Das ist nicht genau zu

berechnen. Und wenn man es verpasst, dann muss man wieder ein Jahr warten.«

»Und machen Sie das etwa das ganze Jahr lang? Verbringen Sie jede Nacht in der Höhle und warten auf den Sonnenaufgang?« Dimitris Stimme klingt ungläubig.

Maeve schüttelt den Kopf. Die schwarzen Haarsträhnen, die ihr um den Kopf wirbeln, lassen sie im Augenblick tatsächlich ein wenig wahnsinnig wirken. »Nur im März.«

Ich hebe die Augenbrauen. »Nur im März? Warum nur im März?«

Sie seufzt und sagt langsam, als müsse sie es einem Kind erklären: »Weil es dann passiert. Himmel noch mal, Sie stellen ganz schön viele Fragen! Wenn Sie einfach abwarten, werden Sie sehen, was ich meine.«

Ich schaffe es, genau eine Minute den Mund zu halten. »Bitte verzeihen Sie, aber …«

»Herrje!« Sie wirft die Arme in die Luft. »Was ist jetzt schon wieder?«

Ich richte mich auf, um möglichst würdevoll zu wirken, auch wenn ich mir in meiner Ungeduld langsam lächerlich vorkomme. »Mich würde nur interessieren, warum Sie so sicher sind, dass dieses … Ereignis oder … was immer es auch ist, heute passiert.«

Sie lehnt sich gegen die kalte Steinwand der Höhle. »Nichts ist jemals sicher, aber es ist sehr wahrscheinlich.«

»Gut«, sagt Dimitri. Er gibt sich Mühe, die Zweifel, die er gegenüber Maeves Behauptung hegt, nicht allzu offensichtlich werden zu lassen. »Aber warum? Warum ist es sehr wahrscheinlich.«

Maeves Augen sind geschlossen, als sie sagt: »Weil heute der zweiundzwanzigste März ist, und es ist weder gestern noch vorgestern passiert. Also passiert es heute oder morgen.«

Geistesabwesend male ich mit meinem Finger Muster in den Staub. »Und es passiert stets an einem dieser Tage?«

Es fällt mir immer schwerer, an ihren klaren Verstand zu glauben, je länger wir hier warten und frieren, während wir wie die Katze um den heißen Brei herumschleichen, besser gesagt um dieses Ereignis, das Maeve mit dieser unbeirrbaren Sicherheit erwartet.

»Na ja, nicht immer. Vor zwei Jahren passierte es am neunzehnten des Monats, aber das war eine Ausnahme. Jetzt komme ich immer ein paar Tage früher, nur für alle Fälle.«

»Ich verstehe. Erzählen Sie uns doch mal von den anderen. Von denjenigen, die vor uns da waren.« Bislang hatte ich Angst, diese Frage zu stellen, aber es scheint ja, dass wir viel Zeit zum Totschlagen haben. Ich bin entschlossen, das Beste daraus zu machen.

Maeve hebt den Kopf. Ihre Augen, die voller Vorfreude leuchten, suchen im schwachen Licht der Fackel meinen Blick. »Ich möchte nicht darüber reden.«

Ich nicke seufzend. »Wie Sie wollen, Maeve.«

Wir schweigen wieder, und ich rücke näher an Dimitri heran, versuche, mich an seinem Körper zu wärmen. Nach einer Weile verlangsamt sich seine Atmung, und es dauert nicht lange, da schlafe auch ich ein.

»Wachen Sie auf! Es geschieht!«

Unsanft werde ich wach gerüttelt, und als ich die Augen aufschlage, ist Maeves schmutziges Gesicht direkt vor meinem. Ich bin sogleich hellwach. Selbst in dem leichten Schlaf, in den ich mich habe sinken lassen, war mein Geist ruhelos und wartete auf das aufregende Ereignis, wegen dem uns Maeve hierher gebracht hat.

Dimitri springt auf die Füße und streckt die Hand aus, um mir hoch zu helfen.

»Wo ist es?«, fragt er Maeve und schaut sich um, während er mich hochzieht.

»Hier! Genau hier!« Sie kann ihre Erregung nicht unterdrücken, und ich schaue mich in der Höhle um. Ich kann nichts Auffälliges entdecken. »Kommen Sie mit! Hier entlang!«

Sie zieht mich ein Stück mit sich und dreht mich leicht zur Seite, sodass ich der Rückseite der Höhle zugewendet bin.

»Warten Sie einfach ab.« Ihre Worte sind kaum mehr als ein hauchzarter Seufzer. Es sieht ganz so aus, als ob das, worauf sie so sehnsüchtig gewartet hat, tatsächlich heute passieren wird.

Es fängt mit der Sonne an. Dimitri und ich stehen hintereinander neben dem mit Geröll und größeren Steinbrocken übersäten Gang, der längs durch die Höhle führt. Die

Felsenkammer, eben noch dunkel bis auf das schwache Licht der kleinen Fackel, erhellt sich leicht in der Morgendämmerung.

Die aufgehende Sonne, die sich draußen über den Horizont erhebt, wirft ihre Strahlen geradewegs in die Grabhöhle hinein. Ein Rechteck aus goldenem Licht wird in der hinteren Ecke der Felswand sichtbar, die vom Eingang am weitesten entfernt liegt. Es scheint auf den ersten Blick nichts Besonderes zu sein, aber ich kann mir nicht vorstellen, wie das Licht, das Millionen von Meilen entfernt seinen Ursprung hatte, seinen Weg durch die Windungen und Biegungen der Höhle finden kann, um schließlich die rückwärtige Felswand zu beleuchten.

Und das ist noch nicht alles.

Wir schauen zu, wie der Lichtfleck nach rechts wandert und mit jeder Minute größer wird. Langsam schiebt er sich in die Mitte der Wand, und als er das Zentrum erreicht, scheint der gesamte Fels in Flammen zu stehen. Die verschlungenen Muster, die in den Stein geritzt sind, muten in ihrer rätselhaften Pracht lebendig an. Es ist unglaublich, wie die Menschen, die vor Tausenden von Jahren diese Grabanlage erbauten, alles so perfekt einrichten konnten. Die Tatsache, dass die Rückwand nur einmal im Jahr erleuchtet wird, ist ebenfalls ein Rätsel, aber noch ehe ich diesen Gedanken zu Ende gedacht habe, durchzuckt mich die Erkenntnis, als hätten sich die Nebel von Altus vor meinen Augen gelichtet: Die Tagundnachtgleiche des Frühlings.

Die Höhle ist so gestaltet, dass die Sonne nur während der Tagundnachtgleiche den Felsen erhellt.

In diesem Augenblick fühle ich alles überdeutlich. Dimitri hinter mir, der mich nicht berührt, dessen schnellen Atem ich jedoch hören kann, während er die Wanderung der Sonne über die Höhlenwand verfolgt. Der felsige Boden, kalt und hart, Jahrhunderte alt, unter meinen Stiefeln. Der staubige, metallische Geruch des Steins in der Höhle und die Erde, auf der sie steht.

Es dauert mehrere Minuten, bis der Lichtfleck wieder aus dem Zentrum herausgewandert ist, wobei er beständig kleiner wird. Reglos und schweigend stehen wir da, bis die Höhle wieder dunkel wird und das kleine Rechteck aus Licht nur noch stecknadelkopfgroß ist, wie ein strahlend heller Stern. Dann ist es vorbei.

Eine ganze Weile rühren wir uns nicht. Als ich schließlich den Kopf zu Dimitri umwende, treffen sich unsere Augen. In ihnen lese ich all das, was uns verbindet, unsere gemeinsame Vergangenheit, die Vergangenheit unseres Volkes und auch die Zukunft, die wir uns wünschen. Sein Lächeln ist ein Versprechen, und ich bin mir sicher, dass wir von diesem Moment an über Raum und Zeit hinweg aneinander gebunden sind.

22

Als der Zauber verflogen ist, wende ich mich zu Maeve um, die immer noch wie gebannt auf die Stelle starrt, wo das winzige Lichtpünktchen verschwand. Sie muss meinen Blick fühlen, denn sie dreht sich zu mir um. Ihre Augen sind klarer als je zuvor.

»Danke.« Meine Stimme ist nur ein Flüstern. Ich möchte ihr sagen, dass ich die Magie des Augenblicks erkenne, auch wenn sie uns nicht die Antwort geben konnte, die wir so dringend brauchen.

Ihr Gesicht verzieht sich zu einem Lächeln. »Sie sollten mir nicht danken. Jedenfalls noch nicht. Ich habe Ihnen immer noch nicht gezeigt, wonach Sie suchen.«

Erst glaube ich, sie will versuchen, die Linien und Spiralen auf der Steinmauer vor der Felswand zu entziffern, aber stattdessen zieht sie mich zur Seite und bückt sich, um etwas zu betrachten, das sich kurz oberhalb des Bodens befindet.

»Es geht nicht um die Felswand selbst. Allerdings frage ich mich, ob die Muster und Symbole vielleicht das Gleiche bedeuten. Nur dass wir sie nicht verstehen.«

Sie winkt Dimitri zu uns und bedeutet ihm, uns mit der Fackel zu leuchten. Er beugt sich vor und hält den Lichtschein an die Wand.

Ich kann nichts Außergewöhnliches erkennen. Nur einen kleinen, flachen Vorsprung in der Mitte des mächtigen Felsens, der sich ansonsten glatt und eben bis zur Höhlendecke erstreckt.

»Warte mal…« Dimitri fasst mit seiner freien Hand nach der Wand und wischt den Staub weg, der sich in kleinen Wolken erhebt und durch das Fackellicht tanzt. Als er wieder spricht, klingt seine Stimme überrascht. »Da ist tatsächlich etwas…«

Ich schaue noch einmal hin und frage mich, ob sein Verstand gelitten hat, denn ich sehe überhaupt nichts außer glattem Fels. Aber als Dimitri die Fackel in einem anderen Winkel hält, stockt mir der Atem.

Mit dem Zipfel meines Hemdes wische ich die Felswand neben der kleinen Nische sauber. Und dann gibt es keinen Zweifel mehr: Maeve und Dimitri haben recht.

Da ist tatsächlich etwas.

»Halte mal die Fackel.« Dimitri reicht sie mir, und ich beleuchte damit die Felswand, während er sich vorbeugt und sie genau untersucht.

Eine Weile sagt er nichts, und ich fürchte schon, dass wir uns zu viel versprochen haben. Vielleicht haben die

Zeichen überhaupt nichts mit dem verschollenen Stein zu tun.

Aber als er sich umdreht und mich anschaut, weiß ich es besser.

»Es ist die Prophezeiung. Sie steht hier geschrieben, in Stein gemeißelt. Auf Latein.«

»Ich habe es Ihnen ja gesagt!« Maeve strahlt.

»Ist das alles?«, frage ich und beuge mich vor, obwohl ich mit Latein herzlich wenig anfangen kann. »Steht da auch etwas über den Stein? Ist er hier?«

»Nicht direkt.«

»Nicht direkt? Was soll das heißen?«

»Es ist die Prophezeiung, und zwar komplett, sowohl die Seite, die du in der Bibliothek deines Vaters gefunden hast, als auch diejenige, die in Chartres verborgen lag.« Er schweigt einen Moment und runzelt die Stirn. »Und dann steht da: *Im ersten Licht von Nos Galon-Mai musst du jene befreien, die von den Gefallenen gebunden wurden, mit der Macht dieses Steins und ihren Worten*.«

Ich schüttele den Kopf. »Moment mal … *mit ihren Worten*? Soll das bedeuten, dass es ein Ritual der gefallenen Engel ist? Und was für ein Ritual soll das sein?«

Er runzelt die Stirn und kneift die Augen zusammen. »Vielleicht … warte mal … Da steht etwas über … einen Kreis, der von den gefallenen Engeln geschlossen wird und … etwas über die Macht der Schwestern, mit der das Tor des Wächters geschlossen und die Welt vor dem … Untier gerettet werden kann.« Mit leuchtenden Augen wendet er sich zu mir. In seiner Stimme liegt die Erregung, die er nun nicht mehr verhehlen kann. »Es ist schwierig, die Worte hier und jetzt zu übersetzen. Die Wand ist schmutzig und der Text wurde vor sehr langer Zeit eingeritzt, aber es scheint sich tatsächlich um eine Art Beschwörung zu handeln.«

»Eine Beschwörung?«, wiederhole ich. »Also einen Spruch, mit dem man das Tor in Avebury schließen kann?«

Dimitri nickt langsam. Ich sehe, wie es in seinem Kopf arbeitet. »So hört es sich jedenfalls an. Es ist ein Zauber, ein Spruch, ein Ritual. Es ist das, wonach wir gesucht haben. Und es heißt, dass die Macht *dieses* Steins dazu nötig ist. Also war der Stein vermutlich hier, zusammen mit den Worten des Rituals.«

»Aber jetzt ist er weg.« Ich schaue mich um und mein Blick fällt auf Maeve. »Maeve, haben Sie etwas weggenommen? Oder war früher etwas hier, was jetzt nicht mehr da ist?«

Ihre Augen blitzen wütend auf. »Ich habe nichts weggenommen! Ich komme nur hierher, um zuzuschauen.« Sie dreht den Kopf weg und starrt trotzig auf die Felswand. Schließlich murmelt sie: »Die anderen nehmen Dinge weg. Ich schaue nur zu. Mehr nicht.«

Ihre Worte erschüttern etwas in meinem Inneren. Ich strecke die Hand nach dem Vorsprung aus, unter den eingravierten Worten des Rituals. Die Einbuchtung im Fels ist glatt und rund. Ich schaue zu Dimitri, aber Worte sind nicht nötig.

Ich wende mich wieder zu Maeve. »Es tut mir leid, Maeve. Ich verstehe Sie. Sie schauen nur zu. Die anderen nehmen Dinge weg. Die anderen *haben* etwas weggenommen, stimmt's?«

Sie hält meinen Blick eine Sekunde lang fest, aber mehr brauche ich nicht.

Auf dem Absatz mache ich kehrt und sage, zu Dimitri gewandt: »Gehen wir.«

Wir haben die Pferde in den Stall gebracht und wollen uns gerade auf den Weg ins Haus machen, als Dimitri mir die Hand auf den Arm legt.

»Sie gehören nicht zu Samaels Wache, so viel steht fest.«

Ich nicke. »Ja, aber das bedeutet nicht, dass sie nicht für die Wache arbeiten. Und es bedeutet auch nicht, dass sie nicht gefährlich sind.«

Dimitri neigt den Kopf. »Sie sind irgendwie in die Sache verwickelt, daran gibt es nichts zu rütteln. Seit wir eintrafen, haben sie alles in ihrer Macht Stehende getan, um dafür zu sorgen, dass wir die Höhle nicht finden.«

»Oder den Stein«, ergänze ich. »Außerdem stellen sie zu viele Fragen und zeigen zu viel Interesse an unseren Angelegenheiten.«

Er schweigt kurz. Dann schaut er mich an. In seiner Frage liegt ein Zögern, das mir sagt, wie ungern er seiner Angst Ausdruck verleiht: »Wie geht es dir?«

»Ich … bemühe mich. Ich kämpfe darum, stark zu bleiben.«

»Du kämpfst immer, Lia«, sagt er sanft. »Das steht außer Frage. Aber ich will wissen, wie stark du im Augenblick bist. Genau jetzt.« Seine Augen tauchen tief in meine ein. »Und du musst ehrlich sein.«

Ich schlucke, schaue zur Seite und hole tief Luft, bevor ich antworte. »Ich bin nicht so stark, wie ich gerne wäre. Der Schlangenstein ist fast völlig erkaltet. Meine Macht …« Ich wende mich zu ihm, möchte inmitten all meiner Zweifel Selbstvertrauen ausstrahlen. »Nun, ich bin deutlich schwächer als noch vor drei Monaten, als ich mich auf die ganze Kraft von Tante Abigails Zauber verlassen konnte. Aber ich bin immer noch in der Lage, einen Kampf auszufechten, wenn es das ist, was du wissen willst.«

»Ich weiß nicht, was uns bevorsteht, Lia. Ich wünschte …« Er fährt sich mit der Hand über das Gesicht und seufzt. »Ich wünschte, ich könnte dich an einen sicheren Ort schicken, aber ich fürchte, sicherer als bei mir wirst du nirgends sein.«

Ich hebe das Kinn. »Ich würde auch nirgendwo hingehen. Meine Aufgabe ist es, die Prophezeiung zu beenden, und daher ist mein Platz hier.«

Ein Lächeln umspielt seine Mundwinkel. »Und?«

Ich stelle mich auf die Zehenspitzen, schlinge meine Arme um seinen Hals und lege den Kopf in den Nacken, um ihm in die Augen schauen zu können. »Und«, sage ich, »mein Platz ist bei dir.«

Sein Mund auf meinen Lippen ist weich und zart. Unser Kuss dauert nur einen kurzen Moment, aber als wir uns voneinander lösen, fühle ich mich stark. Auf dem Weg zum Haus sagt mir eine innere Stimme, dass wir gemeinsam alles erreichen können. Es spielt keine Rolle, ob Mr O'Leary und Brigid für die Seelen arbeiten, für Samaels Wachen oder für Samael selbst.

Und dann rede ich mir ein, dass ich daran glaube, obwohl eine andere Stimme im hintersten Winkel meines Bewusstseins mich eine Lügnerin nennt.

Ich bin auf alles vorbereitet, nur nicht auf die Mündung des Gewehrs, das bei unserem Eintritt in den Salon auf uns gerichtet ist.

»Kommen Sie rein, bitte sehr!« Mr O'Leary sitzt auf seinem üblichen Sessel und hält das Gewehr wie einer, der damit umzugehen weiß. »Ich glaube, wir haben einiges zu bereden.«

Brigid steht hinter ihm. Ihre Augen sind dunkel und unergründlich.

Dimitri greift nach meiner Hand und zieht mich näher an sich, tritt ein Stück vor mich hin, sodass er mich mit seinem Körper schützt. »Ich glaube nicht, dass ein Gewehr nötig ist, Mr O'Leary. Wir können doch gewiss wie vernünftige Menschen miteinander reden.«

Der alte Mann lacht rau. »Was Sie und Ihresgleichen unter ›Vernunft‹ verstehen, weiß ich genau. Ich glaube nicht, dass ich mich Ihrer Haltung anschließen kann.«

Ich kann Dimitris Gesicht nicht sehen, aber ich spüre seine Verwirrung. »Ich weiß nicht, was Sie mit ›Ihresgleichen‹ meinen, aber ich glaube, Sie haben etwas, das wir brauchen.«

Mr O'Leary verengt die Augen. »Ich habe nichts, was Ihnen gehört.«

Dimitri nickt langsam. »Es stimmt, es gehört mir nicht. Aber Ihnen auch nicht, richtig? Und ich verspreche Ihnen, dass unsere Ziele viel ehrenvoller sind als diejenigen, denen Sie sich verschrieben haben.«

»Wie können Sie es wagen?«, wirft Brigid mit blitzenden Augen ein. »Halten Sie uns für so dumm, dass wir Ihren Lügen Glauben schenken? Dass wir die Welt dem dunklen Schicksal überantworten würden, das Sie ihr bescheren wollen?«

Dimitri schweigt verblüfft und ein wenig ratlos. Ich dagegen kämpfe mich durch den morastigen und zähen Sumpf meiner eigenen Gedanken. Langsam formen sich Bilder. Brigids neugieriger Blick. Ihre vielen Fragen. Ihr Wissen …

Ich trete hinter Dimitri hervor und bemühe mich um eine ruhige Stimme. »Was immer Sie von uns denken, ich versichere Ihnen, wir stehen auf Ihrer Seite.«

Dimitri wirbelt zu mir herum; Entsetzen spiegelt sich auf seinem Gesicht. »Lia! Was sagst du da?«

Ich gehe auf Brigid zu und versuche, das Gewehr, dessen Lauf mir folgt, nicht zu beachten. »Sie haben ihn genommen, richtig? Sie haben den Stein aus der Höhle genommen.«

Sie erwartet mein Näherkommen mit hoch erhobenem

Kopf. Ihr Vater allerdings verkrampft sich, als ich auf sie zutrete. »Bleiben Sie gefälligst von meiner Tochter weg. Wenn ich's mir recht überlege, ist es wohl Zeit, dass Sie dieses Haus verlassen.«

»Es tut mir leid, Mr O'Leary, aber das kann ich nicht.« Ich muss schlucken, um den Kloß aus meinem Hals zu entfernen und überhaupt etwas sagen zu können.

Dimitri macht einen Schritt auf uns zu. »Lia, ich …«

Das Knacken des Gewehrhahns lässt ihn mitten in der Bewegung erstarren.

»Sie sind nicht allein, Brigid.« Ich greife nach meinem linken Handgelenk und schiebe den Ärmel hoch, sodass das Zeichen sichtbar wird.

Ihre Augen werden groß, und ich sehe, wie ihre Brust sich hebt und senkt, als sich ihre Atmung beschleunigt.

Ich greife nach ihrem Arm. »Darf ich?«

Sie nickt, während ihr Vater gleichzeitig brüllt: »Fassen Sie sie nicht an! Hände weg von meiner Tochter!«

Aber ich höre nicht auf ihn. Stattdessen höre ich Philips Stimme in meinem Kopf: *Mir wurde gesagt, dass das Mädchen nicht mehr in besagtem Ort lebt. Augenscheinlich ist die Mutter bei der Geburt gestorben und der Vater hat sie wenige Jahre später fortgebracht.*

Ich erwarte, jeden Moment den Schuss zu hören, aber dann ist es Brigids Stimme, die mit sanftem Klang die Spannung bricht.

»Sie ist es, Vater. Genauso, wie Thomas sagte.«

Nur am Rande registriere ich, dass sie den Namen

meines Vaters ausgesprochen hat. Ich nehme ihre Hand. Ich weiß jetzt, warum ihre Kleider, ihre Ärmel so lang sind, denn als ich ihren linken zurückschiebe, erblicke ich dort das Zeichen.

Sonias Zeichen. Luisas Zeichen. Helenes Zeichen.

Das Zeichen des vierten und letzten Schlüssels.

»Das dachte ich mir.« Brigids Haut ist warm und ich streiche mit dem Finger über das vertraute Symbol. Die Jormungand. Die Schlange, die ihren eigenen Schwanz frist. Der Kreis.

Ich halte meinen Arm neben ihren, mein Zeichen neben ihres. Unsere Augen treffen sich, dann schaut sie zu ihrem Vater, der hinter mir steht. Sie nickt kaum merklich.

Mr O'Leary seufzt und stellt das Gewehr weg. Es dauert einen Moment, bevor er etwas sagt. »Sieht so aus, als hätten wir tatsächlich eine Menge zu bereden. Und uns bleibt nicht mehr viel Zeit.«

23

»Dein Vater war noch viel schlauer, als ich anfangs dachte – und ich hielt ihn schon immer für ziemlich schlau.« Dimitri blickt mich über den Rand seiner Teetasse hinweg an.

Es ist noch keine Stunde her, seit Mr O'Leary das Gewehr gesenkt und uns gebeten hat, uns zu setzen. Inzwischen haben Dimitri und ich die O'Learys über die Einzelheiten der Prophezeiung in Kenntnis gesetzt, über die Anderswelten, die Seelen, die Schlüssel. Ich erwarte Unglauben von Brigid, erwarte, dass sie etwas so unerhört fantastisch Klingendes weit von sich weist.

Aber sie tut nichts dergleichen. Sie sitzt da, völlig gefangen von meinen Worten, aber mit einem Gesicht, als ob sie alles längst wüsste.

Ich schaue sie an. »Sie wurden in England geboren, wie die anderen, nicht wahr? Wie kamen Sie hierher nach Loughcrew? Ausgerechnet an jenen Ort, an dem die Worte der Beschwörung verborgen sind!«

Aber es ist nicht Brigid, die antwortet, sondern ihr Vater. »Meine Frau starb im Kindbett, müssen Sie wissen. Wir waren in England, in der Nähe von Newbury, bei ihrer Familie, die ihr bei der Geburt helfen sollte. Aber es hat nichts genutzt.«

Brigid tätschelt ihm die Hand. »Wir blieben dort, und ich wuchs bei der Familie meiner Mutter auf, aber als ich zehn Jahre alt war, kam ein Mann, der unser ganzes Leben veränderte.«

»Mein Vater.« Ich muss an die unzähligen Reisen denken, die er unternommen hat. Viele davon dienten dem Aufspüren der Schlüssel. Unwillkürlich überlege ich, was ich wohl tat, während er damit beschäftigt war, zukünftige Ereignisse in ihre Bahnen zu lenken und damit meine Aufgabe zu erleichtern.

Mr O'Leary nickt. »Sieht ganz so aus. Anfangs wollte ich die Stelle als Verwalter an diesem abgeschiedenen Ort nicht, aber Thomas versprach mir ein hübsches Haus, in dem ich für Brigid sorgen könne, und eine Rente für den Rest meines Lebens. Es war die Gelegenheit für einen neuen Anfang, und ich dankte Gott dafür, obwohl ich mich vor dem fürchtete, was er mir sonst noch sagte.«

»Und was genau sagte er Ihnen?«, fragt Dimitri.

Mr O'Leary schaut auf den abgewetzten Tisch. »Dass das Zeichen, das mein Mädchen auf dem Handgelenk trägt, etwas Böses anlocken würde. Dass ihre einzige Hoffnung darin läge, zu verschwinden.« Er hebt den Kopf und schaut mich an. »Zu verschwinden und auf Sie zu warten.«

Ich schüttele den Kopf. »Warum haben Sie nichts gesagt? Wir dachten, Sie seien … nun ja, wir fürchteten, Sie würden für die andere Seite arbeiten.«

Mr O'Leary kicherte. »Wir dachten von Ihnen das Gleiche. Ihr Vater hat uns keinen Namen genannt. Er hielt es wohl für zu gefährlich, für den Fall, dass jemand – oder etwas – versuchen würde …« Er rutscht unruhig auf dem Sessel hin und her. »Nun ja, für den Fall, dass man uns zwingen würde, Ihre Identität preiszugeben.«

»Woher wussten Sie überhaupt, dass wir kommen würden?«, wollte Dimitri wissen.

»Uns wurde nur gesagt, dass eine Frau kommen würde«, antwortete Brigid. »Eine Frau, die das Zeichen auf ihrem Handgelenk trägt und nach dem Stein sucht. Aber man sagte uns ebenfalls, dass auch andere den Stein finden wollen. Und das wir diese Leute fürchten müssten.« Sie schaut Dimitri an. »Von einem Herrn, der diese Frau begleitet, war nicht die Rede. Und wir hatten über die Jahre eine Menge fragwürdige ›Gelehrte‹ zu Besuch. Gelehrte, die wir abgewiesen haben, um den Stein zu schützen und für die Ankunft der Frau zu bewahren. Wir haben gelernt, wachsam zu sein, und als Sie gestern von Ihrem Ausflug nach Oldcastle nicht zurückkehrten, nahmen wir an, Sie hätten etwas gefunden, was Sie auf die Spur des Steins setzte. Besonders, weil doch gestern die Tagundnachtgleiche war.«

Ich schaue auf das Zeichen auf meinem Handgelenk, das ich jetzt offen zur Schau trage. »Ich habe versucht, es vor dir zu verbergen«, sage ich zu Brigid. Ich fühle mich ihr nah, wie eine Schwester, und bringe das unpersönliche »Sie« nicht mehr über die Lippen.

Sie lächelt. »Genauso wie ich.«

Ich empfinde eine Welle der Erregung bei der Gewissheit, dass wir jetzt alle Schlüssel beisammenhaben und auch die Worte der Beschwörung kennen. Dass wir einen großen Schritt weitergekommen sind.

Aber ohne den Stein schmeckt der Sieg bittersüß.

Als ob er meine Gedanken gelesen hätte, sagt Dimitri: »Aber Sie wissen doch sicher, dass sich der Stein nicht in der Höhle befindet, nicht wahr? Wir waren heute Morgen mit Maeve McLoughlin dort, während des Sonnenaufgangs. Wir haben die Stelle gesehen, wo der Stein früher lag, wo er einmal im Jahr, an diesem besonderen Tag, von der Sonne beschienen wurde. Aber er ist verschwunden.«

Mr O'Leary winkt gelassen ab. »Maeve ist harmlos, aber sie hat die schlechte Angewohnheit, Aufmerksamkeit auf diese Höhle zu lenken, wenn sie auf die Tagundnachtgleiche wartet. Wir konnten nicht riskieren, dass sie die falsche Person auf die Spur des Steins bringt.«

»Was auch der Grund ist«, sagt Brigid und greift sich in den Ausschnitt, »warum ich ihn seit einigen Jahren an meinem Herzen trage.«

Ihre Finger umschließen eine Silberkette und ziehen sie heraus, bis ein daran hängendes schwarzes Seidensäckchen zum Vorschein kommt. Sie nimmt die Kette von ihrem Hals und öffnet das Säckchen. Als sie es umdreht, fällt ein Stein in ihre offene Hand.

Ich erwarte, dass er prächtig ist, dass er vor Macht glänzt und funkelt. Aber es ist ein ganz gewöhnlicher grauer Stein, wenn auch vollkommen glatt und oval.

»Bist du … bist du sicher, dass dies der richtige Stein ist?« Ich möchte weder Brigid, noch Mr O'Leary kränken, aber es fällt mir schwer zu glauben, dass dieser gewöhnliche Kiesel, der genauso aussieht wie alle anderen Steine in den Höhlen von Loughcrew, die Macht besitzt, mit deren Hilfe wir Samael auf ewig aus der Welt verbannen können.

Brigid lächelt, und mir wird klar, dass alles Lächeln, was wir bisher auf ihrem Antlitz gesehen haben, nur ein Schatten ihres wahren Lächelns war. »Glaub mir – wenn er von der Sonne beleuchtet wird, strahlt er so hell, dass er alle anderen Steine beschämt. So haben wir ihn gefunden. Daher wussten wir, dass er der richtige ist. Aber das ist nicht der einzige Grund.« Sie hält ihn mir hin. »Sieh selbst.«

Mit einer gewissen Neugier greife ich nach dem Stein, aber als sich meine Hand ihm nähert, wird sie wie magisch von ihm angezogen. Und als sich meine Finger darum schließen, spüre ich seine Macht. Sie ist nicht so intensiv wie in Tante Abigails Schlangenstein, aber ich verspüre das gleiche Summen, die gleiche pulsierende Energie unter der glatten, kühlen Oberfläche des Steins.

Ich lächle Brigid an.

Sie nickt. »Wenn er von der Sonne beleuchtet wird, pulsiert er noch viel stärker, und er ist auch heißer …« Verlegen senkt sie den Kopf. »Ich habe mich tatsächlich an ihm verbrannt, als wir ihn gefunden haben. Er war so wunderschön.« Ihre Stimme kommt wie aus weiter Ferne. »Ich konnte nicht anders, ich musste ihn in die Hand nehmen, aber als ich es tat, als er auf meiner Handfläche lag, wurde ich bis ins Mark von seiner Macht erschüttert und meine Hand wurde versengt, ehe ich ihn zu Boden fallen ließ.«

Sie dreht ihre Hand um und zeigt uns die weiße Narbe auf ihrer Handfläche.

Ich umschließe den Stein mit meinen Fingern. »Ist es für dich … gefährlich, ihn bei dir zu haben?«

Sie schüttelt den Kopf. »Nein. Ich trage ihn seit Jahren an dieser Kette. Er wird nur heiß, wenn er von der aufgehenden Sonne geküsst wird, und vielleicht auch nur während der Tagundnachtgleiche. Warum?«

»Weil wir ihn nach London bringen müssen.« Ich schaue Dimitri an, ehe ich tief Luft hole und mich wieder an Brigid wende. »Und du musst mitkommen.«

Wie damals auf der wilden Jagd nach Chartres reite ich allein durch den Wald.

Ich galoppiere zwischen den Bäumen hindurch, Samaels Leibwache dicht auf meinen Fersen. Ich weiß, dass sich dieser Wald in England befindet, obwohl es Nacht ist und so dunkel, dass ich kaum Sargents Nacken erkennen kann.

Die Wache ist noch ein gutes Stück hinter mir, aber trotzdem kann ich das Donnern der Pferdehufe hören. Ich versuche, mehr Abstand zwischen uns zu legen. Tief hängende Zweige peitschen mir ins Gesicht und verfangen sich in meinen Haaren, greifen nach mir wie gierige Finger, die mich festhalten und Samaels Leibwache zum Fraß vorwerfen wollen. Ich beuge mich tiefer über Sargents Hals und sporne ihn verzweifelt an, bohre meine Fersen in seine Flanken, während ich ihm ermutigende Worte ins Ohr flüstere.

Ich werde keine zweite Chance bekommen.

Ich fange schon an zu glauben, dass es keine Hoffnung mehr gibt, denn die Schwärze ist endlos und die Pferde hinter mir kommen mit jeder Sekunde näher. Da breche ich durch die Baumlinie auf eine Lichtung. Ich spüre, dass sich vor mir Felder ausbreiten, aber es ist das Feuer in der Ferne, das mich anzieht wie der Leuchtturm in einem sicheren Hafen.

Die Flammen lecken in den Himmel. Es ist das einzige Licht inmitten der öden und kahlen Landschaft schier endloser Felder. Ich weiß ohne den Hauch eines Zweifels, dass dieses Feuer mein Ziel ist. Ich reite darauf zu und hinter mir kommt mit donnernden Hufen Samaels Leibwache aus dem Wald gejagt.

Während ich mich dem Feuer nähere, wachsen Schatten aus dem Boden. Zuerst ist es ein kleiner Kreis in der Nähe des Feuers und dann ein größerer, etwas weiter entfernt. Und da verstehe ich.

Avebury. Ich bin in Avebury.

Massive Steinblöcke halten um das Feuer herum Wache, und als ich den Steinkreis durchquere, bin ich im Bauch der Schlange. Wie als Antwort auf diese Erkenntnis brennt das Feuer brüllend höher. Es scheint nach den Sternen zu greifen, als sich ein Wind erhebt, der ein leises Summen mit sich trägt, das mir durch Mark und Bein fährt.

In dem kleineren Kreis wehen weite Gewänder, und ich bin schon fast bei ihnen, wobei das Summen immer lauter und lauter wird, als ich endlich begreife, was ich da sehe.

Die Gestalten treten beiseite, und Sargent trabt in die Mitte des Kreises, bevor ich ihn zügeln kann. Panik packt mich bei der Kehle, als sich der Kreis hinter uns wieder schließt und mich gefangen nimmt, während das beschwörende Murmeln ringsum immer lauter wird.

Du Hufschläge der Pferde von Samaels Leibwache peitschen über die Erde und bilden einen weiteren Kreis um die Gestalten, die mich umringen.

Ich merke erst, dass der Himmel sich allmählich erhellt, als einige der verhüllten Gestalten die Hände zu ihren Kapuzen heben und ihre Gesichter entblößen. Eine nach der anderen schiebt die Kapuze zurück. Atemlos schaue ich in Helenes dunkle Augen. Dann kommt Brigid, Luisa und zum Schluss Sonia, deren eisblauer Blick sich mit einer namenlosen Wut in meinen bohrt.

Ich keuche laut auf. Aber da ist noch jemand. Eine Gestalt, die ihre Identität bisher nicht enthüllt hat. Eine Gestalt, deren Gesicht noch im Dunkel liegt.

Zarte Finger greifen nach dem Stoff, der weich um ihr Gesicht fällt. Ich kann es kaum ertragen, als sie die Kapuze zurückschlägt und die scharfen Wangenknochen sichtbar werden. Aber ich kann auch nicht wegschauen. Ich bin starr vor Entsetzen, während das Feuer und der schnell heller werdende Himmel ihr Antlitz beleuchten.

Es ist Alices. Alice steht mit den Schlüsseln in einem Kreis, während ich abseits bleibe, nicht nur eingekesselt von der verhassten Leibwache, sondern ausgerechnet von den Menschen, auf die ich mein Vertrauen setzte, die mir helfen sollten, die Prophezeiung zu beenden.

Aber das ist noch nicht alles.

Sonia hebt die Arme und greift zu ihrer Rechten nach Alices Hand und zu ihrer Linken nach Brigids. Die anderen tun es ihr gleich, fassen sich an den Händen und schließen den Kreis. In der Morgendämmerung sind ihre Zeichen deutlich sichtbar, und in diesem Moment erkenne ich, wie sehr ich mich geirrt habe. Denn als Alice Sonias Hand umfasst, sehe ich das Handgelenk meiner Schwester.

Nicht makellos und unversehrt wie früher.

Nein.

Es ist gezeichnet mit dem Mal. Und nicht mit irgendeinem. Mit meinem eigenen.

Selbst in dem blässlichen Morgenlicht kann ich die Schlange erkennen, die sich um den Buchstaben C in der Mitte windet.

Ohne nachzudenken rutsche ich von Sargents Rücken. Ich taumele auf das Feuer zu, schiebe meinen Ärmel zurück und suche verzweifelt meinen Arm ab. Denn das Zeichen, das ich immer gehasst habe, jetzt aber sehnlichst zu sehen wünsche, das mir sagt, dass ich noch immer ich bin – es ist nicht mehr da.

Meine Augen fallen auf reine weiße Haut.

Einen Augenblick später rückt die Sonne ein Stück höher in den Himmel. Und dabei bemerke ich den Stein, der auf einem Sockel vor dem Feuer liegt. Es ist derselbe einfache graue Stein, den Brigid mir gezeigt hat.

Dann wird er von einem zarten Sonnenfinger berührt.

Der Stein sendet ein schrilles Klirren aus, als würde Glas zerbrechen, und dann ein Summen, das sich in die Beschwörung der Gestalten einfügt, die noch immer verhüllt sind. Ringsum summen und murmeln sie. Die Vibration des Steins jagt einen Schauer durch meinen Körper, und ich falle zu Boden, winde mich in unsagbaren Schmerzen, während die Welt zur Seite kippt. Die Hufschläge der Pferde, auf deren Rücken Samaels Vertraute sitzen – die Leibwache –, scheinen in meinem Kopf zu hämmern, aber es ist nicht dieses Dröhnen, das mein Herz in Schrecken versetzt.

Es ist die Erkenntnis, als sich das Bild endlich zusammenfügt.

Das Zeichen auf dem Handgelenk meiner Schwester. Das Lächeln auf ihrem Antlitz, als sie mein Begreifen sieht.

Denn während Alice an meiner Stelle im Kreis steht, habe ich ihren eingenommen. Diesmal bin ich nicht die Retterin der Schwestern.

Ich bin ihr Feind.

Der Schrei verfängt sich in meiner Kehle, als ich mich mit einem Ruck im Bett aufrichte. Mein Herz rast; es schlägt so heftig und so schnell, dass ich kaum mehr atmen kann. Ich weiß nicht, was dieser Traum bedeutet. Aber ich weiß, warum er zu mir kommen konnte, noch bevor meine Hand zu meiner Brust fährt.

Die Wärme des Schlangensteins war immer da, seit ich vor so vielen Monaten auf Altus erwacht war und den Stein zum ersten Mal auf meiner Haut gespürt hatte, selbst später noch, als sie schwächer wurde. Aber als ich jetzt meine Finger darum lege, weiß ich, dass es vergeblich ist.

Er ist kalt.

Die Macht meiner Großtante, der früheren Herrin von Altus, ist nur noch eine Erinnerung. Die Seelen wissen es. Samael und seine Leibwache wissen es.

Und ich weiß, dass sie nicht mehr lange auf sich warten lassen werden.

Sie werden kommen. Bald.

24

Mr O'Leary macht keinen Versuch, seine Tochter von ihrem Vorhaben, uns nach London zu begleiten, abzubringen. Es scheint so, als werde auch Brigid von Träumen heimgesucht, in denen die Seelen sie hetzen. Die Grenze zwischen der irdischen Existenz und den Anderswelten wird immer dünner. Brigid erkennt, was wir anderen schon lange wissen: Es gibt für uns keine Zukunft, bis das Tor für immer geschlossen ist.

Wir verlassen Loughcrew mit ausreichend Proviant und einer neuen Reisekameradin. Brigid fügt sich reibungslos in die Routine des Tages ein: aufstehen, das Lager abbrechen, reiten und schließlich schlafen auf nacktem Boden in einem kleinen Zelt. Sie beklagt sich nicht, und ich bin dankbar für ihre angenehme und gelassene Haltung. Und doch werfe ich immer wieder verstohlene Blicke in ihre Richtung. Ich kann nicht vergessen, dass auch ihr Gesicht mir im Traum erschien, dass auch sie mit den anderen

Schlüsseln und mit meiner Schwester einen Kreis bildete, dass auch sie mich voller Hass betrachtete. Ich kann es nicht vergessen und frage mich, ob Brigid am Ende wirklich meine Feindin werden wird.

Ob der Traum eine Vorschau auf Ereignisse war, die tatsächlich eintreffen werden.

Die Vorstellung, dass ich den Verstand verliere, ist nicht mehr von der Hand zu weisen. Ich versuche, mich zu beruhigen, rede mir ein, dass nicht jeder Mensch auf dieser Erde mein Feind ist. Und sosehr unsere Freundschaft auch gelitten hat, ist selbst Sonia nicht meine Feindin.

Es ist die Prophezeiung, denke ich. *Die Seelen. Samael. Meine eigene Schwäche. Meine eigene Dunkelheit.*

Seit jener Nacht, in der ich von Avebury träumte, werden die Bilder und Gefühle, die ich im Schlaf erlebe, immer intensiver. Die Dunkelheit, die von allen Seiten auf mich eindrängt, schnürt mir die Luft ab, als ob ich bereits im Grab liegen und versuchen würde, mich mit bloßen Händen aus der Erde zu graben.

Als ob schon alle Hoffnung verloren wäre.

Brigid war froh, die Last des Steins loszuwerden, und ich trage ihn seit dem Tag, an dem wir die Wahrheit über uns erfahren haben, in dem Seidensäckchen an meinem Busen. Ich hatte gehofft, dass er mir Kraft verleihen würde, jetzt, wo ich den Schutz von Tante Abigails Schlangenstein verloren habe, aber er ist nichts weiter als ein kalter, schwerer Klotz an meinem Hals.

Ich habe mir angewöhnt, mich kerzengerade zu halten

und eine Maske aus Gelassenheit über die Erschöpfung und die Angst zu legen, die sich durch mein Inneres fressen. Aber ein Teil von mir ist sich darüber im Klaren, dass mein Täuschungsmanöver nur meinen Stolz befriedigt. Sosehr ich mir auch den Anschein von Stärke geben will, kann es keinen Zweifel daran geben, dass Dimitri über meine Qualen Bescheid weiß. Er ist es, der nachts, wenn ich schreiend aufwache, ins Zelt gerannt kommt. Er ist es, der mich festhält, bis ich wieder einschlafen kann.

Trotzdem will ich nicht in den tiefen traumlosen Schlaf fallen, den ich so nötig bräuchte. Mein Geist bleibt wachsam, auch in der Dunkelheit der Nacht. Pfeil und Bogen und auch der Dolch meiner Mutter sind mir in diesen düsteren Stunden kein Trost, obwohl ich sie immer greifbar habe. Ich lebe mit der wachsenden Gewissheit, dass ich eines Morgens aufwache und das schwarze Samtband um mein anderes Handgelenk gewickelt vorfinde, das Medaillon mit der Jormungand auf dem Mal auf meiner Haut.

Am Nachmittag des vierten Tages reiten wir aus dem Wald und sehen vor uns eine Straße, die sich durch die Felder windet – entlang einer ganzen Reihe einladender Wirtshäuser. Ein salziger Geruch liegt in der Luft, und es dauert nicht lang, bis wir von einem Hügel aus auf Dublin und die Küste hinunterblicken können.

Ich wende mich zu Dimitri. »Wird Gareth uns wieder übers Meer fahren?«

»Wenn alles gut geht.« Dimitri treibt sein Pferd an.

Ich sage nichts zu der Unsicherheit in seiner Stimme.

Wir wissen beide, dass, wo immer die Prophezeiung im Spiel ist, alles möglich ist. Ich vertreibe die Angst, dass Gareth etwas zugestoßen sein könnte, aus meinem Kopf, aber trotzdem atme ich auf, als wir den Hafen erreichen und ich ihn am Ufer neben dem Boot stehen sehe. Zum ersten Mal seit etlichen Tagen stiehlt sich ein Lächeln auf mein Antlitz.

»Gareth!«

Als wir die Pferde vor Gareth zügeln, weicht das Lächeln einem Ausdruck blanker Sorge. »Mylady… geht es dir gut? Ist irgendetwas geschehen?«

Ich hebe den Kopf und sitze steif im Sattel. Seine Bemerkung ist mir peinlich. »Ich bin bloß müde, das ist alles. Ich schlafe schlecht bei dieser Kälte.«

Er neigt den Kopf. »Gewiss, Mylady. Du bist liebreizend, wie immer. Und nach einer solchen Reise wäre jeder müde.« Seine Worte wollen mich besänftigen, aber ich sehe den Blick, den er in Dimitris Richtung wirft, und ich weiß, dass sie später über mich reden werden, wenn ich nicht in der Nähe bin, aus Rücksicht auf meine Gefühle.

Ich wechsle das Thema und erkläre ihm kurz Brigids Anwesenheit. »Du erinnerst dich sicher an Miss O'Leary. Sie wird uns nach London begleiten.« Mir fällt ein, dass sie keine Ahnung hat, welche Rolle Gareth bei der ganzen Sache spielt, und ich wende mich zu ihr. »Gareth ist ein Freund von Dimitri und hat uns auf mehr als einer gefährlichen Reise begleitet. Er wird uns über das Meer bringen.«

Gareth nickt Brigid zu. »Ich freue mich, Sie wiederzusehen. Aber bitte vergeben Sie mir, wenn ich Ihnen sage, dass Sie mir jetzt viel netter vorkommen.«

Brigid wird rot. »Bitte verzeihen Sie mir mein früheres unhöfliches Verhalten. Es gab ein Missverständnis und wir – wir alle – wussten nicht, ob wir einander vertrauen können.«

Ich schenke ihr ein Lächeln, dankbar für ihre Diskretion, und Gareth nickt.

»In Zeiten wie diesen«, sagt er, »sind Missverständnisse an der Tagesordnung.« Dann wendet er sich mir zu: »Und weil wir gerade dabei sind: Auch du, Mylady, bist einem Irrtum erlegen.«

»Ich? Wieso?«

»Ich habe die Erlaubnis bekommen, dich auch nach unserer Ankunft in England zu begleiten. Ich werde euch alle bis nach London eskortieren.« Sein Grinsen macht deutlich, dass er mit dieser Entwicklung der Dinge äußerst zufrieden ist.

»Wirklich?« Ich kann es kaum glauben. »Das ist die beste Nachricht, die du mir überbringen konntest.«

Dimitri nickt. »Das stimmt. Kein Begleiter – und kein Freund – könnte größeres Vertrauen genießen. Und wir können jede Hilfe gebrauchen.«

Gareth bedeutet uns, abzusteigen. »Kommt. Macht es euch im Boot bequem, während ich mich um die Pferde kümmere.«

Wir steigen ab, und Gareth winkt zwei Männer zu sich,

die an eine rußgeschwärzte Mauer in der Nähe gelehnt stehen. Sie schlendern herbei, nehmen die Zügel und fassen sich grüßend an die Mützen, bevor sie in der Menschenmenge am Hafen verschwinden.

»Die machen nicht viele Worte, stimmt's?«, schmunzelt Dimitri.

Gareth nimmt Brigids Hand, um ihr ins Boot zu helfen. »Unter diesen Umständen ist Schweigen eine Tugend, meinst du nicht auch?«

»Zweifellos«, erwidert Dimitri und hilft auch mir, in das Boot zu steigen.

Kurze Zeit später machen Gareth und Dimitri das Boot vom Anleger los. Ich betrachte das Wasser, während wir vom Land wegtreiben und den Hafen, das Stimmengewirr und den Gestank der Stadt hinter uns lassen.

Brigid beugt sich über den Rand des Bootes und schaut ins Wasser, als ob sie dort nach etwas suchen würde. Ich will sie beschützen. Will ihr sagen, dass sie aufpassen soll. Dass sie dem Wasser nicht zu nahe kommen soll und niemals die Hände hineinstecken darf.

Aber ich tue es nicht. Ich wende mich bloß ab, kauere mich in die Mitte des Bootes, ohne über mein treuloses Schweigen nachzudenken.

Die Überfahrt verläuft ereignislos. Das Boot schaukelt auf den Wellen, und außer einer gelegentlichen Mahlzeit gibt es nichts zu berichten. Unsere Vorräte sind knapp bemessen. Wir werden sie nicht rationieren müssen, aber trotzdem achten wir bei jeder Mahlzeit sorgfältig darauf, wie viel uns noch bleibt.

Ich fühle mich eingesperrt, als ob die Seelen jeden meiner Schritte beobachten würden, obwohl kein anderes Gefährt in Sicht ist. Trotz der sanft schaukelnden Bewegungen des Bootes will der Schlaf nicht kommen. Ich schmiege mich in der Nacht, in der es ungemütlich kalt wird, an Dimitri, wobei ich nicht weiß, ob es seine Körperwärme ist, die ich suche, oder seine geistige Kraft. Ich schwebe zwischen Wachen und Schlafen, erwarte immer wieder, Seeungeheuer auftauchen zu sehen, die mich mit sich in die Tiefe reißen wollen. Ich glaube, diesmal würde ich mich nicht wehren, sondern mich der Schwärze und Vergessenheit eines nassen Todes überantworten.

Als am nächsten Morgen die englische Küste in Sicht kommt, kümmert es mich kaum, wie wir an Land kommen. An Bord des Bootes ängstigt mich zwar das Wasser, aber wenigstens spüre ich die Erschöpfung, die meine Last mir auferlegt, nicht so deutlich wie auf dem Rücken des Pferdes.

Ich kann kaum noch klar denken. Wie soll ich da Sonia, Luisa, Helene und Brigid zu einer Gemeinschaft formen? Und wie will ich meine Freundschaft mit Sonia und Luisa heilen? Wie will ich sie nach Avebury bringen, um dort die Beschwörung zu vollziehen?

Aber die größte Frage bleibt, wie ich Alice dazu bringen soll, sich auf unsere Seite zu schlagen, denn die Prophezeiung lässt keinen Zweifel daran, dass Wächter und Tor zusammenarbeiten müssen, um die Prophezeiung ein für allemal zu beenden.

Diese Gedanken ringen um Aufmerksamkeit in meinem Geist, während Dimitri und Gareth das Boot auf die Küste zusteuern. Gareth bringt das Gefährt zu einem Anleger und kurz darauf verlassen wir das Boot auf unsicheren Beinen.

»Werden wir den Rest des Weges reiten?«, will Brigid wissen.

Gareth schaut an der Küste entlang. »Aber gewiss werden wir das. Die Pferde werden gleich da sein.«

Dimitri nimmt meine Hand, und wir folgen Gareth und Brigid über den Anleger auf die Straße, die an der Küste entlangführt.

»Aha! Da sind sie ja.« Gareth geht auf zwei junge Männer zu, von denen jeder zwei Pferde am Zügel führt.

Ich erkenne Sargent sofort, aber sein Anblick erfreut mich nicht in dem gleichen Maße wie in der Vergangenheit. Das Entzücken, mein Pferd zu sehen, ist durch einen Schleier gedämpft und dringt kaum in mein Bewusstsein vor.

Gareth unterhält sich leise mit den beiden jungen Männern. Sie reichen ihm die Zügel und verschwinden über die belebte Küstenstraße. Ringsum schieben und drängeln sich die Menschen, und Panik steigt in mir auf, während ich versuche, sie alle gleichzeitig im Blick zu haben und sie nach dem Zeichen der Leibwache abzusuchen – eine Schlange, die sich um den Hals windet.

»Schon gut, Lia.« Dimitri steht neben mir und nimmt mir Sargents Zügel aus den Händen. »Steig auf. Ich werde uns so rasch wie möglich hier herausbringen.«

Er muss meine Angst gespürt haben. Ich bin ihm unendlich dankbar, und mein rasendes Herz beruhigt sich ein wenig. Ich schäme mich nicht, dass mir seine Gegenwart ein solcher Trost ist. Wortlos ziehe ich mich in den Sattel. Hoch über den Menschen thronend, löst sich die Beengung um mein Herz, und ich verspüre eine gewisse Sicherheit. Ich nehme die Zügel aus Dimitris Händen entgegen und atme tief durch, wobei ich versuche, die Panik, die mich eben noch zu überkommen drohte, abzuschütteln.

Brigid steigt auf ihr Pferd, einen Apfelschimmel, und kurz darauf entfernen wir uns von der Küste. Und als wir die offenen Felder vor uns sehen, legt sich meine Angst.

Doch ich weiß, dass die Linderung meiner Qualen nicht von Dauer ist. In weniger als einer Woche werde ich wieder in London sein, bei meinen Gefährtinnen, umringt von lauter fremden Menschen – und belauert von meiner Schwester.

25

Was machen wir, wenn wir nach London kommen?«

Es ist unsere dritte Nacht auf englischem Boden, und Brigid und ich sitzen am Feuer, während Dimitri und Gareth die Pferde versorgen. Mir war die ganze Zeit nicht nach Reden, und ich war eine schlechte Reisegefährtin, aber Brigid hat mich dankenswerterweise nicht mit Geschwätz belastet. Sie erinnert mich an Sonia, ehe wir uns entzweiten, obwohl Brigids Ruhe und Stille eher von einer inneren Ernsthaftigkeit herrührt als von Schüchternheit oder Angst.

»Ich werde dich mit den anderen Schlüsseln bekannt machen. Luisa und Sonia waren … *sind* zwei meiner besten Freundinnen. Helene kam kurz vor meiner Abreise nach Loughcrew an, und daher kenne ich sie kaum. Aber ich weiß, dass sie genauso begierig darauf ist, die Prophezeiung zu beenden wie wir alle. Dann sind da noch Tante Virginia und Edmund.« Ich lächle sie an. Das Lächeln fühlt sich fremd auf meinem Gesicht an. »Das sind zwei wunderbare Menschen. Du wirst sie mögen, da bin ich mir sicher.«

Sie nickt. »Und dann?«

Ich hole tief Atem. »Dann muss ich mit meiner Schwester Alice sprechen, um herauszufinden, ob sie uns an Beltane in Avebury beistehen wird.«

Brigid legt den Kopf auf die Knie. Ihre Augen schimmern haselnussbraun im Licht des Feuers. »Und meinst du, du kannst sie überzeugen?«

Ich weiche ihrem Blick aus und schaue in die Flammen. »Alice ist … Nun, ich habe dir ja schon erzählt, dass sie sich für die Seelen und für Samael entschieden hat. Sie hat immer für sie gearbeitet, ihr ganzes Leben lang, wenn ich ehrlich sein soll. Wir sind in allem, was die Prophezeiung betrifft, Feinde.«

Brigids Augen bewölken sich. »Aber wie willst du sie dann dazu bringen, uns zu helfen?«

»Das weiß ich noch nicht. Aber sie hat mir einmal das Leben gerettet.« Meine Stimme senkt sich zu einem Murmeln, als die Erinnerung in mir hochsteigt. Vor meinem geistigen Auge sehe ich den Fluss, der – angeschwollen vom Regen – brüllend durch sein Bett hinter Birchwood Manor schießt. Ich sehe Alice, die Henry in die reißende Strömung stößt. Ich sehe den Ast, den sie mir entgegenhält, während ich im Wasser treibe, wobei sie sich so weit vornüberbeugt, dass sie sich selbst in Gefahr bringt. Nur, um mich zu retten.

Ich wende mich wieder Brigid zu. »Es gibt Zeiten, in denen sie wie eine Fremde für mich ist, und dann, ganz plötzlich, sehe ich einen Schimmer ihrer Menschlichkeit. Ich hoffe einfach, dass ich einen solchen Moment abpassen kann, obwohl ich zugeben muss, dass die Wahrscheinlichkeit dafür sehr gering ist.«

Ich erwähne nicht, dass Alice und ich bereits über unsere gegensätzlichen Positionen gesprochen haben. Dass sie mich abgewiesen hat, mehr als einmal. Alice um Hilfe zu bitten, ist meine einzige Hoffnung, und das Eingeständnis, dass diese Hoffnung im Grunde genommen vergeblich ist, würde unser aller Entschlossenheit zermürben.

»Und was werden wir dann machen? Wenn Sie sich gegen uns stellt, meine ich.« Ich bewundere die Ruhe in Brigids Stimme. Obwohl sie noch kaum mit der Prophezeiung vertraut ist, weiß sie genau, was auf dem Spiel steht. Und doch bleibt sie ganz gelassen.

Ein Teil von mir würde ihr gern eine Illusion schenken, aber die Zeit für leere Versprechungen ist längst vorbei. Immer deutlicher merke ich, dass die Wahrheit alles ist, was uns bleibt. Und so antworte ich ihr wahrheitsgemäß.

»Ich weiß es nicht.«

Diesmal bin ich nicht in einem Wald, sondern in der eisigen, kahlen Landschaft des Abgrunds.

Ich träume, aber diese Gewissheit kann meinen Schrecken nicht dämpfen. Ich wage nicht, mich umzublicken, während ich mein Pferd vorwärtstreibe, aber ich weiß, dass die Hunde mir dicht auf den Fersen sind. Ich höre ihr unheimliches, abscheuliches Heulen.

Und sie sind nicht allein.

Hinter ihnen kommen die Seelen herangejagt. Die Hufe ihrer Pferde prallen mit einem schrillen Klirren auf das Eis, das den Abgrund bedeckt. Ich zwinge mich, nach vorn zu schauen. Mich auf die Flucht zu konzentrieren. Wenn ich nach unten blicke, sehe ich all jene, die – immer noch halb lebendig – von Samael und den Seelen im Eis eingeschlossen wurden. Ich werde sie sehen – und mein eigenes Schicksal erkennen.

Dieser Traum nimmt kein Ende. Es gibt keinen sicheren Hafen. Keinen Ort, an dem ich Zuflucht finden könnte. Das Eis erstreckt sich in alle Richtungen, die monotone Gleichmäßigkeit nur durchbrochen von dem blendend blauen Himmel über mir. Unwillkürlich kommt es mir in den Sinn, wie wenig dieser herrliche blaue Himmel zu dem Abgrund passt. Aber genau das ist die Absicht. Wie grausam ist es, jene, die unter dem Eis gefangen sind, Tag für Tag in den strahlend blauen Himmel blicken und die goldene Sonne der Anderswelten betrachten zu lassen, in der Gewissheit, dass sie nie wieder ihre Wärme spüren werden.

Die Vergeblichkeit meiner Flucht schwächt meine Entschlusskraft, und mein Tempo verlangsamt sich, obwohl ich mein Pferd weiter antreibe. Aber es hat keinen Sinn. Die Hunde kommen näher. Ihr Japsen und Kläffen und Heulen klingt immer deutlicher, immer beängstigender. Die Seelen folgen ihnen auf dem Fuße.

Und die Wahrheit ist, dass ich so müde bin. Ich habe es satt, gegen den Willen der Seelen anzukämpfen. Ich bin es leid, mich dem Schicksal in den Weg zu stellen. Oder meiner Schwester. Vielleicht hat Alice doch recht. Vielleicht ist es klüger, mein eigenes Leben und das meiner Lieben zu retten.

Aber dann denke ich an Henry. Ich denke an seinen Tod, den er durch Alice erlitten hat, und ich weiß, dass die Seelen dafür verantwortlich sind. Sie waren es, die Alice mit ihren Einflüsterungen, ihren Verlockungen und Schmeicheleien dazu brachten, ihren Wünschen zu folgen. Sie waren es, die meine Schwester auf ihre Seite zogen, als sie noch ein kleines Mädchen war.

Der Gedanke erweckt meinen Zorn und ich beuge mich tiefer über den Hals meines Pferdes.

Traum oder nicht, eins ist sicher: Die Seelen werden mich nicht kriegen. Nicht in meiner Traumwelt. Nicht in der wirklichen Welt. Und auch nicht in den Anderswelten.

Wenn sie es doch schaffen, dann werde ich für immer im Eis des Abgrunds verschwinden.

In den Stunden, die auf meinen Albtraum folgen, weicht Dimitri nicht von meiner Seite. Ich will nicht, dass er seinen Posten vor dem Zelt verlässt, aber er versichert mir, dass Gareth in einer so friedlichen Nacht das Lager allein bewachen kann. Als das Licht des frühen Morgens durch die Zeltplane schimmert, schläft Dimitri ein. Ich bringe es nicht übers Herz, ihn zu wecken, und so lausche ich auf seinen Atem und beschließe, ihn noch ein kleines bisschen länger schlafen zu lassen.

Aber das ist ihm nicht vergönnt. Einen Augenblick später werden wir von einem Schrei aufgeschreckt. Dimitri springt auf, als wäre er die ganze Zeit wach gewesen, und rennt nach draußen, während ich hastig meine Füße in die Stiefel schiebe. Ich schnüre sie nicht zu, sondern folge Dimitri hinaus ins Freie.

Meine Augen müssen sich erst an das Licht der aufgehenden Sonne gewöhnen. Ich beschirme sie mit meiner Hand.

»Was ist? Was ist los?« Dimitri und Gareth stehen neben den Pferden und unserem Gepäck. Aber als ich mit den Augen das Gelände absuche, was sie wohl so aufgeschreckt haben mag, erkenne ich merkwürdig geformte Gegenstände, die auf dem Boden verstreut liegen.

Langsam gehe ich quer durch unser Lager auf Dimitri und Gareth zu, wobei ich nach rechts und links blicke. Es ist unser Hab und Gut, was da über unser ganzes Lager verteilt ist.

Gareth wendet sich mir zu. Die Ratlosigkeit auf seinem Antlitz bereitet mir mehr Sorge als die Unordnung ringsum. »Es ist das Wasser. Jemand hat unseren Wasservorrat ausgeleert.«

Ich schaue mich um. »Unser Wasser? Was bedeutet das?«

Dimitri hält einen Wasserschlauch hoch und dreht ihn um. Nicht einmal ein Tropfen rinnt aus der Öffnung. »Jemand ist heute Nacht in unser Lager gekommen und hat all unsere Wasserbehälter geöffnet und ausgeleert.«

»Aber wer würde so etwas tun?« Brigid ist neben mich getreten. Ihr Haar ist noch gelöst, und die kupfernen Strähnen schimmern in den kleinen Lichtspeeren aus Morgensonne, die durch die Bäume fallen. »Und warum?«

Dimitri fährt sich mit der Hand über das Gesicht. Ich kenne dieses Geste: Das macht er immer, wenn er müde oder ratlos ist. »Ich weiß es nicht. Aber das ist es gar nicht, was mich beunruhigt.«

Gareth kniet auf dem Boden und untersucht unsere Besitztümer, während ich versuche zu verstehen, was Dimitri gerade gesagt hat.

»Und was beunruhigt dich dann?«

»Wer immer das war, kam in unser Lager, während Gareth und ich Wache standen. Es stimmt, dass ich später in der Nacht bei dir war, aber vorher haben wir uns mit der Wache abgewechselt. Gareth sagt, dass er das Lager keinen Moment lang unbewacht gelassen hat, während ich in deinem Zelt war.«

»Jemand hat sich in das Lager geschlichen? Jemand hat sich eingeschlichen, während Sie Wache standen?« Ich bewundere Brigid für diese Frage, denn in ihrer Stimme liegt kein Vorwurf, sondern bloß Neugier und der Wunsch, die Situation zu begreifen.

Gareth steht auf. »Die Pferde und das Gepäck befanden sich unter den Bäumen am Rand des Lagers. Um unseren Proviant haben wir uns keine Sorgen gemacht, nur um unsere eigene Sicherheit. Jemand, der sehr geschickt ist, hätte es wohl schaffen können, sich den Pferden und den Satteltaschen unbemerkt zu nähern.« Er schaut sich um. »Aber es gibt etwas, das mir wirklich Angst macht. Und das ist nicht die Tatsache, dass sich jemand eingeschlichen hat.«

»Was könnte beängstigender sein als jemand, der unser Lager durchwühlt und unser Wasser ausgießt, während wir gleich daneben friedlich schlafen?«, fragt Brigid.

»Jemand, der dabei keine Spuren hinterlässt.« Noch bevor Dimitri die Worte ausgesprochen hat, wusste ich, dass er das sagen würde. Er schaut mich an, ehe er sich wieder an Brigid wendet. »Gareth und ich fanden weder einen Fußabdruck, noch eine Hufspur. Wer immer – oder *was* immer – es war, kam und ging wie ein Geist.«

Unseren Wasservorrat wieder aufzufüllen, ist nicht schwierig, nur ärgerlich. Es ist unmöglich, in England zu verdursten, aber die Behälter wieder zu füllen, kostet Zeit, und wir hören förmlich die Uhr ticken, während wir an all das denken, was wir noch erledigen müssen, bevor wir die Beschwörung in Avebury durchführen können. Das Rätsel, was mit unserem Wasser geschah und wer dafür verantwortlich ist, ist nicht dazu angetan, die Stimmung zu verbessern. Wir sind angespannt, schweigsam, in unseren eigenen Gedanken versunken, während wir das Lager abbrechen und uns zum Aufbruch bereit machen.

»Hast du eine Ahnung, wer das war?«, fragt mich Brigid.

Die Wasserbehälter neu gefüllt, sammeln wir die Kleidungsstücke und die persönlichen Gegenstände ein, die über das Lager verstreut sind, während Dimitri und Gareth die Zelte zusammenrollen.

Ich schüttele den Kopf. »Ich würde vermuten, jemand, der in den Diensten der Seelen steht, oder vielleicht der Leibwache, aber …«

Ihre Augen finden meine. »Es gibt keine Spuren.«

Ich nicke. »Die Seelen dürfen in unserer Welt keine Magie anwenden, mit einer Ausnahme: Sie dürfen die Gestalt wandeln. Aber ich habe darüber nachgedacht. Ein Tier, das sich unbemerkt in das Lager hätte schleichen können, wäre nicht in der Lage gewesen, das Wasser auszugießen.«

Brigid faltet eins von Gareths Hemden und schiebt es in seine Tasche. »Hätte der Eindringling nicht ein zweites Mal die Gestalt wechseln können, nachdem er ins Lager gekommen ist?«

Ich nicke. »Ich weiß, woran du denkst. Wenn einer der Seelen etwa als Falke ins Lager geflogen wäre, hätte er keine Spuren hinterlassen, und wenn er sich wieder in einen Menschen verwandelt hätte, hätte er das Wasser ausleeren können. Trotzdem … selbst wenn die Pferde und die Gepäckstücke sich am Rand des Lagers befunden haben, glaube ich doch, dass Dimitri und Gareth einen Fremden bemerkt hätten, selbst wenn er sich nur kurz dort aufgehalten hätte.« Ich zögere, den anderen Gedanken auszusprechen, der mir im Kopf herumspukt, aber Brigid spürt, dass ich etwas zurückhalte.

»Das ist nicht alles, stimmt's?«

Ich verschnüre den Vorratspacken, den ich gerade eingewickelt habe, und schaue dann zu Brigid auf. Diese Sache betrifft uns alle. »Ich kann mir nicht vorstellen, warum jemand so etwas tun würde. Warum macht sich jemand die Mühe, unsere Wasserschläuche zu leeren? Wir können uns jederzeit neues Wasser besorgen. Schließlich reiten wir ja nicht durch die Wüste. Es scheint ein so unüberlegter Versuch, unsere Reise zu verzögern. Fast … kindisch. Nutzlos. Findest du nicht auch?«

Brigid schaut zu Boden und grübelt über meine Worte nach. Die Stille zwischen uns bestätigt, was ich mir schon gedacht habe: Brigid weiß auf dieses Rätsel genauso wenig eine Antwort wie ich.

Wir haben keine Zeit, die Sache weiter zu besprechen, denn gleich darauf signalisiert mir Dimitri, dass die Zelte verstaut und die Pferde gesattelt sind. Brigid und ich erheben uns wortlos. Aber während des ganzen restlichen Tages wirkt sie nachdenklich, und ich weiß, dass ihr unser Gespräch nicht aus dem Kopf geht.

Und nicht nur ihr geht es so. Auch meine Gedanken drehen sich beständig um das, was sich letzte Nacht in unserem Lager abgespielt hat. Und obwohl ich nichts davon begreife, habe ich das ungute Gefühl, dass im Spiel der Prophezeiung ein wichtiger Zug gemacht wurde.

Und tief im Inneren weiß ich, dass dies erst der Anfang ist.

26

Der nächste Tag bringt keine ungewöhnlichen Ereignisse mit sich. Gareth und Dimitri reiten immer wieder ein Stück des Weges zurück und halten Ausschau nach Spuren etwaiger Verfolger, aber sie finden nichts. Die Sonne, endlich der schweren Wolkendecke ledig, schiebt sich durch die Zweige und das Laub der Bäume und bestäubt alles mit ihrem goldenen Licht und ihrer sanften Wärme. Das Land ist wunderschön und friedlich. Aber selbst diese Schönheit kann meine Laune nicht heben, kann das Gefühl, dass wir verfolgt werden, nicht vertreiben.

Ich kenne die Mächte des Bösen zu gut. Sie werden nicht aufgeben.

Gareth und Brigid reiten gemeinsam voraus, während Dimitri und ich ihnen folgen. Wir sprechen kaum miteinander, und ich überlege, ob James und ich jemals so viel Zeit in einträchtigem Schweigen miteinander verbracht haben. Überrascht merke ich, dass ich mich nicht mehr erinnern kann, als ob alles, was geschehen ist, seit ich New York verlassen habe, meine Vergangenheit davor in einen dichten Nebel gehüllt hat. Ich kann Formen und Schemen erkennen, aber nicht die Einzelheiten.

Bis auf Henry, der mir so deutlich vor Augen steht, als ob ich ihn gestern zum letzten Mal gesehen hätte.

Ich schiebe sein Bild aus meinen Gedanken. Wie Henry, so ist auch James für mich verloren, wenn auch auf eine ganz andere Art. An ihn zu denken, bringt mich nicht weiter, auch wenn ich es immer noch nicht aufgegeben habe, ihn Alices Klauen zu entreißen. Meine Zeit mit James ist vorbei. Und sie wird nicht zurückkehren.

Und obwohl ich Dimitri von Herzen liebe, kann ich auch auf ihn keine Rücksicht nehmen. Meine Zukunft kann nicht ausschließlich von der Liebe bestimmt werden. Dafür steht zu viel auf dem Spiel.

Für mich. Für die Menschen auf Altus. Für die ganze Welt.

Im Schlaf kehre ich wieder in den Abgrund zurück. Die Hunde sind jetzt viel näher, die Seelen dicht auf ihren Fersen, und ich treibe mein Pferd durch die erstarrte Landschaft, während ich unter mir im Eis hier und da Gesichter erkenne, die zu entsetzlich verzerrten Grimassen gefroren sind. Meine eigenen Schreie wecken mich auf, und da sehe ich Dimitri über mir stehen und mich an der Schulter rütteln.

»Wach auf, Lia! Es ist nur ein Traum.« Seine Augen sind

schwarze Brunnen in der Dunkelheit des Zeltes, und einen schrecklichen Augenblick lang sieht er aus wie ein Leichnam.

Ich setze mich auf und lege die Hand auf die Brust, will mein rasend schnell schlagendes Herz festhalten und beruhigen. In hastigen Stößen kommt der Atem aus meiner Kehle.

Dimitri nimmt mich in den Arm. »Ganz ruhig, mein Liebes.« Seine Stimme ist sanft. »Ich bin schon eine ganze Weile hier. Ich habe dich wimmern gehört, aber es gelang mir erst jetzt, dich zu wecken.«

Ich fahre mir mit der Hand durchs Haar und lege dann meine Fingerspitzen an meine Schläfe. In meinem Schädel pocht es. »Wie lange bist du schon hier?«

»Etwa fünf Minuten.«

»Und du konntest … mich nicht wecken?«

Er schüttelt den Kopf. Selbst in der Dunkelheit des Zeltes sehe ich die Sorge in seinen Augen.

»Du glaubst doch nicht, das ich mit den Schwingen gereist bin, oder?« Ich bin nicht sicher, ob ich die Antwort wissen will.

Er seufzt tief und schaut zur Seite, als ob er Angst hätte, mir in die Augen zu blicken. »Ich weiß es nicht. Es ist gegen die Regeln, gegen die Gesetze der Grigori, jemanden gegen seinen Willen in die Anderswelten zu zwingen …«

»Ich habe mich nicht aus freiem Willen dort hinbegeben, wenn es das ist, was du damit andeuten willst!«

Er schiebt mir eine Haarsträhne hinters Ohr. »Natürlich nicht. Ich will bloß alle Möglichkeiten in Betracht ziehen.«

Ich bedauere meine scharfen Worte und lehne meine Stirn an seine Schulter.

»Es tut mir leid. Ich bin so müde, Dimitri. Wenn ich einschlafe, weiß ich nicht mehr, ob ich träume oder mit den Schwingen reise. Ich weiß nicht, ob die Seelen mich zermürben wollen, indem sie meinem Geist einen Streich spielen, oder …« Ich habe Angst, den Gedanken zu Ende zu denken.

»Oder was?«, fragt er zart.

Ich hebe den Kopf und schaue ihm in die Augen. »Oder ob ich langsam den Verstand verliere. Oder – schlimmer noch – ob ich mich auf ihre Seite ziehen lasse, Schritt für Schritt, ohne es überhaupt zu merken.«

Ein langes Schweigen folgt, dann zieht mich Dimitri an sich. »Du wirst nicht verrückt, Lia, und du wirst dich auch nicht von ihnen verführen lassen. Es ist …«

Ein Ruf vor unserem Zelt schneidet ihm das Wort ab. Er hebt den Kopf, steht auf und geht zum Zelteingang.

Ich blicke ihm nach. »Was ist los?«

»Keine Ahnung.« Er tritt aus dem Zelt und wirft mir über die Schulter hinweg einen Blick zu. »Bleib, wo du bist.«

Ich weiß nicht genau, wie lange ich seiner Anordnung Folge leiste, aber gewiss nicht so lange, wie Dimitri es gerne hätte. Ich kann die lauter werdenden Stimmen nicht ignorieren, und so wickele ich mich in eine Decke und gehe nach draußen. Inmitten eines heillosen Durcheinanders stehen Dimitri und Gareth und diskutieren. Unser Gepäck wurde ein zweites Mal geöffnet und durchwühlt.

»Was ist passiert?« Ich drehe mich um die eigene Achse und betrachte das Chaos. Brigid kommt aus ihrem Zelt und reibt sich den Schlaf aus den Augen.

»Ich habe dir doch gesagt, du sollst im Zelt bleiben.« Dimitris Stimme klingt gepresst.

Ich funkele ihn an. »Ich tue nicht immer das, was man mir sagt, wie du vielleicht schon bemerkt haben dürftest.«

Er seufzt. »Es geht mir doch nur um deine Sicherheit, Lia!«

»Was ist geschehen? Was ist denn hier los?« Brigids Stimme schiebt sich in die stumme Auseinandersetzung, die ich mit Dimitri ausfechte. Sie trägt noch immer ihr Nachthemd, und auf ihrem Gesicht liegt Erschrecken, als sie sich umschaut.

Meine Stimme zittert leicht, als ich antworte: »Unser Gepäck wurde wieder durchwühlt.«

Gareth stapft auf und ab und schleudert schließlich voller Zorn einen Gegenstand in Richtung der Baumlinie. »Diesmal ist es schlimmer, fürchte ich. Diesmal haben sie sich unseren Proviant vorgenommen.«

Brigid eilt zu ihm. »Unseren Proviant? Wollen Sie damit sagen, dass unsere Vorräte weg sind?«

»Nicht weg«, mischt sich Dimitri ein. »Sondern überall auf der Erde verstreut. Vielleicht ist das eine oder andere noch zu retten.«

»Aber wer sollte so etwas tun? Und warum?« Brigids Augen sind angstgeweitet, und plötzlich schießt mir der Gedanke durch den Kopf, dass sie sich möglicherweise nur verstellt.

»Das ist eine gute Frage.« Mit schmalen Augen schaue ich sie an. »Wer, glaubst du, würde so etwas tun? Hier ist niemand außer uns, und ich vermute, dass Dimitri und Gareth auch nur unsere Spuren finden werden, egal, wie gründlich sie suchen. Wie beim letzten Mal.«

Sie wird leichenblass. »Du willst doch nicht andeuten, dass ich dafür verantwortlich bin!«

»Ich deute gar nichts an. Ich halte mich nur an die Tatsachen.«

»Warum sollte ich so etwas tun?«, fragt sie.

Eine Sekunde lang kommen mir Zweifel, aber meine Starrköpfigkeit gewinnt die Oberhand. »Das musst du uns sagen.«

»Lia ...«, sagt Dimitri warnend, aber weiter kommt er nicht. Mit großen Schritten durchmisst Brigid das Lager und bleibt direkt vor mir stehen.

»Die Antwort ist: Ich würde es nicht tun. Natürlich würde ich es nicht tun.« Ihre Stimme wird flehend. »Ich war im Zelt und habe geschlafen. Genau wie du.«

»Ja, aber Dimitri war bei mir. Wer war bei dir?« Ich weiß, das ist unfair.

»Nun ... niemand natürlich, aber ...« Sie schaut von Gareth zu Dimitri und wieder zu Gareth. »Sagen Sie es ihr! Sie wissen doch, dass ich so etwas nicht tun würde!«

Gareth betrachtet sie einen Moment und sagt dann zu mir: »Mylady, mir war so, als ob ich im Wald etwas gehört hätte. Ich meinte, Schritte zu vernehmen. Ich war nur wenige Minuten weg, und als ich zurückkehrte, war Dimitri bei dir im Zelt und das Lager befand sich in seinem augenblicklichen Zustand.«

Ich ziehe die Decke enger um mich. Ich will meine Vermutung nicht einfach fallen lassen, denn das würde bedeuten, dass ich die Befürchtung, die langsam in meinem Kopf aufkeimt, nicht mehr länger ignorieren könnte. Die Angst, dass ich von etwas beschattet werde …

»Was hat das mit Brigid zu tun?«, frage ich.

»Ich glaube einfach nicht, dass irgendjemand von uns, in der Kürze der Zeit diese Unordnung hätte anrichten können, ohne dass Dimitri darauf aufmerksam geworden wäre«, sagt Gareth. »Die Zeltwände sind nicht dick genug, um Geräusche dieser Art zu dämpfen.«

Die Wut und der Schmerz in Brigids Augen versetzen meinem Herzen einen Stich. Aber trotzdem sehe ich mich nicht in der Lage, einzulenken. »Nun, irgendjemand – oder irgendetwas – war hier.«

Dimitri hebt eine Tasche vom Boden auf. »Ja. Und bis wir wissen, wer oder was es ist, werden wir wohl keine Ruhe haben.«

Wir reiten schweigend weiter, ohne das kameradschaftliche Gefühl, das während der Reise zwischen uns gewachsen war.

Stattdessen liegt eine Anspannung in der Luft, während wir den Wald verlassen, und ich seufze erleichtert auf, als vor uns das offene Land in Sicht kommt. Seit jener schreckenerregenden Reise nach Altus, auf der ich von den Hunden gejagt wurde und drei Nächte lang kein Auge zutun durfte, ist es mir nicht mehr möglich, mich in einem Wald sicher und geborgen zu fühlen. Die Stille, die dort herrscht, ist mir zu allen Zeiten unheimlich.

Aber die Weite der Felder erfordert erhöhte Aufmerksamkeit. Den ganzen Tag lang beobachten wir konzentriert die Landschaft, stets in dem Bewusstsein, das die Gefahr von überallher kommen kann. Wenn ich an meine Flucht vor der Leibwache in Chartres denke, weiß ich, dass ich erst sicher sein werde – wirklich und wahrhaftig sicher –, wenn das Tor geschlossen ist.

Als sich die Nacht über uns legt, suchen wir uns einen Platz zum Lagern und entscheiden uns für eine kleine Baumgruppe am Rand der Ebene. In ungemütlichem Schweigen bereiten Brigid und ich ein einfaches Mahl zu, während Gareth und Dimitri die Pferde versorgen. Irgendwann legt sie das Messer beiseite und seufzt tief auf. Ich fühle ihre Augen auf meinem Gesicht, aber ich schaue nicht auf.

»Ich war es nicht, Lia, ich schwöre es dir.« In ihrer Stimme liegt keine Wut, sondern etwas anderes, das mich zutiefst beschämt, auch wenn ich nicht weiß, warum.

Ich schneide einen trockenen Brotlaib in Scheiben. Das Brot hat unter dem nächtlichen Angreifer gelitten, und ich muss erst die Erdkrumen abwischen. »Woher weißt du das so genau? Die Seelen sind trickreich, musst du wissen.«

»Lia.« Sie berührt mich am Arm, und mir bleibt nichts anderes übrig, als sie anzuschauen. »Ich war es nicht.«

»Ich sage ja gar nicht, dass du es warst, oder dass es – wenn du es doch warst – absichtlich geschah. Die Seelen …« Unfähig, ihrem Blick standzuhalten, mache ich mich wieder an dem Brot zu schaffen. »Nun, sie haben Sonia gegen mich aufgehetzt. Sonia, die mir in gewisser Weise mehr eine Schwester war als Alice.«

Ihre Hand fällt von meinem Arm ab. »Ich bin nicht Sonia. Und auch nicht Luisa, Helene oder Alice.«

Zum ersten Mal höre ich wahrhaftigen Zorn in ihrer Stimme. Er lässt mich innehalten. Dann sage ich besänftigend: »Ich weiß. Und es tut mir leid, dass meine Vergangenheit unsere noch junge Freundschaft belastet. Es tut mir ehrlich leid.«

Sie holt tief Luft und dreht sich ganz zu mir um. »Es ist nicht meine Schuld, dass ich erst jetzt zu euch gestoßen bin, nachdem ihr schon so viel erlebt habt. Ich verlange nur, dass ich eine faire Chance bekomme, mich zu beweisen, wie sie jede von euch hatte.«

Etwas Klares und Leuchtendes liegt in ihren Augen, und auf einmal zweifle ich nicht mehr an ihr.

Ich umarme sie fest. »Du hast recht, Brigid. Das schulde ich dir, und außerdem noch eine Bitte um Verzeihung. Bitte entschuldige, dass meine Erfahrungen mit der Prophezeiung und den Seelen mich so zynisch und misstrauisch haben werden lassen.«

»Schon gut«, sagt sie. »Ich möchte nur, dass du mir glaubst.«

»Ich glaube dir. Wirklich.« Ich sage es und ich meine es auch. Dabei verkneife ich mir allerdings die Worte, die sich ungebeten in meine Gedanken schleichen.

Wenn du es nicht warst, wer dann? Und was bezweckt er damit?

Die Hunde sind so nah, dass ich sie riechen kann. Ich erinnere mich an ihren fremdartigen Geruch – diese Mischung aus nassem Fell und beißendem Schweiß – und ich weiß, dass sie mindestens so nah sind wie damals am Fluss, auf unserer Reise nach Altus, als Dimitri zu uns stieß, um mich sicher auf die Insel der Schwesternschaft zu geleiten.

Aber diesmal ist kein Dimitri da. Und auch kein Edmund.

Jetzt reite ich allein über die gefrorene Tundra des Abgrunds.

Nicht einmal mein Beutel, in dem sich Pfeil und Bogen und der Dolch meiner Mutter befinden, begleitet mich in diesem Traum.

Der Ritt über das Eis scheint sich ewig hinzuziehen. Das Hufgeklapper der Pferde, auf deren Rücken die Seelen reiten, schwillt in meinem Rücken an. Jeden Augenblick werden sie mich einholen, mich einkreisen und für immer in den Abgrund reißen.

Ich mache mich bereit, will mich schon in mein Schicksal ergeben, in die endlose Qual, die mich erwartet, als sich ein mächtiger Sturmwind erhebt. Er peitscht mir das Haar ins Gesicht und treibt Schneeflocken und Eiskristalle vor sich her, sodass ich kaum noch etwas sehen kann. Schrecken erfasst mich. Namenloser Schrecken – und noch etwas anderes.

Es ist eine Begeisterung, die ihren Ursprung tief in meinem Inneren hat. Das Gefühl entzündet ein Feuer, eine Macht, eine Kraft, wie ich sie lange nicht mehr gespürt habe. Die Weite des Abgrunds liegt vor mir, aber jetzt ist es ringsum still. Kein Hund knurrt, kein Hufgetrappel ist mehr zu hören. Alles ist verstummt, und zum ersten Mal seit dem Tod meines Vaters empfinde ich maßlosen Frieden.

Aber er ist nicht von Dauer. Denn gleich darauf dringt eine Stimme in meine schläfrigen und erschöpften Gedanken.

Ich will sie ausblenden. Will sie ignorieren. Ich habe so lange auf diesen Augenblick der Ruhe gewartet, und ich will ihn mir nicht verderben lassen, nicht einmal im Traum. Aber die Stimme ist genauso hartnäckig wie ich. Sie erlaubt mir keinen Augenblick der Einsamkeit, und dann bricht sie zu mir durch, bahnt sich ihren Weg in mein Bewusstsein, und ich vernehme Worte, die mir den Boden unter den Füßen wegziehen.

»Lia! Was um aller Welt hast du getan?«

27

»Ich verstehe das nicht.«

Ich sitze mit Dimitri bei dem ersterbenden Lagerfeuer, immer noch schlaftrunken und nicht ganz bei Sinnen.

Gareth und Brigid versuchen, die Zelte zu reparieren. Ich dagegen habe noch nicht begriffen, was passiert ist.

Dimitri nimmt meine Hand. »Du standest vor dem Zelt, mit offenen Augen, und der Wind …« Er verstummt, und als ich ihm in die Augen schaue, sehe ich dort den Widerschein dessen, was er gesehen hat.

»Der Wind?«, wiederhole ich leise.

Er blinzelt, als würde er aus einer Trance erwachen. »Er … wirbelte um dich herum, peitschte die Bäume und zerriss die Zelte in Fetzen, zerstörte alles in seinem Weg.«

»Aber ich habe *geschlafen*«, beharre ich.

»Es schien mir etwas mehr zu sein als ein bloßer Schlaf.«

Ich fange an zu begreifen, wohin seine Worte mich führen wollen. Abrupt stehe ich auf und wende mich vom Feuer ab. »Nein. Ich habe geschlafen. Ich habe geträumt.«

Seine Stimme klingt sanft, aber bestimmt. »Das glaube ich nicht, Lia.«

»Wenn es so ist, wie du sagst ... Wenn ich vor dem Zelt war ... Wie bin ich dort hingekommen?«, verlange ich zu wissen. »Du hast Wache gehalten. Du hast gesagt, dass du deinen Posten nicht verlassen würdest.«

»Das habe ich auch nicht. Du bist einfach an mir vorbeigegangen. Anfangs war ich überrascht, und dann sprach ich dich an, weil ich dachte, dass du etwas brauchst. Aber du hast keine Antwort gegeben. Du bist einfach in die Mitte des Lagers gegangen, hast die Arme gehoben, und dann erhob sich dieser heulende Wind.«

Einen Moment lang glaube ich, alles vor mir zu sehen, wie eine lange vergessene Erinnerung. Dann ist es vorbei.

Ich denke an die früheren Ereignisse, versuche, mich an irgendetwas zu erinnern, und dann klammert sich mein Bewusstsein an einen winzigen Hoffnungsschimmer. Voller Erleichterung gebe ich mich der Gewissheit hin, unschuldig zu sein. »Aber die anderen Male haben Gareth und du Wache gestanden, und da habt ihr nicht gesehen, wie ich das Zelt verließ. In der Nacht, in der unsere Lebensmittel vernichtet wurden, warst du sogar bei mir und hast mich aus einem Albtraum geweckt, als Gareth Alarm geschlagen hat.«

Dimitri senkt den Kopf. Er lässt die Schultern hängen, als müsste er eine Niederlage eingestehen. »Du hast geträumt, Lia. Ich glaube, das ist der Teil, auf den wir uns konzentrieren müssen. Du hast mir gesagt, dass deine Albträume schlimmer werden, dass du manchmal sogar nicht genau weißt, ob du überhaupt träumst.«

Ich schlucke die böse Vorahnung, die in mir aufsteigt, hinunter. »Ja, aber ob ich nun träumte oder nicht, sind wir uns doch wohl einig, dass ich *nicht* in der Mitte des Lagers stand und einen Sturm der Zerstörung heraufbeschwor, jedenfalls nicht in den vorherigen Nächten.«

Er seufzt. »Aber wenn du mit den Schwingen gereist bist, ist es doch möglich, dass die Seelen dich benutzt haben, nicht wahr? Dass sie deine Erschöpfung und deine Verzweiflung in eine Art geistigen Wutanfall umwandelten.«

Ich bin immer noch nicht bereit, mich der Realität zu stellen, die er mit seinen Worten heraufbeschwört. »Du sagtest doch …« Meine Stimme bricht, als mein Körper angesichts dieser Ungeheuerlichkeit anfängt zu zittern. »Du sagtest, dass die Seelen mich nicht gegen meinen Willen in die Anderswelten zwingen könnten.«

Ich wünschte, ich könnte das Schweigen einfrieren, dass jetzt folgt, denn ich weiß, dass mir das, was Dimitri zu sagen hat, nicht gefallen wird.

»Das können sie auch nicht.«

Ich hebe das Kinn und schaue ihn herausfordernd an. »Aber das müssen sie. Denn ich *will nicht* mit den Schwingen reisen.« Ich lache laut auf bei dieser Vorstellung, aber mein Lachen klingt schrill und falsch. »Ich vermeide es unter allen Umständen, wie du wohl weißt.«

Er schaut mich an. »Ich weiß, dass du es vermeidest, Lia. Aber ich habe dir schon oft gesagt, dass die Seelen mächtiger sind, als du es dir vorstellen kannst. Dass sie Mittel und Wege finden werden, dich ohne deine Einwilligung zu benutzen.«

Ich schaue an ihm vorbei zu den Zelten, die in Fetzen in der Mitte unseres Lagers liegen. »Ich habe nicht das Wissen, um eine solche Macht einzusetzen.«

»Doch«, sagt er. »Das hast du. Du bist eine Zauberin, wie Alice, und obwohl du die verbotene Kraft, die dir eigen ist, noch nicht perfektioniert hast, musst du gewusst haben, dass sie da ist. Alles, was nötig war, war ein Ansporn von einer Autorität, die keinen Widerspruch duldet. Wenn der richtige Köder ausgeworfen wurde, ist es durchaus vorstellbar, dass du all das getan hast – das Wasser verschüttet, das Essen vernichtet, die Zelte zerstört.«

»Du sagst, dass ich das war.« Ich wende mich ab. »Die ganze Zeit.«

Ich höre nicht, wie er aufsteht, aber einen Augenblick später liegen seine Hände warm auf meinen Schultern. »Nicht du. Nicht wirklich. Das warst genauso wenig du wie es Sonia war, damals, auf dem Weg nach Altus.«

Die Erwähnung von Sonia empört mich nur, anstatt meine Verunsicherung zu mildern. »Du vergleichst mich mit Sonia? Du vergleichst diesen … diesen Missbrauch meiner Macht mit ihrem bodenlosen *Verrat*?«

Ärgerlich stößt er die Luft aus. »Warum machst du es uns allen so schwer? Was geschehen ist, wird nicht durch dein Leugnen ungeschehen gemacht, Lia. Du musst den Tatsachen ins Auge sehen, wenn du auch nur die geringste Hoffnung haben willst, dagegen anzukämpfen.« Er wirft die Hände hoch und marschiert ein paar Schritte von mir weg. Dann kehrt er zurück. »Du willst, dass ich mich hinstelle und dir sage, dass du *nicht* unser Lager ramponiert hast? Dass es *nicht* deine Zauberkraft war, die unsere Packstücke auseinandergenommen und unser Essen und die Zelte zerstört hat? Nein, ich werde dich nicht anlügen. Und du kannst toben und zetern, so viel du willst, aber es wird dir nichts nutzen. Du wirst mich nicht los. Ich bin immer noch hier, Lia. Und ich werde hierbleiben, so wie ich es dir versprochen habe.«

Er stapft davon, aber er kommt nicht weit. Mein Stolz fällt in sich zusammen. Ich lasse die Decke fallen und renne ihm nach, schlinge die Arme um ihn, bis er stehen bleibt und sich zu mir umdreht.

Es gibt so vieles, was ich ihm sagen will, aber Worte sind nicht genug, und außerdem bin zu schwach, um sie auszusprechen, nach allem, was passiert ist. Alles, was Dimitri gesagt hat, ergibt einen Sinn, bis auf eine Sache, und die lässt mir keine Ruhe.

»Du sagtest, die Seelen hätten einen Köder ausgeworfen, um mich benutzen zu können.« Ich hebe die Arme zum Himmel. »Was für ein Köder könnte das bloß sein?«

Er zuckt mit den Schultern. »Erschöpfung? Resignation? Es ist kein Geheimnis, Lia, dass du müde und verzweifelt bist. Es ist nicht zu übersehen. Niemand macht dir einen Vorwurf. Wir alle wären zu Tode erschöpft, wenn wir durchgemacht hätten, was du durchmachen musstest. Du hast so viel verloren und musstest so viel erdulden.«

Ich schaue ihm in die Augen und klammere mich hoffnungsvoll an meine nächsten Worte. »Aber ich habe nicht aufgehört zu kämpfen! Keine einzige Sekunde lang! Du siehst mich doch jeden Tag vor dir, wie ich meinem möglichen Ende entgegengehe!« Ich höre die Verzweiflung in meiner Stimme und ich hasse mich dafür.

Er zieht mich an sich. »Keiner bezweifelt, dass du kämpfst, so gut du kannst. Aber im Schlaf, in den Stunden, in denen du – endlich! – loslassen kannst, ist es doch durchaus denkbar, dass ein kleiner Teil von dir sich nach Erlösung sehnt. Dass dieser Teil den Kampf beenden will, wie auch immer.«

Seine Worte rühren an eine Wahrheit, die ich bislang immer verdrängt habe.

»Ich weiß nicht …« Meine Stimme zittert, und ich zwinge mich zur Ruhe, ehe ich ihm in die Augen schaue. »Aber was kann ich tun, außer mich selbst und alle anderen, so gut es geht, vor den Seelen zu schützen? Ich kann nicht immer wach bleiben. Wir haben noch vier Tagesreisen vor uns, bis wir London erreichen, und das auch nur, wenn wir uns beeilen. Und danach müssen wir Vorbereitungen für unsere Reise nach Avebury treffen. Was soll ich denn die ganze Zeit machen?«

Er greift nach meiner Hand. »Dich mir anvertrauen.«

Ich will protestieren, aber er lässt mich nicht zu Wort kommen.

»Jeder muss irgendwem vertrauen, Lia. Von Zeit zu Zeit jedenfalls. Auch du.« Verblüfft spüre ich, dass mir die Tränen in die Augen treten. »Vertrau mir. Ich bleibe bei dir, wenn du schläfst, und ich wecke dich, wenn mir irgendetwas merkwürdig vorkommt.« Er seufzt. »Der Plan ist nicht wasserdicht. Ich kann dich nicht in den Anderswelten beschützen, wenn ich dort nicht bei dir bin. Aber ich kann an deiner Seite wachen und in dieser Welt auf dich aufpassen, dich wecken, wenn es sein muss.«

Ich sage ihm nicht, dass sein Plan mehr als löchrig ist. Stattdessen schlucke ich meine Furcht herunter, mich in jemandes Hände zu begeben. Jemandem grenzenloses Vertrauen entgegenzubringen. Ich gebe mich seiner Umarmung hin. Ganz und gar.

Denn er hat recht. Es ist meine einzige Chance.

Am folgenden Tag reiten wir durch die Wälder und über die Felder Englands. Und am Tag danach. Und auch am Tag nach diesem Tag. Ich weiß nicht mehr, wo wir uns befinden. Die Felder, Wälder, die Straßen und Ortschaften, all das verschwimmt zu einem undeutlichen Schemen, während meine körperliche Kraft, aufgezehrt in ruhelosen, traumschweren Nächten, allmählich schwindet.

Meine Bitte um Verzeihung beantwortet Brigid mit einer herzlichen Umarmung. Ihre mitfühlende Haltung beschämt mich, denn ich habe es nicht vermocht, Sonia zu vergeben, und mit einem Mal wünschte ich, ich könnte zu jenem Augenblick auf Altus zurückkehren, als Luisa, Sonia und ich auf der Klippe standen und Sonia mich um Vergebung bat. Ich wünschte, ich könnte dorthin zurückkehren und den Augenblick noch einmal erleben. Wenn es möglich wäre, dann würde ich mir wünschen, dass ich Sonia so begegnen würde, wie Brigid mir begegnet.

Gareth hält nachts Wache, während Dimitri meinen Schlaf behütet. Ich habe ein schlechtes Gewissen deswegen, aber Gareths Lächeln hat nichts von seiner Herzlichkeit verloren, obwohl er sich nur kurze Momente der Ruhe gönnen kann, wenn wir tagsüber rasten. Er und Dimitri behandeln mich wie früher, wenn auch mit mehr Zartheit als bisher. Ängstlich suche ich in ihren Augen nach Anzeichen des Ärgers und der Ablehnung. Immerhin waren es meine Taten, die dafür sorgten, dass wir in Zelten schlafen müssen, durch die der Regen tropft. Meine Taten, die unser Essen beschmutzt oder ungenießbar gemacht haben.

Aber sie bringen mir nichts als Zuneigung und Freundlichkeit entgegen. Ihre Großherzigkeit lässt meine Schwäche nur noch erbärmlicher wirken, und ich verbringe viel Zeit damit, mich selbst zu verachten und meine zahllosen Fehler zu bereuen.

Mit der Zeit legt sich eine tröstende Gleichgültigkeit über mein Gemüt. Zum ersten Mal, seit das Mal der Prophezeiung auf meinem Handgelenk erschienen ist, gibt es Stunden – sogar Tage –, in denen ich nicht die Kraft habe, mir über die Zukunft Sorgen zu machen. Dann glaube ich fast, dass es mir egal wäre, ob Samael unsere Welt mit Dunkelheit überzieht oder ob es mir gelingt, ihn auf ewig zu verbannen.

Es scheint kaum noch eine Rolle zu spielen, wie es endet. Hauptsache, es hat ein Ende.

Ich denke, es gelingt mir ganz gut, meine wachsende Teilnahmslosigkeit hinter belanglosen Gesprächen und einem gezwungenen Lächeln zu verbergen, aber sicher bin ich mir nicht. Ich traue meiner Wahrnehmung nicht mehr über den Weg. Es ist durchaus möglich, dass Brigid, Dimitri und Gareth meinen Mangel an Entschlossenheit bereits bemerkt haben. Aber sogar das ist mir egal. Ich habe mich in mein Schicksal ergeben, was auch immer es für mich bereithalten mag.

In der Regel bin ich noch wach, wenn Brigid schon längst eingeschlafen ist und Gareth seinen Posten auf der anderen Seite des Lagers bezogen hat. So auch an diesem Abend. Ich kann den Schlaf nicht ewig fernhalten. Aber jede Stunde, die ich in der Wärme des Lagerfeuers verbringe, eine weiche Decke um die Schultern, ist eine Stunde weniger auf der Flucht vor den Seelen. Mit einem erschreckend leeren Geist starre ich in die Flammen.

»Hier. Trink das.« Dimitri taucht am Rande meines Blickfeldes auf und reicht mir eine dampfende Teetasse. Er lässt sich neben mir auf dem Boden nieder. »Es wird dir helfen, einzuschlafen.«

Ich nehme die Tasse, aber ich trinke nicht. »Ich will nicht schlafen.«

Dimitri seufzt. Es ist ein schweres, erschöpftes Seufzen, und ich bedaure es, der Grund für seine Sorge zu sein. »Lia, du musst. Du hast noch so viel Arbeit vor dir und du musst stark sein.«

Ich werfe ihm einen bösen Blick zu. »Ich *bin* stark.«

Er nimmt meine Hand und sagt mit leiser und trauriger Stimme: »Ich versuche nur, für dich zu sorgen, da es dir im Augenblick schwerfällt, das selbst zu tun.«

Eine Woge aus Jammer schlägt über mir zusammen. Mir wird die Kehle eng und ich drücke Dimitris Hand. »Es tut mir leid. Es ist nur …«

Ich breche ab und starre ins Feuer. Trotzdem fühle ich seinen Blick auf mir ruhen. »Was wolltest du sagen?«

Ich schaue ihn an. Am liebsten würde ich in der tiefen Schwärze seiner Augen versinken. »Ich habe Angst einzuschlafen. Meine Träume … sie ängstigen mich, Dimitri.«

»Dann erzähle sie mir. Erzähle mir deine Träume, damit ich deine Last teilen kann.«

Ich zögere nur eine Sekunde, ehe ich beschließe, ihm alles zu sagen.

»Sie verfolgen mich«, flüstere ich so leise, dass ich mich unwillkürlich frage, ob ich überhaupt gesprochen habe.

»Wer verfolgt dich?«

Ich starre auf meine Teetasse, als ob das braune Gesöff darin es mir erleichtern würde, von den Dämonen zu sprechen, die mich in meinen Träumen verfolgen. »Die Seelen. Die Hunde. Samael. Alle zusammen.«

Dimitris Finger verschränken sich mit meinen und lösen

meine Hand von der Tasse. Er nimmt sie, stellt sie auf den Boden und zieht mich in seine Arme, wobei er sein Kinn auf meinen Kopf legt.

»Sind es Träume? Oder locken die Seelen dich in die Anderswelten, während du schläfst?«

Ich vergrabe das Gesicht an seiner Brust. Sein Duft tröstet mich. Er riecht nach Holz und Rauch vom Lagerfeuer und nach der kühlen Frühlingsluft. »Ich glaube nicht, dass ich mit den Schwingen reise. Aber meine Träume scheinen gleichzeitig mehr zu sein als … Träume.«

»Was meinst du?« Seine Stimme vibriert in seiner Brust unter meinem Ohr.

»Schwer zu sagen. Ich habe nicht den Eindruck, mit den Schwingen zu reisen, aber gleichzeitig kommen mir die Seelen mit jedem Traum näher. Und irgendwie bin ich mir sicher, dass das so weitergeht, dass sie sich mir jeden Tag ein Stück mehr nähern, und wenn sie mich fangen – egal, ob Traum oder nicht –, dann werde ich nie mehr aufwachen. Dann bin ich auf ewig im Abgrund gefangen.«

Eine Weile sagt er gar nichts, und ich frage mich allen Ernstes, ob ich vielleicht doch verrückt geworden bin. Ob er über meinen Geisteszustand nachdenkt und überlegt, wie er darauf reagieren soll. Aber dann atmet er tief durch und sagt sanft: »Sie können dich nur dann in den Abgrund ziehen, wenn sie deine Seele in den Anderswelten gefangen setzen, und du meintest doch, dass du nicht mit den Schwingen reist.«

»Richtig.«

»Aber… wieso dann? Wenn du nicht glaubst, dass du mit den Schwingen reist, warum fürchtest du dann, im Abgrund eingeschlossen zu werden?«

Ich zögere mit der Antwort, denn was soll ich machen, wenn er mir nicht mehr vertraut? Wenn er an meinem Entschluss zweifelt, das Tor zu schließen. Ich denke an James, an meine Weigerung, ihm die Wahrheit zu sagen, und an die Konsequenz, die daraus erwuchs. Will ich Dimitri auch noch verlieren? Will ich zulassen, dass ein Keil zwischen uns getrieben wird, weil ich in seiner Gegenwart nicht ich selbst sein will?

Ich schaue ihn an. »Manchmal glaube ich, dass sie in meinem Kopf sind. Als ob nichts ist, wie es scheint, und sie mich nach Belieben manipulieren. Als ob alles, woran ich glaube, nur ein Trugbild meiner eigenen Fantasie ist. Ich bin nie ganz sicher, ob meine Wahrnehmung auch der Wirklichkeit entspricht. Ich muss an meinen Vater denken und daran, wie er ihren Verlockungen erlag und mit den Schwingen reiste, ohne es zu wollen. Ich weiß jetzt, warum er so verwundbar war, als die Seelen in Gestalt meiner Mutter auftraten.« Ich zwinge mich fortzufahren. Wenn ich ehrlich zu Dimitri sein will, wenn ich an seine Liebe glaube, dann muss ich alles sagen. »Vielleicht reise ich im Schlaf nicht mit den Schwingen, aber die Wahrheit ist, dass ich mir selbst nicht so weit traue, um ganz und gar sicher zu sein.«

Er zieht mich an sich und schlingt seine Arme um mich.

In diesem Moment fühle ich, dass nichts uns trennen kann, weder in dieser Welt noch in irgendeiner anderen.

»Das ist egal.« Er küsst mich auf den Kopf. »Ich vertraue dir.«

Und als er mich in eine fiebrige Umarmung zieht, weiß ich, dass er die Wahrheit spricht.

28

Wir sind noch etliche Meilen von London entfernt, als wir bereits den Rauch der Straßenlaternen in den Abendhimmel steigen sehen. Ich würde gerne behaupten, dass ich mich freue, die Stadt in der Ferne aufragen zu sehen. Sie ist meine Heimat geworden, seit ich New York verlassen habe. Aber es ist unmöglich, mich einem so einfachen Eindruck hinzugeben, weil so viele Gefühle mein Herz durchwühlen. Ich bin froh, dass ich wieder in einem anständigen Bett schlafen kann, obwohl der Schlaf nicht länger mein Freund ist. Ich freue mich auf Tante Virginia, auf ihre einzigartige Herzenswärme und ihre stille Kraft.

Aber es gibt auch andere Dinge, dir mir schwer auf dem Herzen liegen. Ich muss Sonia und Luisa gegenübertreten und damit meiner eigenen Fehlbarkeit, meiner Unfähigkeit zu verzeihen. Ich werde ihnen erzählen müssen, dass ich den Verlockungen der Seelen erlegen bin. Ich werde die vier Schlüssel zusammenführen müssen, werde Brigid in eine von Spannung und Misstrauen geprägte Gemeinschaft bringen.

Am meisten bekümmert mich mein bevorstehendes Gespräch mit Alice. Ich muss versuchen, sie auf unsere Seite zu ziehen, obwohl im Augenblick nichts unmöglicher erscheint als ein Sinneswandel meiner Schwester.

»Machst du dir Sorgen?«, fragt Brigid leise, während wir an einer müde wirkenden jungen Mutter mit zwei kleinen Kindern vorbeikommen, die London verlassen.

Ich nicke, beschämt und erleichtert zugleich, dass sich meine Gefühle nun so deutlich auf meinem Antlitz widerspiegeln. Ich habe nicht mehr die Kraft, sie vor der Welt zu verbergen.

Sie lächelt. »In deinem Herzen wohnt eine große Güte. Deine Freundinnen wissen das. Ich bin ganz sicher, dass sie Verständnis für dich haben.«

Ich streiche Sargent gedankenverloren über den Hals. »Das hoffe ich. Ich fürchte … nun, ich fürchte, ich war ihnen keine besonders gute Freundin.«

»Wir machen alle Fehler, meinst du nicht auch?«, sagt sie. »Aber wir vergeben anderen Menschen, in der Hoffnung, dass sie uns die gleiche Gnade erweisen.«

»Vielleicht. Aber genau das ist es ja. Ich habe ihnen ihre Fehler nicht so leicht vergeben, wie du mir meine vergeben hast. Und nun …« Ich seufze. »Ich kann doch nicht von ihnen erwarten, mir die Freundlichkeit zu erweisen, die ich ihnen verwehrt habe.«

Sie lächelt. »Ich hatte noch nie eine Freundin, aber ich

habe in Büchern darüber gelesen. Und jetzt habe ich diese Reise mit dir unternommen.« Sie muss lachen. »Aber ich glaube, dass Freundschaft auf Toleranz und Akzeptanz gründet, nicht auf Fairness. Es sei denn, ich habe da etwas völlig falsch verstanden.«

Die Einfachheit ihrer Vorstellung ist ein gewisser Trost für mich. Vielleicht hat sie recht, und wir alle finden einen Weg, einander zu vergeben.

Ich grinse sie an. »Du bist sehr klug für ein Mädchen, das so abgeschieden gelebt hat. Und du bist mutig.«

Sie wirft den Kopf in den Nacken und lacht. »Ich bin wohl eher eine gute Schauspielerin, denn innerlich zittere ich vor Angst!«

»Nun, da bist du nicht allein, Brigid.« Die Leichtherzigkeit, die ich eben noch empfunden habe, löst sich auf, als ich auf die Stadt schaue. »Du bist nicht allein.«

Überrascht schaue ich Dimitri an, der sein Pferd einem der Stallburschen von Milthorpe Manor übergibt.

»Bitte bringen Sie ihn zu den anderen in den Stall«, sagt er.

Ich übergebe demselben Stallknecht Sargents Zügel und wende mich dann mit einem fragenden Blick an Dimitri. »Wirst du nicht in den Räumlichkeiten der Gesellschaft Quartier beziehen?«

Dimitri schüttelt den Kopf. »Ich sagte dir doch, dass ich bei dir bleiben werde, bis alles vorbei ist, und genau das werde ich tun.«

Es dauert einen Moment, bis ich begreife. »Du willst *hier*bleiben? In Milthorpe Manor?«

»Ich werde bei dir bleiben, wenn du schläfst, wie ich es versprochen habe.«

»In meinem Schlafzimmer?«, frage ich fassungslos.

Er hebt die Augenbrauen, und einen Moment lang blitzt sein schalkhafter Charme auf. »Es sei denn, du willst irgendwo anders nächtigen, meine Liebe.«

Brigid schaut stur geradeaus und gibt sich alle Mühe, ein Grinsen zu unterdrücken.

»Aber das wird Tante Virginia niemals erlauben! Die Leute werden … Nun, sie werden reden!« Es ist wohl ein bisschen spät, sich über die Konventionen der guten Gesellschaft Gedanken zu machen, aber unser Beisammensein auf Altus oder in den Wäldern ist etwas ganz anderes als einem männlichen Wesen zu gestatten, in meinem Stadthaus zu übernachten – in meinem Schlafzimmer!

»Ich glaube, wir haben ganz andere Probleme als das Geschwätz irgendwelcher Nachbarn, findest du nicht auch?« Er wartet nicht ab, ob ich etwas sage. Er nimmt einfach meinen Arm und schaut zu Gareth hoch, der nicht abgestiegen ist. »Du kennst die Adresse?«

Gareth nickt. »Ich richte mich ein und komme morgen wieder her.«

»Du bleibst in London?« Es scheint so, als seien ohne mein Wissen Absprachen getroffen worden, aber ich habe keine Lust, mich darüber zu ärgern. Ich bin einfach froh, dass Gareth uns nicht verlassen wird.

Er nickt. »Ja, Mylady. Ich will dich jetzt nicht verlassen. Dimitri hat mich in deine … Angelegenheit eingeweiht, nachdem …«

Ich wirbele zu Dimitri herum. Blankes Entsetzen steht mir ins Gesicht geschrieben. »Du hast es ihm gesagt?! Du hast ihm den Zweck unserer Reise verraten und … und alles andere auch?«

In seinen Augen liegt kein Bedauern. Nur Entschlossenheit. »Es wäre unvernünftig, ihn im Unklaren zu lassen. Wir brauchen alle treuen Verbündeten, die wir haben, und ich glaube, wir sind uns einig, dass niemand loyaler ist als Gareth.«

Gareth hat immer zu mir aufgeblickt. Ich frage mich, ob dieses neue Wissen – über die Prophezeiung und meine Rolle darin – seine Gefühle für mich beeinflussen wird. Aber als ich mich zu ihm umdrehe, kann ich nur Mitgefühl und Freundschaft in seinen lieben blauen Augen sehen.

»Du hast recht«, sage ich und zwinge mich zu einem Lächeln. »Ich bin sehr froh, dass du bei uns bist, Gareth, obwohl ich mir jetzt auch um dich Sorgen machen muss. Ich möchte um alles in der Welt nicht, dass du zu Schaden kommst.«

»Kein Grund, sich meinetwegen Sorgen zu machen, Mylady. Aber all diejenigen, die euch nach dem Leben trachten, sollten sich in Acht nehmen.« Er lächelt, aber in seinen Augen ist keine Freude zu erkennen. Sie sind hart, und ich beneide niemanden, der den Zorn dieses Mannes erregt. »Ich werde bleiben«, erklärt er, »und dich nach Avebury begleiten, als zusätzlicher Schutz gegen mögliche Angreifer. Lady Abigail – möge sie in Frieden und ewiger Glückseligkeit ruhen – wäre gewiss damit einverstanden.«

»Ich glaube, du hast recht«, sage ich leise.

Er wendet sein Pferd und nickt mir dabei zu. »Wir sehen uns morgen früh.«

Es ist weder Sonia noch Luisa, die beide neben Helene stehen, an denen mein Blick hängen bleibt, sondern Tante Virginia. Selbst in dem dämmrigen Licht des Kaminfeuers und der kleinen Lampen im Salon erkenne ich, dass sie krank aussieht.

»Lia! Du bist zurück!« Sie erhebt sich, wobei ihr Helene helfen muss.

Ich eile zu ihr; sie geht leicht gebückt und die Falten in ihrem Gesicht scheinen tiefer und zahlreicher geworden zu sein, obwohl ich doch nur einen Monat fort war.

»Tante Virginia! Ich bin so froh, wieder hier zu sein.« Ich ziehe sie in eine zärtliche Umarmung. »Ich wollte dir eigentlich eine Nachricht zukommen lassen, dass wir unterwegs sind, aber ich habe niemanden gefunden, dem ich eine solche Nachricht hätte anvertrauen können.«

»Das macht nichts, meine Liebe. Ich war besorgt, aber ich hatte so ein Gefühl, als ob du bald ankommen würdest.«

Ich betrachte ihr Gesicht. »War alles ruhig, während wir weg waren?«

Sie nickt, aber ich sehe, dass sie etwas zurückhält, was

sie mir wohl unter vier Augen anvertrauen will. »Alles in Ordnung. Sonia und Luisa haben sich mit Helene angefreundet, und alle haben mir äußerst liebenswürdig Gesellschaft geleistet.« Sie schaut an mir vorbei zu Brigid, die im Hintergrund geblieben ist. »Und wer ist das, wenn ich fragen darf?«

Ich gehe zu Brigid, nehme ihre Hand und ziehe sie näher. »Das«, sage ich, »ist Brigid O'Leary.« Mein Blick wandert von Tante Virginia zu Sonia, Luisa und Helene. »Sie ist der vierte Schlüssel.«

Einen Augenblick herrscht Totenstille. Ich kann förmlich die Schockwelle fühlen, die sich durch den Raum wälzt. Luisa erlangt als Erste die Fassung wieder.

»Der vierte Schlüssel? Aber …« Sie schüttelt den Kopf, schaut von mir zu Brigid und wieder zu mir. »Ich dachte, du wolltest nach Irland, um nach dem Stein zu suchen.«

»Das stimmt auch. Ich habe ihn gefunden. Aber es stellte sich heraus, dass mein Vater vor seinem Tod alles so arrangiert hat, dass ich den Stein gemeinsam mit dem vierten Schlüssel finden würde. Und das ist noch nicht alles.«

Sonias Augen strahlen hoffnungsvoll. »Erzähle es uns!«

»Auch die Worte für die Beschwörung waren da, eingemeißelt in die Wand der Höhle, wo der Stein ursprünglich versteckt war.«

»Was meinst du damit, wo er ›ursprünglich versteckt war‹?« Ich hatte fast vergessen, wie weich und tief Helenes Stimme klingt. »Du sagtest doch, du hättest ihn gefunden, oder?«

Ich nicke und mir wird klar, dass es nicht so einfach zu erklären sein wird. »Ja. Brigid hatte ihn an sich genommen.«

Ich merke, wie die anderen Mädchen Brigid misstrauisch beäugen. Mein Blick fällt auf ihr Handgelenk, das durch den langen Ärmelsaum verhüllt ist. »Würde es dir etwas ausmachen …« Ich schaue ihr in die Augen. Hoffentlich erkennt sie, dass ich auf ihrer Seite bin. »Würde es dir etwas ausmachen, ihnen das Mal zu zeigen?«

Sie rollt den Ärmel hoch.

Sonia und Luisa beugen sich leicht vor, um besser sehen zu können, ohne allzu unhöflich zu wirken. Als das Mal freigelegt ist, drehe ich Brigids Arm sanft in ihre Richtung. »Seht ihr? Genauso wie eures. Vater hat sie schon vor vielen Jahren ausfindig gemacht und dafür gesorgt, dass Brigids Vater die Stelle als Verwalter der Grabanlage bekommt. Er sagte Brigid, dass ich eines Tages wegen des Steins kommen würde, und so hat sie ihn für mich versteckt, während sie auf mich wartete.«

Eine Zeit lang sagt niemand etwas. Schließlich murmelt Tante Virginia, mehr zu sich selbst. »Jetzt sind wir also am Ziel. Die Schlüssel. Der Stein. Die Beschwörung.« Sie schaut mir in die Augen. »Alles ist an seinem Platz.«

Ich schüttele den Kopf. Was ich ihnen jetzt sagen muss, fällt mir nicht leicht. Ich schiebe es schon lange vor mir her. »Nicht alles.«

Luisa reißt die Augen auf. »Was denn noch?!«

Ich schaue sie an, eine nach der anderen, und suche

nach Worten. Jetzt wünschte ich, ich hätte es ihnen schon früher gesagt. Es hilft nichts, die Wahrheit muss heraus.

»Alice.« Nun gibt es keine Geheimnisse mehr zwischen uns. »Die fehlende Seite, die ich in Chartres gefunden habe, besagt eindeutig, dass Wächter und Tor zusammenarbeiten müssen, um Samael mit der Beschwörung endgültig zu bannen.« Ich seufze auf. »Was bedeutet, dass wir Alice dazu brauchen.«

Einen Augenblick lang glaube ich, dass sie mich nicht gehört haben. Niemand spricht. Niemand rührt sich. Am Ende ist es wieder Luisa, die das Schweigen bricht.

»Alice?!« Sie lacht rau auf. »Dann könnten wir genauso gut die Königinmutter höchstpersönlich um Hilfe bitten. Wobei ich glaube, dass wir bei ihr noch eine bessere Chance hätten.«

Die Endgültigkeit ihrer Worte erschreckt mich. Aber ich darf jetzt nicht zurückschrecken. Ich muss ihnen alles sagen, wenn ich sie wieder als meine Verbündeten, als meine Freundinnen gewinnen will.

»Und da ist noch etwas …«

Sonia tritt vor. »Was könnte es noch Schlimmeres geben?«

Ich hole tief Atem. »Wir brauchen Alices Hilfe – und zwar am Abend des ersten Mai. Am Abend von Beltane.«

Helenes Blick schweift zum Feuer im Kamin. »Aber das ist …« Sie wendet sich wieder zu mir.

Ich nicke. »In vier Wochen.«

Ich wünsche Sonia, Luisa und Helene eine Gute Nacht und gebe Brigid in ihre Obhut, während ich mit Tante Virginia und Dimitri im Salon verweile. Wir haben viel zu besprechen, und obwohl ich hoffe, dass ich den Riss, den meine Freundschaft zu Luisa und Sonia bekommen hat, kitten kann, gibt es einige Dinge, die ich zuerst meiner Tante anvertrauen möchte.

Wir erzählen Tante Virginia von Brigid und ihrem Vater, von dem Stein, auf dem die Beschwörung geschrieben steht, von der Reise zurück nach London und dem Ungemach, das mich befiel. Ich hatte erwartet, sie wäre schockiert oder zumindest entsetzt, dass die Seelen mich missbraucht haben, aber sie nickt nur verstehend.

»Ich leide ebenfalls unter ihren Attacken. Ich glaube, es geht uns allen so, obwohl die Mädchen, jung wie sie sind, noch mehr Widerstandskraft haben.«

»Was willst du damit sagen, Tante Virginia? Was ist passiert?«, frage ich erschrocken.

Sie winkt ab. »Es ist nur, dass uns die Seelen in unseren Träumen verfolgen und uns in die Anderswelten locken wollen.«

Ich halte den Atem an. »Euch alle?«

»Ja, die eine mehr, die andere weniger.« Sie zögert, als ob sie nicht wüsste, ob sie fortfahren solle. »Sonia scheint es am schlimmsten zu treffen, aber ich glaube, sie hält sich wacker.«

Ich sage meiner Tante nicht, dass es den Eindruck macht, als ob sie selbst das meiste zu erleiden hätte – abgehärmt, wie sie aussieht. Ich weiß, dass sie das Ausmaß ihres inneren Kampfes herunterspielen würde. Stattdessen befrage ich sie über Sonia.

»Woher willst du das wissen, Tante Virginia? Woher willst du wissen, dass Sonia sich wacker hält?«

Sobald die Worte heraus sind, fühle ich mich schuldig wegen meines Misstrauens, aber die Frage nicht zu stellen, würde uns womöglich in große Gefahr bringen.

Ihr Seufzen klingt traurig. »Sie wehrt sich gegen den Ansturm mit jeder Unze Kraft, die sie hat. Sie liebt dich. Du bist ihre beste Freundin selbst jetzt noch. Sie will nichts weiter, als dir helfen. Will ihren Verrat wiedergutmachen. Ich glaube, sie würde eher sterben, als sich noch einmal den Seelen zu ergeben.«

Ich nicke. »Also schön.«

Die Wahrheit ist, dass ich gegen meinen Wunsch ankämpfen muss, in diesem Augenblick zu Sonia zu gehen. Mich bei ihr zu entschuldigen und sie um Vergebung zu bitten. Sie zu fragen, ob ich ihr irgendwie helfen kann. Aber das muss warten, denn es gibt noch etwas, das heute zur Sprache kommen muss.

»Wir haben eine Möglichkeit gefunden«, sage ich zögernd, wobei ich kurz zu Dimitri blicke und mich dann wieder meiner Tante zuwende, »um die Seelen in Schach zu halten und mir wenigstens ein bisschen Schlaf zu verschaffen.«

Sie hebt die Augenbrauen und wartet, dass ich fortfahre.

»Es ist … nun ja …« Ich merke, wie ich erröte, und ich

schelte mich stumm, weil ich mich wie ein dummes Schulmädchen benehme, wo doch das Schicksal der Welt auf dem Spiel steht. »Dimitri bleibt bei mir. In der Nacht. Er sorgt dafür, dass ich nicht den Verlockungen der Seelen anheimfalle, während ich schlafe.«

»Und ich möchte das auch weiter so handhaben, auch hier in Milthorpe Manor, bis alles vorbei ist. Es ist zu ihrem eigenen Schutz und zum Schutz aller im Haus«, erklärt Dimitri. »Ich weiß, dass es unüblich ist, aber Sie haben mein Wort, dass ich während der ganzen Nacht in einem Sessel neben Lias Bett sitze.«

Tante Virginia sagt nichts. Sie starrt uns nur an, als ob wir in einer fremden, unverständlichen Sprache gesprochen hätten. Endlich schüttelt sie sich leicht, als ob sie aus einem Traum erwacht wäre.

»Hierbleiben? In Lias Zimmer?« Sie strafft die Schultern. »Ich bin mir wohl bewusst, dass die Prophezeiung zu so mancher unkonventioneller Situation geführt hat, aber das, Mr Markov, kann ich unmöglich gestatten. Lias Ruf steht auf dem Spiel, und obwohl ich mir sicher bin, dass Sie Ihr Versprechen halten würden, würde es in den Augen der Welt äußerst ungehörig erscheinen.«

Ich stehe auf und knie mich vor sie hin, nehme ihre Hände in meine. »Tante Virginia, du weißt, dass ich dich wie eine Mutter liebe, nicht wahr?«

Sie nickt zögernd und ihre Augen werden feucht.

Mit weicher Stimme sage ich: »Dann musst du wissen, dass ich dir den allergrößten Respekt entgegenbringe, aber…« Ich stocke, überrascht darüber, wie schwer mir das fällt. »Aber ich bitte dich nicht um Erlaubnis. Milthorpe Manor wird immer ein Heim für dich sein. Immer. Aber ich bin die Herrin im Haus, und ich fürchte, dass ich in diesem Fall auf meinem Wunsch bestehen muss. Dimitri hat mehr als einmal für meine Sicherheit gesorgt.

Ich kann den Kampf, der mir bevorsteht, nicht ausfechten, wenn ich mich nicht ausruhen kann. Und in dieser Zeit muss jemand auf mich aufpassen. Du sagst selbst, dass im Augenblick niemand ungeschoren davonkommt. Alle werden wir von den Seelen angegriffen. Unter diesen Umständen halte ich es für klug, Dimitri im Haus zu haben, um unser aller Wohlergehen willen.«

Die Kränkung steht Tante Virginia ins Gesicht geschrieben, und es schmerzt mich, dass ich dafür der Anlass bin. Aber ich bin kein Kind mehr. Ich habe viele Schlachten geschlagen. Ich habe unsagbare Verluste erlitten. Ich habe mir das Recht verdient, für mich selbst zu sprechen.

Und außerdem gibt es keine andere Möglichkeit.

Sie erhebt sich mit einem Seufzen. »Also gut. Wie du sagst, du bist die Herrin von Milthorpe Manor.« In ihrer Stimme liegt kein Groll, nur Erschöpfung und Bedauern. »Es ist allein deine Entscheidung.«

Sie verlässt den Raum ohne ein weiteres Wort, und ich frage mich, warum es so schwer sein muss, so verletzend für andere, seinen eigenen Weg zu gehen und eigene Entscheidungen zu treffen.

Das alles ist nicht angenehm, und das vorherrschende

Gefühl, das ich empfinde, ist Angst. Angst, dass ich gar nicht in der Lage bin, die nötigen Entschlüsse zu fassen, obwohl ich das alle immer glauben machen will.

Und Angst, dass diejenigen, die ich liebe, durch meine Unfähigkeit ins Verderben gestürzt werden.

29

»Liegst du bequem?«

Von dem Sessel neben meinem Bett aus betrachtet mich Dimitri prüfend. Er hat sich rührend um mich gekümmert, hat mich wie ein kleines Kind in die Decke eingewickelt und mir einen Kuss auf die Stirn gegeben. In seiner Stimme liegt nur Warmherzigkeit, aber trotzdem – trotz allem, was unsere Gemüter beschwert – empfinde ich sein aufgeknöpftes Hemd und seine lässige Haltung als erschreckend aufreizend.

Ich nicke. »Ja, vielen Dank. Aber es tut mir leid, dass du die Nacht im Sessel verbringen musst, obwohl ich zugeben muss, dass du ganz zufrieden aussiehst.«

Er grinst und klopft sich aufs Knie. »Und da ist auch noch Platz für dich, wenn es dir im Bett zu langweilig wird.«

Ich bin entzückt und gleichzeitig beschämt, dass wir so leichtfertig miteinander scherzen können, obwohl wir uns einem schier unüberwindbaren Problem gegenübersehen. Ich lächle ihn an.

»Das wäre Tante Virginia aber gar nicht recht.«

Er seufzt dramatisch und macht es sich auf dem Sessel bequem. »Na gut. Wie du willst.«

Ich schließe die Augen. Es ist schön, ihn in meiner Nähe zu wissen. Im Zimmer ist es warm, ich schlafe in einem richtigen Bett und nicht mehr auf der nackten Erde, und die Behaglichkeit, die ich empfinde, sorgt dafür, dass ich schnell einschlafe.

Und ich weiß nicht, warum, aber in dieser Nacht träume ich nicht.

Dimitri ruht sich in dem Zimmer aus, das Tante Virginia für ihn hat herrichten lassen, und ich vermute, dass sich die Mädchen noch bei der Morgentoilette in ihren Zimmern befinden. Mit Luisa muss ich heute auch noch sprechen, aber im Augenblick liegt mir die Schuld für mein Verhalten Sonia gegenüber am schwersten auf der Seele. Vor ihrer Tür bleibe ich stehen.

Ich frage mich, ob sie mir verzeihen kann. Ob alles jemals wieder so werden kann wie früher. Aber die Antworten auf diese Fragen werde ich nicht bekommen, wenn ich weiter hier herumstehe. Ich hebe die Hand und klopfe an ihre Tür.

»Ruth, könntest du wohl …?« Die Tür wird schneller geöffnet, als ich erwartet habe, und da steht Sonia, mit einem unvollendeten Satz auf den Lippen und blanker Überraschung in den Augen. »Lia! Ich … Aber komm doch herein!« Sie tritt zurück und lässt mich ein.

Ich trete in ihr Zimmer und empfinde eine ähnliche Scheu wie bei unserer ersten Begegnung in jenem kerzenerleuchteten Raum, wo sie ihre Seancen abhielt. »Bitte entschuldige. Störe ich dich?«

Sie lacht leise. »Schon gut. Ich dachte nur, es sei Ruth. Luisa klopft nicht an, und du…« Sie verstummt.

»Ich komme dich nicht mehr besuchen«, beende ich den Satz an ihrer Stelle.

Sie nickt langsam.

Ich deute auf einen Sessel vor dem Kamin. »Darf ich?«

»Aber gewiss.« Sie lässt sich in einen zweiten Sessel sinken, und ich muss daran denken, wie ich früher ohne Umschweife in ihr Zimmer gestürmt kam und mich auf ihr Bett geworfen habe. Sonia hat sich neben mich gesetzt und wir haben stundenlang geredet, gelacht und nachgedacht. Es stimmt mich traurig, dass man manchmal erst etwas verlieren muss, um seinen Wert zu erkennen. Ich wünsche mir inbrünstig, dass ich in die Vergangenheit zurückkehren und die Dinge mit mehr Verstand anpacken könnte.

Ich betrachte meine Hände, unschlüssig, wie ich anfangen soll. »Sonia…« Ich hebe den Kopf und schaue sie an. »Es tut mir leid.«

Ihr Gesicht bleibt ausdruckslos. »Du hast dich schon entschuldigt, Lia. Mehr als einmal.«

Ich nicke. »Ja, aber ich glaube, dass ich dir damals noch nicht vergeben konnte.«

»Was völlig verständlich ist. Was ich getan habe, war

unverzeihlich.« Der Schmerz in ihrer Stimme ist nicht zu überhören.

»So hätte es aber nicht kommen dürfen.« Ich greife nach ihrer Hand. »Denn in der Tat war *mein* Verhalten unverzeihlich. Ich habe unsere Freundschaft mit Füßen getreten, von den vielen Opfern, die du mir zuliebe gebracht hast, ganz zu schweigen. Ich habe dich nicht mit der gleichen Rücksicht und Toleranz behandelt, die du mir entgegengebracht hast. Und am schlimmsten«, sage ich und hole tief Atem, sosehr schmerzt mich die Wahrheit meiner Worte, »am schlimmsten war, dass ich nicht für dich da war, als du mich am meisten gebraucht hast.«

»Ich könnte dasselbe von mir behaupten. Diese Reise durch die Wälder nach Altus …« Ihre Stimme wird leise und ihre Augen sind klar, als sie sich erinnert. »Nun, ich weiß nicht mehr viel. Erst später erfuhr ich, dass du gezwungen warst, wach zu bleiben, damit die Seelen dich nicht als Tor missbrauchen konnten. Daran war ich schuld und ich konnte dir nicht einmal in deinen Qualen beistehen.«

Eine Zeit lang schweigen wir und erinnern uns an diese schreckliche Zeit, als wir beide den Seelen ausgeliefert waren – Sonia, die sich verführen ließ, und ich, die ich Angst hatte, von ihnen im Schlaf heimgesucht zu werden.

Aber wir müssen die Vergangenheit ruhen lassen. Vor uns liegt eine Aufgabe, die unsere ganze Kraft, unsere ganze Konzentration erfordert. Ich schaue zu Sonia und lächele. »Es tut mir wirklich leid, dass ich dir keine bessere

Freundin war, Sonia. Aber wenn du mir verzeihen kannst, möchte ich noch einmal von vorne anfangen. Ich möchte, dass wir wieder die Freundinnen werden, die wir einmal waren.«

Sie beugt sich vor und umarmt mich. »Nichts wäre mir lieber!«

Ich merke genau, dass die Dienstboten miteinander flüstern, als ich das Esszimmer betrete. Obwohl Dimitri und ich uns alle Mühe gegeben haben, seine Anwesenheit in meinem Schlafzimmer geheim zu halten, war es fast unausweichlich, dass jemand der Wahrheit auf die Spur kommt.

Die anderen Mädchen sitzen bereits am Tisch – alle außer Sonia, die sich oben noch umzieht. Ich setze mich neben Brigid und versuche, die scheelen Seitenblicke des Serviermädchens, das mir aufträgt, zu ignorieren. Ich werde den anderen Dimitris Anwesenheit erklären müssen, aber nicht in Anwesenheit der Bediensteten, und so warte ich in aller Ruhe, bis sie serviert haben, und kann nicht umhin zu denken, dass ich die gute Gesellschaft Londons immer weniger mag.

»Hast du gut geschlafen, Lia?« Brigids Stimme reißt mich aus meinen Gedanken, und ich wende mich mit einem Lächeln ihr zu.

»Das habe ich. Sehr gut sogar. Und du?«

Sie erwidert mein Lächeln. »Es ist herrlich, wieder in einem Bett zu schlafen, obwohl mir auch die Zeit in unserem Lager sehr angenehm war.«

»Ich weiß genau, was du meinst.« Ein wenig sehnsuchtsvoll denke ich an die Unbeschwertheit eines Lebens unter freiem Himmel.

Ich zögere nur einen Moment, in dem ich mir überlege, wie ich Dimitris Anwesenheit zur Sprache bringen kann. Dann beschließe ich, rundheraus zu sprechen. Ich trinke einen Schluck Tee und sage: »Ihr habt vermutlich gehört, dass Dimitri im Haus bleiben wird.«

Die Blicke, die sie einander zuwerfen, beweisen mir, dass sie über Dimitri gesprochen haben, bevor ich das Zimmer betrat.

»Brigid hat uns erklärt, dass er auf dich aufpasst«, sagt Luisa schließlich. »Damit dich die Seelen nicht verlocken können, während zu schläfst.«

Ich bin froh, dass Brigid mir meine Aufgabe erleichtert hat. »Tante Abigails Schlangenstein ist erkaltet, und anscheinend bin ich ohne seinen Schutz viel verletzlicher, als ich es zugeben möchte. Es ist zu unser aller Schutz, dass Dimitri bleibt, auch wenn es unter den Dienstboten einiges Gerede geben wird.«

Luisa lacht und wedelt abschätzig mit der Hand. »Pah! Es kümmert mich nicht im Mindesten, was die Dienstboten sagen! Ich will bloß, dass wir alle diese Sache gesund und munter hinter uns bringen. Wenn Dimitris Anwesenheit dazu beiträgt, ist er mir herzlich willkommen.«

Sonia habe ich die Situation schon erklärt, aber nun wende ich mich an Helene und Brigid. »Habt ihr etwas dagegen?«

Brigid lächelt. »Wenn ich etwas dagegen hätte, hätte ich es schon längst gesagt.«

Ich schaue Helene an. »Helene?«

Sie runzelt die Stirn, als müsse sie über ihre Worte nachdenken. »Ich glaube nicht, dass es meinem Vater gefallen würde.«

Luisa bricht in schallendes Gelächter aus. »Deinem Vater? Wie, bitte schön, sollte er denn davon erfahren? Bis ein Brief deinen Vater in Spanien erreicht und er eine Antwort an dich geschickt hat, ist das alles hier längst Vergangenheit.«

Helene strafft die Schultern. Sie wirkt mit einem Mal prüde, ein Eindruck, den ich bisher noch nicht von ihr hatte. »Nun ja, nur weil ich keine Gelegenheit habe, ihm davon zu berichten, muss ich noch lange nicht seine Wünsche missachten.«

Luisa seufzt. »Ich finde es bewundernswert, Helene, dass du die Wertvorstellungen deines Vaters respektierst.« Sie bricht ab und richtet ihre Augen auf die Zimmerdecke, als ob dort ihre nächsten Worte geschrieben ständen. »Nein, das stimmt nicht. Ich halte es für lächerlich und kurzsichtig. Aber was ich denke, ist unwichtig.«

Ich kämpfe gegen das Verlangen an, in ein hysterisches Gelächter zu verfallen. Derweil fährt Luisa fort.

»Die Sache ist die: Es stehen weit wichtigere Dinge auf dem Spiel, meinst du nicht auch? Wie zum Beispiel unser Überleben.« Sie hält einen Finger hoch. »Das Schicksal unserer unsterblichen Seelen.« Zwei Finger, dann drei.

»Die Zukunft der Menschheit. Solche Dinge. Ich bin dafür, dass Dimitri bleibt.« In einer Geste der Endgültigkeit legt sie ihre flache Hand auf den Tisch und schaut Helene fest in die Augen. »Und weil wir bereits wissen, dass die anderen meiner Meinung sind, fürchte ich, dass du überstimmt bist.«

Ich muss ein Lächeln unterdrücken, als sich Helene – sehr steif – vom Tisch erhebt und entschuldigt. Brigid allerdings fängt an zu lachen, nachdem Helenes Schritte in der Halle verklungen sind.

Ich halte mich zurück. »Meint ihr, jemand solle ihr nachgehen?«

Luisa nippt an ihrem Tee und zwinkert mir zu. »In einer Stunde ist sie drüber weg. Vertrau mir. Sonia und ich haben mittlerweile gelernt, wie wir mit Helene umgehen müssen.«

30

Ich bin ziemlich überrascht, dass uns Tante Virginia auf unserem Spaziergang durch die Stadt begleiten will, aber als sie sich Helene anschließt, begreife ich den Grund. In kameradschaftlichem Schweigen gehen die beiden ein Stück hinter uns, und ich erkenne, dass meine Tante wie kaum jemand anderes in der Lage ist, jemanden wie Helene zu verstehen. In gewisser Weise ähnelt sie Alice, allerdings ohne Alices dunkle Seiten. Aber sie bleibt genauso abseits wie meine Schwester. Es kommt mir ganz natürlich vor, dass meine Tante sich ihrer ganz besonders annimmt, und ich bin ihr für ihre Freundlichkeit und Fürsorge dankbar.

In den Straßen von London wimmelt der Verkehr. Kutschen rattern vorbei, Menschen hetzen hierhin und dahin. Luisa und ich gehen nebeneinander, während Sonia und Brigid vor uns schlendern. Sonia zeigt Brigid die Sehenswürdigkeiten und Luisa schaut mich von der Seite her an.

»Es ist schön, dass du wieder da bist, Lia.« Ich höre das

Lächeln in ihrer Stimme. Ich schaue sie an, und da ist es auch auf ihren Lippen und in ihren Augen. »Du bist doch wieder da, nicht wahr?«

Ihre Frage erfüllt mich mit einer solchen Traurigkeit, dass ich ihr Lächeln nicht erwidern kann. »Ja, ich glaube schon. Aber …«

»Was ist denn, Lia?« Ihre Stimme ist sanft.

Ich betrachte das Pflaster unter meinen Füßen. »Ich war so verletzt, so verängstigt, durch Sonias Verrat. Und nachdem ihr beide aus Altus zurückgekehrt wart, schient ihr euch so nahe zu sein. Zurückblickend kommt es mir so dumm vor, an deiner Loyalität gezweifelt zu haben, aber damals hatte ich den Eindruck, dass ich niemandem mehr vertrauen kann. Kannst du mir verzeihen?«

Sie greift nach meiner Hand und drückt sie. »Ach Lia! Du dummes Ding! Du musst dich doch nicht entschuldigen! Sag nur, dass du wieder bei uns bist, dass wir wieder zusammen sind, und alles wird gut.«

Ich erwidere den sanften Druck ihrer Finger, lächle sie dankbar an und wundere mich über die Ironie, dass etwas so Böses und Dunkles wie die Prophezeiung mir so wertvolle Menschen beschert, die ich Freunde nennen darf.

»Also«, sagt sie und ihre dunklen Augen funkeln, »erzähl mir, was ich verpasst habe.«

Und das tue ich. In den nächsten zwanzig Minuten haben wir keinen Blick für die Auslagen in den Schaufenstern. Ich berichte ihr von Loughcrew und der Entdeckung des Steins, von den Worten der Beschwörung und wie die

Sonne die Kammer einmal im Jahr erleuchtet. Ich erzähle ihr von meiner Furcht, Alice könnte uns nicht helfen, und dass ich nicht weiß, was wir dann machen sollen.

»Aber wie soll all das in der Zeremonie zusammengefügt werden?«, will Luisa wissen.

Ich will gerade antworten, als Sonia, die weit vor uns geht, uns zuruft: »Wir gehen in diesen Hutladen!«

Ich winke ihr und Brigid zu. »Geht nur. Wir sind gleich da.«

Sie verschwinden in einem Ladengeschäft und ich wende mich wieder Luisa zu. »Ich habe es zuerst auch nicht verstanden. Aber je mehr ich darüber nachdenke, desto einfacher scheint es mir zu sein.«

Luisa runzelt vor angestrengter Konzentration die Stirn. »Nun, vielleicht muss ich dann noch ein bisschen länger nachdenken, denn mir ist das Ganze rätselhaft.«

Ich lache auf. »Die letzte Seite der Prophezeiung besagt, dass wir in den Bauch der Schlange zurückkehren müssen. Das bezieht sich auf Avebury. Du und auch die anderen Schlüssel, ihr wurdet dort geboren, jedenfalls in der Nähe. Die Prophezeiung will anscheinend, dass wir dorthin zurückkehren, wo alles begann, weil dort auch alles enden soll. Wenn dies wirklich ein heiliger Ort ist, liegt seine größte Macht vermutlich im Zentrum, so ähnlich wie in der Krypta in Chartres.«

Wir erreichen den Hutladen, bleiben vor dem Schaufenster stehen und schauen zu, wie Sonia und Brigid drinnen lachend etliche wagenradgroße Hüte aufprobieren.

Sie rücken sie sich gegenseitig zurecht und kichern, bis die Verkäuferin streng in ihre Richtung blickt.

»Was ist mit dem … wie heißt es doch gleich? Mit dem ›Kreis des Feuers‹?«, fragt Luisa.

»Ich glaube, ich habe davon geträumt.« Einen Augenblick lang sehe ich nicht Luisas und mein Spiegelbild im Glas des Schaufensters, sondern das Feuer aus meinen Träumen. Sehe den Kreis aus verhüllten Gestalten. Höre ihren Gesang. »Ich habe von Menschen geträumt, die ein Feuer umringen und dabei eine Art Beschwörung murmeln. Der Stein aus Loughcrew lag auf einem hölzernen Podest, vermutlich, um die ersten Sonnenstrahlen zu erhaschen.« Ich drehe mich zu Tante Virginia und Helene um, die gerade zu uns treten. »Ich vermute, dass es so vonstatten gehen muss.«

Luisa nickt ernst, während Helene durch das Schaufenster späht und Sonia und Brigid betrachtet, die ihre Hüte wieder auf den Ständer setzen und sich gleich darauf zwei neue nehmen.

»Was machen sie da?«, fragt Helene.

»Sie amüsieren sich.« In Luisas Stimme liegt ein Anflug von Ärger.

Ich schaue Helene an. »Möchtest du auch hineingehen?«

Sie hebt überrascht die Augenbrauen. »Ich brauche keinen neuen Hut.«

Obwohl es mir irgendwie leidtut, dass sie nicht fähig ist, an den sorglosen Albernheiten teilzunehmen, empfinde ich auch eine gewisse Resignation. Tante Virginia rettet die Situation.

»Wir sollten langsam nach Hause gehen«, sagt sie lächelnd. »Ich könnte eine Tasse Tee gebrauchen.«

Mit Gareth im Schlepptau kehrt Dimitri aus dem Hauptquartier der Gesellschaft zurück, und wir verbringen einen fröhlichen Abend, während die beiden Herren einander fortwährend gegenseitig imitieren. Mir wird gar nicht bewusst, wie schnell die Zeit vergeht, aber als die Männer sich erheben, um im Salon einen Brandy zu sich zu nehmen, hat sich die Erschöpfung in meine Glieder geschlichen. Ich will nur noch in mein Zimmer, in mein weiches Bett, will allein sein und darüber nachdenken, wie ich Alice für unsere Sache gewinnen kann.

Allein schon der Gedanke daran ist völlig abwegig, und ich muss mich zwingen, meine eigene innere Stimme zu ignorieren, die mir meine Niederlage prophezeit.

Nachdem ich den anderen eine Gute Nacht gewünscht und mich in mein Zimmer zurückgezogen habe, kleide ich mich aus und lege mich ins Bett. Im flackernden Licht des Kaminfeuers grübele ich darüber nach, was ich zu Alice sagen will.

Die Zeit bis Beltane wird knapp, und deshalb muss ich schon morgen mit ihr reden. Der Weg dorthin – obwohl lange nicht so weit wie nach Altus oder Irland – ist beschwerlich und erfordert einige Vorbereitung. Im Übrigen reisen wir diesmal in einer ziemlich großen Gruppe.

Ich überlege mir, was es ist, das Alice antreibt. Was könnte sie davon abbringen, den Seelen weiterhin zu Willen zu sein? Über ihre Motivation bestand nie auch nur der Hauch eines Zweifels: Sie will so viel Macht, wie sie kriegen kann. Es ist ihr egal, ob sie dafür das Gute oder das Böse einsetzen muss, solange sie ihr Ziel erreicht.

Es gibt niemanden, den Alice liebt. Niemandem, dem sie sich verpflichtet fühlt.

Außer James.

Der Gedanke ist nur ein winziger Funke in den Tiefen meines Herzens. Aber dann setze ich mich kerzengerade auf, als mir langsam bewusst wird, welche Chance sich mir eröffnet, wenn das wahr wäre.

Darf ich auf ihre Liebe zu James bauen? Ist es möglich, auch nur im Entferntesten möglich, dass ihre Gefühle für ihn wahrhaftig sind? Diese Vorstellung schenkt mir den ersten Hoffnungsfunken seit Monaten.

»Was sitzt du da im Bett und machst so ein ernstes Gesicht?«

Die Stimme ist träge und schreckt mich aus meinen Gedanken. Ich beuge mich vor, wobei mir die Bettdecke bis zur Hüfte hinabrutscht, und blicke der Gestalt entgegen, zu der die Stimme gehört.

»Dimitri! Hast du mich erschreckt!«

»Es tut mir leid«, sagt er, an die Tür gelehnt. »Du warst so in Gedanken versunken.«

Er kommt zu mir und setzt sich auf die Bettkante. Sein Gewicht auf meiner Matratze, seine Nähe, der Duft nach

Brandy und Kaminfeuer … das alles durchflutet mich mit einer heißen Erregung.

»Hat sich Gareth bei uns gut amüsiert? Wie gefällt es ihm in Elspeths Haus?« Mein Versuch, mich selbst von Dimitris übermächtiger Präsenz abzulenken, schlägt fehl. Aber was soll ich machen?

Er grinst mich frech an und legt sich neben mich auf die Bettdecke. »Er meint, er habe es sehr bequem, allerdings bestimmt nicht so bequem wie ich.« Sein Blick bleibt auf meinen Lippen haften und wandert dann zu den Bändern, mit denen mein Nachthemd unterhalb des Schlüsselbeins zugeschnürt ist.

»Du«, sage ich, lege meine Hände auf seine Brust und versetze ihm einen leichten Schubs, »hast einen schlechten Einfluss auf mich. Solltest du nicht in deinem Sessel sitzen?«

Er schlingt seine Arme um mich und zieht mich an sich. Trotz der Bettdecke zwischen uns gerät mein Blut in Wallung.

»Soll ich aufstehen?«, fragt er.

»Ja … Nein … Ich glaube, du solltest aufstehen.« Meine Stimme wird undeutlich, als er anfängt, meine Wange zu küssen und dann mein Ohrläppchen, meinen Hals … »Du *musst* aufstehen.«

»Muss ich?« Ein Schauer jagt mir über den Rücken, als sein warmer Atem meinen Hals streift.

Ich seufze und drücke mich wider besseres Wissen noch enger an ihn. Ich will nicht, dass er aufsteht. Will nicht, dass er das Bett verlässt. Dass er mich verlässt. Niemals.

»Na ja…« Meine Stimme ist nur ein Hauch. »Vielleicht noch nicht gleich.«

Dann liegt sein Mund auf meinem. Seine Zunge schlüpft zwischen meine Lippen, und ich verliere mich in der Hitze unseres Kusses. Das Zimmer fängt an, sich zu drehen. Meine Hände greifen nach oben, verfangen sich in seinen Haaren, streicheln seine breiten Schultern, bis ich mich danach sehne, die Bettdecke samt meiner Kleidung loszuwerden, sodass nichts zwischen uns ist. Ich vergesse alles um mich herum, einschließlich Tante Virginia und die gesellschaftlichen Konventionen. Es gibt nichts mehr außer Dimitris Körper an meinem.

Dann zieht er sich mit einem leisen Stöhnen zurück und setzt sich auf. Sein Atem geht schwer und schnell.

Ich muss ihn nicht fragen, warum er mich losgelassen hat. Ich gebe ihm einen Moment Zeit, um sich zu sammeln, und bemühe mich, das Feuer in meinen eigenen Eingeweiden zum Erlöschen zu bringen und meinen Kopf von dem Nebel aus Leidenschaft und Verlangen zu klären.

Als sich Dimitris Atmung normalisiert hat, berühre ich sanft seinen Rücken.

»Es tut mir leid. Es ist schwer, sich nicht hinreißen zu lassen, nicht wahr?«

Er wendet sich zu mir, mit einem rätselhaften Ausdruck in den Augen. »Schwer ist gar kein Ausdruck. Es ist schier unmöglich, wenn ich in deiner Nähe bin, Lia.«

Ich lächle und fühle mich geschmeichelt angesichts der Anstrengung, die es ihn kostet, Abstand zu wahren.

»Ich möchte nicht, dass du aufstehst«, sage ich. »Glaubst du, du könntest die Kraft finden, dich einfach nur zu mir zu legen? Ohne … du weißt schon.«

Er streckt sich neben mir aus und legt seinen Kopf neben meinen auf das Kissen.

Mit einem schelmischen Grinsen fragt er: »Findest *du* denn die Kraft?«

Ich lache leise. »Ich versichere dir, dass es für mich genauso schwer ist wie für dich. Aber ich möchte jetzt einfach nicht mit meinen Gedanken allein sein.«

Sein Gesicht wird ernst und er streicht mir sanft über die Wange. »Und was für Gedanken sind das?«

Ich hole tief Atem. »Ich denke darüber nach, wie ich Alice von ihrem selbst gewählten Weg abbringen kann. Ich kann ein Gespräch mit ihr nicht mehr länger hinauszögern. Ich muss morgen mit ihr reden.«

Er legt den Kopf schräg. »So bald schon?«

»Es muss sein. Wir haben nur noch einen knappen Monat Zeit, und es gibt so viel zu tun, ehe wir überhaupt aufbrechen können. Außerdem: Welchen Unterschied macht es, ob ich morgen mit ihr spreche oder übermorgen oder am Tag danach? Ich will es hinter mich bringen.«

Er nickt. »Ich werde dich begleiten.«

Ich schaue ihm in die Augen und lächle zärtlich. »Das ist etwas, was ich alleine tun muss, Dimitri.« Ich hebe die Hand, um seinen Protest im Keim zu ersticken. »Ich weiß, dass du mich beschützen möchtest. Wirklich. Aber sie ist meine *Schwester*.«

Seine Augen verdunkeln sich und seine Kiefer mahlen. »Es ist zu gefährlich.«

»Nein, ist es nicht. Die nächste Schlacht müssen wir erst in Avebury ausfechten, und in den Anderswelten.« Ich streiche ihm die Sorgenfalten aus der Stirn. »Begreifst du denn nicht? Ich habe endlich herausgefunden, warum uns die Leibwache auf unserem Rückweg von Loughcrew nach London nicht verfolgt hat.«

Geduldig wartet er ab, bis ich weiterspreche.

»Samael weiß jetzt, dass ich keinen größeren Feind habe als mich selbst. Ohne den Schutz von Tante Abigails Schlangenstein bin ich so schwach und hilflos wie nie zuvor. Es gibt gar keinen Grund für Samael, seine Leibwache zu schicken. Nicht, wenn die berechtigte Hoffnung besteht, dass ich mich aus freien Stücken auf seine Seite schlage.«

Die Qual um meinetwillen beschattet seine Augen. Dann zieht er mich fest an sich und vergräbt sein Gesicht in meinem Haar. »Du wirst niemals zu ihnen gehören, Lia. Das werde ich nicht zulassen.«

Ich sage nichts, denn es ist nichts damit gewonnen, wenn ich die Worte ausspreche, die wie ein Nebel in meinem Kopf lauern: *Wenn es nur an dir wäre, das zu entscheiden!*

31

Am nächsten Morgen warte ich vor dem Savoy Hotel auf Alice. Aus Sorge, dass sie mich abweisen würde, habe ich meinen Besuch nicht angekündigt, und so stehe ich mit dem Rücken der steinernen Fassade des Hotels zugewandt und warte, bis sie herauskommt. Alice würde an einem so herrlichen Tag wie heute nicht drinnen bleiben. Der Frühling ist endlich in London eingekehrt und der Himmel erstrahlt in einem makellosen Blau.

Ich will mir meine Worte zurechtlegen, will einen Plan erdenken, mit dem ich Alice auf unsere Seite ziehen kann. Aber ich kann nichts weiter tun, als auf die Tür des Hotels zu starren. Das Herz klopft mir bis zum Hals, während ich auf meine Schwester warte.

Sie taucht kurz darauf auf, und ich drücke mich an die Hauswand, weil ich noch nicht gesehen werden will. Sie nickt dem Türsteher knapp zu, und ich muss wieder daran denken, dass Alice auf Menschen, die gesellschaftlich unter ihr stehen, stets herabblickt. Ich frage mich, ob das auch James einschließt, einen einfachen Buchhändler.

Sie geht die Straße entlang und blickt weder nach rechts, noch nach links, das Kinn emporgereckt, fast rebellisch. Es ist ein merkwürdiges Gefühl, mein Ebenbild davongehen zu sehen, die bewundernden Blicke der Männer zu beobachten, und die misstrauischen und eifersüchtigen der Frauen. Ich habe mich nie für besonders hübsch gehalten, und ich frage mich nun – etwas verwirrt –, ob ich es bin, oder ob es an Alices Haltung liegt, an ihrer Selbstsicherheit, ihrer Distanz, dass sie so viel Aufmerksamkeit erregt. Ich selbst halte den Kopf gesenkt, um nicht aufzufallen.

Als sie sich fast einen ganzen Häuserblock von mir entfernt hat, folge ich ihr, wobei ich mich bemühe, ihr leicht flatterndes Cape nicht aus den Augen zu verlieren. Ich rede mir ein, dass es unklug wäre, wenn ich mich zu schnell bemerkbar machte. Dass es klüger ist abzuwarten, wohin sie geht, vielleicht auf einen ruhigen Ort zu hoffen, an dem wir miteinander sprechen können.

Die Wahrheit ist: Ich habe Angst. Nicht vor Alice, nun, nicht wirklich. Nein. Ich habe Angst vor diesem letzten, endgültigen Gespräch. Angst davor, meine Hoffnung fahren zu lassen, meine letzte Hoffnung, dass sie mir helfen würde, Samael auf ewig zu verbannen.

Alice geht an den zahlreichen Geschäften vorbei, die die Straße säumen. Es ist ziemlich leicht, ihr unbemerkt zu folgen. Ich kenne nicht viele Menschen, die sich so selbstbewusst bewegen wie Alice, und kaum jemanden, der so wenig auf seine Umgebung achtet wie sie.

Sie überquert die Straße, und ich beschleunige meine Schritte, erreiche die andere Seite, kurz bevor mir ein Strom aus Kutschen und Reitern den Weg abschneidet. Ich folge ihr noch eine Weile und bin gar nicht überrascht, als sie durch ein hohes Tor in einen Park einbiegt, der von der geschäftigen Welt der Stadt durch hohe, dicht belaubte Bäume abgeschirmt ist, die eine regelrechte Mauer bilden.

Es ist ein kleiner Park, und als ich durch das Tor trete, befinde ich mich auf einem schmalen Kiesweg. Alice rückt mir an einem solch beengten Ort unwillkürlich näher, und ich lasse mich zurückfallen, um nicht bemerkt zu werden. Wir gehen weiter, folgen dem Pfad, der sich unter den mit Sonnenflecken durchzogenen Schatten der Bäume hindurchschlängelt. Plötzlich bleibt Alice am Ufer eines Teichs stehen, und ich muss mich rasch hinter einem Baumstamm verstecken. Dann setzt sie sich auf eine Bank in der Nähe des Wassers. Ich sehe eine Entenfamilie vorbeipaddeln, und ich frage mich unwillkürlich, ob sie die Enten anlockt, wie wir es früher bei den Enten im See von Birchwood Manor gemacht haben.

Ich hole tief Atem und nehme all meinen Mut zusammen. Dann löse ich mich aus dem Schatten des Baums. *Jetzt sag etwas*, denke ich, als ich mich ihr von hinten nähere. Ihr so nah zu sein, bringt mich irgendwie aus dem Gleichgewicht, und ganz plötzlich überkommen mich die unterschiedlichsten Gefühle: Verachtung, Trauer und … ja, und Liebe.

Selbst jetzt noch.

Ich bin nur noch ein paar Schritte von ihr entfernt, will sie beim Namen nennen, als sie leise spricht: »Warum versteckst du dich, Lia? Komm doch her und setz dich neben mich.«

Ich bin überrascht, aber nicht über den Umstand, dass sie mich bemerkt hat. Es ist ihre Stimme, in der kein Ärger liegt, kein Zorn, keine Leidenschaft. Diese Stimme lässt mich aufhorchen.

Ich sage nichts, sondern gehe nur um die Bank herum und nehme neben ihr Platz.

Ich folge ihrem Blick über das Wasser und beobachte die Enten, die auf uns zupaddeln, in Erwartung von Brotkrumen oder einer anderen Leckerei.

»Weißt du noch, wie wir zu Hause immer zum See geritten sind und die Enten gefüttert haben?« Alices Stimme ist wehmütig, und ich sehe sie vor mir, wie sie vor mir her über die Felder von Birchwood reitet, stark und ungezähmt, das Haar wie eine Fahne hinter ihr herwehend.

»Ja.« Die Worte kommen mir nicht leicht über die Lippen, denn mein Herz ist schwer. »Du bist immer zu schnell geritten, viel zu weit voraus. Ich hatte Angst, dass du mich verlassen könntest.«

Ein Lächeln umspielt ihre Mundwinkel. »Ich war nie so weit weg, wie du dachtest. Und ich hätte nicht zugelassen, dass uns irgendetwas trennt, egal, was du glaubst.«

Ich brauche eine Weile, um diese Behauptung zu verdauen. Selbst dieses kleine, scheinbar unbedeutende Bekenntnis verändert das Bild meiner Schwester vollständig. »Warum hast du es dann getan, wenn du wusstest, dass es mich ängstigt?«

Sie zuckt leicht mit den Schultern. »Vermutlich hat ein Teil von mir deine Abhängigkeit genossen. Deine Angst. Aber – ganz ehrlich –, ich weiß es nicht genau.«

Ich blicke wieder über das Wasser. Es kräuselt sich schwerfällig, grau und bleiern, obwohl die Sonne scheint. Ich weiß mit einem Mal nicht, was ich sagen soll. Wie ich anfangen soll. Suchend schaue ich zum gegenüberliegenden Ufer, betrachte das Gras, das dort wächst, die Bäume, als ob ich dort die Worte finden würde, die ich brauche. Aber es ist Alice, die zuerst das Wort ergreift.

»Ich weiß, dass er mich nicht liebt.«

Sie meint James. In mir ist kein Triumphgefühl. »Das wollte ich gar nicht sagen.«

Sie blickt auf ihre Hände, die in ihrem Schoß liegen. »Das musst du auch gar nicht. Ich sehe nur dich, wenn ich ihm in die Augen schaue.«

Ich lasse die Worte zwischen uns stehen. Nicht, um Alice zu kränken, sondern weil ich verzweifelt darüber nachdenke, wie ich sie für unsere Sache gewinnen kann, wenn sie glauben muss, dass James sie nicht liebt.

Mir bleibt nichts als die Wahrheit. »Ich vermag nicht zu sagen, wie die Dinge heute stehen, Alice. Aber James wird dich auf keinen Fall lieben, wenn du dich weigerst, gemeinsam mit uns das Tor zu verschließen. Wenn er erfährt, dass du Samael in die Welt lassen willst, wird er sich von dir abwenden.«

»Es scheint, ich habe nur zwei Möglichkeiten.« Ihre Stimme ist leise und ohne die Aufsässigkeit, die immer so charakteristisch für meine Schwester war. »Entweder ich helfe dir und werde die Frau des Mannes, der immer nur meine Schwester lieben wird, oder ich nehme meinen Platz an Samaels Seite ein und beherrsche die Welt.« Sie dreht sich zu mir um. Ihre Augen sind von einem fast grellen Grün. »Was würdest du an meiner Stelle tun?«

Ich denke über ihre Frage nach, stelle mir vor, ich wäre sie. Aber die Antwort kommt wie von selbst.

»Ich würde mich weder mit dem einen, noch mit dem anderen abfinden«, sage ich. »Ich würde meine Zukunft selbst gestalten. Eine Zukunft, in der ich geliebt werde, wahrhaftig geliebt, und eine Zukunft, in der ich nicht Macht für Liebe eintauschen muss.«

Sie hält meinen Blick ein paar Sekunden lang fest und ich sehe einen Anflug von Zweifel in ihren Augen. Aber die Flamme erlischt so schnell, wie sie aufgeflackert ist, und ich bin mir nicht einmal sicher, ob ich ihren Ausdruck richtig gedeutet habe.

Sie schaut wieder aufs Wasser. »Dann bist du ein besserer Mensch als ich, Lia.« Sie lächelt freudlos und ihre nächsten Worte sind mit Sarkasmus gewürzt. »Aber das wussten wir ja beide schon längst, nicht wahr?«

Ich will nicht an Alices Behauptung denken, dass ich

immer der Liebling unserer Eltern war. »Wir alle haben unsere eigene Vorstellung von den Dingen, unseren eigenen Blickwinkel. Aber was immer du auch denken magst, Alice, Vater liebte dich. Er liebt dich immer noch. Genauso wie wir alle.«

Sie hebt das Kinn und weicht meinem Blick aus. »Alle außer James.«

Ich stehe auf und gehe zum Wasser. Ohne mich umzuwenden, sage ich: »James … nun, die Sache mit James ist meine Schuld. Ich habe …« Mir bleiben die Worte im Hals stecken, denn jetzt empfinde ich bei dem Gedanken daran, wie rücksichtslos ich mich ihm gegenüber verhalten habe, dass ich ihn einfach verlassen habe, unsagbare Trauer. »Ich habe mich nicht so benommen, wie ich es hätte tun sollen. Ich habe zu viele Fragen unbeantwortet gelassen, habe ihm keine Gelegenheit gegeben, sich von mir zu lösen.« Jetzt drehe ich mich um. »Aber verstehst du denn nicht, Alice? All das spielt keine Rolle mehr. Ich liebe Dimitri. James und ich – unsere Liebe gehört einer anderen Zeit an. Einem anderen Ort. Wenn du an meiner Seite das Tor verschließt, kannst du noch einmal ganz neu anfangen. Mit James. Du hättest die Chance auf ein Leben, das du glücklich und voller Liebe leben kannst, voller wahrhaftiger Liebe, ohne die Last der Prophezeiung auf deinen Schultern.«

Sie schweigt eine Weile, aber als sie antwortet, spricht sie nicht von James. »Wusstest du, dass ich dich und Vater oft in der Bibliothek beobachtet habe? Ich blieb vor dem

Fenster stehen oder im Türrahmen und schaute zu, wir ihr miteinander gelacht und über Bücher gesprochen habt. Es schien so leicht, wie du an allem Anteil nahmst, aber als ich versuchte, ein Interesse an der Bibliothek und Vaters Büchern zu zeigen, hat er nur mit halbem Ohr hingehört, stets begierig darauf, wieder zu dir zurückzukehren.«

Ich seufze. »Vater wusste vermutlich, dass du dich nicht wirklich für die Bibliothek interessiert hast, Alice. Er hat dein Bemühen sicherlich anerkannt, wollte aber nicht, dass du es nur ihm zuliebe auf dich nimmst.«

»Aber gewiss doch. Es besteht natürlich nicht die Möglichkeit, dass ihm an mir einfach nicht besonders viel lag, nicht wahr?« Ihre Stimme zittert. »Ich war einsam, Lia. Mutter war tot. Du hattest Vater und James. Henry hatte Edmund. Tante Virginia hat dich mit Argusaugen bewacht und ist mir stets mit Misstrauen begegnet, obwohl ich anfangs nicht wusste, warum das so war.«

Ihre Worte wiegen schwer wie Blei. Sie hat recht. Diese Erkenntnis sticht mir wie ein Messer ins Herz: Ich bin mitschuldig an dem Weg, den Alice eingeschlagen hat. Hätte sie ihre Rolle als Wächter womöglich angenommen, wenn sie die Liebe erfahren hätte, nach der sie sich sehnte? Wäre sie vielleicht zu meiner Verbündeten geworden statt zu meiner Feindin?

Ich kehre zu ihr zurück, setze mich neben sie auf die Bank, wende mich ihr zu und nehme ihre warme Hand in meine. »Ich habe nie bemerkt, dass du einsam warst. Du schienst mir immer so glücklich zu sein. So sorglos. Gespräche über die Bibliothek oder über Bücher schienen dich zu langweilen, und nach einer Weile sprach ich einfach nicht mehr darüber.«

»Ich wollte dich oder Vater nicht merken lassen, wie sehr ich gekränkt war. Ich wollte euch nicht wissen lassen, dass ihr die Macht hattet, mich glücklich oder unglücklich zu machen.« Sie zuckt die Schultern und schaut zur Seite. »Deshalb habe ich so getan, als ob es mir egal wäre.«

»Es tut mir so leid, Alice. Es tut mir leid, dass ich dir Schmerz bereitet habe.« Diese Worte auszusprechen, fällt mir schwerer, als erwartet. Nicht, weil sie nicht wahr wären. Nein, es geht um Henry. Jede Ungerechtigkeit, alles Leid, das Alice jemals ertragen musste, erscheint mir im Licht dessen, was sie Henry antat, vollends gerechtfertigt.

Aber ich spreche sie aus. Ich spreche sie aus, weil Alice ihrer bedarf, und ich spreche sie aus, weil ich muss, weil sie meine einzige Hoffnung sind.

»Es spielt keine Rolle mehr.« Sie schluckt sichtbar, schluckt die Gefühle, die sie eben noch aufgewühlt haben, herunter.

»Vielleicht nicht«, sage ich. »Aber können wir dann nicht die Vergangenheit hinter uns lassen? Können wir nicht zusammenarbeiten, um Samael auf immer und ewig zu verbannen, damit wir von vorne anfangen können? Damit du mit James von vorne anfangen kannst?«

Langsam zieht sie ihre Hand aus meiner weg und legt sie wieder auf ihren Schoß. Ihre Augen blicken unverwandt auf das Wasser.

»Das liegt nicht in meiner Macht«, sagt sie.

Was für eine merkwürdige Behauptung! Nur mit Mühe unterdrücke ich meinen Ärger. »Aber selbstverständlich liegt es in deiner Macht, Alice! Du bist der Wächter. Wenn nicht in deiner, in wessen Macht sollte es sonst liegen?«

»Bitte versuche zu verstehen, Lia.« Ihre Stimme scheint aus weiter Ferne zu kommen, und ich habe das deutliche Gefühl, dass sie mir entgleitet. Dass meine Gelegenheit vorbei ist. »Ich war immer die Verbündete der Seelen. War immer auf ihrer Seite. Immer.«

In ihren Worten liegt eine Endgültigkeit, gegen die ich nicht ankomme.

Mein Herz ist schwer, als ich einen letzten Versuch unternehme: »Also willst du uns wirklich nicht helfen? Willst nicht deine Rolle als Wächter akzeptieren, selbst wenn das bedeutet, dass du James verlierst?«

Sie wendet sich mir zu. »Es tut mir leid, Lia, aber es ist zu spät. Ich wüsste nicht mehr, wer ich bin, wenn ich den Seelen nicht beistände. Sie sind ein Teil von mir geworden. Sie gehören zu meinem Leben. Ohne sie würde ich aufhören zu existieren.« Sie steht auf und betrachtet mich mit einem Ausdruck, in dem ich Trauer lesen kann, aber auch noch etwas anderes, Unbeschreibliches. »Es tut mir leid für dich, Lia. Ich wünsche dir Glück bei deinem Vorhaben. Ich fürchte, du wirst es brauchen können.«

32

Ich reagiere nicht auf das sanfte Klopfen an meiner Tür, aber Dimitri tritt trotzdem ein. Schweigend durchquert er das Zimmer, setzt sich neben mich und nimmt mich zart in den Arm. Anfangs mache ich mich steif, aber es dauert nicht lange, da schmiege ich mich eng an ihn.

Er streicht mir übers Haar und küsst mich auf den Scheitel. »Sie hat Nein gesagt?«

Lange Zeit sage ich nichts, will die Wahrheit nicht eingestehen. Aber es nutzt ja nichts, und irgendwann nicke ich leicht.

Ich fühle das Seufzen in seiner Brust. »Das tut mir leid.«

Ich setze mich auf, ziehe die Knie an die Brust und schlinge die Arme darum. »Ich war naiv zu glauben, dass es so einfach wäre.«

Er schüttelt den Kopf. »Nicht naiv – optimistisch. Es wäre dumm gewesen, es nicht zu versuchen.« Er zuckt mit den Schultern. »Jetzt haben wir Gewissheit.«

Ich starre ins Feuer, weiche seinem Blick aus. »Nutzen wird es uns nichts.«

Aus dem Augenwinkel nehme ich wahr, wie er sich mit der Hand durchs Haar fährt. »Wir warten einfach ab. Wir versuchen, Alice weiter zu bearbeiten, und warten bis nächstes Jahr, bis Beltane in einem Jahr. Es muss doch nicht dieses Jahr sein.«

Ich lege den Kopf auf die Knie und schaue ihn von unten her an. »Ich kann nicht länger warten, Dimitri.«

»Doch.« Er nickt inbrünstig. »Doch, du kannst. Die Prophezeiung schreibt kein bestimmtes Jahr vor. Sie sagt nur, dass sich alle am Vorabend von Beltane in Avebury einfinden müssen. Wenn es noch ein Jahr dauert, um Alice zu überzeugen, dann dauert es eben noch ein Jahr. Und wenn es zehn Jahre dauert – was macht das schon?«

Ich lächle leicht. »So lange halte ich nicht durch, und das wissen wir beide. Die Seelen haben mich bereits geschwächt. Mein Bündnis mit den Schlüsseln ist zerbrechlich, und ich weiß nicht, ob ich Helene überzeugen kann, noch ein ganzes Jahr zu bleiben. Es muss jetzt sein.«

»Aber wie, wenn Alice uns nicht freiwillig hilft? Wir könnten sie zwar mit Gewalt nach Avebury schleppen, aber es gäbe keine Möglichkeit, sie zu zwingen, an dem Ritual teilzunehmen.«

»Ich habe keine Antwort auf deine Frage, Dimitri. Noch nicht.« Ich schließe die Augen. »Ich weiß nur, dass ich nicht länger warten kann. Ich bin so müde.«

Er steht auf und beugt sich über mich. Ehe ich noch

protestieren kann, nimmt er mich in seine Arme und trägt mich zum Bett. Seine Arme sind stark, und ich habe das Gefühl, dass er mich bis zum Ende der Welt tragen könnte, ohne die Kraft zu verlieren.

»Was tust du da?«, will ich wissen.

Sein Gesicht ist sehr nah bei meinem. Seine Augen sind bodenlose Brunnen aus flüssigem Onyx. »Ich bringe dich ins Bett, damit du schlafen kannst.«

Vor dem Bett stehend, lässt mich Dimitri sanft auf die Matratze gleiten und zieht mir die Decke bis zu den Schultern. Behutsam setzt er sich auf die Bettkante und küsst mich sanft. Seine Lippen sind so weich.

»Morgen früh sieht alles schon ganz anders aus, wart's nur ab. Jetzt schlaf, meine Geliebte.«

Es kommt mir unmöglich vor, aber innerhalb von Sekunden gleite ich in die Dunkelheit ab.

Dimitris Gesicht ist das Letzte, was ich sehe.

Ich bin wieder im Abgrund und Samael ist näher als je zuvor. Der faulige Gestank der Seelen ist überwältigend. Ich fühle den heißen Atem ihrer Pferde in meinem Rücken.

Selbst im Traum bin ich müde. Mit trägen Bewegungen sporne ich mein Pferd an, versuche, dem Untier und seiner Armee aus gefallenen Engeln zu entkommen. Aber ein Teil von mir hat erkannt, dass es zwecklos ist. Mein Pferd wird langsamer, bis ich mit einem gewaltigen Ruck aus dem Sattel gerissen werde.

Hart schlage ich auf dem Eis auf, aber ich merke es

kaum. Ich fühle den Schmerz nicht so, wie ich ihn in meiner Welt empfinden würde. Und ich habe keine Zeit, darüber nachzudenken. Samaels Horde kreist mich ein, wie ich da auf dem Eis liege. Es ist vorbei.

Jetzt werde ich zu einem ewigen Sterben unter dem Eis verdammt.

Aber erst wird Er kommen.

Ich höre das Pferd schnauben, während es durch die Seelen schreitet, die ihm respektvoll Platz machen. Das Schnauben klingt ärgerlich, vielleicht, weil ich so lange geflohen bin. Ich fühle den Herzschlag, zunächst als ein dumpfes Grollen in meiner Brust, das von innen heraus vibriert und immer stärker wird, immer näher kommt. Bald schon höre ich es auch. Nicht nur das Herz von Samael, dem Untier, sondern auch mein eigenes, das im Einklang mit seinem schlägt.

Es ist ein seltsames Gefühl, aber tröstlich, und wenn ich meine Augen schließe, kann ich mir einbilden, im Leib meiner Mutter zu liegen. Ich entspanne mich auf dem Eis, ergebe mich diesem pochenden Herzen, während die Federn von Samaels Flügeln wie schwarze Schneeflocken meinen Leib streicheln. Sie sind sanft auf meinem Gesicht, sanft wie ein Kuss.

Und ich denke: *Es ist alles ganz einfach.*

Ich erwache am ganzen Leib zitternd. Meine Zähne klappern und meine Knochen fühlen sich an, als wären sie zu Brei geschlagen worden.

»Was …? Was ist …?«

»Lia! Wach auf, Lia!« Dimitris Gesicht schwebt über meinem, und ich frage mich unwillkürlich, warum er mich nicht schlafen lässt.

Er wollte doch, dass ich schlafe, oder nicht? Oder war das nur ein Traum?

Ich bin verwirrt, orientierungslos, und ich schaue mich um. Bin ich in den Wäldern auf dem Weg nach Altus, in Loughcrew oder in einem Lager auf dem Rückweg nach London? Aber nein. Da sind die prächtig tapezierten Wände meines Schlafzimmers, die geschnitzten Bettpfosten. Ich bin in Milthorpe Manor.

Irgendetwas drückt mir ganz entsetzlich auf die Schultern. Es ist sehr unangenehm, fast schmerzhaft, und als ich hinschaue, erkenne ich überrascht, dass es Dimitris Hände sind, die mich wie zwei Schraubstöcke festhalten.

»Was machst du denn da?« Ich versuche, mich aufzusetzen. »Du tust mir weh!«

Er lässt von mir ab und hebt die Hände, als wolle er sich ergeben. »Bitte entschuldige. Mein Gott, es tut mir so leid, Lia. Aber … du …«

Sein Blick ist düster, schockiert, und als ich ihm mit meinen Augen folge, erkenne ich den Grund.

Ich halte etwas in der linken Hand. Schwarzer Samt lugt zwischen meinen Fingern hervor. Mir stockt der Atem. Ich öffne die Hand und sehe das Medaillon dort liegen. Auf meiner Handfläche, nicht auf meinem Handgelenk, wo es sein sollte. Wo es war, als ich einschlief.

Ich schaue Dimitri in die Augen, der mir das Medaillon aus der Hand nimmt.

»Du hast dich im Schlaf herumgewälzt, und als ich zu dir kam, um dich aufzuwecken, lagst du auf einmal still.« Er schweigt nun still und ein fragender Ausdruck überzieht sein Gesicht. »Und dann hast du ohne Umschweife das Medaillon von deinem Handgelenk genommen, so ruhig und sicher, als ob du wach wärst und genau wüsstest, was du tust.«

Ich schüttele den Kopf. »Aber ich war nicht wach. Und ich wusste nicht, was ich tat.«

»Aber Tatsache ist, dass du das Medaillon selbst abgenommen hast, Lia.« In seiner Stimme liegt nackte Angst. »Und du hast es benutzen wollen, um die Seelen in unsere Welt zu lassen.«

Der Ausdruck auf den Gesichtern der anderen Mädchen sagt mir, dass ich genauso schlimm aussehe, wie ich mich fühle.

Ich habe sie und Tante Virginia in den Salon gebeten. Hinter Dimitri und mir liegt eine schlaflose Nacht, in der wir alle Möglichkeiten besprochen haben. Ich wusste gleich, dass es nur eins gibt, was wir tun können, aber er bestand darauf, auch andere Alternativen in Betracht zu ziehen. Schließlich erklärte er sich mit meinem Entschluss einverstanden, aber nur, weil er keine andere Wahl hatte. Ich werde tun, was ich tun muss, mit oder ohne seine Hilfe.

Mir bleibt einfach nichts anderes übrig.

Ich betrachte die Gesichter der vier Mädchen. Luisa, Sonia, Helene und Brigid. Sie sind so viel mehr für mich als bloß Teile der Prophezeiung, aber keine von uns wird jemals frei sein, wenn wir jetzt nicht handeln. Und ob sie es wissen oder nicht, unser Bündnis wird nicht noch ein Jahr halten, ein Jahr voller Warten und Hoffen, dass Alice sich uns vielleicht doch noch anschließt.

»Ist alles in Ordnung, Lia?«, fragt Sonia. »Du siehst nicht gut aus.«

Sie sitzt zwischen Luisa und Brigid auf dem Sofa. Helene hat in dem Ohrensessel Platz genommen. Sie hält sich abseits, wie üblich.

Ich behaupte nicht, dass alles in Ordnung ist. Dass es mir gut geht. Ich werde niemanden belügen. Nicht mich und auch nicht diejenigen, die gemeinsam mit mir gegen die Prophezeiung ankämpfen.

»Alice hat abgelehnt.« Sonias Stimme ist sanft, und ihre Worte sind eine Feststellung, keine Frage. Sie kennt meine widersprüchlichen Gefühle für Alice besser als irgendjemand sonst.

Ich nicke und schlucke den Kloß in meiner Kehle herunter.

Niemand wirkt überrascht, aber Luisa stellt die Frage, die alle beschäftigt: »Und was nun? Was machen wir jetzt?«

Ich hole tief Atem und betrachte meine Hände. Ich will sie nicht anschauen bei dem, was ich ihnen zu sagen habe. »Obwohl die Prophezeiung nicht ausdrücklich in diesem

Jahr beendet werden muss, haben wir keine andere Wahl. Ich werde kein weiteres Jahr überleben.«

Sonia will protestieren, aber ich hebe die Hand. »Es stimmt, Sonia, auch wenn ich wünschte, es wäre nicht so. Es geht mir nicht gut, schon lange nicht mehr. Ich kämpfe im Schlaf gegen die Seelen, und ich werde jeden Tag schwächer.« Ich beiße mir auf die Lippe, denn das Geständnis fällt mir nicht leicht. »Erst letzte Nacht hat mich Dimitri davon abhalten müssen, das Medaillon auf mein Handgelenk zu binden und mehr Seelen in die Welt zu lassen.«

In Sonias Augen liegt Traurigkeit und etwas, das ich als Mitgefühl deute. Ihr Blick weckt meinen Stolz, und ich richte mich auf, lasse meine Stimme so kraftvoll klingen, wie ich vermag. Wenn ich sie schon mitten in die Gefahr hineinführen muss, dann will ich mich der Verantwortung dieser Anführerschaft wenigstens würdig erweisen.

»Ich weiß nicht, ob ich die Kraft oder die Autorität besitze, das Tor ohne Alices Hilfe zu schließen. Vielleicht ist es ein unmögliches Unterfangen. Aber wenn ich es nicht versuche, wenn ich warte …« Ich schaue sie eine nach der anderen an, weil ich will, dass sie das Risiko erkennen, das ein Zögern beinhalten würde. »Dann würde ich auf meinen Tod warten. Würde darauf warten, dass ich in den Abgrund verbannt werde. Und dann wird niemand das Tor schließen können, bis ein neuer Engel benannt wird. Was Jahrhunderte dauern könnte.«

»Wir *alle* könnten auf diese Weise untergehen.« In Helenes Stimme liegt eine deutliche Anklage.

Ich zögere. »Vielleicht, obwohl ich das nicht glaube. Bitte nehmt mir das nicht übel, aber ich glaube, dass ihr ohne mich für Samael und die Seelen nicht von Nutzen seid. Ich bin der festen Überzeugung, dass ihr nicht in Lebensgefahr seid, was immer in Avebury passieren wird.«

»Aber sicher bist du dir nicht«, hakt Helene nach.

Ich schüttele den Kopf. »Nein.«

»Aber, Lia …«, setzt Brigid vorsichtig an. »Wenn du das Tor nicht schließen kannst, wirst du dann nicht *ganz sicher* sterben? Was, wenn das Ritual dich in die Anderswelten zieht? Wären die Seelen dann nicht in der Lage, dich dort festzuhalten, geschwächt wie du bist?«

Ich werfe Dimitri einen Blick zu, bevor ich antworte. Meine Bereitschaft, mein Leben aufzugeben, ist für ihn ein schweres Los.

»Möglich, ja. Aber ich kann nicht … ich kann nicht länger hier herumsitzen und warten, bis die Seelen mich so kraftlos gemacht haben, dass ich ihnen freiwillig in den Abgrund folge. Ich bin …« Ich muss absetzen, um meine zitternde Stimme wieder unter Kontrolle zu bekommen. »Ich bin müde. Ich möchte die Sache beenden, um unser aller Willen, anstatt endlos zu warten und damit uns allen endlose Qualen zu bescheren.«

»Also reiten wir nach Avebury, rechtzeitig zum Sonnenaufgang an Beltane, vollziehen die Beschwörung und … was dann? Versuchen wir, das Tor ohne Alice zu schließen?«

Ich nicke. »Ich werde alle mir zur Verfügung stehende

Macht aufbringen und möchte euch bitten, das Gleiche zu tun. Und gemeinsam werden wir versuchen, das Tor ohne meine Schwester zu verschließen. Es ist riskant, aber noch riskanter ist es, ein weiteres Jahr zu warten.« Meine Hand streicht nervös über meinen Rock und mein Zeigefinger verfängt sich in einem losen Faden.

»Und wenn es uns ohne sie nicht gelingt?«, fragt Sonia leise.

Ich zucke mit den Achseln. »Dann komme, was mag. Vermutlich werde ich in den Abgrund gezogen und ihr könnt in euer Leben zurückkehren, in das Leben, das ihr euch verdient habt. Es ist ein Opfer, das ich bereit bin zu bringen, um meine eigene Qual zu beenden und euch die Freiheit zu garantieren.« Ich schaue zu Tante Virginia und betrachte ihr abgehärmtes Gesicht. »Euch allen.«

Luisa schaut zu Dimitri. »Ich vermute, du hast schon versucht, ihr die Sache auszureden, oder?«

Er hat die Arme vor der Brust verschränkt. Seine Kieferknochen treten deutlich hervor und er kann seine Wut kaum noch kontrollieren. »Die ganze Nacht lang.«

Luisa nickt und wendet sich zu mir. »Dann bleibt uns nichts weiter übrig, als dir zu helfen, Lia. Dir zu helfen, den Frieden zu finden, den du brauchst. Ich für meinen Teil werde alles in meiner Macht Stehende tun, damit du ihn bekommst.«

»Ich auch«, sagt Brigid.

Wir schauen Helene an. Sie strafft die Schultern und seufzt vernehmlich. »Also gut, wenn ich danach von dieser ganzen Angelegenheit nie mehr etwas hören brauche und unverzüglich nach Spanien zurückkehren kann, dann bin ich bereit.«

Bilde ich es mir nur ein, oder löst sich bei allen Anwesenden eine erwartungsvolle Spannung? Jedenfalls bin ich erleichtert, dass Helene zu uns steht.

Mein Blick fällt auf Sonia. Sie steht auf, kommt zu mir und setzt sich neben mich. »Ich würde mich klaglos in mein Schicksal ergeben, wenn ich mein Leben lang ein Schlüssel sein müsste, aber wenn du es so haben willst, Lia, werde ich mit dir gehen. Es gibt nichts, was ich nicht für dich tun würde.«

Tränen der Dankbarkeit treten mir in die Augen. Ich kämpfe sie nieder und drücke Sonia und Luisa kurz die Hand, bevor ich aufstehe.

»Dann lasst uns keine Zeit verlieren. Wir reisen so schnell wie möglich ab.«

33

Eine Woche ist inzwischen vergangen. Als ich an diesem Abend zu Bett gehe, kann ich es kaum fassen, dass wir schon reisefertig sind.

Gareth, Dimitri und Edmund haben die meiste Arbeit übernommen und alles bestens organisiert, was nicht einfach war, weil wir in einer so großen Gruppe reisen. Luisa, Sonia und ich haben unser Möglichstes getan, um Helene auf die Strapazen der Reise vorzubereiten, denn während Brigid schon auf unserem Ritt von Loughcrew nach London Erfahrungen sammeln konnte, saß Helene bisher nur zum Vergnügen im Sattel. Und noch niemals in Hosen.

Ich schlüpfe in mein Nachthemd und bürste mir die Haare, denke dabei an die vielen Stunden, in denen Sonia, Luisa und ich versucht haben, Helene mit einem längeren Ritt vertraut zu machen. Nachdem wir zwei Tage lang in Whitney Grove unseren Ärger über ihr Gejammer heruntergeschluckt haben, riss uns der Geduldsfaden. Sie muss einfach zusehen, dass sie im Sattel bleibt. Schlimmer noch war, dass sie sich rundheraus weigerte, Hosen zu tragen. Ihre Prüderie ist mir herzlich egal, aber in diesem Fall kann ihre Verbohrtheit für uns alle zur Gefahr werden. Was wäre, wenn wir in wilder Jagd durch den Wald galoppieren müssten, wie auf dem Weg nach Altus?

Es klopft an der Tür. »Herein!«, rufe ich.

Es ist Dimitri. Die Sorgenfalten um seine Augen sagen mir, dass er meinem Vorhaben für heute Nacht nur zögernd zugestimmt hat. Er kommt zu mir und zieht mich an den Händen auf die Füße, nimmt meinen Körper in seine Arme, und wieder fühle ich mich, als ob mir nichts Schlimmes geschehen könnte. Ich weiß, dass es nur eine Illusion ist. In den letzten Tagen hat er mich länger und fester umarmt als je zuvor. Als ob er Angst hätte, dass ich ihm jeden Moment entgleiten könnte.

Nach einer Weile lockert er seine Umarmung so weit, dass ich ihm in die Augen schauen kann. »Bist du bereit?«

Er nickt. »Aber nur, weil ich dich nicht umstimmen kann.«

In meinem Lächeln liegt Traurigkeit. »Das stimmt. Das kannst du nicht.«

Der Entschluss, noch ein letztes Mal die Anderswelten aufzusuchen, fiel mir leicht. Ich weiß nicht, was in Avebury geschehen wird, aber ich muss ehrlich mit mir selbst sein: Ohne Alices Hilfe ist die Wahrscheinlichkeit groß, dass meine Seele in den Abgrund gezogen wird, wo sie bis in alle Ewigkeit zum Sterben verdammt ist. Meine Eltern – und vermutlich auch Henry – haben ihre eigenen unsterblichen Seelen aufs Spiel gesetzt, indem sie in den Anderswelten verweilten, für den Fall, dass ich ihre Hilfe brauchen würde. Es ist nur recht und billig, dass ich sie freigebe, damit sie in die letzte Welt eingehen können. Vielleicht habe ich später nicht mehr die Gelegenheit dazu. Und obwohl ich mich mit meinem Schicksal abgefunden habe, möchte ich meine Eltern und meinen Bruder noch ein letztes Mal sehen. Möchte mit ihnen sprechen und sie umarmen.

Ich möchte mich verabschieden.

Ich lasse Dimitris Hand los und gehe zum Bett, auf das ich mich niederlege. Dimitri setzt sich neben mich und streicht mir über die Wange bis hinab zum Kinn. »Wenn du mich mitkommen lässt, kann ich dafür sorgen, dass du sicher zurückkehrst.«

Ich schüttele den Kopf. Dieses Argument habe ich bereits mehrere Male entkräftet. »Ich will nicht, dass du meinetwegen Schwierigkeiten bekommst oder sogar deinen Platz inmitten der Grigori verlierst.«

Er schaut zur Seite und presst die Lippen aufeinander. »Du verstehst es immer noch nicht, oder?« Seine Stimme ist mürrisch.

»Was?«, will ich wissen und stütze mich auf die Ellbogen. »Was verstehe ich nicht?«

Er schaut mich rundheraus an. »Glaubst du wirklich, dass ich mir über meine Position bei den Grigori Sorgen mache? Glaubst du, dass ich nach allem, was zwischen uns war, über irgendwelche *Strafen* für mein Verhalten nachdenke?« Er schüttelt den Kopf und schaut mich mit flammendem Blick an. »Du bedeutest mir alles, Lia. Ich würde die Grigori mit Freuden aufgeben, wenn ich damit deine Sicherheit gewährleisten könnte.«

Ich hebe die Arme und umschlinge seinen Nacken, lege meine Lippen auf seine. Schon nach kurzer Zeit wird aus der Zärtlichkeit ein leidenschaftlicher Hunger, und ich drücke mich an ihn. Unsere Gefühle füreinander sind noch stärker geworden, geboren aus der Angst, dass wir einander verlieren könnten. In meinem Magen flattern Schmetterlinge, die sich schließlich in meinem ganzen Körper ausbreiten. Am liebsten würde ich mit ihm, mit meinem Liebsten, verschmelzen.

Ich will in ihm sein, in seiner Haut, seinem Fleisch, seiner Seele.

Er löst seine Hände aus meinen Haaren und legt sie mir auf die Schultern.

»Lia, Lia…« Er nimmt meine Hand, dreht sie um und küsst meine Handfläche. Dann fährt er mit seinen Lippen über die zarte Haut auf meinem Handgelenk, hinterlässt einen Kuss auf der Wölbung des Zeichens. Dann blickt er zu mir hoch. »Ich hatte gehofft, dass ich dich ein ganzes Leben lang halten und lieben dürfte.«

Sanft berühre ich mit den Fingerspitzen seine Stirn, ehe meine Hand wieder in meinen Schoß fällt. Ich weiß nicht, wie ich ein Lächeln zustandebringen kann, aber seine Liebe macht mich stark, und es gelingt.

»Ich verspreche dir, dass ich kämpfen werde, Dimitri.

Ich werde kämpfen, um bei dir zu bleiben. Den Rest muss ich dem Schicksal überlassen.«

Er nickt und ich schiebe mich unter die Decke, lege meinen Kopf auf das Kissen. »Tu, was du tun musst. Und komm zu mir zurück.«

Er küsst mich noch einmal auf die Lippen und setzt sich dann auf den Sessel. Wenn wir die Arme ausgestreckt hätten, hätten wir uns an den Fingerspitzen berühren können. Aber mir ist, als ob er schon eine Million Meilen weit weg wäre.

Ich schließe die Augen, leere meinen Geist und gleite in jenen Halbschlaf, der mich auf die Schwingen führt, ohne dass ich ganz und gar die Kontrolle über die Lage verliere. Ich denke an meine Eltern – an die grünen Augen meiner Mutter und an Vaters dröhnende Stimme. Ich denke an Henry und an sein ansteckendes Lächeln, das nicht nur seine eigenen Augen erleuchtete, sondern unser aller Augen.

Ich denke an sie. Stelle mir ihre Gesichter vor. Und dann falle ich.

Ich bin mir sicher, dass ich sie auf den Feldern von Birchwood treffen werde. Es ist der geeignete Ort, um Lebewohl zu sagen.

Diesmal gehe ich an dem Fluss hinter dem Anwesen vorbei. Alles ist noch genauso, wie ich es in Erinnerung habe. Das Haus, das mein Urgroßvater erbaute, lugt zwischen den mächtigen Eichen hindurch. Es wirkt großzügig und heimelig. In dieser Welt haftet ihm nichts Düsteres oder Bedrohliches an.

Ich empfinde einen Anflug von Trauer, als ich den großen Felsen erreiche, an dem James und ich uns immer trafen. Vielleicht teilt er diesen Ort nun mit Alice. Der Fluss plätschert und gurgelt fröhlich dahin, und mir wird plötzlich klar, dass sich jedes Gewässer anders anhört. Das ergibt keinen Sinn. Sie sollten alle gleich sein. Egal, wo ein Fluss fließt, im Grunde genommen ist es nichts anderes als Wasser über Felsen oder Kiesel. Aber dies ist mein Fluss, und er begrüßt mich wie einen verloren geglaubten Freund.

Ich schließe die Augen und stehe am Ufer, konzentriere mich auf die Bilder meiner Familie, bis ich schwere Stiefelschritte höre, unter denen das trockene Laub auf dem Pfad knistert.

Ich hätte vorbereitet sein sollen. Ich wusste schließlich, dass sie kommen würden, denn ich habe sie gerufen, mit aller mir zur Verfügung stehenden Macht, aber es trifft mich dennoch wie ein Schock, als ich mich umdrehe und meine Eltern und Henry auf mich zugehen sehe.

Henry kann laufen.

Die Trauer verfliegt im Nu, denn als er lächelt, kann ich nicht an mich halten: Ich renne auf ihn zu. Da sind auch meine Eltern, ich weiß, aber es ist mein Bruder, nach dessen Umarmung ich mich sehne.

Er umklammert mich mit einer Kraft, die er im Leben nie hatte. Noch nie habe ich ihn so stark erlebt. Er war an den Rollstuhl gefesselt. Er lebte und starb in ihm. Die Tränen fließen mir über die Wangen, während ich ihn festhalte. Jetzt ist er endlich frei.

»Henry! Oh Henry!« Mehr kann ich nicht sagen. Ich ertrinke in einem Gefühl, das ich nicht einmal benennen kann.

»Lia! Ich kann laufen! Siehst du das, Lia? Ich kann laufen!« Seine Stimme ist noch so wie früher, die hohe, kindliche Stimme, voller Begeisterung, die so typisch für ihn war.

Ich trete einen Schritt zurück und betrachte ihn. »Ich sehe es, Henry. Ich sehe es. Und du läufst ganz wunderbar.«

Sein Grinsen ist so weit wie der blaue Himmel über uns. »Und warum weinst du dann?«

Ich lache und wische mir mit dem Handrücken die Tränen ab. »Weil ich so voller Glück bin, Henry. In mir ist nicht genug Platz für all dieses Glück.«

Neben Henry kichert mein Vater leise, und jetzt wende ich mich meinen Eltern zu.

Ich umarme meinen Vater, halte ihn ganz fest und atme den Duft nach Pfeifentabak und Zedernholz ein. »Vater. Ich habe dich so vermisst.«

»Und ich dich, meine Tochter.«

Ich wende mich zu meiner Mutter und umarme auch sie. Mit ihr verbindet mich seit meiner Zeit auf Altus eine ganz besondere Nähe.

»Lia«, sagt sie und ihr Atem streift mein Haar. »Lass dich anschauen.«

Wir treten voneinander zurück und sie betrachtet mich. Sie lächelt und schüttelt verwundert den Kopf. »Aus dir ist eine wunderschöne junge Frau geworden.«

Meine Freude über das Kompliment ist nur von kurzer Dauer. Mein Vater schaut sich beunruhigt um.

»Für den Augenblick bist du hier sicher, Lia, aber ich denke, wir sollten unser Treffen nicht allzu sehr ausdehnen.«

Er will, dass ich mich beeile, obwohl keiner von uns den anderen wieder verlassen will. Für mich ist es besonders schwer, weil ich weiß, dass wir uns nicht wiedersehen werden.

Ich nehme seine Hände. »Vater, ich bin gekommen, weil ich euch bitten möchte, in die letzte Welt überzugehen. Du, Mutter und Henry.«

Ich erwarte, dass er überrascht ist, aber stattdessen lässt er den Kopf hängen. In seinen Augen steht Resignation. »Du brauchst uns nicht mehr?«

Ich schüttele den Kopf. »Nein, du missverstehst mich. Ich werde euch immer brauchen.« Ich schaue von ihm zu Mutter und Henry. »Immer. Aber ihr seid hier nicht mehr sicher. Schon eine ganze Weile nicht mehr. Ich hätte euch längst darum bitten sollen, zu eurem eigenen Schutz. Euch in dieser Zwischenwelt zu belassen, war selbstsüchtig von mir.«

»Lia.« Die Stimme meiner Mutter ist weich, und ich wende mich zu ihr. Zwischen uns kann es keine Geheimnisse geben. Die naturgegebene Verbindung zwischen

Mutter und Tochter bleibt immer bestehen. »Da ist noch etwas. Etwas, das du uns nicht sagen willst.«

Ich straffe die Schultern, will stark und mutig klingen: »Es ist Zeit für mich, die Schlüssel nach Avebury zu führen, und obwohl die Prophezeiung bestimmt, dass Alice und ich zusammenarbeiten müssen, weigert sie sich, uns zu helfen.«

Meine Mutter runzelt die Stirn. »Aber wenn die Prophezeiung sagt, dass du Alices Hilfe brauchst, warum reitest du dann überhaupt nach Avebury?«

»Ich kann nicht …« Ich schaue ihr in die Augen, in der Gewissheit, dass sie am besten begreifen muss, wie es ist, der Folter der Seelen widerstehen zu müssen. »Ich kann nicht viel länger meine Kraft gegen die Seelen einsetzen. Ich muss versuchen, die Macht, die mir noch geblieben ist, zu nutzen, um das Tor zu schließen. Ich werde jeden Tag schwächer.«

»Dein Vorhaben ist gefährlich«, sagt mein Vater. »Du musst warten, bis alles so ist, wie es vorherbestimmt ist, wenn du die Sache lebend überstehen willst.«

Ich schüttele den Kopf. »Es geht nicht nur um mich, Vater. Auch die Gemeinschaft der Schlüssel ist zerbrechlich. Sie leidet genauso wie ich unter dem Ansturm der Seelen.«

»Also hast du die Schlüssel gefunden?«, fragt er. »Alle vier?«

Ich nicke. »Alle vier. Aber ich glaube nicht, dass sie noch ein Jahr länger in London beisammenbleiben würden.« Ich versuche zu lächeln. »Es ist Zeit, die Sache zu beenden. Ich werde kämpfen, mit allen Mitteln. Und wenn ich dabei zugrunde gehe, wenn ich meine Seele dem Abgrund überantworten muss, damit Samael mich nicht als Tor missbrauchen kann, dann werde ich das tun.«

Ihre Mienen sind ernst, und eine Zeit lang sagt keiner etwas. Dann bricht meine Mutter das Schweigen.

»Es ist deine Entscheidung, Lia. Ich weiß, welche Ängste die Seelen in einem Menschen wecken können. Du musst tun, was du für richtig hältst.«

Ich lächle und schaue ihr in die Augen, die meinen eigenen gleichen. »Danke, Mutter. Ich wusste, du würdest mich verstehen. Ich wünschte bloß, dass …«

Sie streichelt meine Wange. »Was wünschst du dir, mein Liebling?«

Ich seufze und lächle traurig. »Ich wünschte, wir hätten mehr Zeit miteinander verbringen können. In der wirklichen Welt, meine ich.«

Sie nickt. »Und ich wünschte, ich hätte deinen Mut gehabt, Lia. Deine Stärke.«

Ich beuge mich vor und umarme sie. »Lebe wohl, Mutter. Ich bete, dass du in der letzten Welt deinen Frieden finden wirst. Bitte denke immer daran, dass ich dich liebe.«

Ihre Stimme ist rau und ihre Augen sind nass vor ungeweinten Tränen. »Auch ich liebe dich, Lia. Keine Mutter kann stolzer auf ihre Tochter sein.«

Ich schaue ihr in die Augen. »Und keine Tochter stolzer auf ihre Mutter.«

Jetzt sind ihre Wangen tränennass, und ich weiß, dass sie an ihre Entscheidung denkt, ihrem Leben ein Ende zu setzen, anstatt sich ihrer Rolle in der Prophezeiung zu stellen. Vielleicht kann sie diese Schuld jetzt ablegen und sich selbst vergeben, so wie ich ihr vergeben habe.

Ich schaue meinen Vater an und will mir sein Gesicht genau einprägen. Die liebevollen Augen und das sanfte Lächeln, das mir immer Trost und Sicherheit gespendet hat. Diese Erinnerung wird mich trösten, ganz gleich, welches Schicksal mich erwarten mag.

»Danke, dass du so lange bei mir geblieben bist. Dass du auf mich aufgepasst und dafür gesorgt hast, dass ich alles finde, was ich brauche.«

Er zieht mich in seine Arme, und wieder atme ich seinen Duft ein. »Es tut mir leid, dass ich nicht mehr tun konnte.«

Ich lasse ihn los und schaue ihm in die Augen. Er muss wissen, dass er alles Menschenmögliche getan hat. »Du hattest nicht die Macht, mir mehr zu geben, Vater.« Ich denke an Alice. An ihre Entscheidung, sich lieber mit den Seelen zu verbünden als mit ihrer eigenen Schwester. Ihrer Zwillingsschwester. Ihrem eigen Fleisch und Blut. »Du warst immer für mich da. Warst mein Anker und mein Fels.«

Er packt mich an den Schultern und blickt mich aufmerksam an. »Gib nicht auf, Lia. Du besitzt große Macht. Wenn irgendjemand dies zu Ende bringen kann, dann bist du es.«

»Ich werde nicht aufgeben, Vater. Ich verspreche es.« Ich lächle, will ihn in Sicherheit wiegen. »Wir sehen uns in der letzten Welt.«

Er berührt meine Stirn. »Mögest du recht haben, mein liebes Mädchen. Und mögen bis dahin noch viele, viele Jahre vergehen.«

Ich trete einen Schritt zurück und ringe um meine Fassung. Ich will Henry nicht anschauen. Ich will ihm nicht in die Augen blicken, die so dunkel sind wie die meines Vaters. Mich einmal von ihm zu verabschieden, hat mich fast das Leben gekostet.

Diesmal muss ich stärker sein.

Als ob er meine Gedanken lesen könnte, sagt er: »Sei nicht traurig, Lia. Wir werden uns wiedersehen.«

Etwas Düsteres erhebt sich von meinem Herzen und ein Lächeln erblüht auf meinen Lippen. »Ja, Henry. Ganz bestimmt.« Ich bücke mich und schließe ihn in meine Arme.

»Ich wusste, dass du nicht die Böse bist, Lia. Ich wusste es die ganze Zeit.«

Und jetzt schaue ich ihm doch in die Augen. Ich sehe Liebe. Liebe und Wahrheit und Licht.

All die Dinge, für die ich kämpfe.

»Du hattest recht, Henry. Ich bin nicht die Böse.« Ich zögere. »Vielleicht ist niemand böse. Vielleicht ist es nicht so einfach.«

Erst als ich es ausspreche, ziehe ich die Möglichkeit in Betracht, dass es die Wahrheit ist.

Henry nickt ernst.

»Ich werde dich vermissen.« Er lächelt. »Aber wir sehen uns ja wieder.«

»Ja.« Ich schaue ihm fest in die Augen, und dann küsse ich ihn auf die Wange. Seine Haut ist so glatt und seidig, wie ich sie in Erinnerung habe.

Nur dieses eine Mal bedauere ich nicht, dass er niemals die rauen Wangen eines erwachsenen Mannes haben wird. Nur dieses eine Mal glaube ich, dass es Henry bestimmt war, mit Mutter und Vater in die letzte Welt einzugehen, und dass ich in meiner Welt bleiben muss, wenigstens im Augenblick noch. Meine Bestimmung ist es, die Prophezeiung zu beenden. Für mich und für alle Schwestern, die nach mir kommen.

Ich trete von ihnen zurück und umfasse sie mit meinem Lächeln. »Geht jetzt. Beeilt euch. Geht ein in die letzte Welt, in der Gewissheit, dass ihr immer in meinem Herzen sein werdet.«

Mein Vater nimmt die Hand meiner Mutter, und sie nimmt Henrys Hand. Sie wenden sich ab, und meine Mutter blickt ein letztes Mal über ihre Schulter zurück zu mir. Ich erwarte, dass ihre letzten Worte an mich bedeutungsvoll sind, und auf ihre eigene Weise sind sie das auch. Auf ihre Weise sind es die bedeutsamsten Worte, die sie hätte sagen können, und sie sorgen dafür, dass sich ein entschlossenes Grinsen auf meinem Gesicht ausbreitet.

»Die Seelen können mir regelrecht leidtun, meine Tochter. Sie haben ja keine Ahnung, mit wem sie sich da anlegen.«

Ich grinse immer noch, nachdem sie zwischen den Bäumen verschwunden sind. In diesem Augenblick glaube ich meiner Mutter. In diesem Augenblick tun auch mir die Seelen leid. In diesem Augenblick halte ich alles für möglich.

34

Unser Aufbruch aus London erfolgt ohne jegliche Heimlichtuerei. Unsere Reisegruppe ist viel zu groß, um unbemerkt die Stadt verlassen zu können, und wir haben es satt, uns zu verstecken – und außerdem viel zu eilig. Keiner von uns spricht aus, was wir alle wissen: Es ist kein Geheimnis, weder für Alice, noch für die Seelen, dass wir auf dem Weg nach Avebury sind.

Und auch nicht für Samael.

Der zweite Tag zieht mit einem unheimlichen Schimmer auf. Ich spähe in den Himmel, als wir losreiten, und versuche, aus diesem merkwürdigen Dämmerlicht schlau zu werden.

»Eine Sonnenfinsternis.« Edmunds Stimme schreckt mich auf. Er war vorausgeritten, hat sich wohl aber zurückfallen lassen, während ich mir die Sonne betrachtete. »Ein ziemlich seltenes Phänomen. In ein paar Stunden wird es völlig dunkel sein.«

Ich nicke. Eine einleuchtende Erklärung für dieses seltsame Licht. Je näher der Mond der Sonne kommt, je deutlicher er ihre Scheibe verdeckt, desto stärker wird der Schatten. Es kommt mir sehr passend vor, dass wir inmitten eines so bemerkenswerten Ereignisses nach Avebury reiten, um Samael, den Dunklen, aus der Welt zu verbannen. Es ist beunruhigend. Eine Warnung von der Dunkelheit, die kommen wird, falls ich versage.

Ich muss an Henry und meine Eltern denken und wende mich Edmund zu.

»Edmund?«

Seine Augen bleiben nach vorn gerichtet, auf die Felder, die vor uns liegen. »Ja?«

»Ich …« Es fällt mir immer noch schwer, Henrys Namen in Edmunds Gegenwart auszusprechen. Ich möchte nicht die kaum verheilte Wunde aufreißen, aber diesmal werde ich ihm damit Trost spenden. »Ich wollte Sie wissen lassen, dass ich Henry in den Anderswelten gesehen habe. Mit Mutter und Vater.«

Edmund wendet mir sein Gesicht zu. Seine Augen blicken leer. »So, haben Sie.«

Ich höre an seiner Stimme, wie sehr er um Haltung bemüht ist. »Ja. Ich wollte mich verabschieden. Wollte sie bitten, vor der Beschwörung in Avebury in die letzte Welt überzugehen.«

»Und? Sind sie gegangen?«

»Ja.« Ich lächle leicht. »Und ich möchte Ihnen sagen, dass es ihnen gut geht. Henry geht es gut. Er ist in Sicherheit, und er ist glücklich, und er kann laufen.«

Verwunderung stiehlt sich in seine Augen. »Er kann laufen?«

Ich nicke und mein Lächeln wird tiefer, als ich daran denke, wie Henry auf mich zugerannt kam. »Ziemlich gut sogar.«

Er starrt auf einen Punkt in der Ferne, irgendwo hinter meiner Schulter. Seine Stimme klingt wehmütig. »Ich wünschte, ich könnte es sehen.«

»Edmund.«

Er kehrt mit seinem Blick zu mir zurück.

»Das werden Sie. Sie werden es sehen. Das will ich Ihnen ja gerade sagen. Henry ist in der letzten Welt in Sicherheit.« Ich schaue ihm in die Augen. »Und eines Tages werden Sie ihn wiedersehen.«

Hoffnung leuchtet in seinen Augen auf, ehe er sich wieder dem offenen Land zuwendet. »Ich werde ihn wiedersehen.«

Ich lächle und schaue ebenfalls voraus. »Ja.«

Schweigend reiten wir weiter. Irgendwann kommt mir eine andere Person in den Sinn, die Edmund und mir viel bedeutet.

»Wie hält sie sich?«, frage ich ihn und nicke zu Tante Virginia, die gebeugt auf einem Pferd vor uns reitet.

»Es geht ihr gut, den Umständen entsprechend. Ich glaube, sie ist viel stärker, als wir alle glauben, und sie ist zu stur, um zurückzubleiben. Ganz ähnlich, wie jemand anderes, den ich kenne«, fügt er hinzu, ohne mich anzublicken.

Ich schüttele den Kopf. »Das ist nicht dasselbe, Edmund.«

Es schmerzt mich, mit anzusehen, wie sehr sich Tante Virginia bemüht, die Fassade aus Gelassenheit und Stärke aufrechtzuerhalten. Aber ich will nicht ihren Stolz verletzen, indem ich mich bei ihr nach ihrem Befinden erkundige. Ihre Absichten waren unverkennbar, als sie mit einer kleinen Reisetasche in der Hand am Morgen unseres Aufbruchs aus der Haustür von Milthorpe Manor trat. Und obwohl ich mit ihr disputierte und mich schließlich rundheraus weigerte, sie mitzunehmen, ging sie einfach ruhig zu dem Pferd, das Edmund für sie gesattelt hatte. Dabei erklärte sie mir, sie sei immer noch die Ältere von uns beiden und würde mich begleiten, ob ich damit einverstanden sei oder nicht.

Aber meine eigene Beharrlichkeit ist etwas ganz anderes. Tante Virginia hat ihre Rolle in der Prophezeiung erfüllt. Sie hat ihre Pflicht getan. Meine ist erst dann erledigt, wenn das Tor auf immer verschlossen ist oder etwas anderes geschehen ist, das mich daran hindert, Samael bei der Zerstörung unserer Welt zur Seite zu stehen.

»Außerdem«, füge ich hinzu, »wenn Sie es auch für närrisch halten, nach Avebury zu reiten, warum haben Sie dann nicht versucht, es mir auszureden, wie alle anderen auch?«

Er zuckt kurz mit den Schultern. »Hätte ja doch nichts genutzt, und das wissen wir beide.«

Ich setze mich ein wenig aufrechter hin und empfinde

eine merkwürdige Befriedigung, trotz der Erschöpfung, die jede Faser meines Körpers durchdringt. »Sie haben ganz recht.«

Wieder breitet sich Schweigen zwischen uns aus. Gareth reitet voraus, gefolgt von den Schlüsseln und Tante Virginia. Dimitri reitet wie immer hinter mir. Ich will nicht an den Grund dafür denken. An seine Angst, dass mich die Leibwache verfolgen könnte oder – noch schlimmer – dass einer von ihnen sich anschleicht und mich einfach wegstiehlt, ehe jemand etwas bemerkt. Ich werde jede Nacht von Albträumen geplagt, und obwohl ich immer noch jeden Tag meinen Bogen über die Schulter streife, habe ich nicht einmal mehr die Kraft, mir über die Dinge, die mich im Licht jeden neuen Tages erwarten mögen, Gedanken zu machen. Ich überlasse Dimitri die Sorgen.

Edmund bricht das Schweigen zwischen uns. »Obwohl ich Ihre Willensstärke bewundere«, sagt er, »möchte ich Sie fragen, ob Sie sicher sind, wirklich ganz sicher, dass dies der Weg ist, den Sie einschlagen möchten.«

Ich fange nicht an, mich zu verteidigen. Stattdessen denke ich einen Moment lang über seine Frage nach. Und über die anderen Möglichkeiten, die sich mir bieten. Wobei es in Wahrheit nur *eine* andere Möglichkeit gibt: Zu warten, bis wir Alice an unserer Seite haben. Zu warten und zu hoffen.

Ich frage mich, ob er das Zögern in meinem Nicken entdeckt, denn natürlich wünsche ich mir, dass es einen anderen Weg gäbe. »Ich bin mir sicher. Ich will nicht …« Ich breche ab und betrachte die sanften graugrünen Hügel, die sich bis zum Waldrand in der Ferne erstrecken. »Ich will nicht so enden wie meine Mutter.«

Eine Zeit lang schweigt Edmund. Dann sagt er, fast widerstrebend: »Ihre Mutter war eine wunderbare Frau. Fröhlich und lebenslustig, solange die Seelen sie nicht in ihrem Würgegriff hatten. Ich möchte nichts Schlechtes über sie sagen. Es gibt sehr wenige Menschen, die den Verlockungen der Seelen widerstehen können. Aber ich glaube, Sie sind einer dieser Menschen. Ich würde mein Leben darauf wetten, dass Sie nicht das gleiche Schicksal erleiden würden wie Ihre Mutter, egal wie lange es dauern würde, Alice zur Mithilfe zu bewegen.« Er nickt in Richtung der vier Mädchen, Tante Virginia und Gareth, die uns alle vorausreiten. »Und es sieht ganz so aus, als ob Sie jede Menge Hilfe hätten, von Mr Markov ganz zu schweigen.«

»Das mag sein, aber innerlich fühle ich mich ganz und gar nicht stark, egal wie es von außen wirken mag. Jede Nacht versucht Samael, mich im Schlaf zu seiner Sklavin zu machen. Es ist Dimitris Anwesenheit, nicht meine eigene Charakterstärke, die mich davon abhält, etwas Schreckliches zu tun.«

Edmund schaut mich an. »Ihre Bereitschaft, Dimitri an Ihrer Seite zu behalten, spricht für Ihre Entschlossenheit. Ihre Mutter – und soweit ich weiß auch die meisten anderen Schwestern, denen die Rolle des Tors zufiel – zog sich vor der Welt zurück. Sie reisten mit den Schwingen, geduldet und ermutigt durch die Seelen, und ließen sich von Samael verführen … Nun, für die meisten der Tor-Schwestern ist es ein Bedürfnis. Ein starkes Verlangen. Sie aber empfinden anders, nicht wahr?«

Ich seufze. »Ich *will* mich verweigern. Will mich ihm verweigern. Aber mein Wille wird schwächer. *Ich* werde schwächer, mit jedem Tag, der vergeht. Mit jeder Nacht voller quälender Albträume.

Ein Jahr ist lang. Wenn Beltane vorbei ist, müsste ich weitere zwölf Monate warten, bis zum nächsten Mai. Dieses Risiko kann ich nicht eingehen. Ich würde mich eher freiwillig dem Abgrund überantworten und Samael zwingen, auf den nächsten Engel des Chaos zu warten. Wenigstens wären Sie und die anderen dann in Sicherheit.«

»Das dachte ich mir.« Er richtet den Blick auf etwas vor uns. »Es würde schwerfallen, der Welt noch eine Bedeutung abzugewinnen, sollte Ihnen etwas zustoßen, aber ich verstehe Ihr Bedürfnis, die Menschen, die sie lieben, zu beschützen. Ich kann Sie nicht von etwas abhalten, was ich mein Leben lang selbst getan habe.«

Sein Rücken ist kerzengerade, seine Miene ausdruckslos. In mir steigt eine starke Zuneigung auf und lässt mein Herz überquellen, bis ich kaum noch sprechen kann. »Danke, Edmund. Ich weiß, dass ich mich darauf verlassen kann, dass sie sich um Tante Virginia kümmern, ganz gleich, was passiert.«

Er nickt kaum merklich. Wir reiten weiter und fallen wieder in Schweigen.

Die Reise nach Avebury hätten Dimitri und ich in drei Tagesritten zurückgelegt, aber daran ist mit einer so großen Gruppe überhaupt nicht zu denken. Helenes Reitkünste und Tante Virginias körperliche Konstitution zwingen uns zur Langsamkeit, aber ich nehme es ihnen nicht übel. Ich bin froh, meinem Schicksal entgegenreiten zu können, statt einfach nur dazusitzen und darauf zu warten, dass Alice ihre Meinung ändert.

Am dritten Tag haben wir erst die Hälfte der Wegstrecke nach Avebury zurückgelegt. Tante Virginia ist erschöpft und wir schlagen bereits am Nachmittag unser Lager auf. Ich halte es für sinnvoller, wenn wir uns diese zusätzliche Ruhepause gönnen und morgen in aller Frische weiterreiten können. Dabei versuche ich die Tatsache zu verdrängen, dass wir bis Beltane nur noch vier Tage Zeit haben. Doch immer wieder schleicht sich diese Sorge in meine Gedanken. Eine Stimme in meinem Kopf rät mir, nach Alternativen zu suchen, falls wir es nicht rechtzeitig schaffen sollten.

Nein. Ich verbanne diese Gedanken aus meinem Geist. *Wir werden es schaffen. Wir müssen es schaffen.*

Nachdem die Zelte aufgestellt und die Pferde versorgt sind, zieht sich Helene zurück, während Sonia, Luisa und Brigid sich unter einen blühenden Baum setzen und jede für sich ein Blatt Papier durchliest. Sie lernen die Worte der Beschwörung auswendig, die ich ihnen vor unserer Abreise aus London gegeben habe. Es wird nicht einfach sein, die lateinischen Worte zu rezitieren, aber es scheint mir sicherer zu sein, als zu versuchen, eine akkurate englische Übersetzung anfertigen zu lassen.

Ich muss mir die Worte nicht mehr einprägen. Die Beschwörung ist mir mittlerweile so vertraut wie mein eigener Name. Stattdessen nutze ich die Gelegenheit, um Dimitri zu bitten, dass er Wache hält, während ich in dem nahe gelegenen Bach ein Bad nehme.

Nachdem wir Gareth von unserem Vorhaben in Kenntnis gesetzt haben, verlassen Dimitri und ich das Lager und gehen zum Bach. Im Wald ist es still. Nur das Rascheln und Scharren von kleinen Tieren und das Flattern der Vögel von Baum zu Baum ist zu hören. Dimitri und ich legen den Weg unter den tief hängenden Zweigen und Ästen schweigend zurück. Ich gebe mich dem angenehmen Gefühl der Sicherheit und Behaglichkeit hin, das ich stets in seiner Gegenwart verspüre. Zum ersten Mal seit Tagen empfinde ich eine Art inneren Frieden.

Kurz darauf treten wir aus dem Schatten der Bäume und erreichen das steile Ufer des Gewässers. Es ist ein breiter Bach, der langsam in seinem Bett fließt. Die Strömung lässt zwar mein Herz schneller schlagen, aber ich schiebe meine Angst beiseite und wende mich zu Dimitri.

»Danke«, sage ich und schaue ihm tief in die dunklen Augen.

»Gern geschehen.« Er grinst mich vielsagend an und rührt sich nicht vom Fleck.

»Werter Herr«, sage ich mit erhobenen Augenbrauen zu

ihm, »Haben Sie bitte die Güte, dort drüben zu warten.« Mit dem Kopf nicke ich in Richtung der Bäume.

»Und was ist, wenn ich verspreche, nicht zu gucken?«

Ich seufze und unterdrücke ein Lächeln. »Netter Versuch, Dimitri Markov, aber ich fürchte, ich muss dein Angebot ablehnen. Es ist skandalös genug, wenn du in meinem Schlafzimmer verweilst, während wir beide angekleidet sind, aber Tante Virginia würde einen Herzschlag bekommen bei der Vorstellung, dass du in meiner Nähe bist, wenn ich splitterfasernackt bin.«

Er beugt sich zu mir, bis sein Gesicht meinem ganz nah ist. »Wenn Tante Virginia nicht wäre, dürfte ich also bleiben?«

Ich schubse ihn sanft weg. »Tja, das wirst du nun niemals erfahren, nicht wahr?«

»Oh doch, Lia, ich weiß es bereits.« Er blickt mich lange an, die Augen vor Verlangen glühend, ehe er sich umwendet und den Weg zurückgeht, den wir gekommen sind. »Ich bleibe in der Nähe.«

Seine Worte hallen in meinem Kopf wider und bringen mein Blut zum Kochen. Ich werde rot, obwohl niemand da ist, der es sehen könnte. Ich warte, bis er ganz aus meinem Blickfeld verschwunden ist, dann entledige ich mich meiner Hosen und meines Hemdes und lege sie auf einen großen Felsen in der Nähe des Bachs. Ich weiß nicht genau, wo er Posten bezogen hat, aber ich bin mir sicher, dass er mich hören wird, falls ich nach ihm rufe. Ich muss daran denken, wie viel sich in meinem Leben verändert hat, wie sehr ich selbst mich geändert habe. Heute bin ich nur noch um mein nacktes Leben besorgt, wenn ich in einem Bach bade, und kümmere mich keinen Deut darum, dass mich irgendjemand dabei beobachten und mein Verhalten unschicklich finden könnte. Das ist zwar unwahrscheinlich, aber trotzdem komme ich mir ziemlich kühn vor.

Das eisige Wasser trifft mich wie ein Schock, und ich hätte beinahe laut aufgeschrien. Ich tauche rasch unter, weil ich weiß, dass es nicht einfacher wird, je länger ich zaudere. Ich schwimme ein wenig herum, wobei ich darauf achte, dass ich immer in Ufernähe bleibe. Erleichtert registriere ich die langsame, kaum merkliche Strömung. Faul plätschert das Wasser an mir vorbei, und ich lege den Kopf zurück, lasse meine Haare auf der Oberfläche treiben.

Das Wasser fühlt sich herrlich auf meiner nackten Haut an, obwohl es so kalt ist. Ein gewöhnliches Bad in einem Badezuber, mit warmem Wasser und Seife, könnte sich nicht köstlicher anfühlen. Noch nie war ich mir der Berührung des Wassers auf meinem Körper so bewusst. Ich denke an Dimitri und an sein Versprechen, in der Nähe zu bleiben. Es wäre ein Leichtes, ihn jetzt zu mir zu rufen. Ich bekomme eine Gänsehaut an Armen und Beinen, während ich mir seine nackte Haut an meiner vorstelle, hier im Wasser, seine Arme, die mich umfangen.

Ich drücke die Füße auf das steinige Bachbett und stehe auf, schüttele das Bild ab. Ich fühle mich frei wie ein Vogel. Als ob ich nichts zu verlieren hätte. Aber ich will mich Dimitri nicht auf diese Art und Weise hingeben. Ich möchte dabei einen klaren Kopf haben, ansonsten hätte ich das Gefühl, mich selbst und unsere Liebe zu entehren.

Ich gleite mit den Händen über die Wasseroberfläche, glätte sie unter meinen Fingern, als ob ich meine Gedanken glätten wollte. Und da sehe ich es.

Anfangs glaube ich, es handele sich um eine Reflexion, eine optische Täuschung, eine Verzerrung des Lichts.

Aber nein.

Noch während ich die Wasseroberfläche betrachte, wird die Gestalt deutlicher. Sie reitet durch einen Wald, ganz ähnlich dem, in dem ich mich gerade befinde. Das goldene Haar des Mannes schimmert im Sonnenlicht so hell, dass ich es beinahe fühlen kann. Ich spüre mehr als ich es sehe, dass er viele Gefolgsleute hinter sich versammelt hat.

Und jemand reitet ihm voraus, in dem verzweifelten Versuch, zu entkommen.

Es ist Samaels Leibwache. Sie ist auf der Jagd, angeführt von dem entsetzlichen Mann, der mich in Chartres beinahe gefangen hätte. Das Zeichen der Schlange windet sich um seinen Hals, gerade noch sichtbar oberhalb seines Kragens. Sein Gesicht ist eine Maske aus wildem Rachedurst, und ich erinnere mich an sein Geheul vor der Kathedrale, als ich ihm meinen Dolch in die Kehle stieß, ehe es mir gelang, mich im Inneren der Kirche in Sicherheit zu bringen.

Mein Herz rast und ich kämpfe gegen die aufsteigende Panik an. Kommt diese Vision aus der Vergangenheit zu mir, aus der Gegenwart oder aus der Zukunft? Das strahlende Sonnenlicht weist auf einen anderen Tag hin – oder vielleicht auf einen anderen Wald –, denn der Himmel über mir wird von dicken Frühlingswolken verdunkelt und ist keineswegs so klar wie der Himmel in meiner Vision.

Aber mehr Hinweise kann ich nicht erkennen. Ich weiß, dass der blonde Mann nicht allein ist. Der Rest der Wache folgt ihm auf dem Fuße. Und wen sonst sollten sie verfolgen außer mir?

Ich wate zum Ufer des Baches, verlasse das Wasser und wickele mich in die Decke, mit der ich mich abtrocknen wollte. Eilig greife ich nach meinen Kleidern und haste zu den Bäumen.

»Dimitri? Bist du da?« Ich rufe leiser, als ich es unter normalen Umständen getan hätte. Aber nun habe ich das Gefühl, dass hinter jedem Baum ein Feind lauert.

Nach wenigen Augenblicken taucht Dimitri ein Stück weit entfernt auf. Mein Gesichtsausdruck muss ihn alarmiert haben, denn er rennt schnell auf mich zu.

Er packt mich an den Schultern und zieht mich beunruhigt an sich. »Ist etwas passiert?«, fragt er besorgt. »Geht es dir gut? Sprich doch, was ist?«

Wasser tropft aus meinen Haaren auf mein Gesicht. Ich fühle es über meine Haut laufen. Ich fasse all meinen Mut zusammen, denn ich brauche ihn, um auszusprechen, was ich gesehen habe.

»Es ist die Leibwache«, sage ich. »Die Reiter. Sie kommen.«

35

Was für Möglichkeiten haben wir?«, fragt Brigid, nachdem wir uns um das Feuer versammelt haben.

Ich sitze neben Dimitri. Mein Haar ist noch feucht und durchnässt mein Hemd. Ich habe ihnen allen von meiner Vision erzählt, wobei ich es vermied, Tante Virginia anzusehen, die sich gewiss Vorwürfe macht, weil wir ihretwegen so langsam vorankommen.

»Viele jedenfalls nicht.« Edmund erhebt sich und geht mit gerunzelter Stirn auf und ab.

»Aber wenn sie vielleicht gar nicht hinter *uns* her sind?«, gibt Helene von der anderen Seite des Feuers aus zu bedenken.

Luisa wirft ihr einen ärgerlichen Blick zu, und ich beeile mich, an ihrer Stelle zu antworten, um einen möglichen Streit zu verhindern. »Das ist gut möglich, aber wenn man eine Wasser-Vision hat, dann …« Ich überlege, wie ich die Sache jemandem erklären kann, der noch keinerlei Erfahrungen damit gemacht hat. »Nun, man kann entweder eine Vision heraufbeschwören, oder sie wird einem geschenkt. Letzteres war hier der Fall; die Vision war auf einmal einfach da. Und wenn das geschieht, dann hat das, was man sieht, normalerweise etwas mit dem eigenen Schicksal zu tun.«

Helenes Augen blicken mich unverwandt an. »Ja, aber wie bekommen wir Gewissheit?«

Luisa steht auf und stemmt die Hände in die Hüften. »Wen sonst sollten sie verfolgen? Immerhin waren sie schon einmal hinter Lia her!«

Ich mische mich ein, ehe Luisa ausfallend wird. »Helene, wir müssen einfach annehmen, dass wir es sind, die sie verfolgen. Das ist die logischste Erklärung.«

Sie denkt kurz nach, dann nickt sie.

»Was sollen wir tun?«, fragt Sonia.

»Wir können schneller reiten«, sagt Gareth, »ohne Rast, um vor ihnen nach Avebury zu kommen.«

Ich weiche Tante Virginias Blick aus. Einem solch scharfen Ritt wäre sie nicht gewachsen.

»Das wird nicht funktionieren«, sagt Dimitri.

Gareth will etwas sagen, aber Dimitri spricht unbeirrt weiter. »Wir müssen vor ihnen da sein und das Ritual vorbereiten. Wir können nicht einfach ankommen und sofort anfangen. Wir müssen uns eine Unterkunft suchen und die Umgebung sichern, und wir müssen überprüfen, ob wir in das Zentrum des Kreises gelangen können, damit der Stein die ersten Sonnenstrahlen von Beltane einfangen kann.«

»Er hat recht«, nickt Edmund. »Wir müssen sie abschütteln, bevor wir Avebury erreichen, und wir brauchen einige Stunden Vorsprung, um alle Vorbereitungen treffen zu können.«

Das Schweigen wiegt schwer, während wir in Gedanken alle Möglichkeiten abwägen. Ich könnte noch einmal versuchen, eine Wasser-Vision heraufzubeschwören, in der Hoffnung, Einzelheiten erkennen zu können, aber ich möchte die Grigori nicht gegen mich aufbringen, indem ich verbotene Magie einsetze. Ungebeten eine Vision geschenkt zu bekommen, ist eine Sache. Eine Vision heraufzubeschwören, wäre ein verbotener Einsatz meiner Macht, und obwohl ich die rechtmäßige Herrin von Altus bin, habe ich großen Respekt vor den Geboten der Grigori.

Ich schaue mich unter meinen Gefährten um. Mein Blick fällt auf Brigid und mir kommt der Schatten einer Idee. Ich erinnere mich an das Häuschen des Verwalters, das einsam am Rand der Grabanlage von Loughcrew stand. Das Haus ihres Vaters.

Ich schaue Dimitri an. »Wo werden wir in Avebury wohnen?«

»Was?« Meine Frage verwirrt ihn, und er muss kurz nachdenken. »Elspeth hat uns ein Gasthaus empfohlen. Sie meint, es sei klein, würde uns aber mehr Schutz bieten als ein Lager im Freien. Ich wollte dort einige Zimmer mieten.«

Ich stehe auf, während sich die Idee in meinem Kopf festsetzt und dabei langsam Gestalt annimmt.

»Gareth?«

Er nickt mir zu. »Mylady?«

»Könntest du allein den Weg nach Avebury finden?«

Er antwortet, ohne zu zögern. »Ich kenne dieses Land wie meine Westentasche.«

Ich wende mich zu Dimitri. »Gareth wird ohne uns nicht lange brauchen, um Avebury zu erreichen. Wir könnten ihn vorausschicken, um die Zimmer zu mieten und die Umgebung zu erkunden. Außerdem kann er sich den Steinkreis anschauen und die Stelle suchen, die für die Beschwörung geeignet ist.«

»Das setzt voraus, dass es uns gelingt, den Seelen zu entkommen«, gibt Helene zu bedenken.

Ich fühle einen leichten Unwillen, weil sie immer so negativ gestimmt ist. »Ja, aber wenn uns das nicht gelingt, fangen sie uns, so oder so. Wenn wir Gareth vorausschicken, ist alles bereit, wenn – falls – wir anderen Avebury erreichen.« Die Hoffnung, die ich eben noch empfand, schwindet bereits wieder. Ich seufze. »Etwas anderes fällt mir nicht ein.

Gareth steht auf. »Ich reite gleich los.«

»Ich komme mit.« Brigid stellt sich neben ihn. Überrascht wenden sich aller Augen ihr zu.

Gareth schüttelt den Kopf. Irre ich mich oder liegt Bedauern in seinem Blick? »Das kann ich nicht gestatten.«

Brigid hebt das Kinn. »Ob du es gestattest oder nicht, ich komme mit. Es ist meine Entscheidung. Ich kann genauso schnell reiten wie du und ich kann dir bei den Vorbereitungen helfen. Außerdem haben Dimitri und Edmund dann ein weibliches Wesen weniger, auf das sie achten müssen.«

Vielleicht liegt es an dem rebellischen Funkeln in ihren Augen, vielleicht auch an der Logik ihrer Argumentation, jedenfalls nickt Gareth, wenn auch noch etwas widerstrebend. »Also gut. Pack deine Sachen. Wir brechen sofort auf. Bis zum Einbruch der Nacht schaffen wir noch eine schöne Strecke.«

Ich schaue den beiden nach, wie sie zu den Zelten gehen. Ich werde langsam nervös. Ich habe keine Lust, hier im Wald zu hocken und nichts zu unternehmen. Ich würde am liebsten auf Sargents Rücken nach Avebury galoppieren, anstatt zu warten und andere die Arbeit für mich machen zu lassen.

Aber ich werde Tante Virginia nicht im Stich lassen. Ihre Schwäche macht sie zu einer leichten Beute für die Leibwache. Ich könnte nicht weiterleben, wenn ihr ein Leid zustieße, während ich mich in Sicherheit bringe. Und während wir Gareth und Brigid beim Packen helfen und uns schließlich von ihnen verabschieden, begreife ich, dass ein Opfer, das man bringen muss, viele Gesichter haben kann. Warten, wenn man doch lieber handeln möchte, ist eins davon. Ich werde es bringen, im Namen der Prophezeiung, wie ich schon viele andere Opfer gebracht habe.

Kaum eine Stunde nach meiner Vision im Bach haben Brigid und Gareth das Lager verlassen. Ich kehre den sich entfernenden Hufschlägen den Rücken zu und bemühe mich, das Bild des blonden Leibwächters zu verdrängen, der näher und näher kommt, getrieben von Rache für mein Entkommen in Chartres und Loyalität zu seinem Herrn, dem entsetzlichen Samael.

»Hast du Angst?«

Sonias Stimme, so leise sie auch ist, schreckt mich aus meinen Gedanken. Sie setzt sich neben mich auf den Baumstamm am Feuer, der mir als Sitz dient. »Warum bist du denn wach?«, frage ich sie. »Ich dachte, alle wären längst schlafen gegangen.«

Sie lächelt mich an. »Du weichst mir aus.«

Wider Willen muss auch ich lächeln. »Nein, eigentlich nicht. Ich bin nur überrascht, dass du so spät noch auf bist.«

»Die anderen schlafen tief und fest, aber mir ging so vieles im Kopf herum. Und da Dimitri Wache hält, dachte ich, ich leiste dir Gesellschaft. Hast du etwas dagegen?«, fragt sie.

»Aber natürlich nicht!«

»Und?«, fragt sie. »Wie ist es: Hast du Angst?«

Ich weiß, worauf sie anspielt. Wir sind nur noch zwei Tagesritte von Avebury entfernt. Unsere Reise neigt sich dem Ende zu. Schon bald wird alles vorbei sein, so oder so.

Ich starre ins Feuer und schaue zu, wie ein verkohltes Stück Holz in der Hitze der Flammen zerbröselt. Funken stieben hinauf in den Nachthimmel. »Ein wenig. Aber nicht so viel, wie ich erwartet hätte. Wahrscheinlich bin ich froh, die Sache endlich hinter mich bringen zu können, komme, was wolle.«

Aus dem Augenwinkel sehe ich, dass sie nickt, aber ich wage nicht, sie direkt anzuschauen. Eine seltsame Melancholie packt mich. Wir sind einen weiten Weg zusammen gegangen.

Sie nimmt meine Hand. »Ich muss dir etwas sagen, Lia. Würdest du mich bitte anschauen?«

Ich blicke sie an, dankbar für die Wärme, die ihre Hand mir spendet.

»Du bist die liebste Freundin, die ich jemals hatte. Die liebste Freundin, die ich jemals haben werde.« Ihre Augen glänzen feucht. »Ich halte dich für stark genug, die Beschwörung in Avebury zu überstehen, aber … ich … ich musste dir trotzdem sagen, wie viel du mir bedeutest. Wie wichtig du mir bist.«

Ich drücke ihre Hand, während mein Herz vor Zuneigung überquillt. »Ich empfinde genau das Gleiche. Es gibt niemanden, den ich in diesen vergangenen Monaten lieber an meiner Seite gehabt hätte.« Ich beuge mich zu ihr, bis meine Stirn die ihre berührt. So verharren wir eine Weile, ehe ich mich erhebe. »Wir sollten versuchen, noch ein wenig Schlaf zu bekommen. Wir müssen bei Kräften bleiben.« Ich denke an die Leibwache, die uns verfolgt, an unsere schier unlösbare Aufgabe in Avebury …

Sie nickt und steht ebenfalls auf. Auf dem Weg zu unseren Zelten empfinde ich eine deutliche Erleichterung.

Es ist Zeit, sich zu verabschieden.

Ich trete nicht freiwillig in die Anderswelten ein. Das wäre dumm von mir, so kurz vor Beltane und dem Augenblick, in dem ich das Untier beschwören will, um es auf ewig zu verbannen.

Aber hier bin ich, auf der weiten Ebene der Anderswelten, auf jener Ebene, auf der mir Alice schon mehrere Male begegnet ist. Ich bin unabsichtlich hier, aber nicht unerwartet. Alice geht mir seit unserem Aufbruch nach Avebury nicht mehr aus dem Kopf. Immer wieder wälze ich unser letztes Gespräch in meinen Gedanken hin und her, sehe jenen Funken des Zweifels in ihren Augen und frage mich, ob ich tatsächlich alles mir Mögliche unternommen habe, um sie für uns zu gewinnen. Vielleicht ist Alice stärker in Versuchung, sich uns anzuschließen, als mir gewahr ist.

Ich bin mit den Gepflogenheiten der Anderswelten vertraut. Entweder man findet sich aus freien Stücken und aus freiem Willen hier ein, oder man wird von einem fremden Willen gerufen. Aber wie ich so auf den Feldern stehe, inmitten dieses schwarzgrauen Lichts, hier und da mit einem giftig schimmernden Lila geründert, frage ich mich, was genau mich in diese Einöde der Anderswelten geführt hat. Es stimmt: Ich habe an Alice gedacht. Sie allein hätte mich hierher führen können. Auf ihren Ruf hin hätte ich kommen müssen. Aber dann sollte sie wenigstens hier sein, um mich zu empfangen.

Ich drehe mich langsam um die eigene Achse und überblicke die schier unendliche Weite der Steppe, bis zu den rabenschwarzen Baumsilhouetten in der Ferne. Dies ist eine stille Welt. Kein Vogel singt. Kein kleines Tier huscht raschelnd durch das Gras. Selbst die Bäume, die sich in einem Wind wiegen, den ich nicht fühlen kann, geben kein Geräusch von sich.

Ich warte eine lange Zeit. Mein Magen verkrampft sich. Egal, warum ich hierher befohlen wurde, ich kann nicht länger verweilen. Alice ist nirgends zu sehen. Es ist schwer, der Aufmerksamkeit der Seelen zu entgehen, wenn ich mit den Schwingen reise, und ich habe nicht die Absicht, mich von ihnen in den Abgrund zerren zu lassen. Noch nicht. Nicht auf diese Weise. Wenn ich dorthin verbannt werde, dann während der Beschwörung von Avebury.

Und ich werde nicht kampflos untergehen.

Ein letztes Mal suche ich die Ebene mit meinen Blicken ab, in der Hoffnung, irgendwo meine Schwester zu entdecken, die sich mir nähert. Es ist das erste Mal, dass sie nicht zu mir kommt, wenn ich ihretwegen in den Anderswelten bin, das erste Mal, dass ich ihre Abwesenheit mit Enttäuschung registriere. Aber ich habe keine Zeit, darüber nachzudenken. In meine Verwirrung mischt sich Unbehagen, und so schließe ich die Augen, schicke mich selbst wieder zurück in die wirkliche Welt, während ich doch die ganze Zeit über Alice nachdenke. Wo ist sie? Und was kann sie nur davon abhalten, sich in den Anderswelten zu zeigen, die ihr Reich waren, lange bevor ich sie überhaupt entdeckte?

36

Am nächsten Tag reiten wir, so schnell wir können, obwohl es für meine Begriffe lange nicht schnell genug ist. Edmund reitet voraus und treibt uns an, soweit er das bei Helenes Unerfahrenheit im Sattel und Tante Virginias nicht zu übersehender Erschöpfung wagt.

Noch drei Tage bis Beltane. Ich bin übernervös, jede Sinneswahrnehmung gräbt sich wie ein Dolch in mein Bewusstsein. Meine Nerven zittern vor Erwartung, obwohl ich andererseits nicht das Gefühl habe, mich beeilen zu müssen. Es ist schwer, meinem Körper das Äußerste abzuverlangen, wenn mir zwischen den Albträumen kaum Schlaf vergönnt ist – Albträume, in denen ich von den Seelen und in letzter Zeit immer öfter von Samael persönlich gejagt werde. Sie verfolgen mich, noch lange nachdem ich aufgewacht bin, denn in diesen Albträumen kommen sie nicht als meine Nemesis. Diesmal ist es anders. In diesen Albträumen heißt mich Samael willkommen.

Und ich ihn.

Sie spielen mit meinen schlimmsten Befürchtungen: dass ich nicht stark genug bin. Dass durch mich das Chaos in die Welt eintritt.

Ich will nicht, dass die anderen glauben, sie hätten ihre Hoffnung auf jemanden gesetzt, der nicht mehr an sich selbst glaubt. Und so bewahre ich diese Ängste in meinem Herzen, halte sie vor aller Welt geheim.

Wir reiten jetzt langsamer und halten Ausschau nach einem Lagerplatz für die Nacht, als Tante Virginia ihr Pferd neben mich lenkt. Sie möchte mir offenbar etwas sagen, aber wir reiten noch eine Weile schweigend Seite an Seite, bis sie schließlich spricht.

»Es tut mir leid, Lia.«

Überrascht blicke ich sie an. »Was denn?«

Sie seufzt müde. »Dass ich darauf bestanden habe, mitzukommen. Dass ich euch wie ein Klotz am Bein hänge, ausgerechnet jetzt, da Eile geboten ist.«

»Sei nicht albern. Helene ist zehnmal langsamer als du. Es hätte keine Rolle gespielt, ob du in London geblieben wärst. Wir kämen trotzdem nicht schneller voran.« Ich lächle sie an. »Außerdem gibt mir deine Anwesenheit ein gutes Gefühl.«

Und vielleicht sind dies unsere letzten gemeinsamen Tage, denke ich. *Ich bin dankbar für jede Sekunde.*

Sie nickt und schaut sich um. »Vielleicht ist es nicht möglich, das Tor ohne Alice zu schließen, aber als Schwester und ehemaliger Wächter möchte ich dir gerne zur Seite stehen, möchte mit dir im Kreis des Feuers stehen. Ich möchte meine Macht – oder das, was mir davon geblieben ist – dafür einsetzen, dir zu helfen, das Tor zu schließen. Deshalb bin ich hier.«

Ich antworte nicht gleich. Es ist unmöglich, das Gefühl zu vergessen, dass die Träume von der Beschwörung in Avebury in meinem Herzen hinterlassen haben. Das Gefühl, in Stücke gerissen zu werden, wenn Samael die Welt heimsucht. Dunkelheit legt sich über meine Seele, wenn ich daran denke. Das möchte ich Tante Virginia nicht zumuten.

»Es ist gefährlich«, sage ich zu ihr. »Samaels Macht ist … Nun, ich fühle sie jede Nacht in den Albträumen, die ich habe, und ich glaube nicht, dass du sie aushalten könntest.«

Ein Lächeln schleicht sich in ihre Augen. Einen kurzen Moment lang sehe ich in ihnen den Schatten meiner Mutter. »Lia, glaubst du, ich kenne das Risiko nicht? Es ist richtig, dass deine Mutter und ich nicht annähernd den Kampf ausfechten mussten, der dir aufgebürdet wird. Wir waren nur einfach Wächter und Tor, wie Hunderte von Schwestern vor uns. Du dagegen bist der Engel des Chaos. Und das ist ein ungleich schwierigeres Los. Es ist so schwierig, dass ich es mir nicht einmal annähernd vorstellen kann.« Ihre Augen, grün wie meine eigenen, werden ernst. »Aber es gibt kein größeres Ziel als dieses, und obwohl ich meine Rolle als Wächter an Alice weitergegeben habe, verfüge ich noch immer über eine ansehnliche Kraft. Ich möchte nicht mit dem Gedanken leben müssen, dass ich dabeistand und zusah, wie du diesen Kampf alleine ausfechten musstest.« Noch einmal lächelt sie. »Wir sind mehr als Tante und Nichte, Kind. Wir sind Schwestern der Prophezeiung. Es ist meine Pflicht, an deiner Seite zu sein.«

In ihren Augen steht ein Leuchten, das ich dort noch nie gesehen habe, das von einer verborgenen Stärke spricht, von Überzeugung, und ich weiß, dass ich sie nicht abweisen kann. Ich will nicht dafür verantwortlich sein, dass dieses Leuchten erlischt.

»Also gut«, sage ich, »es ist mir eine Ehre, Tante Virginia, deine Hilfe und Unterstützung anzunehmen.«

Sie neigt leicht den Kopf, als ob sie ihre Herrin begrüßen würde – die zukünftige Herrin von Altus. »Danke.«

Ich neige ebenfalls den Kopf und bete im Stillen: *Mögen die Götter, die Grigori und die Schwestern uns beistehen.*

In dieser Nacht fällt es mir besonders schwer, Dimitri gehen zu lassen. Ich ziehe ihn an mich, als er mein Zelt verlassen will, und drücke mich fest an ihn, schiebe meinen Kopf unter sein Kinn und versuche, alles aus meinem Bewusstsein zu verbannen, außer seinem Atem in meinem Haar und seinen Herzschlag an meinem Ohr.

Obwohl wir noch keine Spur von der Leibwache gesehen haben, weiß ich, dass die Reiter nicht mehr weit weg sind. Ich weiß nicht, ob sie in der wirklichen Welt näher kommen oder ob sie tatsächlich mein Bewusstsein durchdrungen haben. Jedenfalls lauern sie in den Schatten meiner geheimsten Gedanken.

Selbst in wachem Zustand liegen sie mir wie ein Albdruck auf dem Herzen. Ihre Verlockungen sind hinterlistig, denn sie erscheinen mir nicht als Bedrohung. Stattdessen habe ich zunehmend das Gefühl, dass ich mich die ganze Zeit geirrt habe. Dass ich das Schicksal versucht und alles aus dem Gleichgewicht gebracht habe, weil ich mich weigere, meine Rolle als Tor zu akzeptieren.

»Was ist los?«, fragt Dimitri nach einer Weile.

»Nichts«, lüge ich.

Seine Brust hebt sich, als er tief Atem holt. »Ich glaube dir nicht, aber ich bin in der Nähe, wenn du deine Meinung änderst und mit mir darüber reden möchtest.«

Ich halte ihn fest, als er sich von mir lösen will. »Geh nicht.«

»Ich gehe nirgends hin, Lia. Ich bin hier.« Er beugt sich nieder und küsst mich. »Aber du musst jede Sekunde Schlaf ausnutzen, die du bekommen kannst. Morgen erreichen wir Avebury. Du brauchst all deine Kraft.«

Ich bin erleichtert, dass er sich in die Decke kuschelt und augenscheinlich nicht mehr vorhat, das Zelt zu verlassen. Uns beiden ist mittlerweile egal, was die anderen denken könnten. Er zieht mich mit einer Sanftheit an sich, die ich nicht von ihm gewohnt bin, und ich glaube, auch er will allmählich Abschied nehmen.

Lange Zeit liege ich im Dunkeln wach, mein Kopf auf seiner Brust, während seine Atmung langsamer wird und er einschläft. Seit er darauf bestanden hat, nachts über mich zu wachen, hat er kein Auge mehr zugetan, und ich bringe es nicht übers Herz, ihn zu wecken. Ich bin hier, in seinen Armen. Mir ist es lieber, er schläft und ich bleibe wach, als dass ich schlafe und er vor dem Zelt Wache hält. Ich reibe mein Gesicht an dem weichen Stoff seines Hemdes und genieße das Gefühl. Das Heben und Senken seiner Brust ist beruhigend, und es dauert nicht lange, da werden mir die Augenlider schwer. Es ist so schön, hier im Dunkeln mit Dimitri zu liegen, seine Nähe zu genießen. Und in diesem Moment, bevor ich endgültig in die Leere des Schlafs gleite, habe ich keine Angst mehr.

Auch im Traum noch liege ich in Dimitris Armen. In dem Dämmerzustand, in dem ich halb bei Bewusstsein, halb im Schlaf gefangen bin, registriere ich dankbar seine Anwesenheit. Sein Herzschlag pocht immer noch unter meinem Ohr.

Bumm-bumm. Bumm-bumm. Bumm-bumm.

Es ist ein liebliches Schlaflied und ich gleite mit dem Klang durch die Dunkelheit. Ich denke an nichts weiter als an Dimitris Arme um meinen Körper, die tröstliche Festigkeit seiner Brust unter meinem Kopf. Wir liegen nicht länger auf der nackten Erde unter dem Zeltdach, sondern auf scharlachroter Seide und weichen Plüschkissen. Ich stoße einen zufriedenen Seufzer aus, während sich mein eigener Herzschlag allmählich seinem anpasst und er mir sanft übers Haar streicht.

»Ja«, flüstert er. »Ja.«

Seine Hände gleiten zu meinem Hals, verharren in der Kuhle, wo mein Puls unter meiner Haut pocht, als ob sie Genuss dabei empfänden, die Hitze meines Blutes zu spüren, das mir durch die Adern rauscht. Dann fahren sie mit ihrer Wanderschaft fort, zu meinen Schultern, meinen Oberarmen. Ich strecke meine Arme aus, und unsere Hände finden einander, liegen Handfläche an Handfläche. Wir verschränken die Finger. Ich habe mich noch nie so zufrieden gefühlt. So sicher. So behütet.

Auch als seine Finger sich aus meinen lösen und leicht wie eine Feder über meine Handfläche bis zu meinem Handgelenk streifen, will ich mich nicht bewegen. Aber die Berührung seiner Haut lässt irgendwo in meinem Hinterkopf sämtliche Alarmglocken schrillen. Sie ist nicht weich und warm wie sonst, schwielig vom Halten der Zügel und vom Umgang mit der Waffe.

Sie ist … anders.

Trocken und kalt.

Da bemerke ich auch das Flattern. Es ist kaum wahrnehmbar, eher ein Rascheln, aber als ich den Kopf hebe und nach seinem Ursprung suche, wird mir die Sicht versperrt. In meinem Traum ist Dimitri plötzlich so groß geworden, dass er mein ganzes Blickfeld einnimmt. Ich versuche, ihn nach hinten zu schieben, ihm ins Gesicht zu sehen, aber je fester ich drücke, desto fester hält er mich fest. Ein Anflug von Panik schleicht sich in mein Herz, als mir die Wahrheit dämmert.

Das Flattern wird lauter. Anfangs hört es sich an wie ein paar Vögel, die sich in die Luft erheben, dann wie ein ganzer Vogelschwarm. Ich drücke mit aller Kraft und stolpere rückwärts, als er mich endlich loslässt. Meine Augen gleiten an seiner mächtigen, muskulösen Gestalt nach oben zu seinem Gesicht.

Was für ein herrliches Gesicht. Das Gesicht eines Gottes.

Doch halt!

Es ist das Gesicht eines Gottes, aber nur für einen kurzen Moment. Nur so lange, bis es anfängt zu schimmern und sich in etwas abgrundtief Böses verwandelt. Etwas Unfassbares, Schreckliches. Seine Kiefer sind riesig, seine spitzen, entsetzlich langen Zähne glitzern so blendend wie ein Trugbild in dem Gesicht des Mannes, das gerade eben noch wunderschön war.

Es sind seine Flügel, die mich in ihren Bann schlagen. Damals, als ich Samael in meinem Traum begegnete, erhaschte ich nur einen kurzen Blick auf sie, aber jetzt breitet er sie mit einem mächtigen Rauschen aus. Sie sind riesig, ragen hoch auf und seitlich weit über seine sich ständig verändernde Gestalt hinaus.

Ich kann nicht wegschauen. Ich *will* nicht wegschauen. In diesen Schwingen liegt das Versprechen der Erlösung, des ewigen Trostes. Der Entschluss, mich in ihre Obhut zu begeben, ist gefasst, noch ehe ich darüber nachdenken kann. Ich mache einfach einen Schritt vorwärts und seufze erleichtert auf, als mich die seidenen Flügel umschließen.

Einen Moment lang rennt die Panik gegen mich an. Es

ist der Moment, in dem ich spüre, wie die Astralschnur schwächer wird, die mich mit meinem irdischen Leib verbindet, der verzweifelt ums Überleben kämpft. Mein Körper scheint mir unendlich weit entfernt, und ich verweigere mich der Gewissheit, dass ich eine Gefangene bin. Samael hat mich in seiner Gewalt. Ich werde nicht in der Lage sein, in meinen Körper zurückzukehren, und wenn Dimitri mich am nächsten Morgen weckt, wird er nichts weiter vorfinden als eine leere Hülle.

Mein Widerstand dauert nicht lange. Die Geborgenheit, die ich in Samaels Flügeln empfinde, sein Herz, das im Einklang mit meinem schlägt, sind für meinen teilnahmslosen Geist eine zu große Verlockung. Wieder fühle ich einen Ruck an der Astralschnur, einen Ruf aus der Welt, in die ich gehöre.

Ich stemme mich dagegen an, während ich mich an das Untier schmiege. Hinein in den einzigen Frieden, der mir zusteht.

Und dann lasse ich mich fallen.

Ich hätte nie gedacht, dass ich mich jemals so schämen würde. Aber nachdem mich Dimitri aus den Anderswelten gerissen hat, wo ich widerstandslos bereit war, mich Samael hinzugeben, fühle ich mich so beschämt und wertlos wie noch nie zuvor. Es spielt keine Rolle, dass den anderen keine Einzelheiten bekannt sind. Ich weiß es: Ich bin abgrundtief schlecht. Und während wir Avebury mit jedem Schritt näher kommen, schraubt sich meine Selbstverachtung in ungeahnte Höhen, bis ich anfange zu glauben, dass ich nicht einmal die kleinste Chance verdient habe, das Tor erfolgreich zu schließen.

Den ganzen Morgen lang werfe ich Dimitri verstohlene Blicke zu und erwarte, Mitleid in seinen Augen zu sehen. Ich mache mich dafür bereit, in der Gewissheit, dass ich diesen Ausdruck mehr hassen werde als jedes andere Urteil, das er über mich fällen könnte.

Aber in seinen Augen sehe ich nur Liebe und Entschlossenheit. Sie sind so klar wie der blaue Himmel über uns.

Dennoch dauert es lange, bis sich der Aufruhr in meinem Herzen wieder legt, der sich in dem Augenblick meines Erwachens erhob. Denn während es keinen Zweifel daran gibt, dass Dimitri noch derselbe Mensch ist, der er gestern war, kann ich das Bild, wie sich sein vertrautes Gesicht in jenes schreckliche Antlitz verwandelte, lange nicht aus meinen Gedanken verbannen.

Kurz nach Mittag kann ich es fühlen: Avebury ist ganz in der Nähe. Die Gewissheit beginnt als kaum merkliche Vibration in meinen Knochen und wächst sich zu einem Summen aus, als die düsteren grauen Steine, die wie Soldaten in Kreisen angeordnet stehen, in Sicht kommen. Das Zeichen auf meinem Handgelenk pocht dumpf, und ich schaue zu dem Medaillon, verspüre den Sog, den dieser uralte Ort auf das Zentrum des Schlangenkreises auf meiner Haut ausübt.

Mehrmals halten wir an, ehe wir den Wald verlassen, und vergewissern uns, dass nichts auf die Anwesenheit der

Leibwache hindeutet. Während der ganzen Zeit wird der Sog, der mich nach Avebury zieht, stärker. Nur durch äußerste Willensanstrengung gelingt es mir zu widerstehen und nicht haltlos auf die Steinkreise zuzugaloppieren.

Endlich steuern wir auf ein kleines Haus in der Nähe des Zentrums der Anlage zu.

Der Bauch der Schlange.

Und obwohl alles ruhig bleibt, ist es nicht die Ruhe eines Tages, der in den Abend übergeht, sondern die Ruhe vor dem Sturm.

37

Wir sind noch nicht ganz angekommen, da öffnet sich die Tür des Hauses. Mein Herz macht einen Freudensprung, als Gareth über die Schwelle tritt. Einen Moment später taucht Brigid hinter ihm auf und wischt sich die Hände an der Schürze ab. Sie winkt fröhlich und schenkt uns ein strahlendes Lächeln.

»Lia!« Sie kommt zu uns gerannt, noch ehe wir die Pferde gezügelt haben. »Ich habe mir ja solche Sorgen gemacht!«

»Ich gehe davon aus, dass alles in Ordnung ist?«, vergewissert sich Dimitri bei Gareth.

Gareth nickt. »Außer uns ist niemand da. Kommt herein. Esst erst einmal etwas, und dann erzählen wir euch alles.«

Dimitri schwingt sich aus dem Sattel und kommt auf mich zu. Er bleibt in meiner Nähe, falls ich seine Unterstützung brauche, aber ich bin froh, dass er mir seine Hilfe nicht anbietet. Trotz meiner Müdigkeit brauche ich das

Gefühl, dass ich die Herausforderungen des Alltags alleine meistern kann. Und dazu gehört auch, aus dem Sattel zu steigen.

Nachdem ich Sargent dankbar getätschelt habe, wende ich mich wieder zu Brigid, die erschrocken aufkeucht, als sie mich genauer betrachtet. Ich richte mich auf und versuche, so unbeschwert wie möglich zu lächeln.

»Etwas zu essen klingt himmlisch. Und Wasser zum Waschen, wenn ihr welches habt.

Die anderen steigen ebenfalls ab. Edmund hilft Tante Virginia aus dem Sattel, und Brigid führt uns ins Haus, während sich die Männer um die Pferde kümmern.

Im Haus ist alles klein und dunkel, aber recht gemütlich. Wir gehen an einem Zimmer vorbei, das wohl ein Salon sein soll, und Brigid führt uns zu einer einfachen, schmalen Treppe in der Mitte des Hauses. Oben befinden sich die Schlafzimmer. Tante Virginia und ich haben jede ein eigenes Zimmer. Luisa teilt sich einen Raum mit Sonia, und Brigid führt Helene in das Zimmer, in dem sie beide wohnen werden. Wir vereinbaren, dass wir uns waschen und umziehen und uns dann wieder unten treffen wollen.

Eine halbe Stunde später sitze ich mit den anderen Mädchen an einem grob gezimmerten Tisch. Brigid schenkt Tee ein.

»Wo ist Tante Virginia?«, frage ich.

»Sie sagt, dass sie sich ausruhen möchte. Sie wird zum Abendessen erscheinen.« Die Sanftheit in Luisas Stimme ist der Beweis, dass ich meine Sorge um meine Tante nur schlecht verhehlen kann. »Sie wird sich erholen, Lia, ganz bestimmt. Ein paar Stunden Ruhe können Wunder bewirken.«

Ich nicke und nehme die leicht angeschlagene Teetasse, die Brigid mir reicht. Dann schlürfe ich das heiße Getränk, um nicht antworten zu müssen.

»Brigid, was ich dich fragen wollte«, sagt Luisa, nimmt einen Schluck Tee und beäugt Brigid über den Rand ihrer Tasse hinweg, wobei sich ein schalkhafter Ausdruck auf ihrem Gesicht ausbreitet: »Warst du etwa ganz allein mit Gareth in diesem großen Haus?«

Brigids Wangen färben sich rosa. »So groß ist es gar nicht.«

Luisa hebt die Augenbrauen. »Brigid, die Größe dieses Hauses ist mir herzlich egal! Was ich wissen will, ist, wie ihr euch in den letzten zwei Tagen die Zeit vertrieben habt!«

Sonia verdreht die Augen. »Luisa, sei doch nicht so dreist!«

Luisa nimmt sich einen Keks von dem Teller auf dem Tisch und beißt herzhaft hinein. »Tu bloß nicht so unschuldig! Du bist doch genauso neugierig wie ich.«

Ich unterdrücke den Drang, laut zu lachen. Vielleicht ist es ganz gut, dass Tante Virginia dieser Gesellschaft fern bleibt.

Brigid, die während der ganzen Zeit herumgelaufen ist, Tee eingeschenkt und den Tisch gedeckt hat, setzt sich hin und dreht nervös das Geschirrtuch in ihren Händen hin und her. »Wir sind noch nicht sehr lange hier. Wir kamen erst gestern Morgen an. Dann mussten wir mit den Hausbesitzern alles regeln und ihnen beim Packen helfen. Als sie endlich weg waren, war es Abend.

Seitdem haben wir nach der Leibwache Ausschau gehalten und eure Ankunft vorbereitet. Dieses Haus hat noch nicht viele Gäste gesehen. Es musste mal gründlich sauber gemacht werden.«

Ich überlege, ob sie wohl an ihr eigenes, makelloses Heim in Loughcrew denkt, denn in ihren Augen blitzt ein Funke Stolz auf.

»Was habt ihr denn den Hausbesitzern erzählt?«, fragt Helene. Unvermittelt fällt mir auf, dass ich nicht mehr weiß, wann ich ihre Stimme das letzte Mal gehört habe. Mit einem Mal tut sie mir leid. Brigid hat sich wunderbar in unsere kleine Gemeinschaft eingefügt, während Helene noch immer eine Außenseiterin ist.

Brigid zuckt mit den Achseln, während sich zwei rote Flecken auf ihren Wangen ausbreiten. »Gareth sagte, wir seien frisch verheiratet und wollten für uns sein. Er hat sie gut bezahlt, damit sie so schnell wie möglich verschwinden.«

Luisa lacht schallend. »Das kann ich mir gut vorstellen!«

Sonia versetzt ihr einen Klaps auf den Arm. »Luisa! Himmel noch mal!« Sie schaut Brigid an und muss ein Grinsen unterdrücken. »Tut mir wirklich leid, Brigid, ich habe keine Ahnung, was manchmal über sie kommt.«

Brigid nickt und ein leises Lächeln breitet sich auf ihren

Lippen aus. »Es war eigentlich ganz schön, das Haus für sich zu haben.«

»Ich wusste es!«, schreit Luisa auf. »Und ich will alle Einzelheiten wissen!«

Wir brechen in Gelächter aus. Lediglich Helene bleibt stumm, lässt sich aber zu einem Lächeln hinreißen. Doch bevor Brigid uns Näheres über ihre gemeinsame Zeit mit Gareth erzählen kann, erklingen Schritte in der Diele. Einen Moment später steht Gareth im Türrahmen.

»Die Pferde sind …« Er bricht ab und schaut uns an, wie wir uns wie ein Mann zu ihm umdrehen und ihn anstarren, wobei jede Einzelne von uns sich vorstellt, wie es für ihn und Brigid gewesen sein mag. Allein in diesem Haus.

»Was ist?«

Brigid errötet und steht auf, um den Tisch abzuräumen, während wir anderen einen regelrechten Lachkrampf bekommen. Sogar Helene kichert leise hinter vorgehaltener Hand, und einen Augenblick lang vergesse ich, dass wir in Avebury sind.

Ich vergesse das Summen in meinem Körper. Das Flüstern des Medaillons an meinem Handgelenk. Samaels Verlockungen.

Einen Augenblick lang vergesse ich fast, dass dies möglicherweise die letzten Tage sind, in denen ich eine unsterbliche Seele mein eigen nenne.

Fast.

Ich bin nicht die Einzige, die Zerstreuung sucht, und wir verbringen einen angenehmen Abend mit fröhlichem Geplauder, als ob wir vereinbart hätten, heute ausnahmsweise einmal nicht über die Prophezeiung zu sprechen. Sonia und ich helfen Brigid, das Abendessen vorzubereiten, während Helene und Luisa an dem abgewetzten Esstisch Cribbage spielen. Gareth entzündet ein Feuer und Dimitri geht auf die Suche nach Wein. Nach geraumer Zeit kehrt er triumphierend aus dem Keller zurück und hält vier staubige Flaschen mit einer rubinroten Flüssigkeit hoch.

Edmunds Wachsamkeit ist das Einzige, was uns an unsere Mission erinnert. Er nimmt in regelmäßigen Abständen das Gewehr zur Hand und macht einen Rundgang um das Haus, während Tante Virginia mit einer Decke um die Schultern, die sie gegen die aufkommende Abendkälte schützen soll, auf der Veranda sitzt.

Es dauert nicht lange, da ist der Tisch gedeckt, das Essen dampft in den Schüsseln, der Wein funkelt in den Gläsern, und wir setzen uns in bester Laune hin. Voller Freude schaue ich zu, wie Helene sich lachend mit Sonia und Luisa unterhält und Gareth Brigid unzählige kleine Gefälligkeiten erweist, was mich lächeln und sie erröten lässt.

Ein tiefer Friede kehrt in mein Herz ein, als ich sie betrachte – diese Menschen, für die ich so viel Liebe empfinde. Diese Menschen, die mir so lieb und teuer geworden sind. Ich weiß mit einem Mal ganz genau, dass sie keinen Schaden nehmen werden, egal, was mit mir geschieht. Sie werden leben und glücklich sein. Sie werden lachen und lieben.

Das ist alles, was ich wissen muss. Ich empfinde eine neue Stärke und weiß, dass es gut war, ohne Alice nach Avebury zu kommen. Und ich schaue mich am Tisch um in der Gewissheit, dass mein Opfer, falls es dazu kommen sollte, dafür sorgen wird, dass das Gute in der Welt bestehen bleibt.

Erst als ich Dimitri anschaue, überkommt mich ein Schatten des Zweifels. Obwohl er lächelt und das eine oder andere Mal auch lacht, sehe ich die Sorge in seinen Augen. Es wäre eitel zu glauben, dass er ohne mich nicht leben könne, dass er nicht anderswo sein Glück finden wird. Aber der abwesende Ausdruck, der sich manchmal auf sein Antlitz stiehlt, und die Traurigkeit in seinem Blick beunruhigen mich. Ich will ihn nicht allein zurücklassen.

Ich strecke die Hand aus und streiche ihm das Haar aus der Stirn. Es ist mir egal, ob Tante Virginia oder irgendjemand sonst mich für dreist hält. Dimitris Augen tauchen in meine ein. In ihren Tiefen lodern Verlangen und Liebe wie Flammen. Wenn es irgendetwas auf der Welt gibt, das mich von meinem Entschluss abbringen könnte, dann ist er es.

Ich lasse mich tiefer in das heiße Wasser sinken. Meine Freude war unbeschreiblich, als Brigid mir den kleinen Raum im hinteren Bereich des Hauses gezeigt hat, in der diese alte Zinkwanne stand. Wir schleppten sie in mein

Zimmer, kochten kesselweise heißes Wasser und füllten die Wanne damit. Das Gefühl, in dieses köstliche Nass einzutauchen, ist so luxuriös, dass ich mir immer wieder versichern muss, dass ich es wahrhaftig verdient habe.

Morgen um diese Zeit werden wir uns auf die Beschwörung vorbereiten. Das heißt, wenn uns nicht vorher noch die Leibwache aufspürt. Wie auch immer, dies ist möglicherweise meine letzte Nacht in der Welt der Lebenden.

Ich will meinen Geist leeren. Will mich auf das Gefühl des Wassers an meiner Haut konzentrieren, auf das kühle Metall an meinem Rücken, auf den leichten Luftzug, der außerhalb des Wassers existiert und den ich auf meinen Wangen spüre. Aber kaum habe ich mich entspannt, da erscheint Dimitris Gesicht vor meinem geistigen Auge. Ich sehe ihn, wie ich ihn beim Essen gesehen habe, mit diesem Blick voller Verlangen, das sich auch in meinen Augen widerspiegelt, gewachsen in meinem Herzen, in meiner Seele. Etwas Zartes und Vielversprechendes regt sich in meinem Bauch, wenn ich an ihn denke.

»Möchtest du, dass ich draußen bleibe, bis du fertig bist?« Ich drehe den Kopf zur Tür, von wo die Stimme kommt. Er steht dort, gegen die Wand gelehnt, die Tür bereits hinter sich geschlossen. Ich bin weder überrascht noch erschrocken. Ich habe mich an seine geräuschlosen Auftritte gewöhnt.

Die Stimme der Vernunft befiehlt mir, ihn zum Gehen aufzufordern. Sie gemahnt mich daran, dass es sich für einen Herrn nicht schickt, einer Dame beim Bad zuzusehen. Aber warum sollte ich immer auf meine Vernunft hören? Sie ist ohnehin nicht mehr als ein Flüstern. Diese Stimme gehört zu der Lia, die ich früher war, und diese Lia werde ich nie wieder sein.

Ohne einen weiteren Gedanken an diese Stimme zu verschwenden, stehe ich auf. Das Wasser fließt von meinem Körper, während ich nackt und bloß vor Dimitri stehe. Seine Augen werden noch dunkler, verwandeln sich in schwarze Brunnen voller Leidenschaft. Sein Blick wandert zu meinen Brüsten, meinem Bauch, meinen Schenkeln.

Ich verspüre nicht den mindesten Anflug von Scham. Stattdessen strecke ich die Hand aus und sage: »Würdest du bitte das Handtuch dort holen?«

Es dauert einen Moment, bis er den Blick von meinem Körper lösen und dorthin schauen kann, wohin meine Hand deutet. Er nimmt das Handtuch, das auf dem Bett liegt, tritt auf mich zu und will es mir reichen, wobei er gebührenden Abstand hält.

»Faltest du es bitte auseinander?«

Seine Augen weiten sich überrascht, aber er schlägt das große Handtuch auseinander, während ich aus der Wanne steige und auf ihn zugehe. Seine Arme schließen sich um mich und das Handtuch legt sich weich und warm auf meinen Körper. Eine Weile stehen wir bewegungslos so da. Unwillkürlich spüre ich Dimitris harten, muskulösen Leib, von dem mich nur der dünne Stoff eines Handtuchs trennt.

»Bitte trockne mich ab«, sage ich, das Gesicht an seiner Schulter vergraben.

Er tritt zurück und schlägt das Handtuch langsam auseinander. Ich höre, wie er den Atem anhält, während er meinen nackten Körper mit seinen Blicken verschlingt. Ich hätte nie gedacht, dass es mir so leicht fällt, mich nackt von ihm betrachten zu lassen.

Sanft reibt er mit dem Handtuch über meine Schultern, über meine Arme und meine Brüste. Der sanfte Druck seiner Hände jagt einen sehnsuchtsvollen Schauer nach dem anderen durch meine Eingeweide. Dann sinkt er vor mir auf die Knie und streicht mit dem Handtuch über meinen Bauch, über meine Hüfte, bis zu der weichen Haut auf der Innenseite meiner Schenkel. Ich bin froh, dass seine Bewegungen so langsam sind. Ich habe keine Eile, meinen Körper wieder zu verhüllen. Mit einem Mal scheint er mir das wichtigste Geheimnis zu sein, das ich hüte. Und vor Dimitri will ich keine Geheimnisse mehr haben.

Seine Hände sind geduldig und behutsam. Sein Verlangen, so mächtig wie mein eigenes, durchdringt fast spürbar den ganzen Raum. Als er mich abgetrocknet hat, steht er auf, das Handtuch noch immer auf dem Arm. Ich sehe die Frage in seinen Augen und gebe ihm Antwort, indem ich seine Hand nehme.

»Komm«, sage ich und ziehe ihn zum Bett. »Komm und leg dich zu mir.«

Er sagt nichts, als ich mich in seine Armbeuge kuschele und die warme Haut oberhalb seiner Brust liebkose, wo sie nicht von seinem Hemd bedeckt wird. Meine Finger wandern abwärts und lösen die Schnüre, eine nach der anderen, bis alle offen sind. Dann schiebe ich den Stoff beiseite, entblöße seine Brust und lege meinen Kopf darauf, küsse die Muskeln, die sich unter seiner samtweichen Haut wölben.

Ich stütze das Kinn auf meine Hand und schaue ihm in die Augen. »Ich liebe dich. Vergiss das nie.«

Er zieht mich in eine Umarmung und küsst mich, dass mir die Sinne vergehen. Er schiebt meinen Körper unter sich. Mein Kopf versinkt im Kissen, während er sich an mich drückt. Er berührt mein Gesicht und starrt mir mit einer Wildheit in die Augen, die mich beinahe ängstigt.

»Lass uns weglaufen, Lia. Flieh mit mir, noch heute Nacht. Ich werde dich vor den Seelen beschützen, solange es nötig ist. Gemeinsam wird es uns gelingen, Alice auf unsere Seite zu ziehen.«

Ich schlinge meine Arme um seinen Hals und ziehe ihn zu mir, bis unsere Lippen sich wieder berühren. Unsere Leidenschaft lässt uns beinahe alle Hemmungen über Bord werfen. Dann löse ich mich von ihm.

»Ich muss es tun, Dimitri. Ich darf jetzt nicht aufgeben. Ich will mich nicht mein Leben lang vor den Seelen verstecken müssen, ob bei Tag oder Nacht. Aber noch wichtiger ist, dass ich nicht erleben will, wie es meinen Freunden genauso ergeht. Ich will nicht erleben, wie du deine Loyalität den Grigori gegenüber verletzen musst, um mich zu beschützen.« Er will protestieren, aber ich lege meinen Finger an seine Lippen. Dann schaue ich ihm in die Augen. Er soll wissen, dass es mir ernst ist. »Ich muss es tun, Dimitri. Bitte verschwende nicht unsere kostbare Zeit mit sinnlosem Streit. Sei einfach bei mir. Sei bei mir und sei gewiss, dass ich heute Nacht – und für immer und ewig – dir gehöre, komme, was wolle.«

Ich küsse ihn mit aller Liebe, die ich für ihn empfinde. Ich öffne mich ihm, ertrinke in dem wundervollen Gefühl seiner nackten Haut auf mir. Und ich empfinde keinerlei Reue.

38

Die meiste Zeit des Tages verbringen wir in verdrießlichem Schweigen. Sonia, Luisa, Helene, Brigid, Tante Virginia und ich beschäftigen uns halbherzig mit einem Kartenspiel oder unternehmen den Versuch, in den wenigen staubigen Büchern zu lesen, die auf einem Regalbrett stehen, während die Männer die Umgebung hoch zu Ross erkunden. Als der Abend dämmert, ist immer noch keine Spur der Leibwache zu sehen, und obwohl ich darüber herzlich froh bin, habe ich keinen Zweifel, dass sie irgendwo da draußen sind. Ich weiß nicht, wann sie kommen, aber dass sie kommen werden, das weiß ich genau.

Später ziehe ich mich mit Dimitri in mein Zimmer zurück, um mich auf die Beschwörung vorzubereiten. Schweigend packe ich meine Sachen, ohne zu wissen, ob ich selbst oder jemand anderes sie nach London zurückbringen wird. Wer weiß, ob ich diese Nacht überlebe? Da höre ich Dimitris Stimme hinter mir.

»Ich habe auf den richtigen Augenblick gewartet, um dir das hier zu geben.« Ich drehe mich zu ihm um. Er streckt mir ein Päckchen entgegen, das in einfaches braunes Papier gewickelt ist. »Vermutlich hatte ich gehofft, dass es gar nicht so weit kommen würde. Aber ich kann mich nicht länger belügen.«

Ich nehme das Päckchen nicht gleich, sondern betrachte es nur, als ob ich Angst hätte, es zu berühren und dadurch etwas auszulösen, das nicht mehr rückgängig zu machen ist. Aber das ist natürlich Unsinn. Die Ereignisse, die unser aller Leben bestimmen, haben vor Urzeiten ihren Anfang genommen. Nichts und niemand kann sie jetzt noch aufhalten.

Ich strecke die Hand aus und bin überrascht von dem Gewicht. »Was ist da drin?«

Er setzt sich neben mich aufs Bett. Sein Körper drückt die Matratze nach unten, was dazu führt, dass ich mich ihm zuneige, bis sich unsere Körper berühren.

»Etwas, das dir heute Nacht Trost spenden soll. Mach es auf.«

Ich löse die Schnur, die um das Päckchen geknotet ist, und wickele das braune Papier ab. Zum Vorschein kommt ein dicker Stapel violettfarbene Seide. Als ich mit der Hand darüber streiche, gleitet eine Erinnerung wie ein Lufthauch in meine Gedanken, wie die Überbleibsel eines wunderschönen Traums.

»Ich … verstehe nicht.«

Ein Kichern entschlüpft seiner Kehle, gespickt mit Melancholie. »Es ist wahrlich mühsam, dir ein Geschenk zu machen. Falte die Seide auseinander.«

Ich lege den Stoff auf das Bett und hebe die oberste Lage ab. Ich schüttele die Seide, bis sie sich aufbläht und in einer schimmernden Woge aus Violett auf den Boden fällt. Ich halte sie von mir weg – und dann verstehe ich.

»Oh! Aber …« Ich drehe mich zu Dimitri um. Mir sitzt ein Kloß im Hals und ich muss schlucken. »Woher hast du das?«

Er nickt zu dem braunen Papier, das ich achtlos aufs Bett gelegt habe. »Ich glaube, da ist auch ein Zettel dabei.«

Ich lege das Gewand beiseite und durchwühle das Packpapier, bis ich einen gefalteten Zettel aus dickem Papier finde. Die Handschrift ist mir unbekannt, und ich stehe auf und gehe zum Kamin, um besser lesen zu können.

Anfangs fällt es mir nicht leicht, die elegant geschwungenen Buchstaben zu entziffern, aber sobald ich anfange zu lesen, stockt mir der Atem.

Liebste Lia,
ist es nicht merkwürdig, wie scheinbar unbedeutende Dinge und Ereignisse grundlegende Veränderungen herbeiführen können? Deine Anwesenheit auf Altus war ein solches Ereignis für mich. Obwohl Du nur wenige Tage hier verweilen konntest, empfinde ich unsere Freundschaft als Segen. Ich denke sehr oft an Dich.

Ich weiß, dass die Zeit näherrückt, da Du Dich Samael und seinen Seelen entgegenstellen musst, und ich weiß, dass Du es tun wirst – für die Schwestern, für jene, die vor Dir waren, und für jene, die noch kommen werden. Es erscheint mir nur angebracht, dass wir, die Schwestern von Altus, Dich dabei begleiten. Und obwohl ich nicht selbst nach Avebury kommen kann, um Dir zur Seite zu stehen, so hoffe ich, dass Dir dieser Umhang der Schwesternschaft Kraft und Trost spenden wird. Er soll Dich an Altus erinnern, und an mich. Sei gewiss, dass wir bei Dir sind, wenn auch nur im Geiste.

Dein Volk und Deine Insel brauchen Dich, Mylady. Meine Freundin. Komm bald zurück.

Una

Ich starre die Worte an, lange nachdem ich sie gelesen habe. Sie entführen mich an einen anderen Ort, und einen Augenblick lang kann ich die Meeresbrise fühlen, die den Duft nach Orangen mit sich bringt.

»Sie wäre gekommen, wenn sie gekonnt hätte«, sagt Dimitri.

Ich drehe mich zu ihm um und lächle unter Tränen. »Ich weiß.«

Dann fasse ich vorsichtig in den Stapel Seide und schüttele die Gewänder aus, eins nach dem anderen.

»Es sind insgesamt sechs. Eins für mich, eins für jedes der Mädchen und eins für Tante Virginia.« Unas Voraussicht verblüfft mich.

Dimitri nickt. »Es sind die Gewänder, die die Schwestern von Altus bei den traditionellen Festen und Ritualen tragen.«

»Sie sind wunderschön.« Ich drücke die violettfarbene Seide an meine Brust, als ob in dem Stoff die gesamte Stärke der Schwestern verborgen läge. »Bitte richte Una meinen Dank aus.«

Dimitri steht auf und nimmt mich in den Arm, wobei das Gewand zwischen uns zerknüllt wird. »Das kannst du ihr selbst sagen, wenn alles vorbei ist.«

Seine Stimme ist rau und ich sage nichts. Ich stehe nur im Schutz seiner Arme da und lasse ihn für einen Augenblick lang so tun, als wäre mein Überleben eine beschlossene Sache.

Ich meine, die Zeit bis zum Morgen müsste wie im Flug vergehen, wie sooft, wenn man wünscht, sie würde still stehen. Stattdessen scheinen die Stunden nur so dahinzukriechen. Dimitri und Edmund reiten regelmäßig auf den Feldern Patrouille, wo sich die Steinkreise befinden, aber immer noch lässt sich Samaels Leibwache nicht blicken. Trotzdem bin ich unruhig.

Aus irgendeinem Grund macht mich der Umstand, dass sie noch nicht aufgetaucht sind, nervöser, als wenn sie uns bereits belagern würden. Ich sehne mich danach, die

Männer auf Sargents Rücken bei ihren Runden zu begleiten, aber ich mache mir nicht die Mühe, sie überhaupt zu fragen. Sie würden mir nur sagen, dass es zu gefährlich sei, dass ich mich verstecken müsse, bis es Zeit für das Ritual ist. Trotzdem werde ich den Gedanken nicht los, dass ich lieber auf dem Rücken meines Pferdes sterben würde, auf den weiten Feldern von Avebury und durch die Gewalt der Leibwache, als mein Ende im Abgrund zu finden.

Aber das würde bedeuten, dass ich nicht einmal den Versuch unternehmen würde, das Tor zu verschließen. Und das kommt nicht infrage.

Als die kleine Kaminuhr drei Uhr morgens schlägt, will ich nur noch eins: die Sache hinter mich bringen. Ich bin das Warten und Grübeln leid.

Ich sitze mit Dimitri auf dem schmalen Sofa, lehne mich an ihn und schmiege mich in seine Arme. Da beugt er sich nieder und flüstert mir ins Ohr: »Ich glaube, es ist Zeit, dass ich jetzt den Stein an mich nehme.«

Ich nicke und löse mich von ihm. Erklärungen sind nicht nötig. Er wird den Stein für das Ritual bereitlegen, und für die aufgehende Sonne, während ich mit den Schlüsseln und Tante Virginia im Haus warte, bis der Morgen dämmert. So haben wir es besprochen.

Ich spüre die Augen der anderen auf mir, als ich die Kette mit dem schweren Stein um meinen Hals löse. Ich reiche ihn Dimitri und schaue ihn stumm an. Er steht auf und nickt Edmund und Gareth zu. Schweigend verlassen sie das Haus. Und auch wir, die wir zurückbleiben, schweigen still.

Unwillkürlich überkommt mich das Gefühl, dass ich auf dem Weg zu meiner eigenen Hinrichtung bin. Wir – die Schlüssel, Tante Virginia und ich – warten in der Nähe der Haustür auf das Signal, dass wir uns um das Feuer versammeln können. Ich sehe die Flammen durch das Fenster. Es ist ein mächtiges Feuer, das bis zu den Sternen zu lecken scheint.

Alles neigt sich dem Ende zu.

Mit langsamen Bewegungen löse ich das Medaillon von meiner rechten Hand und befestige es an meinem linken Handgelenk. Seit ich von Avebury träumte, seit das Medaillon mir im Traum die Haut versengte, weiß ich, dass dies die letzte Forderung der Prophezeiung ist. Die letzte Prüfung. Ich muss das Medaillon auf dem Mal an meinem Handgelenk tragen, um das Tor zu schließen.

Was bedeutet, dass ich es stattdessen öffne, wenn ich versage.

Aber das spielt keine Rolle. Es ist die einzige Möglichkeit, und so lege ich die goldene Scheibe mit der Jormungand auf meine Haut. Meine Seele scheint sich zu weiten und förmlich zu seufzen, als das eingeritzte Symbol der Schlange sich an seinen Zwilling auf meinem Handgelenk schmiegt. Einen Augenblick kommt es mir so närrisch vor, dass ich all die Monate so hart dagegen angekämpft habe, wo ich doch so leicht in Frieden hätte leben können.

Mit einem Kopfschütteln vertreibe ich diese verräterischen Gedanken. Meine Hand fällt schlaff herab. Jemandes Finger umschließen meine, und als ich aufschaue und unter der Kapuze meines Gewandes hervorspähe, sehe ich Luisas elegante Nase und die vollen Lippen, eingerahmt von der Seide ihrer eigenen Kapuze.

Sie neigt sich mir zu und spricht so leise, dass wohl niemand außer mir sie verstehen kann. »Lia, … ich …« Sie lächelt ein kleines, trauriges Lächeln. »Du bist sehr tapfer. Ich weiß, dass du nicht wanken wirst, was immer auch geschieht. Weder in dieser, noch in der nächsten Welt. Ich hoffe, du nimmst mich im Herzen mit, wohin du auch gehst.«

»Danke, Luisa. Tu du das Gleiche für mich.« Ich bin dankbar für ihre Ehrlichkeit. Sie als Einzige hat die Möglichkeit anerkannt, dass ich an diesem Morgen sterben könnte, und irgendwie ist es eine Erleichterung, sich nicht länger verstellen zu müssen. Trotzdem kann ich ihr Lächeln nicht erwidern, denn mir schlägt das Herz bis zum Hals vor lauter Angst. Ich bin nicht tapfer. Ich zittere am ganzen Leib und muss an mich halten, um mich in den Sattel zu schwingen und auf Sargents Rücken zu fliehen.

In diesem Moment würde ich am liebsten weglaufen und mich vor der Leibwache, vor den Seelen und vor Samael verstecken, solange es eben geht.

Nur eine einzige Wahrheit hindert mich daran: Wenn ich so weiterleben würde, wäre dieses Leben nicht besser als ein langsames, schleichendes Sterben. Ich kann nirgends hin. Kann mich nirgends verstecken. So lange das Tor offen steht, werden Samael und seine Seelen mich finden.

Luisa drückt meine Hand, und gemeinsam drehen wir uns zur Tür, die sich öffnet. Da steht Edmund, von hinten beleuchtet durch die lodernden Flammen.

Er nickt. »Es ist Zeit. Bis Sonnenaufgang ist es noch eine knappe halbe Stunde, und obwohl es mir gar nicht gefällt, Sie jetzt schon dem Risiko auszusetzen, wage ich nicht, noch länger zu zögern. Ansonsten laufen wir Gefahr, den richtigen Zeitpunkt zu verpassen.«

Ein Klumpen aus Angst steigt mir wie Galle die Kehle empor. Doch ich straffe die Schultern und trete durch die offene Tür ins Freie. Die anderen schließen sich mir an. Ich höre ihre Schritte auf den Steinen der schmalen Straße, die vom Haus wegführt. Dann gehen wir über das hohe Gras der Felder. Alles ist still, während wir Edmund zum Feuer folgen, das von einem kleineren Kreis aus Fackeln eingerahmt wird. Ich hebe den Kopf und schaue in den indigoblauen Himmel, entdecke einen kaum sichtbaren hellen Schimmer am Horizont. Dies ist die Uhr, nach der wir die Beschwörung ausrichten müssen. Sie entscheidet über meine Zukunft. Wie lange wird es noch dauern, bis sich die Sonne ihren Weg gebahnt hat und ihr Licht auf den Stein der Prophezeiung werfen wird?

Vor dem Feuer erkenne ich die Silhouette von Dimitris Gestalt – und die Kontur des Gewehrs in seiner Hand. Ich muss zugeben, dass ich erleichtert bin, obwohl ich ihn gebeten habe, sich nicht einzumischen, außer, um die Leibwache von meinem irdischen Körper fernzuhalten, wenn ich mich in den Anderswelten befinde – denn dass ich dorthin gehen muss, daran habe ich nicht den geringsten Zweifel. Ich kann mich nicht an zwei Orten gleichzeitig meiner Haut erwehren, und daher müssen die anderen für mich kämpfen, sollte hier eine Schlacht ausbrechen.

Meine Sinne sind geschärft wie nie zuvor. Das Licht der Flammen blendet mich, und das Gras unter meinen Füßen ist kühl. Es war eine gute Entscheidung, barfuß zu gehen. Ich fühle die Energie, die Avebury durchdringt, in jeder Faser meines Seins, und das Gefühl wird stärker, je näher ich den Steinkreisen komme. Es scheint mir richtig und sinnvoll zu sein, eine körperliche Verbindung zwischen mir und dem geweihten Boden herzustellen, auf dem ich stehe. Das Vibrieren, das ich in meinen Fußsohlen spüre, wirkt beruhigend auf meine Nerven. Alle Quellen, aus denen ich Kraft schöpfen kann, sind mir willkommen – auch der Schlangenstein hängt noch an meinem Hals, obwohl er längst erkaltet ist. Es mag keine spirituelle Kraft mehr in ihm liegen, aber er ist ein Teil von Tante Abigail. Das Gefühl ihrer Nähe ist ein Trost.

Dimitri schaut mir entgegen, als ich den Kreis aus Fackeln durchquere. Ich bleibe vor ihm stehen. Mehr als alles andere wünsche ich mir, ich könnte die Trauer und Resignation aus seinen Augen vertreiben.

Doch alles, was ich ihm schenken kann, ist die Hoffnung, dass ich stark bin. »Ich bin bereit.«

Er nickt und deutet auf das Feuer ein paar Schritte entfernt. »Alles ist, wie es sein soll. Die Beschwörung verlangt zwar kein Feuer, aber es wird Edmund und mir helfen, die Felder im Auge zu behalten, falls sich jemand zu nähern wagt. Wir haben …«

»Ist es nicht ein Risiko, ein Feuer zu entzünden, wenn in der Prophezeiung nicht ausdrücklich eins erwähnt wird?«, unterbricht ihn Helene.

Dimitri seufzt. »Feuer ist ein Teil von vielen alten Zeremonien, aber man kann es auch einfach als Lichtquelle sehen. Solange alles andere an seinem Platz ist, wird Lia in der Lage sein, Samael zu beschwören.«

Aber es ist nicht alles an seinem Platz, denke ich. *Alice ist nicht da.*

Ich bin mir sicher, dass die anderen das Gleiche denken, aber das Offensichtliche auszusprechen, hat keinen Sinn. Jetzt gibt es kein Zurück mehr.

Dimitri schaut zum Feuer, dorthin, wo ein hölzerner Sockel steht. »Wir haben den Stein etwas erhöht positioniert, damit er leichter das Licht der aufgehenden Sonne einfangen kann. Jetzt müsst ihr einen Kreis bilden, euch an den Händen fassen und die Beschwörungsformel sprechen, bis die Sonne den Stein erleuchtet.«

So einfach, wie es aus seinem Mund klingt, wird es gewiss nicht sein, aber das schwache Licht am Horizont breitet sich allmählich über den Himmel aus und überzieht die Dunkelheit über unseren Köpfen mit einem milchigen Schimmer.

Langsam wende ich mich meinen Gefährtinnen zu und

schaue sie an, eine nach der anderen – Helene, Brigid, Luisa, Sonia und Tante Virginia. »Danke, dass ihr an meiner Seite seid. Lasst uns beginnen!«

39

Zuerst bin ich fast ein bisschen verlegen. Die Worte der Beschwörung fühlen sich auf meiner Zunge fremder an, als sie mir im Geiste erschienen. Wir sprechen nicht immer im Einklang, sondern stolpern über die Formel, während wir im Kreis um das Feuer und den Stein stehen. In einer Hand spüre ich Tante Virginias zarte, kühle Finger und in der anderen die leicht feuchten von Sonia.

Mir gegenüber sehe ich Brigid durch die Flammen des Feuers, die sich auf die Beschwörung konzentriert, Helene und Luisa stehen rechts und links von ihr. Nur einmal werfe ich einen Blick zum Himmel und registriere fast unbeteiligt, dass sich dort das Licht sammelt, während die Sonne ihre Reise in den Morgen antritt. Danach schließe ich die Augen und denke an nichts mehr außer an die Worte des Rituals. Darauf, sie mit den anderen im Chor auszusprechen. Darauf, das Untier zu beschwören.

Die Worte kommen jetzt rhythmischer, gehen uns leichter über die Lippen, je öfter wir sie wiederholen. Es ist hypnotisierend, dieselben Worte immer und immer wieder auszusprechen. Die physische Welt rückt immer weiter von mir ab, bis ich nur noch durch meine Füße mit ihr verbunden bin. Dort pulsiert die uralte Energie von Avebury, fließt durch meine Beine bis zu meinem Bauch, in meine Arme, meinen Kopf, bis mein ganzer Körper vibriert und ich mich förmlich in diese Urkraft hineinstemme. Ich denke an Altus, rieche den würzigen Duft der Orangen und die feuchte, salzige Seeluft. Ich kann die Wellen hören, die sich an den Felsen brechen, und mir ist, als ob ich wieder auf den Klippen von Altus stünde.

Ich schwebe in dem Äther, der zwischen der wirklichen Welt und den Anderswelten liegt. Ich gebe mich ihm hin. Verliere mich in den kraftvollen Worten der Beschwörung, in der Hitze des Feuers, in dem heiligen Boden unter meinen Füßen.

Und dann werden meine Augen wie von einer großen Macht aufgerissen. Ein gleißendes Licht bohrt sich hinter meine Augenlider, den Bruchteil einer Sekunde bevor ich den Stein erblicke, erleuchtet von einem einzelnen Sonnenstrahl, der sich den Weg über den Horizont gebahnt hat.

Ein Summen erhebt sich aus der Mitte unseres Kreises, rauscht in Wellen nach außen, während der Stein, der scheinbar von innen erhellt wird, seine Farbe verändert. Er ist nicht länger ein matter grauer Kiesel, sondern ein leuchtend grünes Oval. Ich kann die Augen nicht von ihm abwenden; mein Mund bewegt sich wie von selbst und spricht in einem monotonen Singsang die Worte der Prophezeiung aus. Der Stein ruft nach mir, und ich falle in einen merkwürdigen Zustand der Verzückung, empfinde fast eine Art Begierde. Es ist, als würde ich alle Fesseln lösen, die mich binden, und mich an meiner grenzenlosen Freiheit ergötzen.

Aber dieses Hochgefühl dauert nur wenige Sekunden. Dann explodiert das Licht geradezu, das von dem Stein ausgeht, und wird zu einem Gleißen, das wie ein hungriges Tier auf uns zurast. Ich schließe die Augen, aber das Licht lässt sich nicht aussperren und blendet mich noch durch die Augenlider.

Dann sind da plötzlich Bilder.

James und ich am Fluss von Birchwood. Wie jung wir aussehen!

Henry, dessen fröhliches Gesicht mir zugewandt ist, während wir uns lachend über ein Buch im Salon beugen.

Luisa, Sonia und ich, die wir uns an den Händen fassen, die weiche Haut an unseren Handgelenken gezeichnet durch die Prophezeiung.

Und schließlich Dimitris Gesicht, sein Körper auf meinem, erleuchtet durch das flackernde Licht der Flammen in meinem kleinen Zimmer in Avebury.

Dann gibt es nur noch Schwärze. Erleichterung durchströmt mich, während ich mich in dieses Schwarz hineinfallen lasse. Bin ich tot? Aber nein, so einfach ist es nicht. Einen Moment später öffne ich die Augen. Ich stehe an demselben Strand, an dem ich mich schon einmal befunden habe, an dem Strand, an dem ich von den Anderswelten und der Macht der Gedanken erfahren habe. Der Ozean leckt an meinen Füßen, und da ist auch die Klippe mit den Höhlen, die den Strand zu meiner Linken begrenzt.

Ich schaue mich um. Ich bin unsicher. Jetzt, da ich hier bin, habe ich keine Ahnung, wie ich das Ende der Prophezeiung herbeiführen soll. Es kommt mir so merkwürdig vor, dass ich nach all der Zeit, in der ich den Seelen aus dem Weg gegangen bin, nach allem, was geschehen ist, sie nun beschwören, sie zu mir rufen will, aber ich bin der festen Überzeugung, dass dies meine Aufgabe ist. Wenn der einfache Wunsch genügen würde, um das Tor zu schließen, hätte ich schon längst gesiegt. Aber hier stehe ich in den Anderswelten, durch die Macht des Steins, der Schlüssel und die Macht der Beschwörungsformel. Ich kann nur vermuten, dass mein irdischer Körper mit den anderen Frauen noch im Kreis steht. Dass sie noch immer die Worte der Beschwörung aufsagen. So haben wir es vereinbart. Ich dagegen weiß mit absoluter Sicherheit, dass es an mir ist, das Untier herbeizurufen, obwohl ich in den letzten zwei Jahren mein Möglichstes getan habe, um mich ihm zu verweigern.

Der Strand erscheint mir dafür kein geeigneter Ort zu sein, mit der endlosen Wasserfläche auf der einen und der Klippe auf der anderen Seite. Ich möchte den Seelen auch nicht im Abgrund begegnen. Ich mag zwar dort enden, aber ich will Samael die Sache so schwer wie möglich machen.

Nein, ich möchte den Seelen und Samael auf mir vertrautem Terrain entgegentreten, und in dem Moment, in dem ich das denke, weiß ich auch, wohin ich gehen werde. Ich muss daran denken, was Sonia mir vor so langer Zeit gesagt hat, als das Reisen mit den Schwingen noch neu und fremd für mich war.

Gedanken sind mächtig, Lia. Besonders in den Anderswelten.

Ich denke an Birchwood, an die sanften Hügel, die sich in alle Richtungen erstrecken. An die Wälder, die den Horizont säumen, und an den Fluss, der hinter dem Anwesen fließt. An den Friedhof, wo Henry neben meinem Vater und meiner Mutter begraben liegt.

Es ist tröstlich und schmerzvoll zugleich. Ein passendes Ende für die Prophezeiung.

Eine Sekunde später bin ich in der Luft, fliege über die Klippe, über Sanddünen und Seegras, das allmählich in eine graugrüne Ebene übergeht, die wiederum schließlich saftig grünen Wiesen weicht. Unter mir ist es lebendig: Tiere aller Art und Größe kommen aus der Richtung gerannt, in die ich fliege, als ob sie vor einem Feuer fliehen würden. Nicht einmal sie wollen dort verweilen, wohin ich mich wenden muss. Nur ich bewege mich auf das Untier zu; alle anderen weichen ihm aus.

Aber mir bleibt keine Zeit, um mich mit solchen Gedanken zu beschäftigen. Ich nähere mich festem Boden, und ich kann nicht umhin, mich erneut über die Macht der Schwingen zu wundern. Man muss nur an eine Person denken oder an ein Vorhaben, und schon wird man dorthin gebracht, wo man sein will, allein durch die Kraft des Gedankens.

Als ich die Erde berühre, erwarte ich das weiche Gras unter meinen Füßen zu fühlen, stattdessen trifft meine Haut auf etwas Raues, Kratziges. Als ich nach unten blicke, sehe ich, dass das Gras braun und tot ist. Ich hebe den Blick; die Landschaft ringsum ist grau und schwarz. Es sind noch die Felder von Birchwood, aber es sind tote Felder.

Nicht nur die Vegetation ist bar jeglichen Lebens. Selbst der Luft scheint der Sauerstoff entzogen zu sein. Als ob diese Welt aufgegeben worden wäre. Als ob alle Kreaturen in den Anderswelten wüssten, dass hier nichts Gutes gedeihen kann, und alle haben sie sich zurückgezogen. Ich drehe mich um die eigene Achse und halte nach den Seelen Ausschau.

Ich höre sie – nein, ich *fühle* sie, bevor ich sie hören oder sehen kann.

Es vibriert unter meinen Füßen; dann wird ein leises Rumpeln wahrnehmbar, wie ein großes Tier, das auf mich zudonnert und jeden Moment durch die Bäume bricht. Mein Herzschlag beschleunigt sich und ich warte und lausche. Dann gibt es keinen Zweifel mehr: Das Donnern ist das Getrappel von unzähligen Hufen, die sich rasch nähern. Es sind mehr als je zuvor. Das Untier hat zweifellos nach all seinen Getreuen geschickt, damit sie es begleiten und ihm bei meiner Gefangennahme behilflich sind. Und damit sie gemeinsam mit ihm das Tor in meine Welt durchschreiten. Aber das werde ich mit aller Macht zu verhindern suchen.

Die Pferde nähern sich mit einer Geschwindigkeit, die ihresgleichen sucht. Ich wende mich dem Wald zu, aus dem der meiste Höllenlärm kommt, und wappne mich für den Anblick der Seelen. Ich habe den Eindruck, dass sie von allen Seiten auf mich eindringen, aber ich will nicht hektisch hin und her blicken, sondern mich auf eine Stelle konzentrieren. Ich will ruhig bleiben.

Doch wie kann ich das, bei dem Anblick, der sich mir bietet?

Die Seelen strömen aus dem Wald, die Arme erhoben, die gezückten Schwerter feurig glänzend. Ich hatte vergessen, wie gewaltig sie sind, denn selbst die Mitglieder der Leibwache, die in unserer Welt Samaels Sache vertreten, sind nicht größer als gewöhnliche Menschen. Die Seelen dagegen sind zweimal so groß wie ein ausgewachsener Mann, und alle sitzen auf Pferden, neben denen Sargent wie ein Pony aussehen würde. Sie zögern und zaudern nicht, als sie mich auf dem offenen Feld stehen sehen, sondern strömen mit neuer Energie vorwärts, als ob sie Angst hätten, ich könnte im letzten Moment fliehen.

Aber ich tue nichts dergleichen. Ich tue rein gar nichts. Ich habe weder meinen Bogen noch irgendeine andere Waffe zur Verteidigung. Das alles liegt hinter mir. Jetzt rufe ich sie zu mir, befehle sie mit aller Willenskraft an meine Seite.

Um sie mit aller Stärke, die mir von meinen Ahnfrauen der Schwesternschaft verliehen wurde, zu bekämpfen.

Tante Abigail. Tante Virginia. Meine Mutter.

Sie sind jetzt bei mir, kreisen mich ein, umringen mich, bis ich wie ein kleines Tier in ihrer Falle sitze. Dann recken die Verlorenen Seelen, die so dicht stehen, dass ich ihr Ende nicht sehen kann, die Schwerter in die Höhe und stoßen ein tiefes, dröhnendes Gebrüll aus. Es braucht keine Worte, damit ich ihr Brüllen als Siegesgeschrei erkenne.

Ich fange an zu zittern. Ich kann meine Angst nicht länger verbergen. Sie sind so riesig, so unvorstellbar groß. Ihre Körper sind muskulöse Fleischberge, an denen noch die Reste zerfetzter Kleidung hängen. Ihre Gesichter, zu triumphierenden Grimassen verzogen und hinter struppigen Bärten halb versteckt, sind entsetzlich anzuschauen.

Sie rücken näher an mich heran. Ihre mächtigen Rösser fletschen die Zähne und schnappen nach mir. Ich fange schon an zu glauben, dass mir der Abgrund erspart bleibt. Dass ich hier und jetzt sterben werde, zertrampelt von den Hufen dieser Riesenpferde, ehe ich auch nur den Versuch wagen kann, das Tor zu schließen.

Aber dann fühle ich es. Es ist, als ob sich mein eigener Herzschlag plötzlich vervielfältigt hätte. Anfangs ist es noch schwach, kaum merklich, aber gleich darauf wird es stärker. Es kommt näher, von außen wie auch in meinem Inneren, bis ich völlig davon eingehüllt werde, an Leib und

Seele. Die Menge der Seelen driftet zur Seite, bildet eine Gasse, salutiert mit erhobenen Schwertern und gesenkten Köpfen. Der Herzschlag nimmt zu, nähert sich dem Rhythmus meines eigenen an, während die Seelen dem Untier Platz machen.

Er erhebt sich vor mir, ganz in Schwarz gekleidet. Seine Größe ist entsetzlich. Aber sein Erscheinungsbild ist das eines gut aussehenden Mannes, und ich muss an den Augenblick denken, als ich auf den Schwingen reiste und sich sein Gesicht in das eines schreckenerregenden Ungeheuers verwandelte, das mich durch die Wälder verfolgte und mit rasiermesserscharfen Krallen nach mir schlug. Ich darf dieses Bild nicht vergessen. Ich darf mich nicht von seinem falschen und verführerischen Gesicht einlullen lassen. Von dem Herzschlag, der immer noch den Gleichklang mit meinem sucht.

Er ragt vor mir auf. Wenn er jetzt angreifen würde, wäre ich nichts weiter als Staub vor seinen Füßen. Aber er kommt nicht hoch zu Ross zu mir. Stattdessen steigt er aus dem Sattel, mit einer einzigen Bewegung, die graziöser ist als alles, was ich je gesehen habe, trotz seiner Größe.

»Mistress. Ihr beehrt mich mit Eurer Anwesenheit.« Seine Stimme klingt betont sanft und weich, wie ein Raubtier, das seine Beute hypnotisieren will.

Ich schlucke und gebe mir Mühe, meine Stimme stark und sicher klingen zu lassen. »Ich tue Euch keine Ehre an. Ich komme im Namen der Schwesternschaft, um das Tor zu verschließen und Euch auf immer aus der Welt der

Lebenden zu verbannen.« Selbst in meinen Ohren klingen meine Worte wie die eines Kindes, aber mehr weiß ich nicht zu sagen.

Mit großen Schritten kommt er auf mich zu. Seine Stiefel schaben über den trockenen Boden, der unter seiner Wucht vibriert.

»Euch fehlt der Wächter.«

Ich recke das Kinn hoch. »Vielleicht, aber ich verlange trotzdem, dass das Tor geschlossen wird, so, wie es die Prophezeiung besagt.«

Seine Augen verengen sich, und ich sehe, dass sie in ihrer Mitte golden sind, umrahmt von einem roten Kreis. »Ihr seid eine störrische Frau.« Seine Stimme scheint durch meine Poren in meinen Körper zu dringen. Ich höre die Flügel auf seinem Rücken rauschen. »Ihr werdet nur dann Frieden finden, wenn Ihr von Eurem missgeleiteten Vorhaben ablasst.«

Er kommt noch näher, bleibt etwa einen Schritt vor mir stehen. Sein Blick bohrt sich in meine Augen. Die Welt ringsum verschwimmt. Das tote Feld, die Seelen … sie alle verblassen, während sich seine unheimliche Stimme den Weg in mein Blut bahnt. Die Worte breiten sich zischend wie ätzende Säure aus. »Euer Platz ist an meiner Seite, Mistress, und Ihr wisst essss. Ihr fühlt essss.«

Mit einem Knall und einem Knattern öffnen sich die Flügel, schießen seitlich heraus, sodass die Seelen dahinter verschwinden. Die Flügel locken mich. Die glänzenden Federn, poliertem Onyx gleich, flüstern mir von Frieden und Sicherheit. Dort bin ich sicher vor Samael, aber am meisten vor mir selbst.

Ich schüttele den Kopf und klammere mich an den Rest meiner Entschlusskraft. »Nein. Das ist nicht wahr.« Aber der Herzschlag, der nicht mein eigener ist, wird immer lauter. Und jetzt schlagen unsere beiden Herzen in einem Rhythmus, wie ein einziges Herz. Ich merke, wie meine Willenskraft schwindet.

»Ja, Ihr fühlt essss«, sagt er und macht einen weiteren Schritt auf mich zu. Mit dem Rücken seiner behandschuhten Hand streicht er mir über die Wange. »Es ist ganz natürlich, dass Ihr das Band spürt, das uns beide verbindet. Darin liegt keine Schande. Ihr wurdet geboren, um mich in die Welt der Lebenden zu geleiten. Um an meiner Seite zu herrschen.«

Wieder schüttele ich den Kopf, aber die Apathie schleicht sich wie Nebel in meinen Geist, bis das, was er sagt, auf eine verdrehte Art und Weise einen Sinn ergibt. Als er seine Flügel um mich schlingt, hüllt er mich in eine Wolke aus Trost und Geborgenheit ein, umschließt mich mit Wärme und Weichheit. Der Herzschlag wird lauter. Ein Herz – unser Herz.

Und jetzt ist alles so einfach.

Wir sind eins, wie es die Prophezeiung will. Es steht mir nicht zu, ihn abzuweisen. Meine Verweigerung hat nichts als Trauer und Schmerz über mich gebracht. Und Dunkelheit. Genau das, was ich eigentlich vermeiden wollte.

Ich schmiege mich in seine weichen, nachgiebigen Flügel und reibe meine Wange an seinen Federn. Mein Herz hat nun seinen Gegenpart gefunden und gibt sich seinem Herzen hin …

Dann scheint meine Seele entzweigerissen zu werden.

Mit einem Aufschrei hebe ich den Kopf von der daunenweichen Brust des Untiers. Ein Ruck an der Astralschnur, die mich mit meinem irdischen Körper verbindet, zerrt mich aus seiner Umarmung, bis ich erneut durch stumme Dunkelheit falle. Diesmal ist mein Sturz schier endlos, und als er endet, nehme ich als Erstes gedämpfte Stimmen wahr, die wie eine einzige Stimme Worte aussprechen, Worte, die mir fremd und vertraut zugleich sind. Das Gefühl von etwas Festem an meinem Rücken sagt mir, dass ich nicht länger falle. Mit Mühe öffne ich die Augen, als würde ich aus einem langen Schlaf erwachen.

Die Gestalten, die in einem Kreis stehen, sind verschwommen und verzerrt; dort, wo ihre Gesichter sein sollten, kann ich nur Leere erkennen. Erst nach geraumer Weile wird mir bewusst, dass diese Gestalten die Schlüssel sind, meine Gefährtinnen, und Tante Virginia, die immer noch die Beschwörung sprechen. Ich aber liege auf der Erde neben dem Feuer. Aus irgendeinem Grund habe ich mich aus dem Kreis gelöst. Voller Sehnsucht denke ich an das Untier, als mich wieder ein entsetzlicher Schmerz durchzuckt. Ich schreie auf. Mein Handgelenk brennt, als stünde es in Flammen. Ich kann kaum den Arm heben. Es fühlt sich an, als ob das Zeichen auf meinem Handgelenk mit dem glühenden Metall des Medaillons verschmelzen würde.

Weit breite ich die Arme aus. Ich ergebe mich. Das Untier kommt näher. Es kommt durch mich, endlich. Ich ergebe mich dem Schmerz, desertiere vor der Qual des Kampfes. Ich sehne mich nach der weichen Behaglichkeit seiner Flügel und jenem Gefühl, dorthin zu gehören.

Ich will mich gerade erleichtert fallen lassen, als ich Hufgetrappel höre. Erst glaube ich, es seien die Seelen, die Samael zu Hilfe eilen, die mich der Glorie zuführen wollen, die ich mir verdient habe, weil ich ihn und seine Horden in die Welt eingelassen habe.

Aber der Klang kommt nicht aus den Anderswelten, wo sich ein Teil von mir noch immer befindet. Nein. Diese Pferde galoppieren hier, in unserer Welt, befinden sich kurz hinter dem Kreis aus verhüllten Gestalten. Mühevoll wende ich mich ihnen zu; den Kopf zu heben, bin ich zu schwach.

Ich höre männliche Stimmen jenseits der gesichtslosen Gestalten, die mich umringen. Die tiefen Stimmen werden von einer einzigen weiblichen Stimme übertönt.

Diese Stimme dringt durch alles andere.

»Lasst mich durch! Ich muss meiner Schwester helfen!«

Und plötzlich ist Alice da. Sie kniet neben mir und umfasst meine Hände mit ihren Händen. Ich sehe Gestalten auf Pferden, jenseits der Sicherheit unseres Kreises. Das Gesicht des blonden Leibwächters kristallisiert sich heraus, verzerrt durch meinen eigenen Schmerz und das flackernde Licht der Flammen. Voll unbändigem Zorn betrachtet er Alice.

Jetzt wird mir einiges klar. Die Leibwache hat tatsächlich jemanden verfolgt. Aber nicht mich. Diesmal nicht.

Diesmal waren sie hinter meiner Schwester her.

»Bist du da, Lia? Bist du hier bei mir, oder bist du dort?« Ich will meinen Mund aufmachen, will sprechen, aber ich kann die Worte nicht herausbringen. Ohne auf meine Antwort zu warten, fährt sie fort. »Es ist nicht wichtig. Wo auch immer du bist, höre nicht auf ihn. Es sind alles bloß Lügen.« Sie lässt sich neben mir auf den Boden fallen, streckt sich lang aus und nimmt meine Hand in ihre. In ihren Augen steht Traurigkeit geschrieben, und noch etwas, das ich dort seit sehr langer Zeit nicht mehr gesehen habe: Liebe.

»Glaubst du, dass ich jetzt wieder gut bin?«

Ich kann nicht antworten, denn in dem Augenblick, in dem ihre Hand meine umfasst, gibt es einen erneuten Ruck, und diesmal wirbele ich gemeinsam mit meiner Schwester durch die Dunkelheit.

40

Du!«

Samael spuckt das Wort aus seinem Mund. Seine dunklen Flügel flattern und wirbeln einen wütenden Wind auf. Er sitzt wieder auf seinem riesigen Pferd, ein paar Schritte von Alice und mir entfernt. Zu dritt stehen wir einander auf dem toten Feld gegenüber.

Alice schaut mich nicht an. »Wir müssen die Beschwörung zusammen aufsagen, Lia.«

Sie spricht die Worte aus, genauso wie ich und die Schlüssel es getan haben, ehe ich in die Anderswelten gerissen wurde: »*Sacro orbe ab angelis occidentibus effecto potestatem sororem societatis convocamus Custos Portaque ut Diabole saeculorum te negaramus in aeternum. Porta se praecludat et totus mundus tutus a tua iracundia fiat*.«

Ich folge ihrer Aufforderung nicht sofort, denn mein Bewusstsein ist noch völlig durcheinander. Nach einer Weile falle ich in den Rhythmus ihrer Worte mit ein. Unsere

Stimmen erheben sich über Samael und seine Seelen, finden ihren Weg durch die unheimliche Stille dieser toten Felder. Die Seelen rutschen unruhig auf ihren Pferden hin und her, während unsere Worte immer lauter werden, immer mutiger. Ihre Pferde weichen zurück, trotz der befehlenden Schreie und Peitschenhiebe ihrer Herren.

Samaels goldene Augen fangen meinen Blick ein. Die roten Ringe um die Pupillen glühen. »Ihr macht einen großen Fehler, Mistressss.«

Hinter meinen Worten versammelt sich Kraft. Meine Stimme klingt im Chor mit meiner Schwester. Ich wusste immer, dass wir gemeinsam mächtiger sind als jede für sich allein. Ich vermute, dass Alice es auch weiß.

Der Wind nimmt zu und ich höre und fühle es. Er erhebt sich ringsum, wie eine Wolke, schließt das Untier, Alice und mich ein, bis wir wie in einem Kokon von unserem eigenen Zyklon eingehüllt sind. Mein Haar peitscht mir ins Gesicht und ich kann meinen Körper nur mit Mühe aufrecht halten.

Samael wendet sich Alice zu. »Du wirst deinen Verrat bitter bereuen.« Er schreit nicht, und dennoch verstehe ich ihn klar und deutlich.

Alice begegnet gelassen seinem Blick, ohne in ihrer stetigen Wiederholung der Beschwörung nachzulassen.

Einen Augenblick später ertönt über uns ein entsetzliches Krachen. Ich schaue nach oben und sehe einen riesigen Riss in dem Himmel der Anderswelten. Samaels Augen folgen meinem Blick, und seine Gestalt beginnt sich zu wandeln – von der eines Mannes in etwas gänzlich anderes.

In ein Monster.

In ein Untier.

Er richtet seine nunmehr fast gänzlich roten Augen auf Alice. »Wenn ich gehe, gehst du auch.«

Für einen kurzen Moment ist mir, als ob ich ins Wasser blicke und dort eine Vision sehe. Sein Körper schimmert, seine Kleidung reißt auf, während er immer größer und größer wird und sich aus seiner menschlichen Form löst. Die Gestalt, die daraus emporwächst, ist nicht länger ansehnlich und wohlproportioniert. Sie ist verdreht und verformt, und noch während ich hinschaue und Zeuge dieser furchtbaren Verwandlung werde, reißt er das Maul auf und entblößt mächtige, messerscharfe Zähne. Sie sind so spitz wie Schwerter und schnappen nach uns. Dann stürzt er sich mit Gebrüll auf Alice.

Alice wankt und weicht nicht. Unbeirrt fährt sie mit der Beschwörung fort und eine angstvolle Ahnung überfällt mich. Ich will um alles in der Welt nicht, dass sie in den Abgrund gerissen wird.

Ihr entschlossenes Antlitz gibt mir Kraft, und ich spreche ebenfalls die Worte der Beschwörung, passe meine Stimme ihrer an. Wieder ertönt das Krachen und der Riss im Himmel wird größer. Die ganze Welt scheint unter meinen Füßen zur Seite zu kippen. Samael wirft einen Blick nach oben. Dann fasst er die Zügel seines Pferdes fester. Das Tier erhebt sich auf die Hinterbeine und wirft einen langen Schatten auf uns, in dem gleichen Augenblick, in dem Samael uns mit seinem glühenden Blick fixiert und angreift.

»Hör nicht auf, die Beschwörung zu sprechen, Lia, egal was passiert, bis du wieder sicher in unserer Welt bist. Versprich mir das oder es war alles umsonst.«

Ich muss schreien, um den heulenden Wind zu übertönen. »Ich verspreche es!«

Gemeinsam sprechen wir die Beschwörung, während Samael auf uns zujagt. Seine Augen weichen keinen Moment von Alice. Ich fühle seinen Herzschlag nicht mehr, aber mein eigener schlägt heftig genug für zwei Herzen. Ich weiß nicht, was lauter ist, der kreischende Wind, das Donnern der Pferdehufe oder mein eigenes Herz. Aber ich halte mich an mein Versprechen und spreche weiter, selbst als er direkt vor uns ist. Selbst als er sich bückt und nach meiner Schwester greift. Er reißt sie von meiner Seite, obwohl ich ihre Hand so fest halte wie in dem Moment, in dem sie mich in Birchwood aus dem Fluss zog.

Aber es hat keinen Sinn. Meine erbärmliche Kraft kann Samael nicht die Stirn bieten. Alice wird mir aus den Fingern gerissen. Er wirft sie vor sich aufs Pferd und schlingt seine mächtigen Flügel um sie, bis ich sie nicht mehr sehen kann. Dann wendet er sein Ross und galoppiert auf den Wald zu.

Er kommt nicht weit.

Sein Pferd wird langsamer, die Bewegungen seltsam schleppend, dann bleibt es ganz stehen. Das Tier scheint gegen eine unsichtbare Macht anzukämpfen. Dann wiehert es und steigt auf die Hinterbeine, ehe es hochgehoben wird, samt Samael und meiner Schwester, hinauf zu dem Riss im Himmel.

Das Untier und sein Pferd wehren sich mit aller Kraft gegen den Sog, der sie mitreißt. Aber was für eine Macht sie auch im Griff haben mag, was für eine Macht meine Schwester und ich auch heraufbeschworen haben, sie ist stärker als alles, stärker noch als Samael.

Und dann sind sie fort.

»Alice!« Meine Stimme durchschneidet die Totenstille auf den Feldern.

Ich schaue mich nach den Seelen um. Auch sie sind fort. Der Wind hat sich gelegt und der Riss im Himmel hat sich wieder geschlossen. Ich höre etwas klirrend zu Boden fallen und schaue nach unten. Dort liegt das Medaillon im Gras. Ich hebe es auf und drehe es um, will mir die Gravur der Schlange betrachten und das C in der Mitte.

Es ist fort.

Das Metall ist glatt, als wäre dort nie etwas gewesen.

Ich schaue auf meinem Handgelenk nach, ob auch das Zeichen auf meiner Haut verschwunden ist, aber das ist noch da, wie am ersten Tag nach Vaters Tod.

Ich streiche über die glatte Oberfläche des Medaillons und überlege, ob ich es mitnehmen soll. Es war so lange ein Teil von mir, und aus irgendeinem Grund widerstrebt es mir, es zurückzulassen.

Andererseits verlangt es mich danach, mich endgültig

seinem Einfluss zu entziehen. Ich lasse es wieder zu Boden fallen. Dann schaue ich mich um und denke an meine Schwester, warte darauf, dass mich die Schwingen zu ihr tragen werden, wie früher. Ich stelle mir vor, sie sei im Abgrund, dann am Strand, irgendwo in den sieben Anderswelten, die ich bereist habe, aber nichts geschieht. Kein Gedanke trägt mich zu ihr. Stattdessen falle ich wieder einmal in diese Dunkelheit, falle und falle, bis meine Seele in meinen Leib eintaucht und ich wieder neben dem reglosen Körper meiner Schwester neben dem Feuer liege. In Avebury, in der wirklichen Welt.

Mein Rücken schmerzt sosehr, dass ich kaum Luft bekomme. Ich bleibe noch einen Moment liegen, ehe ich die Kraft aufbringen kann, mich zu erheben und mich über meine Schwester zu beugen. Ich schiebe meinen Arm unter ihren Nacken und hebe ihren Oberkörper auf meinen Schoß.

»Alice! Komm zurück, Alice! Du hast es geschafft! Wir haben es geschafft!« Die Worte fühlen sich fremd in meinem Mund an, und meine Kehle ist rau, als ob ich sehr lange nicht gesprochen hätte. Dann merke ich überrascht, dass Tränen auf das Gesicht meiner Schwester fallen. Es sind meine Tränen. Ich kann um sie weinen. »Komm jetzt zurück. James wartet auf dich.« Meine Stimme wird grob, als ob ich sie mit meinem Zorn und meiner Verzweiflung zurück in ihren Körper zwingen könnte. »Du hast es doch für ihn getan, nicht wahr? Nicht wahr?!«

»Lia.« Dimitri kauert sich neben mir nieder und legt mir

seine Hand auf den Arm. »Sie ist fort, Lia. Sie hat getan, weswegen sie gekommen ist.«

»Nein.« Ich schüttele den Kopf. Die Tränen strömen mir jetzt über die Wangen und ich drücke den Körper meiner Schwester an mich. »Das ist nicht fair. Sie darf nicht fort sein. Nicht, nachdem sie ihre Aufgabe als Wächter erfüllt hat. Nicht, nachdem sie mich gerettet hat. Nachdem sie uns alle gerettet hat.«

»Lia.« Seine Stimme ist sanft.

Immer weiter schüttele ich den Kopf. Ich will ihn nicht anschauen. Wenn ich es tue, wird alles wahr werden.

Stattdessen schaue ich zu Luisa, Sonia, Tante Virginia … sie alle umringen mich. »Sie wird wieder gesund, nicht wahr? Sie muss sich nur erholen. Sie schläft, das ist alles.«

Luisa kniet sich neben mich ins Gras. Ihre Stimme ist voller Mitgefühl, aber in ihren Augen sehe ich Erleichterung. Ich weiche ihrem Blick aus. »Es ist vorbei, Lia. Du hast es geschafft. Du hast das Tor auf immer verschlossen.«

Ich drehe den Kopf von ihr weg und wiege mich mit Alice in den Armen vor und zurück. Ich will nicht hören, was sie mir zu sagen hat.

Aber Dimitri lässt nicht zu, dass ich mich der Wahrheit verschließe.

»Schau mich an, Lia.« Seine Stimme lässt keinen Widerspruch zu. Ich hebe meinen Kopf, ohne Alice loszulassen. »Sie wusste, was sie tat. Sie wurde während des ganzen Weges hierher von der Leibwache gejagt, aber sie hat es geschafft. Die Leibwache verschwand, nachdem du das Tor geschlossen hattest. Alice war sich klar darüber, welches Opfer dazu nötig war. Sie wusste, dass sie nicht lebend aus der Sache herauskommen würde. Es war ihre eigene Entscheidung.«

»Sie wollte wieder gut sein«, schluchze ich.

»Ja.« Er nickt. »Sie wollte wieder gut sein.«

41

Die Sonne kämpft tapfer gegen die stahlgrauen Wolken an, die sie zu ersticken drohen. Es erscheint mir angemessen, dass der Tag weder düster noch strahlend hell ist, als ob selbst der Himmel nicht genau wüsste, wie er Alices Tod aufnehmen soll.

James steht stumm neben mir. Wir befinden uns auf dem kleinen Familienfriedhof auf dem Hügel. Zu unseren Füßen liegt die frisch aufgegrabene Erde aufgeschichtet, dahinter erhebt sich der Grabstein aus Granit. Dimitri und die anderen sind bereits zum Haus zurückgekehrt, um James und mir Gelegenheit zu geben, in aller Stille von meiner Schwester Abschied zu nehmen.

Und voneinander.

Ich weiß nicht genau, wo ich anfangen soll. Ich möchte, dass James das Ausmaß von Alices Liebe und die Bedeutung ihres Opfers begreift, aber ich bin mir immer noch nicht sicher, ob er wirklich an die Prophezeiung glaubt. Ich habe nach unserer Rückkehr aus Avebury versucht, ihm alles zu erklären, aber die Schilderung der Umstände von Alices Tod scheint an seinem ausdruckslosen Gesicht abzuprallen. Er hat mir keine einzige Frage gestellt.

Für James stellt sich vermutlich alles viel einfacher dar. Die Einzelheiten spielen keine Rolle. Alice ist tot. Und ich gehöre nicht mehr zu ihm.

Endlich drehe ich mich zu ihm um und schaue in sein liebes Gesicht. »Sie hat dich geliebt und sie wollte sich deiner Liebe als würdig erweisen.« Das ist das Wichtigste; alles andere spielt keine Rolle.

Er atmet hörbar ein.

Dann drehte er sich um, den Hut in der Hand. »Ist es meine Schuld?«

Ich schüttele den Kopf. »Natürlich nicht. Alice tat, was sie tun wollte, wie immer. Du hättest sie nicht aufhalten können, selbst wenn du die Möglichkeit gehabt hättest, es zu versuchen. Niemand hätte das vermocht.«

Er seufzt und dreht sich mit einem halbherzigen Nicken wieder dem Grab zu.

»Was wirst du jetzt tun?«, frage ich.

Er zuckt mit den Schultern. »Was ich immer getan habe: den Buchladen führen, gemeinsam mit Vater. Und versuchen, das alles irgendwie zu begreifen.« Er legt den Kopf schräg und schaut zu mir hin. »Was ist mit dir? Wirst du jemals zurückkommen?«

»Ich weiß nicht. Mit diesem Ort …« Ich blicke über die sanften Hügel, die Felder, auf denen wilde Blumen blühen. »Mit diesem Ort sind so viele schlimme Erinnerungen verbunden.« Ich schaue ihn an. »Ich weiß nicht, ob ich es jemals wieder ertragen kann, hier zu leben.«

Er nickt. »Wenn du je zurückkommst, dann hoffe ich, du wirst es mich wissen lassen. Ich würde mich freuen, wenn du uns von Zeit zu Zeit schreibst, wie es dir geht.«

Ich zwinge mich zu einem Lächeln. »Danke, James. Das werde ich.«

Er setzt den Hut auf und beugt sich vor, um mich auf die Wange zu küssen. Der Geruch, der so typisch für ihn ist – der Geruch nach Büchern, Staub und Tinte – zieht mir in die Nase, und mit einem Mal bin ich wieder fünfzehn Jahre alt.

»Lebe wohl, Lia.«

Ich blinzle gegen die Tränen an, die in meinen Augen brennen. »Leb wohl, James.«

Und dann geht er davon. Ich schaue seiner kleiner werdenden Gestalt nach. Als sie hinter dem Hügel verschwindet, drehe ich mich zu den Gräbern um. Dort liegen Mutter und Vater unter wildem Gras, das ihre letzte Ruhestätte wie ein Teppich bedeckt. Heute Morgen habe ich weiße Lilien auf ihr Grab gelegt. Daneben sind die vom Alter gezeichneten Grabsteine meiner Großeltern.

Mein Blick fällt auf Henrys Grab. Violettfarbene Veilchen blühen darauf. Ich denke an sein freundliches Gemüt, seine Stärke und sein gutes Herz. Es ist kein Wunder, dass die Blumen auf seinem Grab die Farbe der Schwesternschaft haben.

Die Schwesternschaft und Altus.

Ich stelle mir vor, wie Henry unter dem strahlend blauen Himmel der letzten Welt über Wiesen und Felder läuft, endlich frei. Er verdient diese Freiheit, diesen Frieden, mehr als jeder andere. Ich küsse meine Fingerspitzen und lege sie dann auf die eingravierten Buchstaben seines Namens auf dem Stein.

»Leb wohl, Henry. Du wirst immer in meinem Herzen sein.«

Die Vergangenheit ist eine gewundene Straße, die mich an diesen Ort geführt hatte, ins Hier und Jetzt. Aber diese Straße endet nicht hier, sie führt weiter in die Zukunft, denn heute ist nicht nur ein Tag des Abschieds.

Es ist auch ein neuer Anfang.

Es war auf der Überfahrt von England nach New York. Dimitri und ich standen an Deck, unter uns und vor uns, so weit das Auge reicht, brodelte das Meer. Ich habe ihn nicht gleich angeschaut. Ich starrte einfach über das Wasser und erklärte ihm ganz ruhig, dass ich meinen Platz als Herrin von Altus einnehmen würde und auch als seine Gefährtin. Er beugte sich vor, lächelte und küsste mich mit jener zärtlichen Leidenschaft, von der unsere Berührungen seit Avebury geprägt sind. In seinen Augen stand alle Liebe und Gewissheit der Welt, als ob er niemals einen Zweifel an meiner Entscheidung gehabt hätte, und auch keinen Zweifel, dass ich leben würde, um diese Entscheidung treffen zu können.

Aber allzu sehr möchte ich noch nicht an die Zukunft denken. Ich betrachte Alices Grab, vielleicht zum letzten

Mal in meinem Leben. Meine Augen trinken die Worte, die in den glatten Stein gemeißelt wurden.

ALICE ELISABETH MILTHORPE
SCHWESTER, TOCHTER, WÄCHTER
1874–1892

Sie war all das, und noch mehr, aber einen Moment lang bedaure ich die Knappheit der Inschrift. Auch heute noch weiß ich nicht genau, was ich von meiner Schwester halten soll. Was ich über ihre wilde Jagd nach Avebury denken soll. Darüber, dass sie sich selbst geopfert hat, um Samael zu verbannen. Ich dachte, dass sich meine Gefühle mit der Zeit klären würden, aber noch immer werden meine Gedanken an Alice von so vielen Dingen bewölkt. Nichts ist klar. Nichts ist einfach.

Bilder durchzucken meinen Geist, Bilder aus einer Zeit, als es noch keine Prophezeiung für uns gab. Wie wir über die Felder rennen, Alice immer ein gutes Stück voraus. Wie wir schlafend nebeneinander in unserem Kinderzimmer liegen, unsere Haare auf dem Kopfkissen ineinander verwoben. Ich sehe uns Hand in Hand im Wasser, in dem See, in dem wir schwimmen lernten. Unsere kindlichen Körper gleichen einander wie ein Ei dem anderen. Ich sehe das alles und weiß, dass Alice mir immer ein Rätsel bleiben wird, egal, wie viel ich von dieser Welt auch noch lernen werde.

Dieses eine Rätsel werde ich niemals entschlüsseln. Ich kann sie nur in all ihrer herrlichen Dunkelheit lieben.

Ich streiche noch einmal mit der Hand über den Grabstein. Dann wende ich mich ab und gehe den grasbewachsenen Hügel hinab nach Birchwood Manor. Ich weiß endlich, dass nur eins wichtig ist.

Alice war meine Schwester.

Und wir waren einander ähnlich.

Danksagung

Diese Geschichte zu erzählen, dauerte fünf Jahre, während derer ich unzählige Menschen traf, die alle ihren Teil an der Entstehung der Bücher haben. Ihnen allen zu danken, ist nahezu unmöglich, aber ich werde es trotzdem versuchen.

Mein erster Dank gilt meinem Agenten Steven Malk. Sein Glaube an diese Geschichte hat alles erst möglich gemacht. Wichtiger noch ist sein Glaube an mich und an die Geschichten, die ich noch zu erzählen habe. Er stand auf meiner Seite, wenn ich recht hatte, und sagte mir ganz offen, wenn ich unrecht hatte.

Dank auch an meine brillante Lektorin Nancy Conescu, die die Geschichte der Prophezeiung genauso liebt wie ich. Ihr Wissen war für mich eine stetige Quelle der Inspiration, ein wahrer Schatz, durch den ich eine bessere Schriftstellerin wurde. Ihre überzeugte und leidenschaftliche Stimme höre ich in meinem Kopf, wenn ich eine Geschichte erzähle.

Bedanken möchte ich mich bei Alison Impey und bei Kate Sullivan, Megan Tingley, Andrew Smith, Melanie Chang, Lisa Sabater, Jessica Bromberg, Lauren Hodge und bei allen von Little Brown Books for Young Readers, die so hart dafür gearbeitet haben, die Prophezeiung zu den Lesern zu bringen.

Vielen Dank auch an Lisa Mantchev, Jenny Draeger, Tonya Hurley und Georgia McBride, meine lieben Freunde, die mich durch lange Nächte und Selbstzweifel begleitet haben. Danke an all die engagierten Leser und Kommentatoren, die regelmäßig auf meiner Website vorbeischauen und mir virtuell Gesellschaft leisten, besonders Devyn Burton, Catherine Haines, Adele Walsh, Kaiden Blake und Sophie und Katie von den »Mundie Moms«.

Ein besonderer Dank gilt Dan Russo, der dafür gesorgt hat, dass mein Latein korrekt ist; Jenny und ihrer Mutter, Janet, die mich durch England navigiert hat; Gail Yates und Laura McCarthy, die mir das alte Irland näherbrachten.

Danke auch an Morgan und Anthony, Mitglieder der Zink-Meute. Und an Layla, die perfekte Schreib-Partnerin.

Es gibt keine Worte, mit denen ich mich angemessen bei meiner Mutter Claudia Baker bedanken könnte, die mich immer unterstützt und akzeptiert hat, wie schwierig das auch manchmal gewesen sein mag. Wenn ich mich entscheiden müsste, wofür im Leben ich am dankbarsten bin, würde sie ganz oben auf der Liste stehen.

Last but not least bedanke ich mich bei den Liebsten, die ich habe: Kenneth, Rebekah, Andrew und Caroline. Alles ist für euch und wegen euch.

Und bei Euch, meine lieben Leser, möchte ich mich natürlich auch bedanken. Ihr habt Euch von meinen Büchern begeistern lassen. Ich werde Euren Glauben an mich nicht enttäuschen.

Michelle Zink

Michelle Zink ist im Süden Kaliforniens aufgewachsen und lebt mit ihrer Familie in New York. Schon immer hat es sie fasziniert, alte Legenden und Erzählungen zu hinterfragen und weiterzuspinnen. Bisweilen entstanden daraus ganz eigene, neue Stoffe – und so kam ihr auch die Idee zur »Prophezeiung der Schwestern«. Die Trilogie hat international Begeisterung hervorgerufen, die Übersetzungsrechte wurden in fast zwanzig Länder verkauft.
Mehr zur Autorin und ihren Büchern unter www.michellezink.com.

Mehr von Michelle Zink:

Die Prophezeiung der Schwestern 1. Roman
(auch als E-Book erhältlich)
Liebe und Verrat. Die Prophezeiung der Schwestern 2. Roman
(auch als E-Book erhältlich)

GOLDMANN
Lesen erleben